KB092269

풍경과 시선

한국현대시의 서정성과 주체

풍경과 시선

한국현대시의 서정성과 주체

김신정 지음

차례

책 머리에

한국은 유독 시인이 많은 나라이다. 좀더 정확히 말하자면, 시인이 되려고 하는 사람들이 많은 사회라고 할 수 있다. 시집이 몇 십 만부 씩 팔려 베스트셀러로 등극하는 '기이한' 현상은 다른 문화권에서는 쉽게 찾아보기 어려운 한국만의 문화이다. 하지만 뚜껑을 열고 이 기현상을 들여다보면, 상황은 그리 간단치 않음을 발견하게 된다. 먼저, 시를 쓰는 사람들은 많지만 그에 비해 시집을 읽고 일상에서 시를 즐기는 사람들은 턱없이 부족한 상황, 그 많은 시인들(그리고 시인 지망생)의 숫자에 비해 독자들이 기억하고 애송하는 시인들은 극히 소수의 몇몇, 특정한 경향에 한정된 상황이 기형적인 것이다. 그런데 그 밑바닥을 가까이 들여다보면, 개인의 자기 표현의 욕망, 문화적 창조의 욕구를 발산하고 소통할 수 있는 다양한 통로가 극히 제한되어 있는 우리 사회의 단면을 발견할 수 있고, 굳이 따지자면 '비상업적인' 편에 더 가까울 듯한 시 장르가 실상 자본주의 경제 체제 내에서 아슬아슬한 상품 가치를 보존하고 있음을 확인하게 된다. 이렇게 본다면, 시와 시인이 유독 많은 한국 사회는 이 첨단의 세기에 시와 시인의 정체성, 그 존재 방식에 대한 흥미로운 탐구 자료가 될 수 있을지 모른다.

시인(지망생)이 많은 나라에서 시를 공부하고 비평하는 일을 업으로 삼고 있는 나는 이 책을 통해, 한국 사회의 복잡하고 무궁무진한 시적 · 문화적 자산을 대상으로 비평가, 연구자로서의 나의 책무에 충실하고자 하였다. 대체로 2000년에서 2008년에 씌어진 각각의 글들은 시기적으로 1920~30년대에서 최근 2000년대에 이르는 작품들을 대상으로 하고 있다. 애초부터 통사적 탐구를 기획한 것은 아니었기에, 모든 시기를 포괄하고 있지는 않다. 대체로 한국 근대시 형성기라 불리는 1920~30년대, 그리고 '시의 시대'로 기억되는 1980년대, 다시, 폭발적인 '시의 르네상스'로 주목받고 있는 2000년대 시단의 시를 대상으로 한국 현대시의 미적 특징, 역사적 변화, 시사적 의미를 탐구하는 데 주력하였다.

제각기 다른 시기에 발표된 글이지만 책의 전체적인 주제는 '서정성'과 '여성성', 그리고 '시적 주체'와 '매체'로 집약된다. 서정시의 전통이 강한 한국 시사에서 서정의 추구와 집중, 또는 서정에 대한 저항과 반발은 한국의 무수한 시인들을 낳은 주요한 동력이자 한국시의 다채로운 주제와 형식을 가능하게 만든 자양분이었다. '여성성'은 시의 장르적 기원과 본질에 대한 탐구 과정에서 주목하게 된 테마이지만, 그 뿐만 아니라 현대 사회에서 시의 존재 방식의 변화, 한국 시의 정전성(canonicity)에 대한 규명, 여성시의 평가 등의 차원에서 다각적인 탐구를 가능하게 한 테마이기도 하다. '시적 주체' 역시 서정을 주류로 하는 한국 현대시의 특징을 탐구하는 과정에서 주목한 주제이다. 시인과 시적 주체의 관계를 어떻게 설정하는가, 시적 상황 속에서 주체가 어떤 형상으로, 어떤 관계 속에서 존재하는가의 문제는 근대 초기에서 최근 2000년대 시에 이르기까지 그 특징과 변화를 효과적으로 설명할 수 있는 핵심적인 주제가 되었다. 마지막으로 '매체'는 시의 장르적 특징과 변화, 존재 방식 등을 최근 다매체 문화 환경의 급속한 변화와 관련지어 탐구하려는 의도에서 주목하게 된 것이다. '매체'는 최근 2000년대 시 작품의 특징과 변화뿐만 아니라 시 창작 및 수용과 유통 방식의 급격한 변화를 살펴보는 과정에서 의미있는 매개체의 역할을 했다.

이 책의 1부에서는 가장 최근에 씌어진 글들을 모았다. 1부에서는 2000년대 한국 시단의 변화 양상에 주목하여, 특히 2000년대 젊은 시인들의 새로운 경향, 그리고 다매체 문화 환경으로 인한 시작(詩作) 환경의 변화와 시 텍스트의 변화 양상을 탐구하였다.

2부에서는 90년대 후반에서 2000년대 초반의 시를 대상으로 한 작가론 성격의 글을 함께 묶었다. 이원과 최하림의 시를 각각 '몸과 이미지', '풍경과 시선'이라는 테마로 분석하였고, 허수경과 김수영의 시를 대상으로 90년대 여성시의 양상을 탐구하였다.

3부는 주로 1980년대 시를 대상으로 한국 시의 서정의 계보를 탐구한 글들이다. 총론 성격의 「길 위의 시」에서 근대성과 서정성의 갈등, 한국 시의 서정의 역사와 변화 양상을 간략히 검토하였고, 그 밖에 곽재구, 고정희, 김용택, 안도현, 김남주, 황지우의 시를 대상으로 80년대 서정시의 유형과 특징, 시적 주체의 문제를 살펴보았다. 마지막에 수록한 「서정의 원리와 여성의 타자성」은 2000년대 발간된 류외향의 시를 분석한 글이지만, 동일한 문제의식의 연장선에 있으므로 나란히 묶어보았다.

4부는 1920~30년대 시를 대상으로 한 글이다. 박영희, 이상화, 이장희 등 20년대 동인지 시인들의 시를 다룬 두 편의 글과 각기 '가난'과 '자연'을 주제로 한 30년대 백석, 박두진에 관한 글, 그리고 임화 시의 '정치성'의 의미를 그의 시론을 통해 살펴본 글이 포함되었다.

마지막에 수록된 5부의 글들은 대체로 주제론적 탐색의 글이다. 「정전과 여성성」에서는 (국어, 문학) 교과서 수록 시에 나타난 여성 재현 양상에 주목해, 한국 시의 정전성과 여성성의 관련 양상을 탐구하였다. 두 번째 실린 「전쟁 기억과 자아의 형상화」에서는 1950년대 김용호 시를 대상으로 전쟁에 관한 집단적 · 개인적 기억의 재현 양상을 살펴보았다. 마지막에 실린 「고통의 객관화와 '인간'을 향한 희구」는 이 책에 실린 글 가운데 가장 오래 전에 쓴 글이다. 나환자 시인 한하운의 시세계를 탐구한 개별 작가론 성격의 글이지만, 나환자라는 시인의 특수한 사정이 (시대와 국적과 성별의 차이, 그리고 장애의 유무를 떠나) 문학이 지향하는 본질적 세계와 닿아있음을 밝히고자 했다. 마지막에 그의 작가론을 수록한 이유이기도 하다.

2000년 겨울, 정지용론를 포함한 1930년대 후반 시에 관한 연구서를 펴낸 이후 만 9년만에 두 번째 책을 낸다. 좀더 이른 시기에 묶어냈어야 할 글들을 묵혀둔 채, 원고를 빼고 새로 넣으며 고치고 다시 목차를 조율하는 동안에도 한국 시단은 새로운 시인들, 시집들과 더불어 변화를 거듭했다. 결국 이 책을 위해 20편의 글을 선택하고 다듬기까지 변화무쌍한 한국시의 창조적 에너지와 역동성은 끝까지 긴장을 놓지 못하게 만드는 훌륭한 자극원이 되어주었다. 그런 의미에서 이 책이 한 연구자의 게으름과 뻔뻔하지 못함, 그리고 가히 폭발적인 속도와 에너지를 품고 달려가는 한국 시가 만나 이룬 작은 비평적 기록으로 기억되기를 바란다.

감사한 분들이 많다. 부족한 제자를 가없는 아량으로 품어주시는 은사 정현종 선생님, 늘 한결같은 모습으로 신뢰와 격려를 보내주시는 이선영 선생님께 이 자리를 빌어 머리 숙여 감사드린다. 모교의 선생님들과 선후배들, 그리고 학교와 국가의 경계를 초월해 문학과 학문에 대한 열정으로 함께했던 여러 곳의 동료들에게도 깊은 감사의 마음을 표하고 싶다. 어려웠던 시기에 글을 쓸 수 있는 공간을 마련해주었던 『계간 문학수첩』과 『계간 딩아돌하』의 편집진, 그리고 도서출판 박이정과 편집부의 이영희 편집장, 김민영씨의 도움이 아니었다면 이 책의 꼴이 갖추어지지 않았을 것이다. 여러 시간, 여러 장소에서 씌어진 원고들을 한 자리에 나란히 모아 놓는 일은 작년 가을, 인천대학교 국어국문학과에 둥지를 틀면서 시작할 수 있었다. 그 소중한 허여(許與)의 시간에 감사드리며, 따스하게 맞이해주신 국어국문학과와 인문대학의 선생님들께 진심으로 감사의 마음을 전해드린다. 공부하는 엄마, 아내, 딸, 며느리(그리고 그 외의 관계들)를 둔 탓으로 늘 불편함을 감수하며 인내심을 키워야했을 나의 소중한 가족들에게도 말로는 다 옮길 수 없는 사랑과 감사의 마음을 전하고 싶다. 돌아보니, 이 책의 뿌리 한 자락은 시 한 편을 놓고 양보없는 논쟁을 벌였던 대학 시절의 한 토막, 대강당 구석의 어두침침한 동아리방에 있다. 그 시간을 함께 했던 연세문학회의 벗들, 어디선가 각자의 자리에서 몸을 숨기고 있을 무명의 별들과 책 출간의 기쁨을 함께 나누고 싶다. 이렇게 다시, 남루한 세월의 기억을 떠나보낸다. 가벼워진 몸과 빈 마음으로 이제 또 시작할 일이다.

2009년 12월

저녁 노을이 아름다운 송도 캠퍼스에서

김신정

1

다른 얼굴들, 타자의 기미(幾微)를 향한
김경주, 이준규, 이기인의 시적 주체

감각과 소통, 자본의 네트워크
2000년대 미디어 환경과 시작(詩作)의 변화

시의 대중적 소통과 '쓸모'의 논리

시인들의 서가
욕망과 기억, 기호(嗜好)와 상품의 저장고

다른 얼굴들, 타자의 기미(幾微)를 향한

김경주, 이준규, 이기인의 시적 주체

시인과 시적 주체의 거리

시인과 시적 주체 사이의 거리는 가깝고도 멀다. 시인인 그가 아직도(!) 고고한 위엄을 잃지 않고 있든, 혹은 독자와 유리된 시인의 권위를 아낌없이 비판하든, 인생사의 곡절에 울고 웃거나, 또는 무한괴력의 자본의 논리 속에 불안하고 우울하기 그지없는 영혼을 끌어안고 있든, 어떤 상황에서도 시인과 시적 주체는 서로 닮았으나, 동시에, 결코, 동일하지 않다. 시인의 일상적 개성과 자신의 창작 속에 투사하기 위해 의식적 · 무의식적으로 구성하는 창작적 개성은 서로 구별되지만, 또한 긴밀하게 얽혀 소통한다. 시가 삶의 순간적 고양을 표현하는 것이라는 고전적 정의에 기댄다면, 시인의 일상적 자아는 시적 창조 과정에서 순간적인 비약을 통해 창조적 자아로 고양된다고 말할 수 있다. 여기서 창조적 자아는 시인이면서 동시에 시인이 아닌 존재, 다시 말해 개별 시인에게 근거하되 시인의 개별성을 뛰어 넘어 '타자'로서 거듭난 존재이다. 자아가 타자를 받아들이고, 타자를 통해 자아가 어떤 비약의 지점에 도달하는 완벽한 동일화의 순간! 이 순간이야말로 시인이 시적 주체로 다시 태어나는 순간이자 모든 시인이 꿈꾸는, 행복한 동일성의 체험을 동반하는 순간일 것이다.

그러나, 여기, 이 변화무쌍한 21세기의 시인들에게 자아와 타자가 완벽한 조화와 일치에 이르는 동일성의 체험이란 과연 (망각과 기만, 또는 강요와 자기합리화의 과정 없이) 가능한 일인가. 그것은 기실 자아의 욕망의 투사이거나, 가상 체험의 공간에 불과한 것일 수 있으며, 혹은 시인과 독자가 하이테크놀로지의 미디어와 화려한 상품들이 빚어내는 이미지에 둘러싸인 채, 현실과 가상, 일상과 창조적 몰입의 경계를 혼돈함으로써 발생하는 것일 수도 있다. 삶의 순간적 고양 자체가 불가능하거나 가짜일 수 있다면, 오늘이 현란한 '감각의 제국'의 신민들에게 과연 시적 주체는 어떻게, 어떤 관계와 과정을 통해서 창조될 수 있는 것인가.

2000년대 젊은 시인들의 고민과 새로운 상상력, 그리고 최근 급격하게 변화를 모색하는 시 비평의 출발은 '시적 주체'를 향한 전방위의 질문에서 비롯된다. 그 질문은 무엇보다 서정시라는 제도와 권력, 그것이 강요하거나 추구했던 고유의 미학에 대한 비판과 반성을 포함한다. 서정시 장르가 근대적 동일성의 논리를 강화하는 데 일조해왔다는 자기 각성/비판/부정이 완강한 시적 주체의 권위를 향한 도전과 해체를 감행하게 하는 것이다. 기왕의 시적 주체를 향한 질문이 포함하는 또 다른 층위 역시 이 최초의 문제의식의 연장선에 있다. 근본적으로 현대 서정시의 운명과도 관련된 이 물음은 결국 근대/탈근대의 사회에서 서정시 장르가 어떤 의미와 역할을 지니는가를 묻는다. 시시각각으로 무수한 이종(異種)의 타자들을 양산하는 동시에 자기보존의 뜨거운 용광로 속으로 타자를 집어삼키는 근대의 작동 방식 속에서 동일성의 장르인 서정시는 어느 언저리에 위치할 수 있는가. 1인칭 고백의 장르이자 현재적 발화인 서정시 장르를 통해 근대의 논리에 대응하는, 혹은 넘어서는 시적 주체를 설정할 수 있는가. 마지막으로, 만약 이상의 전제에 동의한다면, 그 위에서, 2000년대 시의 시적 주체는 무엇을 어떻게 말할 수 있을 것인가.

문제의 핵심은 우선 시적 주체 자체의 특성이나 언술체계보다는, 시적 주체의 구성 과정에서 발생하는 자아와 타자의 관계에 있다. 기본적으로 1인칭 주체의 시적 공간 안에 소실점을 세우는 서정시 장르에서, 억압된 타자의 복원이나 타자적 시점의 발언을 구체적으로 어떻게 이끌어낼 것인가의 문제이다. 아울러 대두되는 문제는 시인과 시적 주체 사이의 격차를 살아내는 방식에 있다. 서정적 감흥의 순간적 고양이 아니라면 시인과 시적 주체 사이의 크나큰 진폭을 어떻게 뛰어넘을 것인가의 문제는, 시적 일탈을 꿈꾸는 시인들에게 질문과 도전을 제공한다. 이것은 결국 자아와 타자의 무수한 관계맺음의 방식을 통해 시를 생산해내는 '과정'에 관한 문제라고 할 수 있다. 마지막으로, 이 모든 질문들의 궁극적 기저에는 과연 '어떤 시적 주체여야 하는가'라는 물음이 전제되어 있다. 요컨대 어떤 얼굴로 이 기괴하고 파란만장한 세계를 마주대할 것인가. 또는 이 번잡하나 쓸쓸하기 그지없는 세계 위에서 어떤 '나'의 공간을 구축할 것인가. 2000년대의 젊은 시인들의 고민은 바로 이 지점에서 시작된다.

2000년대 젊은 시인들이 물음에 응답하는 방식은 우선, 억눌렸던 타자를 복원함으로써 주체의 분열과 해체를 꾀하는 것이다. 그럼으로써 그들은 시적 주체의 완고한 권위를 무너뜨리는 방식으로 시인과 시적 주체 사이의 머나먼 격차를 끌어내리고자 한다. 기왕의 서정시의 현자(賢者), 여신, 제사장, 투사 또는 교사 등과 같은 근엄한 얼굴들은 이들의 시에서, 가변적이고 분열되고 미성숙한 주체들로 세분화된다. 예컨대 황병승, 김민정, 김행숙, 이민하 시의 발랄하고 당돌하며 끊임없이 분화 · 생성되는 시적 주체들은 새롭고 낯선 형상을 창조함으로써, 오래된 옛 주체의 권위뿐만 아니라 그 도달할 길 없는 격차에 조소를 보낸다. 이들에게 시적 주체란 일상에서의 고공 비약이 아니라 일상적 자아의 위치 또는 시선을 변화시킴으로써 생성되는 존재이다. '시차'(時差, 視差, 詩差)는[1] 이들 시인들이 보여주는 시적 주체의 변화를 적절히 포괄하는 개념이다. 주체의 위치를 '타자'의 시점으로 변경시킴으로써, '타자'의 시선으로 바라보는 낯설고 기괴한 주체들이 등장하게 된다.

젊은 시인들의 두 번째 대응 방식은 시적 주체의 자리를 여럿의 타자들과 나누어 가짐으로써 시인과 시적 주체 사이의 격차를 좁히는 길이다. 이장욱이 진이정의 카니발적 언어를 통해,[2] 강계숙이 문태준의 '새로운' 서정의 길을 통해[3] 논의했던 이 방식은, 완벽한 동화와 일치가 아닌, 울퉁불퉁한 이질적 동일성의 순간을 이끌어낸다. 주체가 타자에 완전히 동화되거나 혹은 타자를 흡수하는 것이 아니라 여럿의 타자들 곁으로 자신의 자리를 옮겨갈 때, 강력한 시적 주체가 이끄는 서정시의 권력 공간은 스스로 변화의 가능성을 내포하게 될 것이다.

이렇게 시인과 시적 주체 사이의 격차를 무시하거나 해소하는 방법 이외에도, 젊은 시인들이 시인과 시적 주체 사이의 관계를 고민하는 방식은 매우 다양하다. 자기 안에 타자의 틈입을 어떻게 허용할 것인가. 또는 "다른 삶으로 스며들기"[4]라는 문학의 지고한 목표에 어떻게 다다를 것인가. 시인의 일상적 자아와 창조적 자아의 사이, 그리고 자아와 타자 사이의 차이와 간극을 어떻게 살아낼 것인가. 둘 사이의 공간을 떠돌며, 둘 사이의 관계를 탐색하는 젊은 세대의 모색 과정을 김경주, 이준규, 이기인의 첫 시집을 통해 살펴보기로 한다.

지워지는 주체의 "묽은" 얼굴 – 김경주

김경주의 시는 타자의 존재, 타자의 목소리들로 가득하다. 시인 자신 밝히고 있듯, 그에게 시는 "내 몸으로 찾아온 낯선 몸의 시간 같은 것"으로 받아들여진다. 그 "낯선 몸의 시간"을 어떻게 살아낼 것인가라는 물음은 김경주 시의 주요한 테마이다. 시인은 그 '시간'을 앓고, 살고, 느끼면서, 자기 안에 틈입하는 타자들, 그리고 서로의 몸 속을 스며드는 존재들을 예민하게 지각(知覺)한다. 가령,

> 노을이 물을 건너가는 것이 아니라 노을 속으로 물이 건너가는 것이다
>
> 몇 천년을 물속에서 울렁이던 쓴 빛들을 본다
>
> 물의 내장들을 본다
>
> —「저녁의 염전」 부분

> 바람 속으로 물 속의 어둠이 번지는 시간인 것입니다……(중략)
>
> 물이 그늘을 밖으로 천천히 밀어내는 소리입니다 그 바람을 열면 누군가 무덤을 나와 묽은 얼굴을 하고 지나간 흔적이 있습니다
>
> —「아우라지」 부분

등과 같은 구절들은 하나의 존재를 이루는 겹겹의 시간들, 그리고 한 존재와 다른 존재들 '사이'에서 이루어지는 미세한 움직임들을 그려내고 있다. "물"과 "노을"과 "바람"이 그러하듯이, 한 존재는 다른 존재에게 자신의 공간을 내어주면서 자기 안에 타자를 받아들인다. "바람 속으로 물 속의 어둠이

번”져 나가듯, “노을 속으로 물이 건너가”듯, 각각의 존재들은 서로를 향해 틈입하면서 서로의 가두리를 지워나간다. “묽은 얼굴”(「아우라지」), 우물 속에 던져진 “묽은 불”(「우물論」) 등과 같은 표현에서, 사물들은 자기의 존재를 강하게 드러내는 것이 아니라 서로의 경계를 흐린 채 이미 ‘다른’ 존재로 변화되어 있다. 사물들이 서로 맺는 관계, 그리고 사물들 ‘사이’에서 일어나는 존재 변환의 과정은 김경주 시의 시적 주체를 새로운 방식으로 정립시키는 주요한 계기가 된다. 시 「먼 생」은 주체와 타자들이 맺는 관계, 그리고 그를 통해 새로운 시적 주체가 생성되는 과정을 시화한다.

> 골목 끝 노란색 헌옷 수거함에
> 오래 입던 옷이며 이불을
> 구겨 넣고 돌아온다
> 곱게 접거나 개어 넣고 오지 못한 것이
> 걸린지라 돌아보니
> 언젠가 간장을 쏟았던 팔 한쪽이
> 녹은 창문처럼 밖으로 흘러내리고 있다
> 어둠이 이 골목의 내외(內外)에도 쌓이면
> 어떤 그림자는 저 속을 뒤지며
> 타인의 온기를 이해하려 들 텐데
> 내가 타인의 눈에서 잠시 빌렸던 내부나
> 주머니처럼 자꾸 뒤집어보곤 하였던
> 시간 따위도 모두 내 것이 아니라는 생각
> 감추고 돌아와야 할 옷 몇 벌, 이불 몇 벌,
> 이 생을 지나는 동안
> 잠시 내 몸의 열을 입히는 것이다
> 바지 주머니에 두 손을 넣고
> 종일 벽으로 돌아누워 있을 때에도

창문이 나를 한 장의 열로 깊게 덥고
살이 닿았던 자리마다 실밥들이 뜨고 부풀었다
내가 내려놓고 간 미색의 옷가지들,
내가 모르는 공간이 나에게
빌려주었던 시간으로 들어와
다른 생을 윤리하고 있다

저녁의 타자들이 먼 생으로 붐비기 시작한다

—「먼 생-시간은 존재가 신(神)과 갖는 관계인가」 전문

"오래 입던 옷이며 이불들을" "헌옷 수거함"에 버리고 돌아오는 일상의 작은 행위에서 이 시는 시작되고 있다. 마치 '내' 몸의 일부가 떨어져나간 양, 버린 옷가지들을 아쉬워하는 '나'는, 한 때 '내 것'이었던 사물들을 통해 '타인'과 '나'의 관계를 되돌아본다. '내'가 소유했던 사물들, 그것과 함께 했던 시간들이 "모두 내 것이 아니라는 생각"은 그 성찰의 결과물이다. '내'게 있었던 사물들이 온전히 '내' 것이 아니듯, 그것들은 또 다른 '타인'의 몸을 빌어 잠시 머물다 사라져갈 존재들이다. 가지고/버리고, 다시 머물고/떠나가는 사물들의 움직임은 이 시에서 시적 주체의 성찰과 생장(生長)을 동시에 이끌어낸다. '내'가 '나'의 일부를 떠나보내고 '나'를 비울 때, '나'는 또 다른 존재들로 채워지기 시작한다. '내' 안에서 잠시나마 머물렀던 존재들, '내'가 "시간"을 "빌려주었던" 존재들은 "내가 모르는 공간"으로 다시 "나에게" 돌아와 "다른 생을 윤리하"기 시작한다. 그러므로 이 시의 시적 공간은, 강력한 1인칭 주체가 타자들을 이끄는 공간이 아니라, 주체가 타자들에게 자신의 자리를 내어주는 공간, 따라서 "먼" 시간 너머의 무수한 타자들로 소리없이 "붐비"는 공간이 된다. 시적 주체는 타자를 향한 주체의 배려와 양보, 다시 그러한 주체 안에서 제각기 "다른 생"들을 꿈꾸는 타자들의 운동을 통해 생성된다. "다른 생을

윤리"한다는 이 비문(非文)의 한국어는 김경주 시적 주체의 특징을 가장 간명하게 함축하는 문장이다. 주체가 "다른 생을 윤리"함으로써 타자를 받아들이듯, 타자는 다시 주체의 공간 속에서 "다른 생을 윤리"함으로써 주체를 성숙하게 한다. "다른 생을 윤리"한다는 것은 곧 타자를 향해 끊임없이 자신을 비워내는 과정에 다름 아닐 것이다.

김경주 시의 시적 주체는 스스로 강고(強固)한 실체를 구성하는 것이 아니라, 어떤 흔적과 "기미(幾微)"를 통해서 확인되는 존재이다. 시적 주체는 자신을 지워나감으로써 오히려 자신의 존재감을 확보한다. 이때의 존재감이란 자기 존재에 대한 확신이라기보다는 타자의 그늘로부터 얻어지는 것이다. 좀더 구체적으로 말하자면, 타자의 "기미"에 대한 몹시도 예민한 반응이 바로 주체를 존재하게 만드는 근거라고 할 수 있다.

> 오래 비워둔 방 안에서 저 혼자 울리는 전화 수신음 같은 것이 지금 내 영혼이다 예컨대 그 소리가 여우비, 는개비 내리는 몇 십 년 전 어느 식민지의 추적추적한 처형장에서 누군가 이쪽으로 걸어두고 바닥에 내려놓은 수화기를 통해 흘러나오는 댕강댕강 목 잘리는 소리인지 죽기 전 하늘을 노려보는 그 흰 눈깔들에 빗물이 번지는 소리가 들려오는 것인지……(중략)……아무튼 나 없는 빈방에서 나오는 그 시간이 지금 내 영혼이다 나는 지금 이 세상에 없는 계절이다
>
> —「부재중(不在中)」 부분

김경주 시에서 가장 인상적인 것은 바로 이 '무화(無化)'된 존재로서의 시적 주체의 풍경이다. '나'는 여기에 있지만, 여기에 없는 존재이다. 시적 주체로서의 '나'는 여기에 존재하면서 동시에 여기가 아닌 '다른' 시간을 살아간다. '나' 스스로가 이미 "지금" 여기에서 "먼 생"(「먼 생」), "지구의 반대편"(「내 워크맨

속 갠지스」)과 소통하는 "이 세상에 없는 계절"이 되고 있다. 이처럼, 자아의 존재를 지워나가며 "먼" 시간 속의 타자와 소통하는 주체, 그럼으로써 끝내 무화(無化)되는 주체의 모습은 우리 시에 새로운 주체의 형상을 이끌어내고 있다. 그것은 권위적인 서정적 주체가 아니라 타자를 향해 한없이 자신을 낮추어 가는, 그리하여 스스로의 존재를 무화시키는 '지워진 주체'로서의 새로운 시적 주체이다. 이것이 바로 김경주의 시적 주체이며, "스스로 자신의 풍경을 조금씩 지우"면서 "낯선 몸의 시간"을 살아가는 그의 시의 미래 또한 이 시적 주체의 자리로부터 형성될 것이다.

실체 없는 주체의 느린 운동 — 이준규

이준규의 시는 메타시이다. 달리 말해 그의 시는 시에 대한 시이며, 시를 써나가는 과정 자체에 대한 시이다. 한 편의 시가 창조되기까지의 과정, 즉 시인의 일상, 감정, 주변의 사물들, 그리고 한국 시사와 시인들의 시적 영향 등과 같은 무수한 조건들 속에서, 바야흐로 '시(詩)'가 떠오르는 순간을 시화(詩化)하는 것이다. 일찍이 칠레의 시인 네루다가 "그러니까 그 나이였어……시가 / 나를 찾아왔어. 몰라, 그게 어디서 왔는지, / 모르겠어, 겨울에서인지 강에서인지. / 언제 어떻게 왔는지 모르겠어,"(「詩」)라고 말했듯, '그들'에게 시가 인칭 주어로 받아들여졌다면, 이준규에게 시는 기존의 시를 부정하는 시, 비인칭의 "그것"이다. 이준규에 따르면, "그것은 세상의 모든 슬픔을 간직한 것처럼 누워 있다 / 그것은 울 수도 있고 웃을 수도 있다"(「나무는 젖는다」), "그것은 급하게 회전한 무엇과 닮았다 그것은 방충망 앞에 서서 담배를 피우며 잎진 버즘나무를 바라보는 겨울의 시선과 닮았고 붉은 샤워 가운을 걸친 채 팬티 스타킹을 잡아당기는 여자의 입술과도 닮았고 그것은 망설이는 볼펜 끝과도 닮았다………"(「흑백2」) 이준규의 시는 이처럼 도처에 늘어서 있는 타자들, 즉 "밥", "물소리", "책", "고양이", "새소리"(「전진」) 등과 같은 무한한 사물들 속에서 "당신"을 향해 나아가는 과정에 있다. 그 과정 중의 "실패"와 "그리움"과 "망각"과 또 다른 "구축"은(「향기」) 이준규의 시가 그리는 대상이자, 그의 시 자체이기도 하다. 그 무수한 "시작"과 "실패"와 "전진"의 과정에서 떠오르는 "그것"은 곧 이준규에게 시(詩)이며 오직 그 순간, 그 한 편의 시에만 유일무이하게 존재하는 시적 주체를 가리킨다. 네루다의 '시'가 느닷없이 시인에게 찾아온 하나의 사건이었고 그 '사건' 속에서 비로소, "얼굴 없"는 '나', 이 "미소(微小)"했던(「詩」) 존재가 시적 주체로 비약하는 계기를 이루었다면, 그에 비해 이준규에게 '시'는 바로 그 갑작스런 유일의 사건을 향한 의식적인, 그러나 "불가능한 기획"(「이글거리는」)이다.

"세상의 모든 시를 시작하리라"(「이글거리는」)라는 야심찬 선언을 통해 우선 이준규가 부정하는 대상은 기존의 시에 대한 고정된 관념과 한국 근대시사(詩史), 그리고 시인들이다. 가령, "그러나 아주 작은 별 하나도 없다 / 어찌 자연의 광휘를 노래하리"(「이글거리는」), "자연은 아름답다 길들인 자연 종이를 잡아당기며 지운다 조금 가지런하다 시 같다"(「너그러운 개구리」) 등의 구절은 '자연 예찬'의 정제된 서정시가 주류를 이루는 우리 시의 이념을 비판하고 있다. 그러나 "이상"과 "소월"의 시(「고등어」), "수밀도의 밤"과 "침실"(「베고니아……」) 같은 문학정전(正典)의 권력과 "1940년대의 어떤 시가 주는" "심오한" "영향"(「1940년대의 어떤 시」)에서 벗어나는 과정은 결코 쉽지 않다. "시체를 입고 물 위에 불을 떠가는"(「멸종을 위하여」) "불가능한 기획"을 추구하면서 시인 이준규가 꿈꾸는 지점은 "끝내 당신에게 이르"는(「정박」) 길이다. 「흑백 9」는 그 "불가능한" 시(詩)의 순간을 그리고 있다.

자정이 지났을 것이다
서러움을 닮은 수증기가
유리처럼 침묵하고 있다
웅크리고 숨죽이는 우울한
들숨 너머 저기로
매끄럽고 물컹한 것이
솟아오르고 있다
그것은 휴식을 바라고 있다
익숙한 입김처럼
빗줄기의 습한 냉기가
몸으로 스민다
골목이 얼음의 빛을
밟고 맨발로 서 있다
있음이 떨고 있다

—「흑백 9」 전문

"자정"이 지난 시각은 사물의 침묵과 소란이 가장 선명하게 드러나는 시간이다. 위의 시 「흑백 9」에서 사실상 움직이는 사물은 없다. 다만 "수증기"가 있고 "들숨"을 쉬고 "입김"을 불며 "냉기"가 흐르고, 또한 거기에 "골목"이 있을 뿐이다. 각각의 사물들은, "서러움을 닮은 수증기"나 "웅크리고 숨죽이는 우울한 들숨" 등과 같이, 이미 시적 자아의 정서를 그 안에 품고 있다. 달리 말하자면, 사물과 자아가 서로 소통한 양상이 한 사물의 풍경으로 객관화되어 제시된다. 여기까지, 자아를 타자화한 이 풍경 자체도 충분히 한 편의 시가 될 수 있을 것이다. 그러나 이준규의 시는 자아의 타자화라는 풍경 너머의 새로운 풍경을 지향한다. 그의 시에서 '타자화된 자아'라는 타자들은 서로 스치고 스며들면서 "매끄럽고 물컹한 것", "그것"을 생성시킨다. 이 "있음"이라는, '떪'의 순간은 이준규 시를 이루는 자아와 타자, 그리고 시와 시적 주체가 동시에 하나의 '사건'을 향해 일제히 일어서는 풍경을 이룬다. 그 '있음'의 순간이야말로, 시쓰기의 과정을 시로 써온 시인이 비로소 시적 주체로 비약을 이루는 순간일 것이다. 이때 이준규 시의 시적 주체가 자아의 동일화 과정을 통해 생성되는 일반적인 서정적 주체의 유형과는 다른 양상을 띤다는 점에 주목해야 한다. 전통적인 서정시의 주체가 타자를 포괄하고 그 타자들을 통해 실체를 구성하고자 한다면, 이준규 시의 시적 주체는 타자들 속으로 분산된 채 스스로 실체가 되기를 "실패"한다. 실체 없는 시적 주체가 과연 "시 같"은 시를 이루어낼 수 있을 것인가. 그의 "불가능한 기획"은 그 기획 자체를 통해서 한국시의 제한된 가두리와 그것을 넘어서는 가능성을 시도하고 있다.

너와 나의 거리, 차이 속의 시선 — 이기인

이기인의 시는 '노동시'라고 분류될 수 있는 시적 특징들을 보유하고 있다. 그가 묘사한 비인간적인 노동환경, 그리고 그 속에서 이중으로 착취당하는 여성노동자의 삶은 너끈히, 80년대 노동시의 품목들을 구성할 수 있을 것이다. 그러나 전 시대의 노동시와 이기인의 시가 갈라서는 지점은 시적 주체와 타자의 관계에서 비롯된다. 기왕의 노동시들에서 시적 주체(시인, 지식인, 또는 노동자)가 타자(노동자, 노동현실, 또는 '적(敵)')에게 동일화되거나 혹은 타자에 대한 강력한 저항의 거점을 구성했던 반면, 이기인 시에서 시적 주체는 타자를 향한 연민도, 옹호도, 비판도, 고발도 아닌 불투명한 시선을 투과시킨다. 그 불투명함은 그의 시가 노동자의 분노와 원한의 표출에 주력하지도 않으며 그렇다고 절절한 체험의 고백에 목표를 두지 않는다는 점에서 비롯된다. 이기인의 예민한 조리개는 시적 주체의 렌즈를 통과하는 빛의 양을 적절히 조절하면서, 때로는 선명하고 때로는 희부옇게 "ㅎ방직공장 소녀들"의 형상을 포착해낸다.

그 "꽃같다는 소녀들"의 희부옇고 다층적인 형상은 각기 발화와 관찰 지점의 차이에서 발생하는 것이다. 요컨대, 소녀에 대한 발화가 "꽃"에 대한 비유에 근거하고 있다면, 그 소녀에 대한 시적 주체의 관찰 지점은 "꽃같은"이 아닌, "꽃같다는" 전언(傳言)의 방식에 기대고 있다. 주목해야 할 것은, 시적 주체의 발화가 타자의 전언과 주체의 관찰 '사이'의 어느 지점에서 생성되고 있다는 점이다. 이 전언과 관찰의 어긋남 사이에서 빚어진 '소녀'의 형상, 달리 말하면 전언과 관찰이 '소녀'의 형상 위에서 착종하는 지점은 바로 이기인의 시가 80년대 전형적인 노동시들과 확연히 구별되는 특징이다. 덧붙여, 이기인 시의 독특한 점은 '소녀'를 타자의 위치에 가두어놓지 않는다는 데 있다. 그의 시적 주체는 타자의 위치에서 발화하고, 다시 타자와 '나'의 발화, 그리고 '나'의 관찰 위치를 변경하고 겹쳐 놓으면서 주체의 또다른 존재 방식을 보여준다. 그 방식이란 가령, 다음과 같은 것이다.

> 기계가 나를 핥아주었다, 나도 기계를 핥아먹었다, 쇳가루가 혀에 묻어서 참지 못하고 뱉어 냈다,
> 기계가 나에게 야만스럽게 사정을 한다고, 볼트와 너트를 조여달라고 했다.
>
> 공장 후문에 모인 소녀들
> 붉은 떡볶이를 자주 사먹는 것은 뜨거운 눈물이 흐를까 싶어서이다.
> 아니다, 새로 들어온 기계와 사귀면서부터이다.
>
> —「알쏭달쏭 소녀백과사전-흰 벽」 부분

검은 가슴을 핥는 이에게
그만 빨아요, 처음에는 저도 깨끗했어요

꾹꾹, 눈물을 참으려고 해도 눈물이 나오는
이상한 체위를 강요하는 아저씨

소녀의 걸레는 뒤틀리면서 '아퍼' 소리를 질러야 하는데
거친 손은 다시 걸레의 입을 틀어막는다

—「알쏭달쏭 소녀백과사전 - 걸레」 부분

살굿빛
요구르트에 빨대를 꽂는다
요구르트에 빨대를 가벼이 꽂는다
이 얇은 처녀막에도
어느새,
내가 내었던 천공(穿孔)이 있다는 것을 슬슬 뉘우친다

아이가 울어서
그 얇은 처녀막을 빨대를 쥐고서 들여다본다
울던 아이는 참으로 흡족하게 한참을 쪽쪽거린다
마지막 한방울까지 쪼르르
열심히 빤다

—「알쏭달쏭 소녀백과사전 - 상처」 부분

이기인의 시에서 '차이'를 드러내는 효과적인 장치는 은유의 구조이다. 이기인 시의 독특함은, 은유를 통해 연결된 두 개의 대상이 빚어내는 아이러니의 효과에 있다. 예컨대, "요구르트"의 "살굿빛"과 "소녀"의 살, "천공(穿孔)"과 "처녀막", 다시 "걸레"와 "소녀" 등은 두 대상 사이의 유사성과 차이를 동시

에 환기시키며 아이러니의 효과를 낳는다. 이를테면 "소녀"는 순결하다/하지 않다, "소녀"는 사랑을 꿈꾼다(그렇지만)/강간당한다, "소녀"는 "올록볼록 향수병"(「알쏭달쏭 소녀백과사전—나비」)같은 행복한 일상을 꿈꾼다(그러나)/그녀들의 일상은 자본과 젠더의 지배 체계에 동시에 착취당한다. 덧붙여, 여성과 남성, 자본주의와 상품논리, 기계와 노동자, 쾌락과 상처의 "뒤틀"린 병치와 대비 구조는 이 아리따운 "소녀들"을 둘러싼 다층적인 지배망을 "불길"한 (「알송달쏭 소녀백과사전—나비」)방식으로 보여준다.

이 시에서 '차이'를 발생시키는 지점은 비단 비유와 병치, 대비 구조의 효과에 그치지 않는다. 그것은, 이미 언급했듯, 타자인 "소녀"와 '나'의 발화 지점의 차이, 그리고 타자의 위치와 '그녀들'을 바라보는 '나'의 눈높이의 격차에서 발생한다. 시적 주체의 구성 과정에서 이 '차이'는 어느 한 쪽으로 포괄되거나 무화되지 않고 그 자체로 긍정된다. 요컨대, 시적 주체는 "그만 빨아요, 처음에는 저도 깨끗했어요"라고 타자의 위치에서 "아프"게 호소하면서, 또한 "걸레의 입을 틀어막는" "거친 손" 위에 동시에 위치한다. 이렇게 "상처"를 내고/"상처"에 "우"는 서로 다른 두 개의 관계 '사이'를 오가며, 혹은 그 '사이'의 어느 지점에서 이기인 시의 시적 주체는 생성된다. 그것은 온갖 차이들을 병치시키고 긍정하는 방식, 즉 차이들의 공존 속에서 빚어지는 것이다. 이기인이라는 시인 개인과 시적 주체, 그리고 타자들과 시적 주체는 서로의 차이를 인정하고, 동시에 서로의 차이를 "아"파하는 방식을 통해 시적 공간 안에 공존하고 있다. 이처럼, 감정의 고양(高揚)도, 타자의 동일화도, 차이의 제거도 아닌, 차이들의 대비와 병치 구조 속에서 이기인 시의 시적 주체는 우리 시의 또다른 '얼굴'을 보여주고 있다. 결코 쉽사리 소멸시킬 수 없는 현실적 차이를 "울면서", 또한 "아프게"[5] 자각하면서.

오래된, 근본적인 물음에 대하여

시적 주체를 어떻게 창조할 것인가의 문제는 역사 이래로 모든 시인들에게 제기되었던 가장 오래된 물음 가운데 하나이다. 1인칭 고백의 장르라는 서정시의 틀을 익숙한 관습으로 받아들이건, 불편한 제약 또는 자동 메커니즘으로 받아들이건, 시적 전통의 창조와 갱신, 그리고 부정과 비판 모두 시적 주체의 성립이라는 문제와 긴밀히 관련될 수밖에 없었다. 전통의 지속과 갱신이 시적 주체의 틀 '내부'에서 이루어졌다면, 전통에 대한 강한 부정과 비판은 그 틀을 안으로부터 균열시키는 전복적 힘에 의해서 가능했기 때문이다. 그런 점에서 시적 주체의 창조와 특성의 문제는 역사적으로 '오래된' 문제일 뿐만 아니라 시작(詩作)과 시사(詩史)의 가장 '근본적인' 문제 가운데 하나라고 할 수 있다.

우리 시의 경우, 1인칭 주체가 이끄는 안정된 시적 공간은(시적 주체의 발화 내용, 발화의 고저를 막론하고) 오랫동안 '시(詩)임', '시(詩) 같음'의 강력한 표지로 활용되었다. 물론, 서정시 장르와 1인칭 주체 중심의 개념 규정에 대해 지속적으로 다양한 비판이 시도되었지만, 한국 시의 정전(正典)은 1인칭 주체의 서정시 장르라는 강고(强固)한 틀 안에서 반복, 재생산을 거듭해왔다. 2000년대 들어서 '미래파'라는 (다소 수사적인) 명명아래 묶인 젊은 시인들은 정전의 자기 복제와 그 자장(磁場)으로부터의 탈주, 그에 대한 폭발적이고 화려한 반란을 감행하였다. 주체의 분열과 해체, 또는 억압된 타자의 복원, 트랜스-주체의 등장 등은 '진부한' 시적 주체를 향한 그들의 반란이 다각적으로, 전면적으로 시작되었음을 극명하게 보여준다. 그러나 그들의 시도가 다각적인 만큼, 동일한 정도로, 근본적으로(radical) 급진적(radical)인가? 나아가 그 급진성은 지속적인 파괴력을 (이론의 과장, 제도적 수혜, 수사적 포즈에 기대지 않고) 스스로 내장하고 있는가?

김경주, 이준규, 이기인의 첫 시집이 주목되는 이유는 바로 위의 질문들에 대해 선뜻 긍정의 답을 제시할 수 없는 상황과도 관련된다. 세 명의 시인들이 시인과 시적 주체, 자아와 타자의 관계를 풀어가는 다양한 방식은 시적 주체의 정립을 향한 우리 시의 고민이 또다른 단계로 접어들고 있음을 보여준다. 김경주의 시는 타자를 향해 한없이 자신을 지워나가는 '무화(無化)'된 주체의 아름다움을 보여준다. 이준규의 시는 시쓰기 과정에서 벌어지는 자아와 타자의 집요한 갈등을 무한한 인내심으로 지켜본다. 그가 포착하는 것은 비인칭의, 실체 없는 주체가 떠오르는 짧은 창조의[6] 순간에 있다. 이기인의 시에서 자아와 타자의 거리는 쉽사리 제거되지 않는다. 그는 타자와의 격차가 빚어내는 병치와 대비의 구조 속에서 시적 주체의 복수적 시선을 성공적으로 그려보인다. 이들 세 시인들의 시가 보여주는 '새로움'의 연원은, 거시적으로 볼 때 한국 시의 정전(正典) 권력과 서정시라는 제도에 대한 비판의 시도로서 이해할 수 있을 것이다. 좀더 근본적으로 말한다면, 시적 주체의 생성을 타자의 관점에서 절박하게 고민한다는 점에서, 그리고 이같은 예술적 시도가 근대적 주체의 자기중심성에 대한 비판적 성찰과 실존적이고 윤리적으로 맞닿아 있다는 점에서 이들 시의 '새로움'은 현재, 진행, 중이다. 시의 다른 얼굴을 찾아, 타자의 기미(幾微)를 향하여.

감각과 소통, 자본의 네트워크

2000년대 미디어 환경과 시작(詩作)의 변화

다매체 문화 환경과 지각 경험의 변화

2000년대 일상의 삶은 온갖 종류의 미디어로 넘쳐난다. 핸드폰의 모닝콜 서비스에 눈을 뜨는 순간부터 인터넷 포털 사이트를 마지막으로 접속하는 순간까지, TV, 라디오 등의 고전적인 매체를 비롯해 컴퓨터, 핸드폰, MP3, DMB 등 갖가지 하이테크 미디어 기기가 접속의 순간을 기다리고 있다. 인터넷 라디오 수신기로 음악을 들으며 포털 사이트의 최신 뉴스를 '클릭'하고, 이메일의 답장을 쓰는 동안에도 문자 메시지는 날아든다. 출근길 지하철 안에서 사람들은 제각기 각자의 매체를 가지고 '논다'. MP3로 음악을 듣고 핸드폰으로 문자를 보내며 '셀카'의 포즈를 취한다. 무가지(無價紙) 신문을 읽고 DMB폰으로 주가를 확인하고 TV 쇼 프로그램을 보며 키득거린다. 또는 기계(핸드폰)를 향해 혼자서 중얼댄다. 21세기 미디어 환경이 급속하게 변화시킨 이 낯선(혹은 이미 익숙해진) 지하철 풍경은 어디라도 이동가능하고 모든 장소에 편재되어 있는 미디어의 특성과 그 속에서 일어나는 개인의 경험을 구체적으로 상상하게 한다.

다매체 문화 환경에서 일어나는 개인의 경험 가운데 가장 큰 변화는 지각경험의 변화로 요약될 수 있다. 미디어 연구자들이 지적하고 있듯이, 구술문화 환경의 인간에게 주로 청각적 경험이, 그리고 인쇄 매체 발달에 따른 문자문화 시대에는 시각적 경험이 중심이 되는 반면, 전자 미디어는 다시 청각적 경험의 강화와 더불어 시각, 청각, 촉각 등 복합적이고 총체적인 지각 경험을 열어 놓는다. 이같은 특징은 하나의 매체를 매개로 했을 때나 혹은 한 개인을 대상으로 했을 때 어느 경우에나 해당된다. 가령, 우리는 UCC 동영상을 보고 듣고 느끼며 때로는 동영상을 따라 춤을 춘다. 또한 시인이 자작시를 직접 낭송하는 멀티미디어 낭송시를 듣고, 시를 보거나 들으며 동시에 플래시 화면을 감상할 수 있다. 개인의 일상에서도, 인터넷으로 다운받은 최신 드라마를 시청하며 동시에 정보 검색을 하는 일은 다반사로 일어난다. 전화, 영화, 오디오, 인터넷 등의 다양한 미디어 장치와 복합적으로 매개되면서, 미디어와 접촉할 때의 인간의 신체감각과 의식은 동시다발적이고 총체적으로 뒤흔들리는 경험을 수용하고 있다.

인간의 지각 경험을 점차 복합적이고 총체적인 것으로 만드는 요인은 미디어뿐만이 아니다. '신체화' 또는 '탈장소화'된[7] 다매체 문화 환경 속에서 개인은 끊임없이 이동하고 변화해나간다. 특정한 장소에 귀속되지 않는 '움직이는 자아'는 지속적으로 확충되는 항공 노선, KTX, 새로 개발되는 고속도로망 등과 같은 교통 수단과 교통망을 통해 실제와 상상 공간을 확장하고 연결시켜 나간다. 교통 수단과 커뮤니케이션의 상호보완적 효과는[8] 다매체 환경 속의 다성적 자아를 구성하는 중요한 요인이다. 2000년대의 인간은 인터넷 접속을 통해 다른 장소, 다른 환경의 인간과 상호대화를 하며, 또한 여행과 이주를 통해 빠르게 공간 이동을 하면서도 여전히 자국(自國)의 미디어와 연결을 끊지 않는다.

이처럼 다매체적이고 상호대화적이며 이동과 변화가 빠른 트랜스문화(국경)의 환경은 2000년대 문학에도 적지 않은 영향을 끼치고 있다. 먼저 확인할 수 있는 것은 시인, 작가 자신의 경험의 변화이다. 특히 시인의 경우, 영화나 음악, 사진 등의 매체 제작을 겸업으로 하거나 여행이나 다양한 매체 경험을 산문으로 쓰는 경우가 늘고 있다. 밴드 '3호선 버터플라이'의 멤버이자 평론, 시, 그리고 영화음악 제작에도 참여하는 성기완, 시를 쓰고 문화비평을 하며 록밴드 '비행선'의 리드보컬로 활동하는 강정, 역시 시인이자 극작가, 카피라이터이며 단편영화 작업까지 병행하는 김경주 등이 그러한 예에 해당된다. 시인들의 직접적인 매체 경험은 창작에 상호 영향을 끼친다. 시인 강정은 음악, 춤 등의 에너지와 감각을 통해 시 창작의 동력을 얻는다고 말한다. 성기완은 '문학적인 것'이 '책'이라는 매체를 떠나 "생기있는 새 몸에 깃들이는" 광경을 '어어부 밴드'의 음악에서 확인한다.

'여행'은 2000년대 시인들의 또 다른 화두이다. 최근 여러 시인들이 여행산문집, 여행사진집을 펴내고 있다. 시인, 작가들의 다매체, 다문화 경험은 그들 자신 뿐만 아니라 독자의 작품 수용 방식에도 변화를 가져온다. 미디어와 여행에 의해 제공된 시청각 경험은 작품에 대한 독자의 기대를 특정 매체 중심으로 제한하거나 혹은 이미지 수용의 지평을 다양한 방식으로 확대시킨다.

이처럼 다매체적이고 다문화적인 문화 환경에서 문학은 과연 어떻게 존재할 것인가. 기억해야 할 점은 미디어가 자본과 테크놀로지가 집중되는 지점이면서, 현대의 다양한 욕망과 불안, 그리고 이미지 생산과 수용의 매개체로 기능하고 있다는 점이다.[9] 자본의 집적체이자 사회적 실천이 교차하는 장으로서 미디어와 문학은 어떻게 상호관련을 맺을 것인가. 시인(작가), 독자의 매체 경험, 작품의 매체 수용 방식은 궁극적으로 문학의 존재 방식에 어떤 영향을 끼칠 것인가. 이러한 질문들을 전제로 하며, 이 글에서는 특히 다매체 문화 환경이 빚어낸 개인의 지각 경험과 시 창작(수용) 방식의 변화, 그리고 시작(詩作)의 변화를 중심적으로 살펴보게 될 것이다.

미디어와 일상, 그리고 시(詩)

미디어가 우리의 일상에 적극적으로 침투하기 시작한 것은 1980년대의 일이다. 1980년, 컬러 텔레비전 방송의 개막은 미디어의 영향력을 확대시키고 대중의 지각 경험에 근본적인 변화를 가져오는 계기가 되었다. 만화 영화, 외화, 음악뿐만 아니라 스포츠, 정치, 사회 분야의 현상들이 미디어를 매개로 생생한 현실성을 획득하게 된다.

권혁웅의 『마징가 계보학』은 새로운 미디어가 제공하는 80년대의 화려한 장면들과 일상의 경험을 기획적으로 형상화한 시집이다. 그의 시에는 주간지 〈선데이 서울〉, '마징가 Z', '아수라 백작', '요괴 인간' 등의 만화 영화, '육백만불의 사나이' 등의 외화 시리즈 같은 다양한 매체, 그리고 매체를 통해 구성된 가상적 현실이 파노라마처럼 펼쳐지고 있다.

> 나의 1980년은 먼 곳의 이상한 소문과 무더위, 형이 가방 밑창에 숨겨온 선데이 서울과 수시로 출몰하던 비행접시들
>
> 술에 취한 아버지는 박철순보다 멋진 커브를 구사했다 상 위의 김치와 시금치가 접시에 실린 채 머리 위에서 획획 날았다

나 또한 접시를 타고 가볍게 담장을 넘고 싶었으나……먼저 나간 형의 1982년은 빰 석 대에 끝났다 나는 선데이 서울을 옆에 끼고 골방에서 자는 척했다

—「선데이 서울」 부분

'선데이 서울' 잡지를 읽는 '나'는 가상 현실과 실제의 세계를 넘나들며 때로 둘 사이를 혼동한다. "선데이 서울에는 비키니 미녀가 살"고 "브로마이드를 펼치면 그녀가 걸어나올 것 같"은 환상에 빠져든다. 가상적 세계가 마치 실제 같은 착각을 일으킬 뿐 아니라 실제 현실 또한 가상적 현실과 특별히 구분되지 않는다. 집 안에서는 "비행 접시" 같은 "접시"가 "머리 위"를 "휙휙 날아"다니고 "거리"에선 "외계에서 온 돌멩이들이" "날아다녔다". "1987년의 서울엔 선데이가 따로 없었다". 액션 영화처럼 박진감 넘치고 포르노 잡지처럼 중독성 강한 현실은 도처에 널려 있다. "TV에서 민머리만 보아도 경기를 일으"킬 정도로 80년대엔 군부정치의 관리와 통제적 현실까지도 미디어를 통해 일상에 침투한다.

80년대의 영웅들도 미디어를 매개로 탄생한다. 실제 인물인 프로야구 스타 '박철순'이나 만화, 영화의 주인공인 '마징가 Z', '육백만불의 사나이', '스파이더 맨' 등은 미디어가 만들어낸 영웅들이다. 권혁웅의 시는 미디어의 가상적 영웅을 빌어 현실을 재현하면서 동시에 그들의 가상성을 폭로하는 전략을 취한다. '영웅'적 면모는 미디어가 제공하는 이미지와 '다른' 현실, 즉 가상 세계의 환상성을 벗어버린 현실 세계와 병치됨으로써 소소한 일상의 비루함을 드러내는 기제가 된다. "기운 센 천하장사", "마징가 Z"의 "위대한 그 이름"은 "오래가지" "못했다". "우리 옆집에 사"는 "천하장사"는 "엄청난 기운으로", "집을 나"간 그의 "아내"를 "찾아다녔다". 아울러 "초당 9.8미터"의 속도로 달리는 "육백만불의 사나이"를 따라 "아이들"은 "그를 흉내내"며 "옥상에서 뛰

어내린"다. 미디어의 화려한 장막이 사라질 때, 현실은 궁색하기 그지 없는 맨 얼굴을 드러낸다.

권혁웅의 시에서 80년대 미디어의 보급으로 인한 일상의 변화, 가상과 현실의 다각적인 관계가 시화되고 있다면, 이원의 시에서 미디어는 마치 벗어나기 어려운, 현대사회의 전제된 틀처럼 제시된다. 그럼으로써 이원은 미디어와 인간의 관계에 관해 좀더 근본적인 물음을 제기한다.

1

1990년산 TV와
1968년산 나는 어둠 속에 있다

(낙타와 시간은 사막에 그냥 두고 왔다)

달빛이 흐릿하게 묻은
1990년산 TV와
1968년산 내 몸은 검고 불룩하다

1968년산 나는 쭈그리고 앉아
1990년산 TV를 영혼처럼 들여다본다

2

1990년산 TV와 1968년산 나. 생산년도가 있는 것들. 제품번호가 붙여진 것들. 뜨거운 것들. 뭉클거리는 것들. 어쩌자고 내 몸속에서 꺼지지 않는 TV. 내 몸에게로 나를 송출하는 TV. 난지도 TV. 검고 불룩한 달 속의 물. 물속의 몸. 열 수 없는 우물. 끌 수 없는 창. 어둠 속에 웅크리고 있는 것들. 퍼덕거리는 것들

3

내 몸속엔 20년 전 죽었다는, 썩지 않는 풍문의 아버지가 하나. 녹슨 삽 하나. 녹슨 눈물 한 방울. 고철로 구겨진 발 둘. 뼈와 쇠숟가락. 모래로 채워진 산양의 눈 둘. 깨진 거울. 비닐봉지. 지는 별. 지는 봄. 지는 봄의 등에 걸린 지는 해. 수평선을 넘지 못하는 해 속의 물. 돌밭. 한밤의 검고 불룩한 TV. TV에 병렬 케이블로 연결된 무덤이 둘. 또 둘.

— 이원, 「검고 불룩한 TV와 나」 전문

이 시에서 보여주는 "TV"와 "나"의 풍경은 서로 닮았다. "나"도 "TV"도 "검고 불룩하"고 "제품번호"와 "생산년도"가 있는 하나의 사물로서 동일한 공간을 점유하고 있다. 이 시에서 미디어 기기와 개인이 맺는 관계는 좀더 복잡한 방식을 보여준다. 구체적으로, TV는 "내"가 바라보는 대상일 뿐 아니라 이미 "내 몸 속"에 들어와 있다. "내 몸 속"에 들어온 "TV" 화면은 "20년 전 죽었다는" "아버지"의 "풍문", "녹슨 삽"과 "녹슨 눈물 한 방울", "뼈와 쇠숟가락", "지는 별" 등 "나"의 체험이 배어 있는 오래된 사물과 자연 풍경들을 비춘다. "나"는 "TV"가 "나를 송출하는" 광경을 "영혼처럼 들여다본다". 물끄러미 "나"를 건너다보듯이 "들여다본다".

이원의 시에서 TV는 단지 신기한 장난감 같은 새로운 미디어 장치에 그치지 않는다. TV는 일상의 개인을 매개하고 반영하며 개인의 이미지를 생산해낸다. 이 시에서 그린 TV와 "나"의 전도된 위치 — 사물화된 "나"와 오히려 인간의 풍경을 담은 "TV"의 모습은 미디어를 통해 매개되며 증식하고 소외되는 인간의 욕망을 문제적으로 형상화한다. 이원 시에서 "TV"는 내 안의 타자이다. "TV"는 "내" 안의 죽은 기억, 억제된 자아의 욕망, 박제된 꿈을 낯선 화면처럼 자아 앞에 들이댄다. 그 낯선 타자의 형상은, 또 한편, 언젠가 본 듯한 영화의 한 장면이나 광고 화면처럼 지극히 익숙하고 상투적인 얼굴을 보여준다. TV가 방영하는 타자의 이미지는, 수많은 '그들' 중의 하나이자 또한 '그들'로부터 소외된 '나'의 형상을 각인시킨다.

이 시의 마지막 부분에서 그리고 있듯이, 이원에게는 삶의 마지막 자락인 "무덤"마저도 "TV"와 "병렬 케이블로 연결"된 가상의 이미지로 등장한다. 삶과 죽음의 풍경이 모두 "스스로 운동하는"(뒷 표지) 이미지로 "진화"하고, 인간의 내면 풍경 또한 매끈한 화면 속에 건조하게 제시되는 상황, 시인 이원의 시적 촉수는 바로 이 지점을 향하고 있다. 그렇다면 시인은 자신이 그린 "전자사막"의 메커니즘과 그것이 만들어내는 가상적 현실성, 그리고 시의 창조적 이미지 사이에 어떤 경계와 구분을 세우고 있을까. 미디어가 만들어내는 이미지의 범람 속에서 시적 이미지의 관계와 위치는 어떻게 설정할 수 있을까. 이같은 질문들은, 새로운 매체 환경에서 입체적이고 능동적인 이미지를 추구하는 이원의 시에 여전히 과제로 남게 될 것이다.

매체의 변주, 감각의 난장(亂場)

2000년대의 시에는 청각적 이미지가 짙게 나타난다. 2000년대 시에 '소리'가 강하게 발현되는 현상은 우선 문학이 문자 매체의 제한된 범위를 벗어나 새로운 창작과 향유 방식을 시도하는 상황과 관련되어 있다. 특히 음악, 영화, 만화 등의 다양한 장르, 문화적 코드와 빈번하게 교류하는 동안, 오늘의 시는 풍부한 매체 경험과 지각(知覺) 현상으로 들끓고 있다.

가령, 자신의 영혼을 "오래 비워둔 방 안에서 저 혼자 울리는 전화 수신음 같은 것"(「부재중」)으로 비유하는 김경주 시에서 갖가지 소리들은 시공을 초월해 "깊게 울린다"(「어느 유년에 불었던 휘파람을 지금 창가에 와서 부는 바람으로 다시 보는 일」). 이를테면, "몇 십 년 전 어느 식민지의 추적추적한 처형장에서 누군가 이쪽으로 걸어두고 바닥에 내려놓은 수화기를 통해 흘러나오는 댕강댕강 목 잘리는 소리"(「부재중」)라든가 "워크맨"이 "귓속에 몇천 년의 갠지스를 감고 돌리는" 소리(「내 워크맨 속 갠지스」)들이 그러한 예들이다. 다른 시간, 다른 장소에서 들려오는 이 소리들은, 흥미롭게도, "전화", "워크맨", "휴대전화" 같은 미디어 장치를 통해 매개되고 있다. 문명의 테크놀러지는 "몇 천 년 갠지스", "몇 십 년 전 어느 식민지"의 아득한 풍경들과 대비되면서, 두 곳의 시차(時差)를 뚜렷하게 부각시키는 기능을 한다. 서로 멀리 떨어진 두 개의 시공간은 미디어 기기를 통해서 거의 기적 같은 소통에 다다르고 있다. 그런데 이들 기계가 실어오는 것은 단지 '소리'만이 아니다.

> 열두 살이 되는 밤부터 라디오 속에 푸른 모닥불을 피운다
> ……(중략)……
>
> 워크맨은 귓속에 몇천 년의 갠지스를 감고 돌리고 창틈으로 죽은 자들이 강물 속에서 꾸고 있는 꿈 냄새가 올라온다 혹은 그들이 살아서 미처 꾸지 못한 꿈 냄새가 도시의 창문마다 흘러내리고 있다.
>
> ―「내 워크맨 속 갠지스」 부분

음향 기기인 "워크맨"이 "죽은 자들"의 "꿈 냄새"를 실어오듯, 김경주의 시에는 가깝고 먼 곳에서 들려오는 "소리"들 뿐만이 아니라 시각, 후각, 촉각, 미각 등 오감을 열어젖히는 통감각적인 표현들이 자주 등장한다. 예를 들어, "바람에 어두운 물소리가 실려옵니다"(「아우라지」)라든가, "눈덩이만한 나프

탈렌과 함께 / 서랍 속에서 일생을 수줍어하곤 했을 / 어머니의 오래된 팬티 한 장 / 푸르스름한 살 냄새 속으로 / 그 드물고 정하다는 햇볕이 포근히 / 엉겨 붙나니."(「어머니는 아직도 꽃무늬 팬티를 입는다」) 등과 같은 표현들은 냄새와 소리, 빛깔과 온기가 서로 뒤섞이면서 독자의 잠재된 감각들을 일깨워낸다. 아래 시에서도 마찬가지다.

비가 오면 책을 펴고 조용히 불어넣었을 눅눅한 휘파람들이 늪이 돼 있다 작은 벌레들의 안구 같기도 하고 책 속에 앉았다가 녹아내린, 작은 사원들 같기도 한 문자들이 휘파람에 잠겨 있다 나무들을 흔들고 물을 건너다가 휘파람은 이 세상에 없는 길로만 흘러가고 흘러온다 대륙을 건너오는 모래 바람 속에도 누군가의 휘파람은 등에처럼 섞인다 나는 어느 유년에 불었던 휘파람을 지금 창가에 와서 부는 바람으로 다시 본다 마을을 바라보는 짐승들의 목젖이 박쥐처럼 젖어 있다 나는 그때 식물이 된 막내를 업고 어떤 저녁 위로 내 휘파람이 진화되어 고원을 넘는 것을 보았다 아버지의 등 뒤에 숨어서 바라보던 밤의 저수지, 인간의 시간으로 잠들고 깨어나던 부뚜막의 한기 같은 것들을 생각하고 있다면 누이야 자전거를 세워두고 나는 너보다 작은 휘파람을 불어보기도 했다 그런 때에 휘파람에선 어떻게 환한 아카시아 냄새가 나는지 쇠 속을 떠난 종소리들은 어떻게 손톱을 밀고 저녁이 되어 다시 돌아오는지 누이야 지금은 네 딸에게 내가 휘파람을 가르치는 사위 쓸쓸한 입술의 냄새를 가진 바람들이 절벽으로 유배된 꽃들을 찾아간다 절벽과 낭떠러지의 차이를 묻는다

—「어느 유년에 불었던 휘파람을 지금 창가에 와서
부는 바람으로 다시 보는 일」 부분

"종소리", "휘파람" 소리, "입술의 냄새", "아카시아 냄새", "부뚜막의 한기" 등이 서로 어우러지는 가운데, 위의 시는 가히 다양한 감각들의 향연장을

방불케 한다. 이 시에서 주목할 부분은, 이처럼 통감각적인 지각 현상의 배면에 시간의 흐름이 전제되어 있다는 점이다. "유년에 불었던 휘파람"이 "진화"하고 또한 "종소리"가 "저녁이 되어 다시 돌아오는" 것처럼, "유년"이었던 "나"는 어느덧 성장해 "누이"의 어린 "딸에게" "휘파람을 가르치"고 있다. 그런데 이때 시간의 흐름은 감각적 현상이 운동하는 과정을 따라 이끌려간다. 즉, "휘파람"이 "흘러가고 흘러"오고 "고원을 넘"어갈 때, "나"의 "유년"의 시간은 성큼, 어린 조카의 "유년"으로 변화해있다. 이처럼 시간의 흐름에 감각의 운동이 더해지는 과정에서, 서로 다른 장르와 매체의 특성이 영향을 주고 받으며 통합되는 방식은 주목할 만하다. 1인칭 화자의 고백이라는 서정시의 기본 원리를 수용하고 있는 이 시에는 끊어질 듯 이어지는 음악의 리듬이 기본적인 바탕을 이룬다. 어절 단위의 음절수를 조절하고 구두점 하나 없이 "~다", "~지"라는 서술형 어미를 반복하며 강한 리듬감을 유지하고 있다. 그에 더해 시간의 진행과 역전이라는 서사의 기법을 활용하면서 "유년"시절의 이야기에 덧붙여 그 시절, 어느 한 정지된 장면의 감각적 특성을 강하게 환기시킨다. "누이야 자전거를 세워두고 나는 너보다 작은 휘파람을 불어보기도 했다 그런 때에 휘파람에선 어떻게 환한 아카시아 냄새가 나는지"와 같은 구절이 그러한 예가 된다. 음악과 서사 장르의 원리를 수용하고, 다른 시간, 다른 공간을 매개하는 월경(越境)과 동시성의 상상력을 보여주는 것이다. 이렇게 매체와 장르의 특성을 끌어오고, 격리된 시공(時空)을 매개하는 김경주 시의 통합적 상상력은 서정시의 기초를 이루는 통감각적 체험의 폭을 확대시키는 한 계기가 되고 있다.

김경주와 마찬가지로 강정 역시 시 창작의 기원을 음악에 두고 있는 시인이다. 록밴드의 리드보컬을 맡고 있는 강정에게 음악적 에너지의 파동은 시적 창조의 기본 토대를 이룬다. 그에게서 음악과 시의 에너지가 통합되어 어떤 창조를 이루어내는 과정은 몸의 감각이 바로 그 시적 창조의 순간과 어우러지는 장면을 포함한다.

> 나는 그 무심한 눈길 속을 거슬러 들어가 심장 표면의 섬모들 하나하나에서 진동하는 습진 음악을 꺼내오곤 한다 그때, 내 몸은 아주 조금 움직이는 듯 보인다 날 보는 인간은 두려움 때문이라고 생각할 것이다 그 자족적인 우월감에 양념을 치듯 나는 더 몸놀림을 빨리한다 …(중략)… 다리 끝에서 불꽃이 번지듯 황홀한 진동이 울려퍼진다 내 안에 숨어 있던 음악이 조금씩 거세지는 인간의 맥박 속에 뒤섞인다 그 희미한 선율의 길을 따라 나는 점점 인간으로부터 멀어진다
>
> —「거미인간의 시 - 하오의 독백」 부분

> 내 감각은 서늘한 공기 속에서 빛난다
> 감각이 열릴 때, 세상 도처가 나의 거처다
> 온몸으로 버석거리며 알을 까는 햇빛.
> 중세의 투구처럼 곧게 반짝이는 이마를 세우며
> 물기 진득한 어둠의 올들을 풀어 펼친다
> 아스러지는 햇빛의 차양 아래
> 더 강한 빛으로 확산하는
> 어둠의 가닥 가닥들
>
> —「거미인간의 시 - 새벽거미」 부분

김경주의 시가 한 편의 시에서 통감각적인 특성을 보여주고 있다면, 강정의 두 편의 시는 시적 자아의 감각 지각 체험 자체를 시적 대상으로 삼고 있다. 강정은 "내" 몸의 변화, "내 감각"의 운동에 집중한다. 그가 말하듯 "음악이 가지고 있는 불가항력적인 우연성"(강정)과 마찬가지로, "내" 안에서 시작된 감각의 운동은 어디로 '튈' 지 알 수 없다. 위의 시 두 편에서 강정은

"내" 몸에서 펼쳐지는 감각의 화려한 난장(亂場)을 언어로 형상화한다. 그에게 그 과정은 "내 감각"을 "온몸으로" 열어젖히며 세상과 반응하는 길이며, 그리하여 "내 몸"의 총체적인 변화를 통해 타자와 적극적으로 소통하는 길이다. 시가 지향하는 궁극의 길인 이 길이 강정에게는 동시에 음악의 길이고 자신의 감각에 충실하게 반응하는 길이기도 하다. 강정 시의 매력은 이 과정에서 그의 시가 담지하고 있는 에너지에 있다. 그리고 그 폭발적 힘이란, "내 몸을 찢"어서라도 타자에게 반향하려는 의지, 그를 통해 결국은 타자와 "내"가 모두 새롭게 "태어나기를" 바라는 강한 열망에서 비롯될 것이다. "우는 아이"를 위해 "내" 몸을 바꾸어서라도 "엄마가 되고 싶은" 그의 육체적 감각과 강렬한 타자지향성을 주목해야 할 것이다.

> 우는 아이만 보면 엄마가 되고 싶어
> 우는 아이만 보면 엄마를 낳고 싶어
> …(중략)…
>
> 마침내 우는 아이를 내 몸에 다시 넣어
> 기어이 우는 아이가 내 몸을 찢고 다시 태어나기를
> 우는 아이야
> 우는 아이야
> …(중략)…
> 네 울음 속에 어미를 담가다오
> 어미를 낳아다오
>
> —「엄마도 운단다」 부분

미디어 환경의 변화와 시의 미래

문학을 둘러싼 매체 환경의 변화는, 다른 관점에서 보자면, 곧 대중이 일상에서 하이 테크놀러지의 수혜를 누리게 되었다는 것, 그리고 그로 인해 인간의 감각 지각 방식이 변화하고 있다는 것을 의미한다. 컴퓨터 자판을 두드려 글을 쓰고 컴퓨터 조판 방식을 활용하기 시작하면서 작품의 스타일과 문학의 생산-유통 방식이 변화했듯이, 일상을 변화시키는 미디어의 영향력은 분명 문학의 환경과 문학 언어 그 자체를 변화시키고 있다. 전화를 받고, 문자를 보내고, 메일을 확인하고, 잠시 블로그에 접속하고 몇 개의 인터넷 카페를 들러보는 일은, 매일, 수시로, 반복적으로 이루어진다. 생활을 위해 혹은 세계와 소통한다는 거창한 이유로 미디어를 '사용'하거나 단지 낄낄거리며 미디어와 '노는' 이런 일들은, 글쓰기와 따로 경계를 두고 벌어지는 것이 아니다. 글쓰기란 결국 '몸'이 거주하는 생활 환경에서 시작되는 일이기 때문이다.

돌이켜보면, 매체 환경에 따른 문학의 변화는 비단 최근의 일이 아니다. 20세기 100년 동안 우리는 이미, 신문과 잡지, 유성기와 라디오, 전화, 그리고 TV와 영화가 문학의 주제와 스타일을 바꾸고, 장르의 경계를 뒤흔드는 현상을 목격해왔다. 이렇게 본다면 근대문학은 새로운 미디어의 탄생 및 발전과 늘 함께 해왔고, 매체 환경의 변화 속에서 자신의 '몸'을 바꾸어왔다고 해도 과언이 아닐 것이다. 가령, 2000년대의 시는 20세기 초반의 시와 얼마나, 현격히 달라져 있는가. 발랄하고 과감하고 때로 과격한 오늘의 시는, (오늘의 시각에서 볼 때) 고상하고 심각하고 때로 과장되고 우울하기 짝이 없는 그때의 시와는 분명히 다른 얼굴을 하고 있다. 그러나, 또 다른 한편에서 보자면, 자아와 세계를 변혁시키려던 20세기 초반 시인들의 열정과 괴로움은, '시적인 것'을 찾아 헤매이는 오늘의 시인들과 여전히 닮아 있다. 지난 100년간 시는 타자를 자신의 "몸에 다시 넣"고 "몸을 찢"어 다시 낳으며 거듭 변화해왔다. 미디어는 시가 그렇게 자신의 '몸에 넣은' 여럿의 타자 가운데 하나이다.

2000년대 시의 풍경은 최근 시인들이 매우 다양한 방식으로 새로운 미디어 경험과 그것이 가져온 감각 지각 방식의 변화를 가져오고 있음을 보여준다. 다매체 수용과 지각 경험은 기본적으로 감각에 기초한 시의 원리를 추구하는 길이자 '시적인 것'의 체험과 구현 방식을 확장시키는 길이기도 하다. 최근 우리 시단의 풍성한 성과와 넘치는 에너지는 분명, 눈부시게 빠르고 다변적이며 순식간에 다수를 연결시키고 '뚫어버리는' 매체 환경의 변화와 결코 무관하지 않다. 그러고 보면, 한없이 느리고 게으른 산책자이자 몽상가였던 우리 시인들도, 이만하면 그럭 저럭 디지털 환경에 잘 적응해 온 셈이다. 온 몸을 열어젖히고 감각의 촉수를 예민하게 감지하면서, 미디어의 'SHOW'를 즐기고 때로는 'SHOW'를 하며, 그리고 "몇 천 년의 갠지스"와 "유년"의 "휘파람"을 기억하면서.

그런데 또 한 가지 잊지 말아야 할 것이 있다. 미디어는 말과 이미지를 매개하는 네트워크이자 자본과 테크놀로지의 네트워크이기도 하다는 것. 미디어의 숨가쁜 발전은 시간과 공간을 초월하는, 광범위하고 즉각적인 소통을 가능하게 했지만, 그 소통의 관계 속에는 엄연히 자본의 논리가 작동하고 있다. 그러므로 과연 어떻게 살아남을 것인가. 감각적인 미디어의 수혜가 아니라 미디어의 시장성이 미치는 침투력을 어떻게 견뎌낼 것인가. 만약 지금 우리의 시인이 "신체 · 테크놀로지 · 문화 · 글로벌 자본 사이에 맺어지는 퍼포먼스"10의 현란함에 취해 있다면, 그는 이미 20여년 전 한 시인이 그린 다음과 같은 풍경의 의미를 곰곰이 되짚어 봐야 할 것이다. 개인의 일상에 뻗치는 미디어—말과 이미지, 정치와 자본을 매개하는 네트워크의 가공할 위력 속에서, 시, 시적인 것이 "어두운 음핵의 태초"(강정, 「무서운 음악」)와 같이 "쇳덩이"의 무게를 이겨내기 위해서는.

저녁을 먹고, 세일즈맨 김모돌 씨는 텔레비전을
켠다. 광막한 우주 속으로 게으르게, 또는 비현실적으로
흰 쇳덩이가 유영하는 게 보인다. 고요하게
(중략)
녹물을 흘려보낸다. 우주는 녹물을 타고 외롭게
선을 따라들어 김모돌 씨의 안방에서 펼쳐진다.
그는 우주 속에서 벗어나 텔레비전 밖에
누워 있다. 그는 다만 볼 수 있을 뿐이다. 하나님도
민주주의도 자유도 혁명도 그의 집 방에 들어온다.
그는 다만 볼 수 있을 뿐이다. 그는 다만 볼 수 있을
뿐만 아니라, 여차하면 텔레비전을 꺼버릴 수도 있다.
그 일만은 누구보다도 당당하게 해낼 수 있다.
담배를 피우는 김모돌 씨의 게으른 연기 속으로
우주선도 안테나가 붉게 녹슬어 어둠 속으로
무엇인가가 어슴푸레히 녹아내리는 게 보인다.
그리고 그 다음, 그 녹물 속으로 새로운 쇳덩이의 싹이
솟아오르는 것이 보인다. 저런, 저런, 김모돌 씨는
마른침을 삼킨다. 그것은 무서운 광경이다.

— 이하석, 「우주선」, (『실천문학』 제3호, 1983) 부분

시의 대중적 소통과 '쓸모'의 논리

문학의 '쓸모'에 관하여

우리가 문학이라는 대상에 대해 '위기'라는 용어를 사용하기 시작한 것은 이미 오래 전의 일이다. 80년대말 '민족문학의 위기'라는 제한된 용법으로 사용되기 시작했던 그 표현은 이제 현대문학의 전반적인 현상을 설명하기 위한 것으로 자리잡고 있다. 90년대 담론에서 문학의 위기는 사회주의권의 붕괴로 인한 변혁전망의 동요와 관계된 것이었지만, 일상에서 피부로 느끼게 되는 그것은, 정보산업과 문화산업의 발달로 인해 문학의 자리가 점차 위축되고 있다는 사실에 있다. 대중은 이제 문자가 아닌 다른 매체들 — 음향, 영상, 비트에 환호를 보내고 그것을 소비한다. 문학은 자아와 세계를 성찰하는 진지한 어떤 것이라기보다는 일상에 즐거움과 휴식을 주는 것으로 받아들여진다. 한 비평가는 이미 90년대 중반 무렵에, 이 현란하고 가벼운 '감각의 제국' 속에서 문학이 맞고 있는 위기를 다음과 같이 정리한 바 있다. 그것은 첫째, 문학이 문화의 중심적인 자리로부터 점차 밀려나고 있다는 것이며, 더불어 문학이 맡았던 중심적인 기능, 즉 현실에 대한 비판적 성찰의 기능이 함께 추락하고 있다는 점, 그리고 비단 거기에서 그치는 것이 아니라 문화산업의 팽창 속에 문학이 자발적으로 휘말려 들어가는 양상까지 나타난다는 것이다.[11] 어떤 방식으로든 문학이 시장 논리 및 대중 문화의 흐름에 연루되는 양상은 이제 문학에 관한 한 특수한 현상이라고 할 수 없다. 이미 오래전 보들레르가, 마차 바퀴에 휘둘리며 진흙탕길을 헤매는 시인의 모습을 통해 예견했던 것처럼, 문학은 더 이상 '고귀'한 성채 안에서 군림하고 있지 않다.

이렇게 빗장을 푼 채 거리로 내몰린 '문학'에 대해, 지금 그 효용성을 말한다는 것은 어떤 의미를 지니는가. 아니, 의미를 따져보기 이전에 먼저 그것은 가능한 일인가. 우리의 논제에 대해 좀더 거리를 두고 말한다면, 문학의 사회적 효용성에 관한 담론은 어떤 상황 속에서 생겨나며 또 어떤 파장을 만들어 내는가.

문학은 자신의 '쓸모'에 대해 스스로 강한 자의식을 갖는다. 문학이 역사·철학·정치학 등의 다른 분과학문과 통합되어 있었던 시대로부터 독립된 개별 영역으로 분리된 근대에 이르기까지, 문학의 '쓸모'에 대한 강박적 의식은 두루 발견된다. 문학을 공격하는 편이든 옹호하는 편이든 그 양상은 마찬가지라고 할 수 있다. '쓸모'는 양날의 칼이다. 일찍이 도덕적 효용성의 측면에서 예술의 사회적 기능에 주목한 플라톤은 문학의 정서적 감염력에 주목하며 그 '쓸데없음'을 비판했다. 그는 도덕적 교화의 측면에서 문학의 '쓸모없음'을 공격했지만, 인간의 정서 상태에 미치는 문학의 무시할 수 없는 영향력을 미리 예감하고 경계했던 것이라 볼 수 있다. 그는 문학의 '쓸모없음'을 비판하는 논리를 구사하고 있지만, 시각을 좀 달리 한다면 문학의 '다른' 쓸모가 지닌 가공할 효과를 경계했던 것이라 해석할 수 있다. 이렇게 효용성의 측면에서 문학에 주목하는 관점뿐만 아니라 효용성에 대한 논의 자체를 거부하는 관점에서도 '쓸모'에 대한 강박적 의식은 나타난다. 플라톤 식의 '시인추방설'에 강하게 반발하며 사회적 차원에서의 문학의 '쓸모있음'을 역설하는 쪽이나, '쓸모없음'의 논리 안에 안주하면서 사실상 가장 안전하고 효과적인 정치적 선전의 도구로 기능하는 쪽이나 모두 문학의 '쓸모'에 대한 유달리 예민한 지각을 보여준다. 결국 '쓸모'의 판단기준을 어디에 두는가 뿐만 아니라 '쓸모'를 표나게 내세우고 의식하는가 그렇지 않은가에 따라서도 실제적 기능과 효과는 다양한 양상으로 나타나게 된다.

오늘, 2000년대 문학의 상황 속에서 문학의 효용성에 대한 논의는 또다른 위험한 문제들과 연루된다. 플라톤이 주목했던 도덕적 측면이나 근대의 권력주체들이 착안했던 정치적 측면 이외에 현재 상황에서 '효용성'과 관련해 부각되는 지점은 무엇보다도 경제적 효과에 있을 것이다. 자본이 주목하는 문학의 '쓸모'는 그것이 지닌 정서적 감염력과 사물에 대한 감각적 향유 방식에 있는 듯하다. 이러한 특성들은 문학의 고유함을 특징짓는 요소이면서 바로 문학을 오늘의 위기 상황에 처하게 만든 요소이기도 하다. 그 옛날 플라톤이 바로 그 이유 때문에 문학의 폐기처분을 주장했던 '쓸모없음'의 측면으로부터 자본은 오히려 유용할만한 '쓸모'를 발견해내고 있는 것이다. 오늘, 문학의 효용성에 관한 논의는 이같은 문학의 경제적 측면에서의 영향과 효과를 충분히 의식하는 가운데서 이루어져야 할 것이다.

우리가 주목하는 것은 문학이 일상에서 소비되고 향유되는 방식에 있다. 문학의 다양한 장르 가운데서도 이 글에서는 특히 시의 소비 양태에 주목하고자 한다. 소설에 비할 때 시 장르는 일반적으로 현대 사회에서 더 소외된 장르라고 알려져 있다. 흔히 문학의 위기, 또는 죽음을 이야기할 때 시 장르가 처한 위기 상황이란 좀더 심각한 것으로 받아들여진다. 그러나 실제로 우리의 일상을 가만히 들여다보면, '의외로' 시적 상상력과 언어의 시적 사용 방식이 곳곳에서 활발하게 '사용'되고 있음을 발견하게 된다. 우리는 이 '위기'의 장르인 시의 소비 양태를 통해서 새로운 세기, 문학의 존재 방식을 점검해볼 수 있을 것이다.

시의 소통과 유통 방식의 변화

문명은 한편으로 시(詩)를 소외시키면서 한편으로 시 장르의 향유와 소비를 부추긴다. 디지털 문명의 발달은 시의 문화적 경쟁력을 날로 약화시키고 있지만, 또 한편에서는 시의 향유 방식을 다양한 형태로 확산시키는 데 중요한 조건을 제공한다. 우리는 이제 직접 시집을 구매하지 않더라도 더 많은 시를 일상에서 접할 수 있다. 일간 신문과 라디오, 텔레비전, 인터넷 등의 다양한 매체들, 그리고 노래와 낭송, 영상 등과 결합한 다각적인 소통 방식이 일상에서의 시의 향유를 더 간편하고 다채롭게 만들고 있다. 시는 이제 문자 매체를 통해 '읽히는' 예술 양식으로 한정되지 않는다. 플래시나 영상 매체 덕분에 화려한 시각적 장면으로 펼쳐지며, 분위기있는 음악을 반주로 시인의 육성을 통해 전달되기도 한다. 낭송 시집, cd-book 등은 시의 소통과 유통 방식이 변화되는 양상을 뚜렷하게 보여주는 예이다.

2000년대의 시인들은 더 이상 골방에서 시를 쓰지 않는다. 그들은 사이버 공간에서 다수의 얼굴 없는 독자들과 대화한다. 몇몇의 유명 시인들은 자신의 홈페이지를 통해서 수많은 독자들을 만난다. 시인 안도현의 공식 홈페이지(www.AhnDoHyun.com)에는 시인과 독자가 서로 만날 수 있는 통로를 다양한 방식으로 제공하고 있다. 시인은 아직 시집으로 묶지 않은 자신의 신작

시를 홈페이지 공간에 올리고, 사이버 시창작교실을 운영하며 '시작법' 등을 강의하기도 한다. 열성적 독자이자 예비 시인인 회원들은 습작시를 올리고, 시인은 미지의 독자들을 향해 편지를 발송한다. 그 외에도 시인의 육성이 담긴 낭송시나 노래로 만들어진 시를 감상할 수 있는 풍성한 기회들도 주어진다. 20만회에 가까운 방문회수, 그리고 시 또는 글 한 편 당 2천 여회 가량의 조회수를 기록하는 안도현 시인의 홈페이지는 시인과 독자가 소통할 수 있는 새로운 대화의 공간을 보여주고 있다.

그렇다면, 이렇게 시집이나 문예잡지를 통해 시가 읽히는 방식이 아니라 시인과 독자 사이에 다양한 매개 과정을 동반하는 소통 방식은 구체적으로 시의 향유방식, 그리고 시 장르자체에 어떤 변화를 가져오고 있을까. 새로운 변화에는 늘 긍정적 영향과 더불어 부작용이 뒤따른다. 다양한 매체의 도움을 빌어 일단 시는 독자에게 좀더 간편하고 다채롭게 다가가게 되었음을 인정해야 할 것 같다. 인문학 전반의 위기와 본격문학의 쇠퇴라는 우려할만한 분위기 가운데서도 시가 널리 읽히는 양상은 반길만한 일이다. 그러나 최근의 시 향유 방식을 차분히 살펴보면, 시가 시 자체로서 독자에게 다가가는 것이 아니라 시가 아닌 다른 주변적 요소들에 기대어 전달되는 양상을 발견하게 된다. 시가 타 장르 또는 매체와 결합할 때 나타날 수 있는 방식은 대체로 두 가지이다. 먼저 생각해 볼 수 있는 것은 시의 장르적 원리와는 다른 구성과 표현의 원리에 의지함으로써 시의 고유한 특징들은 오히려 약화된 채 전달될 수 있다는 점이다. 낭송이나 음악, 영상을 통해 전달되는 작품은 문자매체만으로 전달되는 작품과 과연 어느 정도로 동일할까. 이 경우, 다른 매체의 특성이 오히려 시의 고유한 특성을 덮어버리는 결과를 낳기도 하며, 또는 시의 장르적 특성 가운데 어떤 특정한 부분이 극대화되는 양상으로 나타나기도 한다. 예를 들어, 산문적이거나 다소 복잡한 사유의 과정을 보여주는 시들이 타 매체와의 결합과정에서 배제되는 상황은 후자가 낳은 하나의 편향이라고 할 수 있다. 반면 사물의 감각적 향유, 또는 어떤 대상과 정서적 합일을 이룬 통합적 경험의 순간이 주로 형상화되는 양상은 시의 여러 특성 가운데서도 특히 감각적 지각과 정서적 환기 방식이 주목받고 있음을 증명한다.

2000~2001년 조선일보에 연재되었던 '아침마다 시 한 편을 배달합니다', 그리고 2008년 '한국 현대시 100년, 시인 100명이 추천한 애송시 100편'이라는 연재물을 살펴보면, 최근 시의 소통방식이 보여주는 또 다른 흥미로운 양상을 발견하게 된다. 그것은 시와 해설, 일러스트가 결합된 새로운 텍스트의 등장으로 요약된다. 생략과 압축이라는 시의 고전적 요소를 간직한 짧은 시를 인용하고, 인용시에 대해서 역시 간명하고 인상적인 해설과 일러스트를 덧붙이는 방식으로 연재란이 구성된다. 이렇게 '시적인' 해설을 곁들여 '배달'된 한 편의 시는 마치 조리과정을 생략한 간편식처럼, 분석과 해석이라는 지루한 수고를 거치지 않고도 시라는 고급스런 문화 상품을 맛보게 해준다. 시인과 평론가의 전문적 손길을 거쳐 만들어진 그 향유의 순간이란 과연 어떤 것일까. 아침상에 놓인 요리처럼 잘 차려진 한 편의 시를 맛보는 순간, 독자는 일상의 틀 속에서 잊고 살았던 생의 어떤 시간 들을 떠올리게 된다. 그 기억은 삶에 대한 위안과 성찰을 안겨다 줄 수도 있다. 쫓기듯이 반복되는 일상 속에서 이같은 위안과 성찰의 순간들은 일상의 다른 공간에서 발견하기 어려운 가치들, 문명화 과정에서 점차 소외되어 가는 가치들을 되살려낼 수 있을지 모른다. 그것은 분명 시적 체험과 공간이 선사하는 최대의 선물이 될 것이다. 그러나 이러한 순간의 체험들이 과연 삶과 예술에 대한 밀도 높은 성찰과 지속적인 사유를 끌어낼 수 있을 것인가, 한 순간의 감상이나 초월적 포즈로 그쳐버리는 것은 아닌가. 시적 체험은 우리의 일상에서 경험하기 어려운 희귀한 체험으로 남아 있지만, 희귀함은 그 이유만으로 경제적 '쓸모'의 대상으로 포획될 가능성을 지닌다. 독자 스스로 오랜 시간을 들여 자발적으

로 작품을 향유할 기회를 가로막은 채, 친절한 안내문을 곁들여 포장하는 시의 '패스트푸드'화 방식도 문제적이라고 할 수 있다. 작품과 해설의 '한 상 차림'은 시를 직접적으로, 또 충분하게 향유할 수 있는 기회를 차단한다. 독자는 비평가의 손길을 빌어 작품에 좀더 쉽고 편리하게 다가갈 수는 있지만, 시 감상의 즐거움과 어려움은 비평가의 관할권 안에서 극히 제한적으로 맛보게 된다.

이처럼 타 매체의 특성에 기대는 방식, 그리고 해설을 동반한 시의 향유 방식의 변화는 긍정성과 부정성을 동시에 가져오고 있는 듯하다. 많은 독자들에게 시를 다양한 방식으로 다가가게 한 것은 긍정적인 면으로 볼 수 있지만, 대중적 확산이 불러일으킨 또다른 결과로서 시의 소통이 매우 협소하게 이루어지고 있음을 지적할 수 있다. 시는 예전처럼 자신의 고유함만으로 독자적으로 존재하는 것이 아니라 확실하게 표나는 장식물들을 걸친 채 독자를 향하고 있다.

소통 방식의 변화는 장르의 존재 방식 자체에도 변화를 불러일으킨다. 타 매체의 특성과 손쉽게 결합하고 또한 해설을 동반하면서도 지루함을 덜기 위해서는 빠르고 명쾌한 이해와 전달이 전제되어야 한다. 그러기 위해서 가시성(可視性)과 가청성(可聽性), 빠른 속도와 경제적인 언어의 구사라는 조건이 시의 생산과 유통, 소비 과정에 요구된다. 간편하게 소지할 수 있고 쉽게 이해되며 적절한 감상까지 동반하는 시, 그리고 신속하고 손쉽게 소비될 수 있는 시가 양산되고 또 널리 보급되고 있는 것이다. 짧고 간명하며 감상 취향을 집중화하는 방식으로 거대한 매니아 군단을 이끌고 있는 최근 대중시인들의 활동 역시 시의 소통 방식의 변화를 바탕으로 이루어지고 있다. 이렇게 시가 보여주는 빠른 소통과 언어의 경제성은 디지털 문명의 확산 속에서 또다른 '쓸모'의 가능성을 낳는다. 인터넷과 휴대폰이 주요한 의사소통 수단으로 부각되는 상황에서 시적 언어의 속도와 경제성은 다양한 변용

가능성을 만들어낸다. 짧은 문장 안에 많은 내용을 함축하면서도 의미의 핵심을 놓치지 않는 언어 구사 방식이 정보의 속도와 양을 모두 중시하는 디지털 문화 세대의 특성과 부합하고 있는 것이다. 역시 시적 언어의 특성 가운데 어떤 특수한 부분이 집중적으로 전유되는 방식이라고 볼 수 있다.

어찌 보면 시 장르는 문명으로부터의 소외와 환대, 대중적 확산과 소통의 제한성을 동시에 경험하고 있는 듯하다. 디지털 문명화 과정은 시 장르를 끊임없는 위기 상황으로 몰아넣으며 한편으로 시 장르의 어떤 부분적 속성을 이끌어 내고 가공하며 재생산한다. 이러한 상황은 "디지털 문명이 인간의 향수를 적절하게 디지털화해서 재생산"[12]하는 과정과도 무관하지 않다. 어떤 근원적 시·공간에 대한 인간의 향수를 적당히 달래고 발산시키는 데 시는 더 없이 알맞은 장르이기 때문이다. 시 장르가 다른 매체를 통해 널리 확산되는 과정에서 극히 순간적인 정서적 통일화의 체험방식은 좀더 공고해지며 일정하게 반복된다. 예전에 비한다면 시가 대중적으로 크게 확산될 수 있는 경로들이 다양하게 만들어지고 있지만, 그에 반해 '시적인 것'의 온전한 소통은 오히려 축소되는 것이 현실의 상황이다. 위기에 처한 것은 시가 아니라 '시적인 것'이다.

시장과 성채 사이에 선 시인들

그렇다면, 시인들은 어떠한가. 시 장르의 확산과 엇갈리는 '시적인 것'의 위태로운 상황 속에서 '아직도' 시를 쓰는 시인들은 무엇을 생각하고 있는가. 그들은 여전히 꿈꾸고 있는가. 시인 황지우는 이 시대, 시의 갈 길에 대해 다음과 같은 방안을 내 놓았다.

> 삶이 한낱 시장판이 되어버렸을 때의 그 속물적인 난장 속에서 고작 문학이 할 수 있는 것은 무엇일까?
>
> 이 세상에 아름다움과 진실이 존재한다는 것을 알게 해주기 위해서만 있을 필요가 있는, 신분 없는, 다만 정신일 뿐인 귀족주의! 나는 그것이 문학의 길이라고 생각하게 되었다. 시장에 대한 강력한 항체로서 문학의 귀족성을 나는 요청하고 싶다. 문명사적 전환을 예고하는 새 밀레니엄을 향해 발을 내딛는 문지방 앞에서 엘리트주의는 비난이 아니라 문학에 내려진 명령이라고 나는 생각한다. 문학은 키치, 펄프 시장으로부터 철수해야 한다. 문학은 〈문화자본〉의 부가가치에 의해 계량화되고 교환되는 시장으로부터 은둔해야 한다. 문학은 비록 끼리끼리라고 할지라도 그것을 진정으로 알아보는 사람들의 회로에 올려지고 결국 문학의 역사 속에 저장될 수 있는 어떤 가치일 뿐이라고 인식될 필요가 있다. 문학은 다시 언더그라운드로 내려가야 한다.[13]

"이제, 문학은 은둔하자"라는 극단의 처방 속에서 황지우가 보여주는 시의 갈 길은 "신분없는, 다만 정신일 뿐인 귀족주의"의 길이다. 상품화를 강요하는 시장의 논리에 어떤 식으로든 발맞춰가는 길이 아니라 스스로 고립화되는 길, 곧 시에 요구되는 '쓸모'에 응하지 않고 '쓸모'의 논리를 거부하는 길로 나아가려 하는 것이다. 황지우가 '정신의 귀족주의'를 강조하고 있는 데는 물질 만능의 사회적 추세와 역방향을 취하려는 의도가 다분히 포함되어 있다. 그밖에 그의 주장에서 좀더 눈여겨 보아야 할 것은 소수 지향의 태도이다. 그는 '귀족주의'를 선택함으로써 다수의 대중이 아닌 소수끼리의 소통을 추구하려 한다. 말하자면, 다수에게 이해를 구하고 설득하는 것이 아니라 소위 '알아먹는' 사람들끼리 마치 방언같은 말들을 주고받으려 한다. '마이너'로의 길을 통해 그 자체로 '메이저'의 논리에 등을 돌리는 길, 시인의 언어를 빌자면 '고립'을 자초하면서 "시장에 대한 강력한 항체"로서의 역할을 맡는 길이 바로 시의 위기에 대한 황지우식 처방의 핵심이다.

시인은 '시장' 뿐만 아니라 '문단'의 논리를 거스르며 소수의 길을 걷는다. 김경미 시인은 '메이저'에서 소외되는 '마이너' 시인들의 상황을 다음과 같이 요약하고 있다.

> 마이너리그 사람들은 사소한 모욕일수록 목숨껏 화를 낸다
> 요즘 시 안 쓰나봐요, 안부를 물으면, 속으로
> 경멸한다. 천한 것들. 밥먹는 것 못 봤다고 요즘 통 식사
> 안 하시나봐요 하다니 청탁이 없다고 시인이……
> ……열등감만한 무기가 어디 있으랴
>
> — 김경미, 「나는야 세컨드5-우리들의 리그」 부분

대부분의 시인들은 '청탁'이라고 하는, 문단의 오래된 제도와 관행에 길들여져 있다. 좋은 작품을 선별해서 싣는다는 것이 애초에 '청탁'의 목적이었지만, 시간의 흐름 속에서 제도는 원뜻과 달리 나름의 논리를 만들어 내며 관성화된다. 그리고 그 논리의 구축 과정에서 대다수의 시인들은 제도로부터 소외되는 경험을 하게 된다. 김경미는 그 제도의 허점을 예리하게 간파하면서 제도의 바깥에서 이루어지는 창작 행위에 대해 발언한다. 역시 '문단'이라는 다수간의 소통 상황을 거부하면서 소수자의 고립된 창작 활동에 대해 말하고 있는 것이다. 그의 발언에 따른다면, '문단'이라는 제도에 포괄되지 않는 '언더그라운드' 시인들의 활발한 활동을 충분히 짐작해 볼 수 있다.

이처럼 문단의 논리를 거부하며 '시인의 은둔'을 몸소 실현하는 행위들은 다만 거기에서 그치는 것이 아니라 시의 존재방식과 형태면에서도 변화를 가져오고 있다. 대다수의 독자들이 일상 공간에서 자주 접할 수 있는 시들은 대체로 짧고 압축적인 고전적 형태를 지향한다. 함축미와 경제성을 동시에 추구하는 시의 고전적 형태는 복잡하고 긴 사유 과정을 거부하는 요즘 독자들의 성향과 잘 부합된다. 짧은 순간에 강한 인상을 남기는 시적 상징과 이미지화 작업이 제한된 사고의 틀을 넘어서 발랄한 상상력의 자유를 추구하는 독자들을 만족시키고 있는 것이다. 그러나 이때 한 편의 시가 그려 보이는 이미지와 상징의 세계는 일단 '알아볼'만한 것이어야 하며 더 나아가 적당한 '즐김'의 대상이 되어야 한다. 지나친 형식상의 변형과 방법적 파괴는 독자들을 거북하게 만들 뿐더러 문화적 상품으로서의 가치도 떨어뜨릴 수 있기 때문이다.

그러나 시단의 이러한 흐름과 달리 시적 형태의 고전적 회귀를 거부하고 비판하는 시인들 역시 엄연히 존재한다. 이들은 끊임없이 시의 새로운 육체를 창출하려고 한다. 때로 그것은 지나치게 파격적이며 독자를 혼란스럽게 만든다. 때로는 시의 기존 개념을 흔들어놓기도 한다. 다음 시를 보자.

> 목련화 그늘 아래서 아니면, 인적이 끊긴 광화문쯤의
> 오피스 환기구였는지도 몰라
> 그대와 나라고, 하면은 금방 아닌 것 같은 그대들
>
> — 함성호, 「꽃들은 세상을 버리고」 부분

만약 작은 포인트의 낮은 중얼거림을 무시해 버린다면, 큰 포인트의 글자들로만 구성된 텍스트는 우리에게 매우 익숙한 전형적인 서정시의 형태를

보여준다. 그러나 작은 포인트의 또다른 텍스트는 원 텍스트를 보충하고 그것과 대치하고 또는 지워나가며 새로운 텍스트를 만들어내고 있다. 함성호의 시에는 미주와 각주도 많이 나타나고 있는데, 이들 역시 비슷한 역할을 한다. 주(註)는 본문 내용을 보충하면서 한편으로 본문을 넘어서고 비껴나가며 또다른 텍스트를 구성하고 있다. 이렇게 자기 몸을 스스로 부정하면서 만들어지는 새로운 텍스트를 똑같은 이름으로 '시'라 부를 수 있을 것인가. 이미 80년대 초에 황지우 시인이 방법적 부정의 방식으로 기존의 '시' 개념에 공격을 가했던 것처럼, 함성호 시인 역시 낡은 텍스트와 새로운 텍스트를 한 편의 시 안에 함께 구성하는 방식으로 옛 것과 새 것을 대조시킨다. 옛 것의 진부함과 새 것의 파격이 동시에 드러나고 있는 것이다. 그리고 그 방식은 세계와 자아의 통일화에서 비롯되는 기본적인 시적 체험과 시 장르의 개념을 조금씩 변화시키고 있다. 가상의 동일화 공간이 아닌, 끊임없이 어긋나고 부딪치는 현실적 체험을 수용하는 가운데에서 시적 공간 역시 변화하고 있는 것이다.

이렇게 독자의 일상으로 직접 다가가기를 거부하는 시인들, 달리 말해 많은 독자들에게 읽히기를 거부하는 시인들의 모습은 여러 가지 방식으로 나타나고 있다. 그러나 '시'의 시성(詩性)에 충실한 시인들의 작업이 긍정성과 부정적 결과를 동시에 낳았던 것처럼, 시의 '쓸모'를 거부하는 이들 시인들 역시 긍정적 가능성과 위험성을 모두 안고 있는 듯하다. 이들의 의도처럼 시의 대중적 소통과 대량 유통 방식을 비판하며 시의 새로운 육체가 창출되기를 기대하지만, 스스로 소외의 길을 가려 하는 이들의 논리는 시를 고립적인 '성소비원의 공간' 안에 가두려 하는 문명의 논리에 적절하게 부합하고 있는 것처럼 보인다. '은둔'과 '귀족주의'는 바로 문명이 시에 바라는 바가 아닌가. 문명은 시의 대중적 폭발력과 정서적 저항성을 스스로 잠재우면서, 쉽게 접근하기 어려운 고립의 공간 안에 시가 얌전히 머물기를 바라고 있지 않을까.

그렇다면 시의 '쓸모'를 둘러싼 상황은 어쩌면 순환을 거듭하고 있는지 모른다. 대중적 소통을 추구하며 시의 다양한 '쓸모'를 만들어내는 작업이 오히려 '시적인 것'의 소통을 협소하게 만들고 있다면, 또 한편 '쓸모'의 논리를 아예 거부하는 작업들은 역설적으로 문명이 의도한 '쓸모'의 영역에서 순응하고 있는 것은 아닐까.

시의 지각 변동 속에서

'21세기 문학의 사회적 효용성'이라는 버거운 과제를 앞에 놓고 출발했던 이 글도 이제 위태로운 마무리를 시도해야 할 것 같다. '문학의 위기'라는 담론 상황 속에서 우리의 외로운 주자인 '시'는 의외로 대단히 '잘 팔리고' 있는 것처럼 보인다. 시의 '쓸모'를 요구하는 편들은 다양하고 화려하다. 디지털 문명의 주역인 인터넷뿐만 아니라 텔레비전, 라디오, 신문, 잡지 등의 오래된 매체들까지도 혹자는 진부함을 탈피하기 위해, 혹자는 생경함을 친숙함으로 탈바꿈시키기 위해서 '시'를 필요로 한다. 그러나 '안팔리는' 상황도 위태롭지만 '잘 팔리는' 상황도 불안하기는 마찬가지이다. 시의 새로운 '쓸모'에 부합하며 '잘 팔리는' 시들은 우리에게 매우 익숙한 시적 경험들을 충실하게 되살려내며 그것을 일정한 방식으로 재생산한다. '쓸모'의 가치, 곧 '팔릴 만한' 요소들을 스스로 갖추게 되는 것이다. 반면 시에 요구되는 새로운 '쓸모'를 거부하며 은둔의 길을 자처하는 시인들은 문명이 마련하는 '고립의 성소(聖所)' 안에서 통제 가능한 혹은 통제가 불필요한 대상으로 자리잡고 있는 듯하다.

시의 '쓸모'가 이처럼 다양하고 위태로운 스펙트럼을 창출하는 상황 속에서 '쓸모' 자체에 대한 강박 의식은 오히려 시의 운신을 더욱 어렵게 만드는 것이 아닌가 생각된다. 효용성의 위험한 논리를 돌파하며 시를 독자적으로, 스스로를 조절하는 영역에 자리잡게 하는 것은 어떻게 가능한 것일까. 만약 그것이 가능하다면 새로운 세기, 이 활발하고도 고요한 시의 지각 변동 속에서 시작되는 것이 아닐까. 단단한 지층을 뚫고 솟아오를 새로운 시의 언어, '쓸모'의 위험한 논리를 넘어서는 시의 새로운 영역을 기대해본다.

시인들의 서가

욕망과 기억, 기호(嗜好)와 상품의 저장고

책과 시인

책은 시인들에게 가장 친숙한 존재이자 어떤 무엇보다도 괴로움을 안겨주는 대상이다. 문명과 지식의 통로인 책은 시인들에게 쉽사리 범접할 수 없는 위용을 과시하면서, 동시에 '국립도서관'의 "죽어있는 방대한 서책들"처럼(김수영, 「국립도서관」) 무용(無用)하기 짝이 없는 존재들이다. 책은 시인들 앞에 "공포와 폭풍을 불러일으키"며 "군림하"면서 한편에서는 끊임없이 시인을 "유혹"(최정례, 「나쁜 책」)한다. 책이 시인들에게 이처럼 복잡한 감정을 불러일으키는 대상으로 다가갈 수밖에 없는 이유는 시인들이 책을 '읽는' 사람이자 동시에 책을 '짓는' 사람이기 때문일 것이다. 책이란 곧 시인들이 넘어서야 할 선배들의 사유의 흔적이며 지적 전통의 보고이자, 시인들의 창조적 상상의 노동을 물화한 대상이기도 하다. 철학자 김상환이 김수영 시의 책의 의미를 사유하는 글에서 이미 말한 것처럼, 시인에게 책은 곧 자기 자신이다.[14] 책은 시인들의 과거와 현재, 미래를 자기 안에 담고 있다. 그러므로 책을 읽고 책을 시화(詩化)하며 다시 책을 쓰는 행위로부터 시인들은 스스로 시인으로서의 정체성을 형성하며, 시쓰기의 의미와 방법을 탐구한다.

시인들의 서가에는 어떤 책들이 자리하고 있을까? "도스토예프스키 『죄와 벌』 조셉 콘라드 『로드 짐』 밀란 쿤데라 『참을 수 없는 존재의 가벼움』 무라카미 하루키 『상실의 시대』 알랭 드 보통 『로맨스』"(이선영, 「나의 독서」) 등등의 문학 작품들? 혹은 "『조선노동당 약사』", "『유목 민족 제국사』", "『카발라』", "『우리 할아버지』"(함성호, 「거미의 서가」)등 역사서에서 동화책에 이르는 도서목록들? 혹은 맛있는 "요리책"(장정일, 「요리책」)?, 또는 "『선데이 서울』"(권혁웅, 「선데이 서울, 비행접시, 80년대 약전」)? 다기다양한 시인들의 도서 목록은 그 시대 문화의 빛깔과 정신의 여정을 보여주는 좋은 증거가 된다. 하지만 동일한 종류와 장르, 심지어는 같은 책이라 하더라도 어느 시대, 어느 서가에 놓이는가에 따라 그 향유와 해석의 방식은 달라질 것이다. 저자들과의 구체적인 만남의 장으로서, 책은 과연 어떤 모습으로 시인들의 서가를 차지하고 있을까? 시인들의 서가가 보여주는, 그 시대 사유의 풍경을 들여다보자.

시인, 사상서와 역사서를 읽다

시인들의 서가 한 칸에는 이론·사상서와 역사서가 자리한다. 시인은 팔방미인들이다. 모름지기 좋은 시인들이란 논리와 감성을 두루 갖춘 자들이다. 그들은 정치가, 철학자들보다도 더 부지런히 그 시대 사상의 샘물을 길어 올린다. 식민지 시대, 조선 프롤레타리아 예술가 동맹의 서기장이자 시인이며 영화배우였던 임화의 서가에서도 "청년"의 "역사"의 기록과 그 사유의 고투 과정을 발견할 수 있다.

꺼칠한 눈썹 아래 푹 꺼진 두 눈,
한 끝이 먼 희망의 항구로 닿아 있어,
아이때 좇던 범나비 자취처럼
잡힐듯 말듯 젊은 날의 긴 동안을 고달피던
꿈길 아득한 옛 기억의 맵고 슨 나머지를
다시 글어모아 마음의 헌 樓閣을 重修하려
몇 번 힘을 내고 눈알을 굴려 방안에 좁은 하늘을 헤매었는가?

…(중략)…

나는 참을 수 없는 침묵에서 몸을 빼어 뒤척일 때,
거친 손에 닿는 조그만 옛 책자를 머리맡에서 집었다.

책장은 예와 같이 활자의 종대(縱隊)를 이끌고,
비스듬히 내 손에서 땅을 향하여 넘어간다.

이곳저곳에 굵게 내리그은 붉은 줄,
틈틈이 빈 곳을 메운 낯익은 내 서투른 글씨,
나는 방안 그뜩히 나를 사로잡은 침묵의 城돌을 빼는,
그 귀여운 옛 책의 날개 소리에 가만히 감사하면서,
프르륵 최후의 한 장을 헛되이 닫칠 때,
나는 천지를 흔드는 포성에 귓전을 맞은 듯,
꽉 가슴에 놓인 빙낭(氷囊)을 부혀잡고 베개의 깊은 가슴에 머리를 파묻었다.

N.L. 저 『1905년의 의의』

1905년!
1905년!

베개는 노래의 속삭임이 아니라, 위대한 진군의 발자국 소리를,
어둠은 별빛의 실이 아니라, 태양의 타는 열과 눈부신 광채를,
고요한 내 병실에 허덕이는 내 가슴속에 들어붓고 있다.

— 임화, 「옛 책」 부분

이 시에서는 카프의 서기장으로서의 임화의 목소리보다는 한 사회주의 청년 시인의 목소리를 확인할 수 있다. 동일한 이념적 지향과 정치적 목표 아래 회합하고 투쟁했던 카프가 해산된 이후, 마음의 갈피를 잡지 못하고 헤매이는 '청년'의 모습이 분명하게 드러난다. "진리에로 향한 한오리 가는 생명의 줄까지도 / 인제는 정말로 끊어"진 듯한 위기의 상황에서 시인이 발견하는 것은 "조그만 옛 책자"이다. 임화에게 책이란, 종이로 만든 인쇄물이나 지식의 매개체 이상의 의미를 지닌다. 책은 "활자의 縱隊를 이끌고" "천지를 흔드는 포성"과 "위대한 진군의 발자국 소리"를 일으키며, 현실의 초라함을 일순에 뒤엎는 새로운 세계를 개방한다. 그럴 수 있는 것은 이 시에서 책이 한 '청년'이 간직한 열정과 신념의 가시적 증거물이 되고 있기 때문이다. 책은 하나의 생각과 다른 생각이 만나 토론과 대화를 벌이는 물질적 장이다. "이곳저곳에 굵게 내리그은 붉은 줄, / 틈틈이 빈 곳을 메운 낯익은 내 서투른 글씨"에서 시적 주체는 '책'의 저자와 '나'의 사유의 흔적을 확인하면서, 다시금 '청년'의 활기와 역사의 희망을 발견하고 있다. 그에게 "태양의 타는 열과 눈부신 광채를" 다시 불어넣은 책은 레닌의 『1905년의 의의』이다. 정치적 상황의 악화로 더 이상 프로문학의 존립이 불가능해진 시점에서 임화

는 “정열의 옛 집”으로부터 다시금 세계와 자기의 ‘혁명’의 의지를 이끌어내고 있다.

위기의 시절이 올 때 시인은 사상·철학서를 찾는다. 김수영은 루소의 『民約論』, 데카르트의 『방법서설』, 베이컨의 『신논리학』 등과 같은 고전이 4.19 직후의 현실에서 전혀 효용과 위엄을 발휘하지 못하는 상황을 비판한다.

> 룻소의 「民約論」을 다 精讀하여도
> 執權黨에 阿附하지 말라는 말은 없는데
> 民主黨이 제일인 세상에서는
> 民主黨에 붙고
> 革新黨이 제일인 세상이 되면
> 革新黨에 붙으면 되지 않는가
> 귀에 걸면 귀걸이 코에 걸면 코걸이가 아닌가
> 제이공화국 이후의 정치의 철칙이 아니라고 하는가
> …(중략)…
>
> 데칼트의 「방법서설」을 다 읽어보았지
> 阿附에도 여유가 있어야 한다는 말일세
> 만사에 여유가 있어야 하지만
> 위대한 「개헌」 헌법에 발을 맞추어가자면
> 여유가 있어야지
> …(중략)…
>
> 베이컨의 「신논리학」을 읽어보게나
> 원자탄이나 유도탄은 너무 많아서
> 효과가 없으니까
> 인제는 다시 匕首를 쓰는 법을 배우란 말일세
> 그렇게 되면 美·蘇보다는

일본, 瑞西, 인도가 더 빼젓하고
그보다도 한국, 월남, 대만은 No. 1 country in the world
…(중략)…

— 김수영, 「晩時之歎은 있지만」 부분

식민지 시대의 임화와 달리, 김수영 시에서 더 이상 '책'은 '책 밖'의 현실을 이겨낼 수 있는 이성과 지혜를 제공하지 못한다. 이 시를 빌어 김수영은, 좌절된 '혁명'의 이상과 극도로 혼란된 정치적 현실뿐만 아니라 '책 밖'의 현실 앞에 무력하기 그지없는 '책' 자체를 고전의 대상으로 삼는다. 욕설에 가까운 김수영의 시어들 속에서, 고전의 위엄은 여지없이 추락해 진창의 현실을 뒹군다. 함성호의 시에서 역사책은 조금 다른 방식으로 존재한다.

『조선노동당 약사』, 이정식/이론과실천/1991년 02월/정가:6000원 — "나는 남조선의 간첩입니다." 박헌영은 형장의 이슬로 사라졌다 책을 펴는데 알맹이는 없고 책 겉장이 툭, 하고 바닥으로 떨어졌다 李東輝, 金日成, 金科奉 같은 이름들을 주워 올리며 여운형의 아령이 서가 밑으로 굴러다니는 것을 본다 김은 "모든 당원들은 게릴라들이 취한 대중에 대한 태도에서 배워야 할 것"이라고 말했다
『유목 민족 제국사』, 룩 콴텐 / 민음사 /1984년 01월/정가 6.500원 — 발음 지침은 웨이드 자일Wade-Giles중국어 영문법을 따라 북경을 'Pei-ching'으로 표시하지 않고 'Peking'으로 했다 한자로 표기된 몽고 어휘를 라틴 문자로 전사할 때 한자음, 당시 몽고어 현실음, 고전 몽고어형, 세 가지 요소를 고려하게 되는데, 그 중 어느 것을 더 강조하느냐에 따라 轉寫形이 달라진다
인터넷 전생 찾아보기에서 나는 티베트의 물고기였다고 적혀 있다 그런데 요즘에는 이슬람의 성문천사(聖門遷士)였을지도 모른다는 생각을 한다.

— 함성호, 「거미의 서가」 부분

함성호 시에서 '책'은 무엇보다 그 자체로 물질성을 지닌 독립성의 세계이다. 여기서 책은 지식과 신념의 매개체이거나 위엄과 후광을 드리운 세계라기보다는, 화폐를 매개로 시장에서 교환되는 상품으로서의 의미를 갖는다. "6000원" 또는 "6500원"의 정가가 매겨지고 특정의 발행처와 발행일자로 생산지가 확정됨으로써 거래물품으로서의 일정한 자격을 갖추게 되는 것이다. 『유목민족 제국사』에서 발음지침에 따른 '북경'의 표기법에 대한 설명 부분은, '책'이라는 물건이 문자를 통해 유통되고 소비되는 문자문화의 산물임을 상기하게 한다. 임화나 김수영과는 달리, 함성호는 '책'이라는 상품의 가치를 그의 특유의 방식으로 향유한다. 역사서가 기술하는 '사실'의 기록 더미 속에서 시적 화자는 마치 "여운형의 아령이 서가 밑으로 굴러다니는" 듯한 착각을 일으킨다. 역사적 과거의 시간과 현재의 시간이 겹치는 순간 속에서 시인은 '책'에 내재된 고유의 시간을 발견하고 그것을 지극히 개인적인 방식으로 경험한다. 아울러, 위 시에서 작은 글씨로 표기된 '나'의 생각은 '책 안'의 세계와 대비된 '나'의 고유한 경험과 세계를 부각시키고 있다.

잡지, 욕망의 분출구

VOGUE야 넌 잡지가 아냐
섹스도 아냐 唯物論도 아냐 羨望조차도
아냐 — 羨望이란 어지간히 따라갈 가망성이 있는
상대자에 대한 시기심이 아니냐, 그러니까 너는
羨望도 아냐

마룻바닥에 깐 비니루 장판에 구공탄을 떨어뜨려

탄 자국, 내 구두에 묻은 흙, 변두리의 진흙,
그런 가슴의 죽음의 표식만을 지켜온,
밑바닥만을 보아온, 빈곤에 마비된 눈에
하늘을 가리켜주는 잡지
VOGUE야

신성을 지키는 시인의 자리 위에 또 하나
넓은 자리가 있었던 것을 자식한테
가르쳐주지 않은 죄 — 그 죄에 그렇게
오랜 시간을 시달리면서도 그것을 몰랐다
VOGUE야 너의 세계에 스크린을 친 죄,
아이들의 눈을 막은 죄 — 그 죄의 앙갚음
VOGUE야

그리고 아들아 나는 아직도 너에게 할 말이
왜 없겠는가 그러나 안한다
안하기로 했다 안해도 된다고
생각했다 안해야 한다고 생각했다
너에게도 엄마에게도 모든
아버지보다 돈많은 사람들에게도 아버지 자신에게도

— 김수영, 「VOGUE야」 전문

세계적인 패션지 『VOGUE』가 전하는 현란한 욕망과 자본의 세계는 시인이 처한 극심한 "빈곤"의 세계, "신성을 지키는 시인의 자리"와 극명한 대조를 이룬다. "마룻바닥에 깐 비니루 장판에 구공탄을 떨어뜨려 / 탄 자국, 내 구두에 묻은 흙, 변두리의 진흙"으로 얼룩진 방 안에서 『VOGUE』는 감히 "따라갈 가망성"조차 없는 "하늘"같은 대상으로 존재하고 있다. 『VOGUE』가 보여주는 서구 물질문명의 세계, 근대성의 정점의 세계를 "선망"할 것인가, 비판할 것인가. 혹은 "따라"잡아야 할 것인가, '빈곤'과 '신성'의 자리에 머물러야 할 것인가. "아들"로 상징되는 미래 세대의 "눈을 막"고 "스크린을" 칠 것인가. 또는 그들에게 『VOGUE』의 현란한 세계를 모두 개방하며 그 혼란과 좌절과 부담을 공유할 것인가. 김수영이 『VOGUE』를 통해 확인하는 것은, 진보와 야만이라는 서구적 근대성의 두 얼굴, 또한 그것을 향한 식민지 지식인의 모순과 갈등의 내면이다.

『VOGUE』가 차지하는 의미 자체를 성찰 대상으로 삼고 있는 김수영의 시에는 실상 『VOGUE』에 대한 직접적인 묘사는 거의 나타나지 않는다. 시적 화자에게 『VOGUE』는 "섹스"도 "유물론"도 "잡지"도 그렇다고 "선망(羨望)"도 아닌 세계, 그 모두를 포괄하고 이미 그것을 넘어서는 "하늘"과 같은 세계로 받아들여지고 있다. 이와 달리, 1990년대 장정일의 시에서 '잡지'를 바라보는 시선에는 생활의 무게와 시대적 책무감이 상대적으로 거두어져 있음을 발견하게 된다.

〈그것〉으로부터 미녀들을 구해내자
가위 한 벌과 신간 여성지를 이용해
그것의 감옥으로부터 미녀들을 구해내자.
가위로 오려내니 〈그것〉으로부터 분리된
그녀들의 미는 얼마나 말쑥하게 빛나는가?

첫 페이지는,
새롭게 연출하는 봄의 감각 —
〈그것〉 슬립:의 광고로
부터 그녀를 분리하자.

…(중략)…

다음 페이지에는
젊음이란 말보다 젊음답다는 말이 더 좋다
표정은 밝게, 행동은 자유롭게, 젊은 패션엔
지성미도 숨어 있다. 젊음답게 〈그것〉: 광고가 있다.
가위를 들고 이 네 명의 젊은 숙녀를
오려내자. 〈그것〉 모드:의 광고로
부터 그녀들을 분리하자.

다음 페이지에는,
잊을 수 없는 만남: 프랑스에서 직수입한
리버레이스와 〈그것〉의 유로모드가 펼치는
나이트 웨어: 광고가 있다.
가위를 들고 해변가에 그림처럼 서 있는
란제리 차림의 그녀를
오려내라. 〈그것〉 파운데이션: 의 광고로
부터 그녀를 분리하자.

— 장정일, 「그것으로부터의 분리」 부분

장정일에게 잡지, 특히 신간 여성지는 상품화된 여성들의 진열장이다. "미녀들"은 "슬립", "화장품", "청바지", "캐주얼", 여성 속옷류, "스타킹", "생리대" 등 온갖 종류의 상품들을 "광고"하는 도구들로 등장하고 있다. 시적 화자는 "가위"를 들고 "그녀"들을 오려내, 화려한 상품의 광고 더미들로부터 "그녀" 자체의 아름다움을 분리하고자 한다. 즉 사물, 상품, 광고더미들의 "감옥"으로부터 "그녀"의 자연성을 자유롭게 해방시키려 한다. 장정일의 비판적 시선을 빌어, 여성의 과도한 상품화가 이루어지는 자본주의 시장의 논리, 그리고 그 시장의 최첨단의 광고 매체인 여성지의 특성이 뚜렷하게 부각되고 있다.

1980년대 '국민주간지' 『선데이 서울』은 2000년대 권혁웅의 시에서 다시

“출몰”한다. 김수영의 시에서 『VOGUE』가 “빈곤”의 현실과 대비되는 강한 문화적 충격을 던져주었다면, 권혁웅의 시에서 『선데이 서울』은 현실이자 동시에 현실이 아닌 세계를 보여준다. 『선데이 서울』의 세계는 “김치”를 먹는 일상의 현실과 극명하게 대비되는 환상과 욕망의 별천지이면서 또한 “외계에서 온 돌멩이들이 거리를 날아다니”는 “1987년의 서울”과 별반 다르지 않은 ‘현실적’인 세계이기도 하다. 그런 면에서 본다면 잡지란 가상과 현실을 넘나드는, 욕망의 집적지이자 분출구라고 할 수 있을 것이다.

시집(詩集)들, 전통과 창조의 전투적 공간

시인들에게 시집이란 다른 책들에 비해, 각별한 감정을 불러일으키는 대상이다. 시집의 저자들인 그들은 시집을 보며 자기자신을 객관화한 듯한 느낌을 가지기도 하며, 때로는 위엄과 두려움, 또는 유혹의 시선과 굴절된 자학의 감정을 경험한다. 최정례 시에서 “한 밤”의 자아는 “더러운 詩”들과 밀고 당기는 갈등을 겪는다. 서가의 시집들은 시적 자아의 “머리” 위에 군림하고 앉아 자신을 펼쳐보기를 요구하지만, 시적 자아는 그같은 “詩”의 요구를, 마치 “한밤에” “우”는 “아이”의 울음소리처럼 “불길하게” 받아들인다.(최정례, 「나쁜 책」) 최정례의 시는 ‘책’, 특히 시집을 둘러싸고 벌어지는 전통과 창조, 모방과 변용 사이의 갈등과 긴장의 관계를 포착하고 있다.

이승원의 시는 이 문제를 좀더 직설적인 방식으로 제기한다.

청년은 공상을 완성했지만 주위 반응은 냉담했다

첫째 독일의 전설과 로버트 브라우닝의 저작을 표절했다는 의혹이 일었다 청년은 이것은 풍자 즉 패러디다라고 맞섰다

둘째 언술이 진부하고 상투적이라는 지적이 있었다 청년은 의도적 클리셰이기 때문이다라고 반박했다

…(중략)…

넷째 여기저기서 가져다가 짜깁기와 소재나 표현이 전혀 신선하지 않다는 비난이 나왔다 청년은 혼성모방 즉 패스티쉬 기법이 기시감을 주는 것은 당연하지 않는가라고 반문했다

— 이승원, 「나의 사랑하는 탈근대 도시」 부분

이승원 시에서 전통, 또는 앞선 세대의 저작은 "군림"하거나 "거부"해야 할 대상이 아니다. 그것들은 현재의 저작과 엄격하게 경계를 구분할 수 없이, 매우 불분명한 방식으로 겹쳐져 있다. "탈근대"적인 '청년'의 관점에서 보자면, 어차피 원작과 모작, 창작과 모방 사이의 경계란 모호할 뿐 아니라 불필요한 논쟁거리라고 볼 수 있다. '옛 책'들은 "패러디", "클리셰", "패스티쉬" 등의 다양한 '창작' 기법을 통해 수없이 많은 '새로운 책'들을 탄생시킨다.

그의 시에서 '시집'이 다루어지는 방식 또한 "탈근대"적이다. 그의 '시' 안에서 '시집'은 또다른 가상의 세계를 구축한다.

「가상의 자아」 확장 버전 「가상의 자아 '세계'」가 출시되었다

STAND BY

…(중략)…

PLAY

나는 평범한 회사원이다 두 시간이 걸려 귀가하니
여섯 살짜리 딸아이가 아빠 전민호하고 곽지용하고
고상민이 머리에 케첩을 뿌렸어 선택지는 세 가지 내일 부모 참관 수업에서 교사에게 건의한다 아이들을 타이른다 부모들에게 항의한다
거부를 누르고 국면을 바꾸자 모교의 교수가 된다
…(중략)…
점심시간이 되어 도시락 가방을 열자
AK 47과 김남주 시집이 나온다
열쇠말 피다 꽃이다 꽃이다 피다
탄창은 피다 탄환은 꽃이다 그것이다
관저의 움직이는 물체를 모두 정지시키고 6차선 도로에 진출하자 장군의 우상이 조각한다
열쇠말 주상은 무치다
아 나는 멀리 왔다 기록을 갱신했다
수하의 해커들이 제국의 핵기지 전산망에 침투했다 교란된 누클리어
열쇠말 초토 황무지
내셔널리즘의 영웅이 된다 포토맥 강가에서 노래한다
벅차게 노래 불러 외치는 뜨거운 함성 짧았던 내 젊음도 깨치고 나가 끝내 이기리라 나의 조국 길이 빛나리라

— 이승원, 「가상 자아의 세계적 유형」 부분

이승원의 시에는 두 개의 '나'가 있다. 게임을 하는 '나'와 게임이라는 가상 공간 속의 또 다른 '나'가 존재한다. 엄격히 말하자면, 가상 공간에서 'PLAY' 하는 '나'는 "평범한 회사원"인 '나', "모교의 교수"가 되는 '나', "제국의 대사관에 취직하"는 '나'로 무수히 분열해나간다. 이처럼 "가상 공간" 속에서 벌어지는 "가상 자아"의 무수한 핵분열 과정에서 현실/가상의 관계 또한 다중적인 방식으로 뻗어나간다. 'AK 47' 자동소총과 함께 게임에 등장하는 '김남주 시

집'에 주목해보자. 『나의 칼 나의 피』, 『조국은 하나다』 등 김남주의 시집은 1980년대 군사독재 시기의 정치적 현실에 창작의 뿌리를 대고 있다. 김남주 시의 강렬한 전투적 이미지 역시 80년대의 정치적 억압과 그에 대한 저항적 의지로부터 배태된 것이다. 김남주 시작(詩作)의 연원이 되는 '역사적 현실'은 그의 시집에서 '시적 현실'이자 '가상'의 세계로 변용되고, 다시 이승원의 시/게임에서 '가상 공간'의 전투적 이미지로 차용되고 있다. 이때 '시집'이라는 '책'은 지식의 보고(寶庫)나 소비 상품, 또는 욕망의 분출구로서의 의미가 아니라, 실체를 대체하는 시뮬라크르, 원본을 대체하는 복제물로서의 의미를 지닌다. 이승원의 시에서 복제물은 원본보다 더 자유로운 독립성과 활동성을 갖는다. 그렇다면 책은 과연 게임을 선두로 한, 가상 공간의 시뮬라크르와 구별되는 '책' 고유의 존재감을 확보할 수 있을 것인가?

옛 책의 기억, 문고판의 향수

컴퓨터의 활용이 다방면으로 확산되면서 한때 종이책의 종말을 예언했던 시절이 있었다. 그러나 종이책의 종말에 대한 각종 논의와 대책들이 무색할 만큼, 종이책만이 지닌 고유의 기능과 그것이 부여하는 특별한 경험은 여전히 주목의 대상이 되고 있다. 종이책이 선사하는 고유의 느낌은 어디에서 오는 것인가. 책의 질감과 제자(題字), 표지, 편집 디자인 등 책 자체가 지닌 물질적 감각에서 오는 것이기도 하지만, 그 책을 둘러싼 사람들의 현실과 관계, 그 기억들로부터 빚어져 나오는 것이기도 하다. 고형렬의 시에는 경험과 기억의 매개체로서의 '책'의 의미가 잘 드러나 있다.

옛날 김철수 김동석 배호 삼인 수필집
『토끼와 時計와 回心曲』은 부친이
1948년 청구라는 서점에서
구입한 책
김동석 편 '토끼' 「칙잠자리」가 있다
전쟁이 한창인 일제시대
포도송이 새새 검은 알이 박히던 무렵
그대가 채소를 다듬는 아내와 길가에 앉아
칙잠자리가 꽃잠자리 목을 부러뜨려
입에 물고
콩밭으로 날아가 앉는 것을
망연자실 목도한 그곳은 어디였을까
그 아내와 평론가는 지금 어디 있을까

— 고형렬, 「채소, 김동석 선생」 전문

고형렬의 시에는 서로 다른 세 개의 시간이 흐르고 있다. 책의 저자인 '김동석 선생'의 '일제 시대'의 시간과 1948년, 그 책을 '구입'했던 '부친'의 시간, 그리고 세월이 지나 다시금 김동석의 책을 열어보는 시인 고형렬의 시간이 존재한다. 서로 다른 세 사람의 고유한 경험은 '책'을 매개로 공유(共有)되고 기억되는 계기를 얻는다. 그것은 특별히 종이책만이 부여할 수 있는 '소장(所藏)'이라는 고유의 시간 경험으로부터 온다. 한 권의 책을 소장한다는 것은, '책 안'의 경험 세계뿐만 아니라 '책' 자체의 물질성이 부여하는 개별적인 경험을 갖게 됨을 의미한다. 그리고 그 경험의 개별성으로부터 소장자와 책만이 공유하는 주관적인 시간의 흐름이 생성된다. 장정일의 다음 시에는 소장자의 전생(全生)의 시간에 긴박되어 있는 '책'의 존재 의미와 가치가 시화되어 있다.

열 다섯 살,
하면 금세 떠오르는 삼중당 문고
150원 했던 삼중당 문고
수업시간에 선생님 몰래, 두터운 교과서 사이에 끼워 읽었던 삼중당 문고
특히 수학시간마다 꺼내 읽은 아슬한 삼중당 문고
…(중략)…
표지에 현대미술 작품을 많이 사용한 삼중당 문고
깨알같이 작은 활자의 삼중당 문고
검은 중학교 교복 호주머니에 꼭 들어맞던 삼중당 문고
쉬는 시간 10분마다 속독으로 읽어내려 간 삼중당 문고
방학 중에 쌓아 놓고 읽었던 삼중당 문고
…(중략)…
책장에 빼곡히 꽂힌 삼중당 문고
싸움질을 하고 피에 묻은 칼을 씻고 나서 뛰는 가슴으로 읽은 삼중당 문고
처음 파출소에 갔다왔을 때, 모두 불태우겠다고 어머니가 마당에 팽개친 삼중당 문고
흙 묻은 채로 등산배낭에 처넣어 친구집에 숨겨둔 삼중당 문고
소년원에 수감되어 다 읽지 못한 채 두고 온 때문에 안타까웠던 삼중당 문고
…(중략)…
머리칼이 길어질 때가지 골방에 틀어박혀 읽은 삼중당 문고
삼성전자에 일하며 읽은 삼중당 문고
문흥서림에 일하며 읽은 삼중당 문고
레코드점 차려놓고 사장이 되어 읽은 삼중당 문고
고등학교 검정고시 학원에 다니며 읽은 삼중당 문고
고시공부 때려치우고 읽은 삼중당 문고
시공부를 하면서 읽은 삼중당 문고
데뷔하고 읽은 삼중당 문고
…(중략)…

파란만장한 삼중당 문고
너무 오래 되어 곰팡내를 풍기는 삼중당 문고
어느덧 이 작은 책은 이스트를 넣은 빵같이 커다랗게 부풀어 알 수 없는 것이 되었네
…(중략)…
우주같이 신비로운 삼중당 문고
그러나 나 죽으면
시커먼 배때기 속에 든 바람 모두 빠져나가고
졸아드는 풍선같이 작아져
삼중당 문고만한 관 속에 들어가
붉은 흙 뒤집어쓰고 평안한 무덤이 되겠지

— 장정일, 「삼중당 문고」 부분

"삼중당 문고"판 책들은 시인의 전 생의 역사, 삶의 시간을 늘 같이 했던, 가장 가까운 벗이자 생의 증인같은 존재이다. "열 다섯 살, / 하면" "삼중당 문고"가 "금세 떠오르는" 것처럼, "열 다섯 살" 이후 시인의 삶의 주요한 계기들에는 항상 "삼중당 문고"가 자리하고 있다. "선생님 몰래" "꺼내 읽"던 중학생 시절부터 "소년원" "수감" 시절과 "삼성전자", "문흥서림" 등 직장을 전전하던 시절, 그리고 "고시 공부"와 "시 공부"에 몰두하고 시인으로 "데뷔"하기까지의 시인의 인생유전은 곧 "파란만장"한 삼중당 문고의 시간과 동일한 궤적을 그리고 있다. 시인의 삶에 이처럼 깊숙이 '책'이 개입할 수 있는 이유는 "삼중당 문고"라는 책이 갖는 특유의 물질성에 있다. "150원"이라는 저렴한 가격, "중학교 교복 호주머니에 꼭 들어맞던" 매력적인 크기의 휴대성, 또한 "표지"의 "현대"적인 디자인 감각은 마치 요즘 청소년들이 최신 모델의 디지털 전자기기에 열광하는 것처럼, "열 다섯 살"의 소년에게 강렬한 소유와 탐독의 열망을 불러일으킬만한 요인들이다. "삼중당 문고"가 시인에게 불러일

으키는 감각성은 비단 여기에서 그치지 않는다. 디지털 기기가 갖는 '최신성'의 가치는 시간이 지날수록 퇴색하지만, 책은 마치 잘 숙성한 포도주처럼, 시간의 흐름에 따라 그 특유의 빛깔과 맛, 깊이를 더한다. "너무 오래되어 곰팡내를 풍기는 삼중당 문고"는 더 이상 문고판 크기의 "작은 책"에 불과한 존재가 아니다. 동서양의 문명과 지식의 세계, 고대에서 현대에 이르는 역사와 문학을 아우르는 광범위한 '책'의 세계는 "공룡같"고 "우주같"은 무한한 크기의 공간으로 확장된다. 여기서 책은 그 자체로 '우주'적 존재가 되면서, 책과 관련된 한 개인의 생을 '우주'의 시간 속으로 밀어넣는다. 이 우주의 시간 속에서 "열 다섯 살" 소년의 생도 언젠가는 저물어 "삼중당 문고만한" 크기로 다시 졸아들어 갈 것이다. 그러나 책의 "곰팡내"마저도 다 사라지고 그 책을 소장했던 사람의 육체도 더 이상 이 세상에 존재하지 않게 된다 하더라도, 책을 매개로 한 고유의 기억과 경험의 시간은 결코 사라지지 않을 것이다.

시인의 운명, 책의 미래

'책'을 테마로 한 시 작품들을 떠올릴 때 가장 빈번하게 등장하는 시인은 김수영과 장정일이다. 많은 연구자와 비평가들이 김수영에 관한 '책'의 주제론에서 이미 해명했듯이, '책'을 통해서 김수영은 시인으로서의 자기의식, 특히 식민지 지식인으로서의 자기의식을 스스로 확인하고, 그에 대해 성찰하며 검열한다. 그에게서 종종 '책'이라는 존재가 구차한 일상, 번잡스런 가족들과 대비를 이루며 등장하는 것도 그와 같은 이유에서 기인한다. "비니루 장판"의

"구공탄" "자국" 위에서 뒹구는 "아이들" 곁에서 "VOGUE"나 "가리포루니아라는 곳"에서 온 책은 서구 모더니티를 향한 시인의 복잡한 자의식을 확인하게 한다. 반면 장정일에게 책은 시인의 삶과 좀더 밀착된 대상이다. 누구보다도 강렬한 책의 기억과 향수를 지니고 있는 장정일은 책을 통해 자신의 꿈과 희망, 좌절의 흔적, 그리고 그것들을 규제하거나 혹은 극명한 대비를 이루는 자본주의의 현실을 본다. 장정일에게 책이 실제적인 현실연관들을 환기시키는 대상이라면, 이승원에게 책은 그러한 현실연관을 초월한 대상으로 다가온다. 그에게 책은 다른 사물들과 마찬가지로, 사물 세계의 일부를 이루는 하나의 사물에 불과하다. 이승원의 시에서 책은 인터넷 게임, CD 등의 문화적 산물과 마찬가지로 변용되고 차용된 채 가상 공간을 구성하는 사물로서의 의미를 지닌다.

1950년대 김수영의 시에서 2000년대 이승원의 시에 이르기까지, 시대와 문화의 변화에 따라 책을 둘러싼 경험과 책의 향유방식은 여전히 변함없는 동일한 측면과 급격한 변화를 모두 보여주고 있다. 책이 문화와 지식의 통로이자 개인의 경험과 기억의 매개체라는 사실은 시대를 초월한 동일한 면모라고 할 수 있지만, 소장가치를 지닌 '기호품'이라는 특징에 더해 자본주의 시장에서 팔려야 할 '상품'으로서의 가치는 점차 주목되는 부분들이다. 앞으로 전자책의 사용이 늘어나고 휴대용 전자책 단말기 킨들(Kindle)과 같은 전자기기의 보급이 광범위하게 확산된다면, 책의 형태, 내용, 장르뿐만 아니라 유통 방식과 향유 방식까지도 급속히 변화하게 될 것이다. 그러나 책 자체와 책을 둘러싼 다양한 문화가 미래 사회에서 크게 바뀐다 하더라도, 시인들의 삶과 운명이 영원히 책과 함께 할 수밖에 없다는 사실에는 변함이 없을 것이다. "열 다섯 살"의 장정일처럼, 인생의 어느 날인가 책과 인연을 맺기 시작해 책 위에 자신의 집을 짓는 사람들, 그리고 "청년" 임화처럼 그 "정열의 옛집"을 기억하는 사람들, 그들 모두가 책을 통해 기억되어야 할 운명적인 존재들인 것이다. 그러니 수많은 책을 품어 또 다른 책을 낳는 시인들의 운명과 더불어, 책은 그 고유의 매력적인 존재감을 오래도록 잃지 않을 것이다. 제각기 다양한 빛깔과 방식으로.

2

시인, 바라보는 자의 운명
최하림 시의 '시선'에 대하여

소멸의 운명을 살아가는 여성의 노래
허수경과 김수영의 시

욕망하는 몸, 이미지의 삶
이원의 시세계

시인, 바라보는 자의 운명

최하림 시의 '시선'에 대하여

시인의 눈, 풍경의 눈길

오늘의 일상은 나날이 증식하고 범람하는 현란한 시각 현상으로 가득차 있다. 다양한 매체와 장르들 — TV, 비디오, 컴퓨터, 광고, 영화, 애니메이션 등의 출현과 확산으로 강렬하고 화려한 영상 이미지들이 도시의 곳곳에서 시선을 사로잡고 있다. 하이테크 문명이 뿜어내는 문화 기호와 이미지의 홍수는 우리에게 해방과 억압의 이중성을 동시에 체험하게 한다. 오랜 시간 획일화된 문화 속에서 억눌렸던 감성과 감각적 욕망을 발산하면서 잠시나마 개인은 해방의 체험을 누리게 되지만, 한편으로 그 해방의 측면이 상품화의 가능성을 낳고 상업문화의 형태 속에서 소비되는 현상은 또다른 억압을 가져온다. 아침에 눈을 뜰 때부터 잠이 드는 순간까지 우리의 감각은 다채로운 이미지의 바다를 헤쳐가야만 한다. 매순간 '클릭'을 강요하는 그것들로부터 우리는 자유롭지 못하다. 오직 보여지기 위해 잘 꾸며진 무수한 육체와 상품들로 우리의 눈은 더없이 피로하다.

그런데 이렇게, '보이는' 것들로 가득차 있고 삶의 순간마다 '보기'를 강요받는 이 시대에, '본다는 것은 무엇인가'를 시를 통해 탐구하는 한 시인이 있다. 그 시인, 최하림은 금강을 배경으로 펼쳐진 산과 들과 밭의 풍경 속에서 다만 "지그시 보는 시간"을 살고 있다. 풍경을 응시하는 시인의 모습은 일찍이 동일한 문제에 골몰했던 또다른 예술가를 떠올리게 한다. 평생 홀로 작업했던 화가 세잔느는 고향 마을 생트 빅트와르 산 앞에 서서 풍경의 시선이 다가올 때까지 끝모를 시간을 흘려보냈다. "풍경이 내 가운데서 성찰하고 나는 그 의식이 된다"는 그의 말에서 짐작할 수 있듯이, 세잔느가 기대한 풍경의 시선이란 자아가 대상을 객관화할 뿐 아니라 자아 스스로도 객관적 대상으로 투시하는 상태에서 감지될 수 있는 것이다. 그 시선은 오늘의 시각체험이 던지는 무의미한 강요의 시선과 다르다. 현대인이 창조한 자극적이고 도발적인 시각 현상들은 마치 스스로의 자발적 선택인 듯 주체를 끌어당기며 실상 주체의 고유한 존재감을 배제하고 그를 소외시킨다. 반면 '풍경'의 창조과정에서는 내가 사물을, 또는 사물이 나를 일방적으로 선택하지 않는다. 어느 한 순간의 사물의 풍경이 나를 한 곳에 머물게 하며 동시에 내가 사물에게 자리를 내어주는 참여와 양보의 과정이 이루어진다.

세잔느와 마찬가지로, 시인 최하림 역시 '사실'의 풍경 속에서 '새로운 사실'의 풍경이 떠오르기를 기다리며 시(詩)를 향한 지난한 고투의 길을 펼치고 있다. 화가와 시인 모두 '본다'는 문제에 골몰하지만, 근본적으로 시와 회화의 원리가 다르기에 두 예술가의 작업은 제각기 다른 어려움에 봉착한다. 회화의 어려움은 풍경을 색과 면으로 분할하고 통일하면서 가시적이고 정지된 화면 안에 담아내야 한다는 데 있다. 세잔느는 "흐르고 있는 세계의 일 분, 일 분"을 어떻게 "풍부한 리얼리티"로서 그려낼 수 있을까를 고민한다.

반면 변화와 추이를 그려내고 비가시적인 것까지 포용할 수 있다는 점에서 시는 좀더 자유롭다. 그럼에도 언어를 통한 굴절과 왜곡은 시인이 반드시 감내해야만 하는 창조적 단련의 과정을 이룬다. "겨울에는 보는 일만으로도 힘겹다"(「겨울 갈마동 일기」)는 최하림의 고백은 '보는 일' 자체의 어려움을 토로하면서 '보는 일' 이후에도 지속되어야 하는 시적 창조 과정의 고단함과 지난함을 암시하고 있다. 내면을 통과한 풍경과 아울러 언어를 투과한 내면 풍경에 이르기까지 시인은 익숙한 관습과 보편화된 상식의 세계를 벗어나 사물과 언어의 근원적인 세계에 다다르기를 꿈꾼다.

그렇다면, 새로운 풍경의 창조를 꿈꾸는 최하림의 작업은 2000년대 문화적 상황 속에서 과연 어떠한 의미를 지닐 수 있는가. 그의 시는 이미지의 감각적 직접성을 초월하면서 새로운 풍경과 시의 창조적 지평을 동시에 열고 있는가. 혹은 많은 시인들이 이미 노래했고 그 안에 안주하거나 절망했던 자연과 서정성의 부활을 되풀이하는 것인가. 달리 말해, 그가 창조하는 시의 풍경은 저 익숙한 시원의 세계로의 복귀인가, 혹은 우리 시의 새로운 영토인가. 최하림 시를 응시하는 우리의 눈길은 이러한 물음에서 출발한다.

발생하는 풍경, 지워지는 풍경

한국의 시인들에게 풍경을 그 자체로 바라보는 일은 매우 힘겨운 일이다. 우리 시에서 오래도록 자연은 관념의 대치물이거나 감정의 잔여물이었다. '빼앗긴 들'에 완연한 '봄'의 기운과 '찢겨진 산하'에 만개한 '꽃'은 아름다운 자연물 그 자체를 가리키지 않는다. 그것은 흔히 시대적 · 역사적 상황을 암시하는 은유와 상징물이거나 또는 시인의 관념과 사상, 고양된 감정을 표출하는 매개물로 등장한다. 이러한 사정은 폭압적인 시대와 역사로부터 자유로울 수 없었던 우리 시인들의 불우한 상황을 어느 정도 암시하는 것이기도 하다. 권력과 이념은 풍경을 바라보는 시인의 시선을 상당 부분 제한하였고 독자의 상상력마저 획일화하는 결과를 가져왔기 때문이다. 그러나 우리 시에 나타난 한정된 자연의 풍경을 반드시 시대적 상황의 탓으로만 돌릴 수는 없다. 전통적 서정시가 주류를 이루어 온 한국시의 관행에서 자아의 동일화 대상으로서의 자연은 그리 낯선 것이 아니다. 자연 속에 자아를 상상적으로 투사하여 자연과의 일체감을 누리는 시인의 면모는 우리 시에서 익히 발견된다.

이렇게 시대적 상황 탓이건 혹은 보편화된 시작 방법에서 기인하건 간에, 우리 시의 많은 독자들은 그토록 동일한 색조의 자연 풍경과 일원적 상징물로부터 스스로의 삶을 지탱해 갈 분노와 열정, 신념의 샘물을 오랜 시간 길어 올려 왔다. 가라타니 고진의 예리한 지적처럼, 우리에게 중세 산수화 속의 소나무는 하나의 개념으로 읽히지만 그 시대의 사람들에게는 더없이 생생하고 감각적인 것이었듯, 관념과 감정으로 얼룩진 자연의 풍경 역시 당대의 의미체계 안에서는 무엇보다 생생한 지각과 경험의 매개체였을지 모른다. 오래도록 자연은 그렇게 읽히고 표현되었다.

최하림의 초기시에도 시대와 시단의 일반적 조건이 남긴 흔적은 남아 있다. 그에게서도 역시 풍경은 단순한 사생(寫生)의 대상이 아니다. 이를테면 그가 첫 시집 『우리들을 위하여』(1976)에서 "보아라 이제는 失意만이 봄 하늘에 가득찼노니/이제는 장다리꽃만이 햇볕에 노곤하게 흔들리노니"(「풍경」)라고 노래할 때, 풍경은 이미 황막한 시대의 어둠과 절망에 젖어들어 있다. 또는 "오오 보이지 않는 바람에 저리도 많은 날개를 흔드는 나무들이여 …(중략)… 그대 머리의 별은 돌아오지 못하는 이들의 눈빛보다 캄캄하고 불에서 출발해

물 속을 달리는 천리마보다 눈부시다 눈부시다"(「어두운 골짜기에서」)라고 말하듯, 풍경은 자아의 진술로 뒤덮혀있거나 자아의 마음의 상태를 반영하는 객관적 상관물로서 자리한다.

그러나 그의 초기시에는 어떤 의미나 감정에 구속되지 않는 '그 자체'로서의 풍경 역시 한편에서 여린 빛을 발하고 있다. 두번째 시집의 해설에서 김치수가 지적한 대로, 최하림의 시는 "모든 사물들이 가질 수 있는 '있음'의 권리를 인정하고 있"다. 그의 초기시에 자주 등장하는 '겨울 풍경'은 때로 시대의 우울에 잠겨있기도 하지만, 한편으로는 수사와 겉치레, 무거운 의미를 털어낸 채 날 것 그대로의 사물의 정직함을 드러낸다. 「겨울 초입」은 한 편의 작품에서 두 가지 경향이 뚜렷하게 공존하고 있는 시이다.

> 시끄러운 / 발자국 소리가 높아지더니 / 멈추고 저녁 햇살이 서녘으로 / 몰려간다 隱花植物이 무럭무럭 자란다 / 불고기와 야채, 사라다, 나이프가 야릇한 / 광채를 머금은 채로 식탁 위에 있고 조간신문과 / 장갑도 그 위에 있고 알맞게 교회 종소리도 / 유리창을 울리고 / 있다 길들이 / 사방팔방으로 / 색깔과 속도의 / 조화를 이루면서 흘러가고 / 있다 가을이 가고 / 있다 / 오하이오에서 부평에서 文幕에서 / 뿔뿔이 흩어져, 누이들이 공기를 / 들이마시며 우리나라를 사랑하는 / 가을! 봉재 인형 속에 사랑을 새기는 / 가을! 서른 고개를 넘어 넘어 / 열매들이 떨어지는 쓸쓸함으로 / 이 골목 저 골목 기웃거리다가 / 겨울 初入으로 들어가는 수염이 / 더부룩한 사내들의 가을! / 제3 제4의 가을!
>
> —「겨울 初入」 전문

이 시에서 사물들은 제각기 독자적인 풍경을 이루고 있다. 불고기와 야채, 조간 신문과 장갑, 심지어는 교회 종소리와 길과 가을까지도 서로 섞여들 수 없다는 듯이 각자의 분리된 '있음'을 주장한다. 이때의 사물들은 어떤 보편화된 의미도 부과받지 않은 채 각자의 개별성을 보유하고 있다. 그러나 시 후반부의 풍경은 사뭇 다르다. '가을'은 갑작스레 개인의 체험과 감정으로 채색된 특별한 풍경으로 다가온다. 그리하여 독자적인 사물들의 공간은 빛바래지고 관념의 무게와 정서의 빛깔로 채워진다.

이렇게 사물의 사물성 자체에 대한 관심과 사물에 의해 촉발된 시인의 정서적 체험은 서로 갈등하고 그래서 분리되고 때로 섞여들면서 최하림 초기시의 풍경을 만들어낸다. 가령, 같은 '겨울 풍경'을 그린 「겨울 정치(精緻)」는 사물에 대한 적확한 묘사 가운데 시대의 비극을 깊게 아로새긴 작품이다. 또다른 시 「풍경」에서는, 어른거리는 현실의 그림자마저 감각적 이미지로 전환시키며 대단히 선명하고 동적인 한 폭의 설경(雪景)을 그려낸다.

> 키 높은 나무 아래로 내리는 눈이 / 희고 길게, 영산강보다도 시베리아보다도 / 갑오년에 굶어죽은 비렁뱅이 웃음 소리보다도 길게 / 내리고, 구름을 빠져나온 새처럼 검은 물체가 빠르게 / 그림자를 떨어뜨리면서 지나가고, 모든 배의 돛이 / 바다 쪽으로 펄럭이는 언덕에서 우리들은 보았다 / 눈에 묻힌 겨울이 드라클로아의 풍경처럼 엎어져 있었다
>
> —「풍경」 부분

때로 절묘한 부합을 이루어내기는 하나, 최하림 초기시에 나타나는 사물의 객체성과 시적 주관 사이의 갈등은 꽤 오랜 기간 그의 시에 머물러 있다. 그렇다면 그의 시에서 관념이 거두어지며 풍경의 사실성이 지각되는 지점은 어디쯤인가. 고진의 말처럼 "풍경이 출현하기 위해서는 지각 양태가 변하지 않으면 안되며, 그것을 위해서는 어떤 구체적인 역전이 필요하"다. 초기 시에

서의 시인은 풍경을 바라보면서 사실상 '나'의 이야기를 진술한다. 또는 '바깥'과 '안'을 향한 시선이 그의 시 안에 혼재하며 갈등하는 양상을 보인다. 반면 네번째 시집 『속이 보이는 심연으로』(1991)에서부터 드러나기 시작하고 이후 『굴참나무 숲에서 아이들이 온다』(1998)에 이르러 뚜렷이 자리를 잡는 특징은 '안'과 '밖'의 분리이다. 이들 시편에서 시인은 쉽사리 경계를 넘어 '바깥'의 세계로 들어서지 않는다. '바깥' 세계의 풍경 역시 자주 시인의 내면으로 흘러넘치지 않는다. 사물은 사물대로 자유로우며 주체는 주체의 세계 안에 머물러있다. 시 「방죽이 있는 풍경」은 변화된 면모를 보여주는 작품이다.

> 물총새가 리드미컬하게 수면을 차고 날아가고 빨래하는 여인들의 스웨터가 물빛으로 빛난다 물총새가 리드미컬하게 수면을 차고 날아가고 알집에서 막 나온 물방개가 수면에 비친 제 모습을 보면서 조심조심 물 위로 기어간다 물총새가 리드미컬하게 수면을 차고 날아가고 물꽃들이 피어날 준비를 하느라고 가쁜 숨을 허억허억 쉰다 이런 날은 마을 건너편 아파트 공사장의 남정네들도 사타구니를 쓱쓱 긁으며 오는 날이 즐거워 흐흐흐흐 웃는다
>
> —「방죽이 있는 풍경」 전문

시인은 한 작은 사물이 일으키는 파동에 주목한다. "수면을 차고 날아가"는 "물총새"의 율동은 시의 화폭을 뒤흔들며 시인의 내면에도 작은 파문을 일으켰으리라. 하지만 시인은 스스로 풍경 속으로 몰입하거나 그곳으로 끌려들어가지 않는다. "물총새가 리드미컬하게 수면을 차고 날아가고"로 반복되는 구절은 풍경의 시초가 어디까지나 '나'의 내면이 아닌 사물에 있음을 거듭 환기한다. 사물은 서로 짝을 짓듯이 운을 맞추며 등장한다. '여인들의

물빛 스웨터', '물방개', '물꽃들'은 '물총새'의 파동을 따라 저희들끼리 조응해 가는 흥겨운 풍경을 이룬다. 이때 시인은 어디에 있는가. 황현산의 말처럼 『굴참나무……』에서 시인은 "없는 듯 있"는 "비인칭"의 존재이다. 이 시에서 시인은 "물"의 자운(字韻) 속에 마치 감추듯이 존재를 드러낸다. "물"이라는 말의 행렬은, 풍경에 조응하면서 자기대로 있는 시인의 내면세계를 가시화한다. 사물은 사물들대로 시인은 시인대로 제각기 독자적 풍경을 이루며 서로 조응해있다.

이렇게 더 이상 관념의 진술도, 감정이입의 대상도, 시대의 상징물도 아닌 풍경, 그들대로 저기에 저렇게 놓여있는 풍경은 어떻게 생겨나는가. 풍경에 대한 시인의 개입이나 그 속으로의 출현은 어떻게 자제될 수 있는가. 최하림의 시는 늘상 확정된 해결점이 아닌 스스로 물음을 물어가는 지난한 과정을 보여준다. 「나는 너무 멀리 있다」는 그 과정을 그리고 있다.

> 날이 흐리고 가랑비 내리자 북쪽으로 가려던 새들이 날기를 멈추고 서 있다 오리나무숲 새로 저녁은 죽음보다 조금 길게 내리고 산 밑으로는 사람들이 두엇 두런두런 얘기하며 가고 있다 어떤 충격이 없이도 사람의 모습은 아름답다 바람도 그들의 머리칼을 날리며 그들식으로 말을 건넨다 바람의 친화력은 놀랍다 나는 바람의 말을 들으려고 귀를 모으지만 소리들은 예까지 오지 않고 중도에서 사라져버린다 나는 그것으로 됐다 나는 너무 멀리 있다 나는 유리창 너머로 마른 나무들이 일어서고 반향하며 골짜기를 이루어 흘러가는 것을 보고 있다 나는 모두를 알 수 없다 나는 너무 멀리 있다 새들이 다시 날기를 멈추고 시간들이 어디로인지 달려가고 그림자들이 길 위에서 사라지는 것을 나는 보고 있다 이제 유리창 밖에는 새도 나무도 보이지 않는다 유리창 밖에는 유령처럼 내가 떠오르고 있다
>
> —「나는 너무 멀리 있다」 전문

이 시는 풍경과 '나'의 분리를 확연하게 드러내고 있다. 달리 말하면, '나'와 풍경의 '사이'를 응시하고 있는 작품이다. '유리창'은 그 '사이'를 만들어내는 차단과 투시의 이중적 매개물이다. '사이'의 저 편에서 풍경은 어떤 장식과 수사도 배제한 채 "그들식으로" 존재한다. 그러기에 "어떤 충격이 없이도 사람의 모습은 아름다"우며 '바람'은 저희들끼리 "말을 건넨다". 여기 이 풍경의 허허로움, 그리고 다만 "그것으로" 족한 시인의 태도는 앞의 시 「방죽이 있는 풍경」과는 또다른 면모를 보인다. 앞의 시에서 미미하나마 시적으로 풍경에 개입하는 시인의 존재를 느낄 수 있었다면, 이 시에서 시인은 사물의 포착 가능성, 혹은 풍경을 향한 시인의 장악력을 스스로 포기한다. '유리창' 너머로 펼쳐진 어느 한 순간의 풍경은 지속과 변화를 거듭하면서 아득히 "흘러가"고 있다. 그리하여 이 시의 '풍경'은 사물의 조응(照應) 속에서 만들어지는 풍경, 생겨나는 풍경이 아니라 사물의 "사라"짐을 통해 그림자마저도 지워지는 '부재(不在)'의 풍경을 이룬다. 시인의 말처럼 "보는 일은 결국 어둠", 곧 "죽음이고 무(無)"(「유리옥 속의 수인(囚人)」)인 그곳으로 귀착되고 있다. 어둠이란 무엇인가. 어둠은 사물의 외양을 감싸고 가리면서 자기 안에 품는다. 어둠 속에서 마치 없는 듯 존재하는 사물은 무(無)의 세계를 이루고 있다. 죽음 역시 늘 여기에 '있으면서 없는' 존재이다. 그림자처럼 삶을 따라다니는 죽음은 시간의 흐름 속에 숨죽인 채 엎드려있다가 어느 순간 불쑥 모습을 드러낸다. 그 "죽음이고 무(無)"인 "어둠"의 세계를 향해 최하림의 시는 흘러가고 있다.

눈 앞의 풍경을 응시하던 시인의 시선은 결국 '보이지 않는 세계'의 깊이로 향한다. 정지된 듯한 풍경 속에 존재하는 고요의 움직임과 사라지는 역동의 세계는 최하림의 최근 시집 『풍경 뒤의 풍경』에서 주조를 이룬다. 그의 시에서 관념이나 감정이 아닌 그 자체의 '풍경'을 생겨나게 하는 '지각양태'의 변화는 이렇게 '보이는 풍경'만이 아닌 '풍경' 뒤의 어둠을 더듬어가는 태도에서 기인한다. 그런데 이때 시인이 그 어둠을 어떤 완결된 지향점으로서 형상화한다거나 시인 스스로 어둠 속으로 함몰해가지 않는다는 점을 주목할 필요가 있다. 시인은 어둠의 풍경 앞에 여전히 유리창을 끼워둔 채 보이지 않는 세계의 운동을 응시하고 있다. 그가 그리는 것은 세계의 운동과 아울러 그것을 응시하는 시선의 운동이며, 더불어 그 속에서 이루어지는 자아의 성찰이다. 이 어둠의 세계, '보이지 않는 세계'의 역동을 어떻게 지각하고 시화할 것인가. 죽음이며 무(無)이고 자아의 심연인 어둠의 깊이를 어떻게 그려낼 것인가. 시인의 물음은 다시 그 과정을 더듬어가고 있다.

어둠, 유리창 앞의 시인

이미 오래 전, 유리창 너머의 어둠을 응시하던 또다른 한 시인을 기억한다. 시인 정지용은 일찍이 어둠 속의 움직임을 지각하고 그 형상화 방법을 고민했던 시인이다. 그의 대표시 「유리창 1」에서 "지우고 보고 지우고 보아도/새까만 밤이 밀려나가고 밀려와 부디치고"라는 구절은, 어둠을 응시하는 시인의 눈길과 어둠 속의 사물의 변화, 그리고 그 둘의 전제가 되는 시간의 흐름을 하나로 응축한 표현이다. 이 시에서 "유리창" 밖으로 오직 "새까만 밤"을 마주하는 자아는 "밤"을 지각하기 위해 보이지 않는 "밤" 너머로 시선을 향하고 있다. 그러나 실상 시인이 어둠 속에서 응시하고 있었던 것은 과연 무엇일까. 그것은 어둠 그 자체, 인간 존재의 근원을 이루는 죽음과 깊디깊은 자아의 내면 세계가 아니었을까. "밤"의 고독 속에서 시인은 한 인간으로서 견디기 어려운, 참척(慘慽)의 슬픔을 다스리고 있었으리라. 그리고 '유리창'은 자아의 슬픔을 대상화하며 죽은 자와 '나' 사이에 거리와 소통을 동시에 만들어내는 효과적인 매개물로 기여한다.

반 세기도 넘는 시간의 흐름을 뛰어 넘어, 시인은 다시 유리창 앞에서 그 너머의 풍경을 바라보고 있다. 최하림 시에 둘러선 유리창은 사물을 투명하게 보여주면서 한편 사물을 향한 무작정의 몰입을 차단시키는 역할을 한다. 유리창은 감각의 직접성을 여과시키며 풍경과 자아 사이에 시 · 공간적인 거리를 만들어낸다. 유리창 안에 겹으로 차단된 시인은 '눈으로 보는 풍경'이 아니라 '소리로 듣는 풍경'을 지각하고 있다.

> 물 흐르는 소리를 따라 넓고 넓은 들을 돌아다니는
> 가을날에는 요란하게 반응하며 소리하지 않는 것이 없다
> 예컨대 조심스럽게 옮기는 걸음걸이에도
> 메뚜기들은 떼지어 날아오르고 벌레들이 울고
> 마른 풀들이 놀래서 소리한다 소리들은 연쇄반응을
> 일으키며 시간 속으로 흘러간다 저만큼 나는
> 걸음을 멈추고 오던 길을 돌아본다 멀리
> 사과밭에서는 사과 떨어지는 소리 후두둑 후두둑 하고
> 붉은 황혼이 성큼성큼 내려오는 소리도 들린다
>
> —「가을날에는」 부분

단순화의 위험을 감수하면서 굳이 편을 갈라보자면, 시각은 주체 쪽으로 좀더 기울어진 감각이며 그에 비해 청각은 대상 편에 좀더 가까운 감각이다. 시각은 어떤 대상을 바라보는 주체의 위치를 확고하게 하는 반면, 실체를 주관화하거나 왜곡할 가능성을 동반한다. 세잔느가 끊임없이 자신의 '눈'을 의심하고 회의하면서 사물의 고유한 색을 발견하려 했던 이면에는 동시대

인상파 화가들에 대한 불만이 크게 작용하고 있었다. 그들은 대상이 아니라 대상에 대한 주체의 인상을 재생시켜 놓았던 까닭이다. 정지용 역시 그의 시대, 언어를 포기한 거친 관념과 사물 자체로의 접근을 가로막는 삿된 감정의 언어들에 대해 반란을 시도했다. 마찬가지로, 최하림이 '보는 풍경'이 아닌 '듣는 풍경'에 귀 기울이는 이유 역시 사물 자체로 돌아가려는 순연한 열망에서 생겨난다. 그의 열망은 높게 고조되지 않고 사물을 향해 낮게 "숨을 죽"인 채(「68번 도로에서」) 엎드려 있다.

'소리'는 의미화되거나 해석되기 이전에 독자적으로 놓여있는 사물의 감각적 현존을 발성한다. 또한 '소리로 듣는 풍경'은 '눈으로 보는 풍경'에 비해 한층 더 순간을 의식하게 만든다. 풍경과 그것을 바라보는 눈의 만남 역시 지극한 한 순간에 이루어지는 일이지만, '소리' 만큼 그 '순간'의 일회성을 뚜렷하게 각인시키지는 않는다. '소리'는 극히 짧은 순간에 사물의 존재를 깊이 아로새겨 놓고 시간의 흐름 속으로 사라져간다. 그러기에 '그때 그 소리'를 기억하는 자는 '소리'가 환기하는 사물의 실재와 아울러 그 '소리'에 공명했던 자신의 개인적 체험, 그리고 이 모두의 변화와 부재를 낳는 시간의 흐름을 동시에 지각할 수밖에 없게 된다. 최하림의 시에서 사물과 시간이 곳곳에서 내지르는 "비명" 소리는 풍경의 생생한 존재감과 덧없는 사라짐을 강렬한 청각적 인상으로 붙들어놓는다. 이를테면 "가랑잎도 비명을 지르며 떨어져내립니다"(「가을의 속도」), "강의 속살까지 번쩍이는 시간들이 들이닫는 느낌은 서늘하다 못해 비명 같다"(「강이 흐르는 것만으로도」)같은 표현들은 존재와 소멸, 부재와 현존이 교차하는 풍경을 예리하게 포착하고 있다.

'소리'의 생생한 감각과 사라짐을 의식하는 시인은 기억과 기원의 시간을 향해 거슬러오르며 혹은 시간의 끝을 더듬어간다. 시 「불국사 회랑」에서는 "30여 년" 전 "한겨울에 걸었던" "불국사" "회랑의 발자국 소리"를 기억하며 "오늘"과 "그날"의 시간을 잇는다. 또는 "시간들이 소리를 내며/물과 같은 하늘로 저렇듯/눈부시게 흘러간다”(「버들가지들이 얼어 은빛으로」)같은 구절에서는 시간의 흐름이 이루어내는 사물의 변화와 그 흐름의 끝을 응시하고 있다. 『풍경 뒤의 풍경』의 도처에서 등장하는 ‘새’는 시인을 계속해서 자극하는 ‘소리’와 그 소멸의 기원이 되는 ‘시간’이 하나로 결합된 형상을 이룬다.

검은 새들은 지붕으로 곳간으로 담 밑으로
기어 들어갔다 검은 새들은 빈집에서
꿈을 꾸었다 검은 새들은 어떤
시간을 보았다 새들은 시간 속으로
시간의 새가 되어 날개를 들고
들어갔다 새들은 은빛 가지 위에 앉고
가지 위로 날아 하늘을 무한 공간으로
만들며 해빙기 같은 변화의 소리로 울었다
아아 해빙기 같은 소리 들으며
나는 유리창에 얼굴을 대고 있다

—「빈집」 부분

풍경의 고요를 뒤흔들며 귀소(歸巢)하는 새들은 사물의 생동하는 감각을 선명하게 열어젖히면서 한편으로 그들처럼 근원의 시간으로 돌아가야할 인간의 운명을 일깨운다. “해빙기 같은 변화의 소리”로 울어대는 “검은 새들”의 “울”음은 우리가 거기서 왔고 다시 돌아가게될 심연의 시간을 함축한다. 그것은 시간의 흐름 속에 내재되어 있던 죽음이라는 그림자가 불쑥 일어선 어떤 특별한 ‘때’를 암시한다. 그 시간 속에서 사물은 영원한 부재로 마감되는 것이 아니라 새로운 시간의 열림과 존재의 생성에 참여한다. 「다시 빈 집」에서도 시인은 시간의 흐름 속에서 진행되는 ‘지워짐’의 과정에 주목한다.

며칠째 눈은 그치지 않고 내려 들을 가리고

함석집에서는 멀고 먼 옛날의 소리들이 울린다

제 무게를 이기지 못하고 내리는 눈은

처마에서 담장에서 부엌에서 간헐적으로 기명 울리는 소리를 낸다

귀 기울이고 있으면 연쇄 파동을 일으키며 계속 일어난다

나는 등피를 닦아 마루에 걸고 유리창을 내다본다

아직도 눈은 멈추지 않고 내리고 있다

천태산 아래로 검은 새들이 기어들고

하반신을 어둠에 가린 사람이 샛길로 접어들고

시간의 그림자 같은 것이 언덕과 들길을 지나

파동을 일으키며 간다 이제 함석집은 보이지 않는다

눈 위로 함석집의 파동이 일어나지만 우리는 주목하지 못한다

파동은 모습을 드러내는 일 없이 아침에서 저녁까지

빈 하늘을 회오리처럼 울린다

—「다시 빈 집」 전문

이 시에서 '소리'를 통해 포착되는 풍경은 사물의 형태를 또렷하게 새겨넣는 것이 아니라 오히려 그 가두리를 차츰 지워나간다. 쉴 새 없이 내려쌓이는 눈은 빈 "함석집"의 지붕과 "처마"와 "담장", "부엌"을 구석구석 뒤흔들며 "연쇄파동"을 일으킨다. "간헐적으로" 울리던 자잘한 파동은 쌓이는 눈의 깊이

와 시간의 흐름을 따라 한데 모이고 섞여들면서 "회오리처럼 울린다". 그러나 이 시의 풍경이 작고 낮은 파동으로 가득 차오르는 과정은 사물들이 서서히 자기의 모습을 감추는 과정과 상응한다. "그치지 않고 내"리는 눈은 "들을 가리고", "검은 새들"도 "사람"도 마침내는 "함석집"마저도 사라져간다. 정확히 말하자면, 사물들은 단지 "보이지 않"을 뿐 시적 풍경 안에 엄연히 존재하고 있다. 그러기에 "빈 집"과 "빈 하늘"은 역설적인 의미를 구성한다. 그곳은 아무런 존재도 깃들지 않은 "빈" 공간이 아니라 무수한 눈발과 그 파동으로 '가득찬' 공간이 된다. 시간은 흘러가며 "멀고 먼 옛날의 소리"를 부르고, 존재는 사라져가며 다른 존재를 낳는다.

이처럼 보이는 세계와 보이지 않는 세계가 서로 어울리며 창조하는 풍경의 역동, 혹은 존재의 생성이 이루어지는 시원(始原)의 공간, 바로 여기에 최하림 시인이 다다르고자 하는 시적 풍경의 깊이가 자리하지 않을까. 시집 『풍경 뒤의 풍경』의 곳곳에서 시도되는 다음과 같은 표현들은 존재와 무, 정지와 운동이 만들어내는 파동과 깊이를 포착하고 있다.

> 끝을 모르는 시간 속으로 새들이 띄엄띄엄 특별할 것도 없는
> 날갯짓을 하면서 산 밑으로 돌아나간다. 강물이 흘러 내려가고
> 나무숲이 천천히 가지를 흔든다 이윽고 나무숲 새로
> 햇빛이 쏟아져 들어와 번쩍이면서 수천의 그림자를 지운다
>
> —「수천의 새들이 날갯짓을 하면서」 부분

> 어둠이 내린 들녘에는 검은 침묵이 장력을 얻어
> 물결처럼 넘실대면서 금강 쪽으로 흘러가기 시작한다
> 금강이 검게 빛난다
>
> —「호탄리 시편」 부분

그 길과 나무들은 어두워져가는
하늘로 뻗어가고 있다

—「다시 구천동으로」 부분

"끝을 모르는 시간"을 따라 풍경은 시시각각 변화한다. 어떤 사물은 "돌아나가"고 "흘러가"고 "사라져가"며 또 다른 사물들은 몸을 "흔"들고 "번쩍이"면서 자기 존재를 표시한다. 사라지는 것은 생겨나는 것의 자리를 마련하며 생겨나는 것은 사라지는 것들로 인해 도드라진다. 가령, "쏟아"지는 "햇빛"의 강렬함은 "수천" 마리 새들의 "그림자"와 겹치면서 깊이를 더하며, "수천의 그림자"는 "빛"의 강도와 작용을 따라 역동적 형상을 얻는다. 어둠을 배경으로 "뻗어가"는 "길"과 "나무" 또한 시의 화폭 안에 가두어지지 않는 아득한 풍경을 펼쳐보인다. 시인이 열어보이는 가없는 풍경은, 우리가 이미 잃어버린 시원의 공간을 떠올리게 한다. 한 존재가 다른 존재를 감싸고 서로 어울려 역동과 생성을 일구어내는 태반같고 고향 같은 세계, 다시 돌아갈 수 없는 그 세계를 그려보인다.

그러나 이 고요한 움직임, 무한한 침묵의 세계는 작품의 전체가 아니라 극히 일부를 이룰 뿐이며 궁극의 완성태가 아니라 한 과정으로 자리한다. 시인은 유리창 안에 서서 멀리 펼쳐지는 '고향'의 순간적 현존을 응시할 뿐이다. "나는 유리창에 얼굴을 대고 귀 기울인다"(「호탄리 시편」), "밤은 아직도 유리창 밖에 움직이지 않고 있습니다"(「겨울이면 배고픈 까마귀들이」), 또는 "가을은 우리 밖에서 그렇게 빠른 걸음으로 달리고 우리는 안에서 아가리를 벌리고 비명처럼 있습니다"(「가을의 속도」) 같은 구절들은 풍경을 향해 더 이상 가까이 다가가지 못하고 홀로 남을 수밖에 없는 시인의 자리를 보여준다.

이렇게 시인이 유리창 앞에서 더 이상 나아가지 못하고 멈춰설 수밖에 없는 시적 정황은 최하림 시의 의미를 다시금 되새기게 한다. 풍경 밖에서 쓸쓸히 배회하는 시인은 풍경과 자아를 대상화하며 근원의 자리, 그 어두운 심연의 공간에 대해 끊임없이 거리를 둔다. 풍경의 안쪽을 향해 다가가지 못하는 시인의 존재는 외롭기 그지없지만, 그로 인해 그는 안일한 동일성의 공간, 또는 탈속의 공간에 안거하거나 더 이상 실감도, 자극도 아닌 무미건조한 소묘를 되풀이하지 않게 된다. 다만 우리가 이미 지나보낸 저 기원과 생성의 공간을 더 없이 고독한 눈길로 되돌아보게 할 뿐이다. 그러므로 만약 최하림의 시에 새롭고 낯선 풍경이 존재한다면 그것은 두 개의 지점에서 발견할 수 있을 것이다. 보이는 사물을 지워나가는 과정 속에서 다다른 사물의 무한정한 깊이 – 어둠과 무의 풍경이 그 하나라면, 다시 그 풍경을 대상화하고 멀리 되돌아보는 시인의 외로운 풍경이 또 다른 하나이다. 오늘의 시가 "고향을" 다시 "살게" 하는 것이 아니라 "고향을 멀리 보게 하는 것"(「육십령에서 화원반도까지」)임을 아프게 각인하고 있다는 점에서, 시인 최하림은 현대시인의 운명을 몸소 사는 자임에 틀림없을 것이다.

일몰 무렵, 시의 여린 파동

우리가 눈길을 준 대상으로부터 더 이상 그 눈길을 되돌려받을 수 없는, '아우라'의 붕괴 시대를 우리는 살아간다. 자연적 아우라의 체험이 거의 불가능한 시대에, 그 가운데서도 시는 일회적인 아우라의 현존을 가능하게 하는 몇 안되는 예술 장르의 하나일 것이다. 시를 통해 '본다는 것은 무엇인가'를 묻는 최하림은 그 충일한 아우라의 현존을 기억하는 시인이다. 온갖 영상매체와 전자매체에 둘러싸여 현실과 가상의 경계마저 흐릿해진 지금, 그의 시는 우리에게 마치 고향과 같은 시원의 공간을 돌아보게 한다. 하지만 그의 시적 풍경은 오늘, 이 북적거리는 디지털 영상의 자극적 이미지들과는 달리, 고향의 감각적 가상과 일회적인 합일의 체험으로써 우리를 달래주지 않는다. 시인과 우리에게 다가오는 것은 '고향'의 정겨운 시선이 아니다. 그 옛날의 고향은 되돌아오지 않으며 낯선 얼굴로 거기에 그렇게 있을 뿐이다.

최하림의 시는 아득히 고향을 바라보는 고독한 시인의 자리를 독특한 형상으로 창조한다. 어찌보면 그 형상은 급속한 테크놀로지의 시대를 홀로 거슬러오르는 자의 어둔 그림자를 비추는 듯하다. 이미지가 스스로의 번식력을 지닌 채 날로 폭증하는 디지털 영상의 시대, 그의 시는 사이비 이미지를 거부하며 시적 풍경 속에서 대상 자체를 지워나간다. 그의 시에서 낯설고 새롭게 창조되는 풍경은 이같은 '지워짐'의 과정을 통해 다다른 어둠과 무(無)의 비어있는 공간이다. 또한 그의 시에 가로놓인 '유리창'은 그가 창조한 풍경의 깊이가 자칫 탈속의 공간으로 회귀하는 것을 효과적으로 차단한다. 아울러 '유리창'은 '보는 일'에 충실한 시인의 자리를 마련하는 시적 장치로 기능한다. 최하림의 시가 늘 종착지가 아닌 진행의 자리를 지키며, 풍경과 자아 스스로에 대해서까지 부단한 회의와 성찰을 잃지 않는 힘은 '유리창'이라는 독특한 투과물에서 연유할 것이다.

오늘, 우리의 눈 앞에는 시의 낙조(落照)가 더없이 아름답고 불우한 풍경처럼 드리워져 있다. 그 풍경을 배경으로 선 최하림의 시는 눈에 띄게 화려하지도 않으며 과도한 절망의 포즈로 호소하지도 않는다. 그의 시는 지극히 황홀한 미의 경지도, 범접할 수 없는 도저한 정신 세계를 펼쳐보이지도 않는다. 그저 담담하고 소박한 모습으로 저기, 풍경 속에 그렇게 서 있다. 시라는 예술작품마저 잘 포장된 팬시용품처럼 유통되고 소비되는 이 시대에, 마치

"농부들이 땅을 갈듯이"(「호탄리의 낮과 밤」) 묵묵히 시의 길을 가는 그에게서 우리는 시의 미래를 틔울 여러 씨앗 중의 하나를 발견하게 된다. 시의 어둠과 충직한 시인의 자리에서 돋아날 그 씨앗은 오래 오래 우리 시의 풍경 한 켠을 지켜줄 것이다. 그 무성한 숲의 풍경을 그리며 최하림의 시는 지금, 아주 작고 낮은 파동을 시작하고 있다.

소멸의 운명을 살아가는 여성의 노래

허수경과 김수영의 시

시와 여성

에밀 슈타이거는 그의 『시학의 근본 개념』에서 서정 양식의 본질이 여성적인 기질을 품고 있다고 말한다. 그가 이 책에서 여성적인 기질로 들고 있는 것은 '상호 융화'의 관계방식과 그 과정에서 바탕을 이루는 '동감(sympathie)'의 능력에 있다. '동감' 또는 '공감'이란 타자와 통합하는 능력이다. 타자에 대해 자아의 존재방식을 직접적으로 주장할 때 '동감'은 마련되지 않는다. 자아가 타자를 향해 경계를 허물며 소멸해 들어갈 때, 소멸을 전제로 한 서로의 소통이 '융화'를 이루어내는 것이다. 슈타이거는 시적 주체와 사물이 관계맺는 방식, 시어의 존재 방식이 여성적 정체성의 핵심과 닿아있다는 점에 착안한 것으로 보인다. 시적 주체가 어떤 대상을 포착하고 형상화하는 과정에서 대상을 소유하거나 직접적인 지시의 언어망 안에 가두어서는 결코 사물을 시의 배태

(胚胎)과정 안에 품을 수 없다. 자아는 사물과의 경계를 무너뜨리고 끊임없이 자기를 해체하고 분산시키며 사물들 속으로 흘러들어간다. 거기서 자아는 사물을 호흡하고 사물 속에 '나'의 흔적을 새겨 넣으며 일찍이 이 세상에 존재하지 않았던 새로운 사물을 창조한다. 그것이 바로 시(詩)이다. 이렇게 자기소멸과 허여(許與)의 연속으로 이어지는 시의 창작은 여성을 주체로 하는 생명의 창조 과정과 매우 닮았다. 잉태와 분만, 육아라는 여성적 경험은 자기를 포기하고 소멸시킴으로써 타자와 소통하는 과정이다. 그리고 그 과정에는 궁극적으로 모든 존재의 소멸을 낳는 덧없는 시간의 흐름이 내재해있다. 소멸은 여성적 존재들에게 주어진 운명이지만 그 운명에 충실할 때만이 소통은 가능해진다. 그리고 시의 창작과정이 그렇듯이, 소통은 새로운 생명의 창조로 이어지고 끊임없는 소멸과 창조의 과정에 참여하는 여성은(시인은) 그 과정을 통해 소멸의 운명을 넘어선다.

그러나 시와 여성이 서로를 닮았다는 것은 시에게도 여성에게도 지속적인 가능성의 영역이자 동시에 스스로 고립과 한계를 자초하는 원인이기도 하다. 생래적이면서 역사적 · 문화적으로 구성된 여성성이 문학적 창조성의 원천이면서 한편으로 성차와 '여성다움'이라는 강요된 규범을 강화하듯이, 자아와 세계의 동일화에 기초한 서정시의 본질은 오늘의 현대시가 길어올려야할 여전한 시적 창조의 모태이자 시 장르의 변모와 현대적 삶의 형상화라는 또다른 과제와 갈등하는 요인이 되기도 한다. 시가 장르적 본질에 충실하다는 것, 곧 '여성적'이라는 것은 근대성의 덧없는 동요와 혼란, 인간의 불확정적인 삶의 소용돌이 속에서 스스로를 마치 외딴 섬과 같은 존재로 떠돌게 한다. 시가 선사하는 한없는 정서적 충일의 공간은 고립된 인간에게 건네는 위안의 손길이자 결코 닿을 수 없는 신기루다. 되돌아가고 싶지만 다시는 돌아갈 수 없는 기억 속의 공간이다. 끊임없는 변화와 파괴, 파편화하는 근대적 삶의 공간에서 이제 시는 얼마 남아 있지 않은 동일성의 영역에 해당된다. 이렇게 시가 가능하게 하는 동일성의 체험 속에서 무진장한 자본의 포획력과 확장력에 저항하는 에너지의 원천을 찾을 것인가. 혹은 그지없는 마력과 포용의 공간에 순응하며 따라 흘러갈 것인가. 아니면 고립과 은둔의 운명을 자초하면서 시의 시됨을 고수하는 길을 택할 것인가.

현대시의 오늘과 내일을 점검하고 예견하려는 이러한 질문들이 여성시라는 대상을 향할 때 문제는 좀더 예각화된다. 동일성의 공간이 점차 쇠락해가는 현실 속에서 여성성을 구현하는 여성시가 여성의 차별화된 체험을 강조할 때 그것은 자칫 신비주의와 환상성의 자족적 공간에 매몰될 수 있다. 김혜순 시인이 이미 적실하게 지적했듯이 신비주의는 세계를 "타자성의 계시물로 탈바꿈시"키면서 시적 공간 안에 사물을 "시적 자아의 유사적 존재"로 놓이게 한다.[15] 그때 자아는 사물을 자유롭게 풀어놓는 것이 아니라 타자를 부리는 절대군주로 군림한다. 또한 시의 장르적 본질을 겹으로 구현하는 여성시는 중층의 동일성의 공간 안에서 서정시 장르의 특성을 현대적으로 심화·확장시키는 것이 아니라 그 협소함을 부추기고 강화하기도 한다. 여성시가 오늘의 현대시의 한 가능성이 될 수 있다면 그것은 잠재된 함정에 스스로 빠져들지 않을 때 그럴 수 있을 것이다.

여성시의 가능성에 주의를 기울이며 그 현황을 살펴보면, 최근의 여성시는 하나의 메시지로서 여성주의의 전언을 노골적으로 전달하는 일에 주력하지 않는 것처럼 보인다. 요즈음의 여성시가 관심을 두는 것은 '언어'의 문제이다. 특히 여성성을 특성으로 하는 시적 언어의 존재방식에 충실하면서 기존의 남성성의 언어 체계 안에서 억압되었던 침묵과 망설임, 반복, 강조, 은폐의 언어에 시선을 돌린다. 대화적 언술, 고백체, 환유는 여성 언어의 가능성이 시작(詩作)에서 구현되고 있는 구체적 예들이다. 그러나 더욱 중요한 것은 표면적 결과물로서의 시어가 아니라 시적 창조과정에서 시어가 존재하고 구축되는 방식이 되어야 할 것이다. 자아와 사물의 관계, 시어의 존재방식이 본래적으로 지니는 여성성을 외면할 때, 여성의 언어는 화려한 수사, 또는 작품의 표면을 겉도는 낯선 기법으로 그치게 된다. 대화와 소통의 언어가 아닌 안으로 파고드는 독백과 공허한 외침으로 맴돌게 되는 것이다.

여성시는 시성(詩性poeticity)을 뚜렷하게 체현하면서도 시의 고립화된 공간을 뛰어넘을 수 있는 하나의 가능성의 영역이다. 그러나 그 가능성은, 성급한 프로파간다적 여성주의의 함정에 빠져들지 않으며 여성 자아의 권력화를 자초하지 않을 때, 그리고 섣불리 신비와 배타의 성채를 구축하지 않을 때 실현된다. 떠나온 성(城)의 추억에 갇히지 않으면서 어떻게 시가 그 충족과 허여의 공간을 체험하게 할 수 있을까. 그 어떤 시보다 여성성을 풍요롭게 구현하면서 배타적인 여성주의의 옹벽을 넘어설 수 있을까. 허수경의 『내 영혼은 오래되었으나』와 김수영의 『오랜 밤 이야기』가 예시하는 시의 세계는 이러한 물음에 한 가능성을 제시한다.

훼손된 여성성, 오래된 노래의 고투

『내 영혼은 오래되었으나』에서 허수경이 그리는 여성은 훼손되고 황폐화된 여성성, 죽어가는 여성성을 보유하고 있다. 그것은 전통적 가부장제의 울타리 안에서 보호되고 길러졌던 여성성도, 풍요와 다산성의 상징으로서 숭배되거나 찬미되었던 여성성도 아니다. 허수경 시의 여성은 문명이 배출하는 파괴와 혼란, 끝없는 동요의 체험 가운데서 배회하고 있다. 그녀들의 여성성은 "전쟁"과 "폭풍"의 힘에 억눌려 미처 꽃피지도 못한 채 애처롭게 쪼그라들었다. "젖가슴이 작은 여자 아이", "덜 자란 아이", "낡은 들보같은 여자 아이"

는 시집 『내 영혼…』이 창조한 여성성의 기억될 만한 형상들이다. 가령 다음과 같은 시구는 어떠한가.

> 젖가슴이 작은 여자아이들은 머리에 꽃을 꽂고 거리를 서성인다 상어떼처럼 차들은 여자아이의 치마를 할퀴며 지나가고 검은 코끼리 같은 구름이 찢어진 치마 안에 손을 넣는다
>
> —「여자 아이들은 지나가는 사람에게 집을 묻는다」 부분

불우하고 가엾은 여자아이들은 훼손되고 짓밟히는 여성성의 이미지를 환기한다. "머리에 꽃을 꽂고 거리를 서성이"는 여자 아이들이 느린 자연의 걸음걸이로 배회하고 있다면, "할퀴고" "찢"는 자동차와 구름은 문명의 가공할 만한 속도와 파괴의 힘을 동반하고 있다. 허수경의 시에서 여성성이 훼손된 여자 아이들은 파괴와 불모성을 거듭해서 체험한다. 그녀들이 낳는 "늙고 조그마한 아이", "가슴이 도려내진 아이", "머리가 둘인 아이들"은 훼손과 불모가 단지 여성에게만 국한되는 일이 아님을 보여준다. 시집 『내 영혼 …』의 전체를 흐르는 '불모성'의 이미지는 여성적 존재를 넘어 확산되고 두터워지면서 독특한 빛을 발하고 있다. 허수경의 시가 뚜렷하게 여성성을 구현한 시이면서도 여성성의 제한된 영역에 머물지 않는 이유는 바로 여기에 있다. 사내를 여읜 아낙들, 늙은 여자 아이, 잘못 태어난 아이들, 심지어 씨앗 없는 과일에 이르기까지, 허수경 시의 사물들(대상들)은 겹겹이 줄을 지으며 근대적 삶의 횡포에 유린당한 모든 인간, 그리고 문명이 배출하는 불모성의 삶을 상징적으로 드러내 보인다. 『내 영혼…』이 그리는 '불모성'은 여기, 세계와 인간의 문제만으로 그치지 않는다. 병적인 징후를 드러내는, 비정상적인 임신과 출산의 과정은 더이상 새로운 언어를 낳고 기르지 못하는 한층 더 근본

적인 존재의 막막함과 관련되어 있다. 병을 앓는 아이들, 죽어가는 아이들처럼 지상에 거처를 마련하지 못하고 사라지는 언어(노래)의 운명은 시집의 도처에서 여성성의 이미지와 겹쳐 있다. "낯선 곳에서" "낯 모르는 남자와 잠을 자다가 우는 여자들이" 스스로 "목을 조르며" "검은 노래"를 부르고(「검은 노래」), "머리가 둘 달린 아이들이 부르는" 노래가 "성 안 마을 시궁을 흐르"는(「붉은 노래」) 비극적 상황은 모든 불우한 인간들과 시라는 존재에 드리워진 어두운 그림자를 비추고 있다.

허수경이 노래하는 것은 일반적인, 그래서 막연할 수 있는 '근대'와 '여성'의 그늘이 아니다. 인간을 인간이게 하는 말, 그리고 그 말의 소통과 새로운 말이 창조되는 조밀한 과정에 시인의 관심은 닿아 있으며, 자연히 그녀의 시에는 말의 소통과 말의 집짓기를 좌초하게 하는 상황이 포착된다. 이 시집에서 '배달되지 못한 오래된 편지'와 '혼자 쓰는 일기'는 타자를 향해 젖어들지 못하는 말, 소통되지 못하고 허공을 떠도는 말의 방황을 함축한다.

> 나에게 편지를 썼으나 나는 편지를 받아보지 못하고 내 영혼은 우는 아이 같은 나를 달랜다
>
> —「어느날 애인들은」 부분

> 구름은 썩어가는 검은 건물 위에 우연히 멈추고 건물 안에는 오래된 편지, 저 편지를 아직 아무도 읽지 않았다. 누구도 읽지 않은 편지 위로 구름은 우연히 멈추고 곧 건물은 사라지고 읽지 않은 편지 속에 든 상징도 사라져갈 것이다 누군들 사라지는 상징을 앓고 싶었겠는가 마치 촛불 속을 걸어갔다가 나온 영혼처럼
>
> —「구름은 우연히 멈추고」 전문

끝내 시가 되지 못하고 사라지는 언어의 생(生)에 시인은 이미 동참해있다. 하나의 언어를 건져 올리기까지 사물과 혼교하는 과정, 그 과정에서 시인과 언어와 사물이 서로의 존재를 더듬고 매만지고 혹은 깎아내리는, 황홀하면서도 가혹한 고통을 시화한다. 허수경의 이전 시가 시적 체험의 황홀함에 언뜻 도취된 모습을 보였다면, 이번 시집에서 그녀가 고통스럽게 노래하는 것은 언어와의 가혹한 고투이다. 다음의 시들은 시인이 치르는, 시작 과정의 힘겨운 고투를 보여준다.

> 그날의 일기 속에는 불안 같은 흰 꽃을 단 여자아이들, 너의 품을 빠져나온 오랫동안 잠을 잔 혀는 아이들의 머리에 매달린 흰꽃에 입을 맞추고 흐르는 불처럼 창밖 너머 펼쳐진 숲을 건넌다 오 오, 그렇게 다시 시작되고 너의 품속에서 새로운 생을 끄집어내듯 나는 아프다
>
> —「머리에 흰 꽃을 단 여자아이들은」 부분

> 내 영혼은 오래되었으나 빛 속으로 들어간 것처럼 아이의 영혼에 엉긴다 그러니까 누군가를 기다리는 영혼처럼 허덩거리며 하모니카의 빠각이는 이빨에 실핏줄을 끼워넣는다
> 내 영혼은 오래되었으나 장갑차에 아이들의 썩어가는 시체를 싣고 가는 군인의 나날에도 춤을 춘다 그러니까 내 영혼은 내 것이고 아이의 것이고 내 영혼은 오래되었으나
>
> —「내 영혼은 오래되었으나」 부분

시인된 자에게 시가 씌어지지 않는 것처럼 고통스러운 일은 없다. 위의 첫 번째 인용시에는, 아마도 긴 침묵의 시간을 견디고 난 시인이 어렵게 트인 듯한 말문을 이어가는 과정이 나타난다. 시인은 "머리에 흰 꽃을 단 여자

아이들", 곧 시적 대상과 "입을 맞추고" 그를 호흡하며 거기에 자기의 존재를 새겨넣는다. 그 과정의 반복을 통해 시를 낳는 일은 마치 "새로운 생을 끄집어내"는 것처럼 고통을 동반한다. 통증은 시인의 몸에 각인되고 자극을 느끼는 시인은 "아프다". 아픔은 두 번째 시에서도 마찬가지로 나타난다. 이 시집의 표제시이기도 한 「내 영혼은 오래되었으나」에서 시인은 불모의 상황과 싸우는 언어의, 시인의 제 살을 깎는 고통을 감수하고 있다. 죽은 아이의 영혼과 통교하는 시인은 하모니카 음향 속을 "날아다니"는 아이의 영혼에 "엉기"고, "하모니카의 빠각이는 이빨에 실핏줄을 끼워넣"으며 그가 간곡히 기다리는 '시'를 낳고 싶어 한다. 이 시의 마지막 부분에서 "내 영혼"이 "내 것이고" 동시에 "아이의 것"이 되는 상황은 '내'가 곧 '너'가 되고 타자 속에서 자아를 발견하는 시의 궁극을 암시한다. 삶의 불모성, 언어의 불모성과의 길고 힘든 고투 끝에서야 다다르게 될 '시'는, 시인의 언어를 잠시 빌자면 "오래된 시간"의 흐름과 축적을 통해서만 길어올릴 수 있는 것이다.

"오래된 시간"이란 무엇인가. 그것은 현실의 물리적 시간을 초월한 '영원성'의 시간도, 자아의 통합과 안정을 구가하는 '시의 기원'의 시간도 아니다. 이미 시인은 "머리에 흰 꽃을 단 여자 아이들이 순한 시간 속에서 사라질 것을 오래된 시간은 얼마나 고요히 예언하고 있었던가"라고 읊조리며, 죽어가는 여성의 존재와 사라지는 시의 시간을 예감했다. 허수경의 이번 시집에서 "시간"의 그림자는 마치 되새김질하듯 서성이며 흘러가고 거슬러 올라가며 다시 돌아와 지나간다. 그녀는 "순한 시간"으로 곧장 숨어들지 않고 시간의 횡포와 가혹함을 견디고 있다. "오래된 시간"이란 이렇게 황막한 견딤의 시간이 차곡 차곡 쌓여간 시간이다. 그 시간 안에는 언어의 불모와 난산의 고통, 상처받고 침해된 여성과 모든 병든 존재들의 고통이 아로새겨져 있다. 그런데 매우 역설적이게도, 시를 가능하게 하는 것은 "오래된 시간"의 힘이지만 또 한편 "오래된 시간"을 지속하게 하는 힘은 "노래"(시)이고 '죽어가는 여자들'이다. 시간은 어쩔 수 없이 여성이라는 한 목숨을 소멸시킨다. 그러나 자기 안에 생명을 길러내 자기 밖으로 떠나보내는 모성적 체험은 여성이라는 유한한 존재와 제한된 시간을 확장시킨다. 허수경 시에서 "물새들이" "들어올리"는, "부풀어오르는 어머니"(「부풀어오르는 어머니」)의 이미지는 여럿의 타자/자아들에 의해 확장되고 아울러 소멸의 운명을 넘어서는 여성성을 상징한다. "노래" 역시 시간의 횡포를 견디고 "오래된 시간"을 불러오게 하는 또 하나의 존재이다. "노래"는 죽어가는 존재, 사물들과 혼교한 시인의 영혼의 흔적이다. 죽어가는 사물을 어루만지는 시인의 "노래"는 사물과 더불어 죽음의 운명을 산다. 그리고 죽어가는 존재들이 또다른 존재를 낳듯이 "노래"는 끊이지 않고 계속되고 있다.

> 이렇게 시간은 지나가고 아가들은 자라나 아이가 된다
> …(중략)…
> 바람이 불고 바람 사이로 먹소금이 일어나 작은 자궁으로 들어가고 먼 훗날 그 자궁에서 늙고 조그마한 아가가 자라난다
>
> 그렇게 시간이 흐르고 아가들은 자라나
>
> —「여자아이들은 지나가는 사람에게 집을 묻는다」 부분

위의 인용 부분은 시의 맨 첫 부분과 마지막 부분을 옮겨 온 것이다. 흐르는 시간을 배경으로 시는 다시 반복되는 구조를 취하고 있다. "아가들은 자라나 아이가 되"고 아이는 그 "작은 자궁"으로 "늙고 조그마한 아가"를 낳는다. 그 아가들은 다시 자라나 아이가 된다. 태어나 성장하고 죽어가는 아이들을 따라 노래는 끝없이 되풀이된다. 이처럼 지속되는 시간의 흐름과 반복의 구조는 허수경의 이번 시집에서 자주 발견된다. 「어느 날 애인들은」과

「아픔은 아픔을 몰아내고 기쁨은 기쁨을 몰아내지만」 등의 시에서도 시의 마지막 한 구절이 도입 부분에서 반복됨으로써 마치 노래의 후렴구처럼 무한정 되풀이되는 독특한 구조가 나타난다. 반복은 시간을 배경으로 한다. 시간의 흐름 혹은 거스름 속에서 진행되는 반복은 겹겹이 쌓이는 시간의 단층마다 생장과 소멸의 역사를 깊고 선명하게 아로새긴다. 거슬러 올라가지만 다시 돌아오고 흘러가면서 다시 되돌아가는 반복과 순환의 구조는 『내 영혼…』에서 독특한 원환의 이미지를 빚어낸다. 이번 시집의 맨 앞자리에 놓여 있는 다음의 시는 『내 영혼…』의 밑바닥을 흘러가는 원환의 이미지를 집중된 형태로 보여준다.

> 나는 다시 노래를 할 수 있어요
> 어느날 죽은 이의 결혼식을 보러 갔지요, 라고
>
> 신랑은 심장을 도려냈어요
> 자궁만이 튼튼한 신부는 신랑의 심장자리에
> 자신을 밀어넣었습니다
>
> 신랑의 심장자리에 신부의 자궁은 먹새우처럼 궁글리고 있었습니다.
>
> 아직 지상에 있을 때 신랑이
> 소공동 어느 상가에서 산 반지처럼 먹새우처럼
>
> 그렇게 궁글려 있던 신부를 나는 보았지요
>
> 검정 개울에 햇물풀이 자라나고
> 술 실은 자전거를 타고 밤이 달을 굴리며 결혼식장으로 오고 있었어요
>
> 나는 다시 노래를 할 수 있어요
> 어느날 죽은 이의 결혼식장에서 나는

낮잠에 이끌리듯 누런 술을 마셨노, 라고

—「나는 어느날 죽은 이의 결혼식을 보러 갔습니다」 전문

이 시에는 꿈과 현실의 세계, 그리고 시간과 시간 이후의 시간이 중첩되어 있다. 시인은 시간의 흐름을 뛰어넘은 몽환적 공간을 그리면서 '노래'의 안쪽인 그 세계와 '노래' 밖의 세계를 구분한다. '노래' 안의 세계는 현실의 시간을 넘어선 죽음의 공간을 담고 있다. '노래'하는 '나'는 시간의 선조적인 흐름에 몸을 실으며 '노래' 안쪽의 경계 너머로 도약한다. '노래' 안쪽의 세계에는 몇 개의 원환(圓環)의 이미지가 생성되고 굴러간다. 심장을 도려낸 신랑의심장 자리에 자기의 튼튼한 자궁을 밀어넣어 둥글게 궁글리고 있는 신부의 몸, 다시 시간을 되돌아가 이승에서 "신랑이 소공동 어느 상가에서" 샀던 "반지", 그리고 "먹새우", "달", "술 실은 자전거"의 바퀴, 마지막으로 이 모든 것을 아우르는 시인의 "노래"는 제각기 원을 그리며 움직이고 서로 겹친다. 이렇게 여러 개의 원을 제가끔 굴러가게 하는 힘의 원천은 바로 '신부'의 '궁글린 자궁'이다. 자기 몸을 다 바쳐 타자의 생명의 원천이 되고 그럼으로써 타자를 수용하는 여성성은 죽은 신랑과 이미 예전의 추억이 된 반지, 또 다른 사물들을 데리고 '노래'를 불러낸다.

허수경 시인이 이번 시집의 전체에 걸쳐 "간곡"히(「어느날 눈송이까지 박힌 사진이」) 기억하고자 하는 "오래된 노래"는, 다성성의 시간을 거느린 채, 죽어가는(혹은 이미 죽은) 존재들과 더불어 늙어가는(이미 낡은) 노래이다. 하지만 그녀의 시에서, 오랜 세월을 견뎌왔고 또 늙어가는 노래는 노쇠한 몸을 이끌고 "다시 노래"한다. 소멸해가는 존재들과 더불어 소멸의 운명을 사는 것이다. 어쩌면 시인은 '여성성'과 '오래된 노래'를 통해서 태생부터 이미 늙어버린 현대시와 현대시인의 운명을 말하고 있는지 모른다. 날 때부터

"늙고 조그마한 아가"(「여자 아이들은 지나가는 사람에게 집을 묻는다」)였던 현대시는 시의 기원을 기억하지만 그곳으로 돌아가지 못한다. 후광을 잃고 거리를 헤매이다 이미 지쳐버린 현대의 시인과 마찬가지로 거리의 떠도는 존재들을 어루만지며 그들과 함께 쇠락해간다. 허수경의 시는 세간의 시간을 견디며 시의 "오래된" 자리를 기억하고 있다. 그러면서도 쉽사리 '기원의 시간'으로 복귀하지 않으며 그 시간과 시의 옛 자리가 회복불가능함을 고통스럽게 각인한다. 이번 시집의 뒷 부분에 등장하는 '토끼 고기를 먹는 토끼와 나'의 형상은 노쇠한 시가 뒹굴어야 할 '지금, 여기'의 허위와 폭력, 우울과 광기의 현장을 마치 그로테스크한 우화의 한 장면처럼 포착하고 있다. 허수경의 시가 여성성에 제한되지 않는 우리 시의 진귀한 가능성이 될 수 있는 이유는 이처럼 근대를 사는 노래의 운명을 직시하고 그 운명에 충실하다는 점에 있을 것이다. 쇠락과 죽음의 운명에 지극히도 충실함으로써 역설적으로 그녀는 노래의 힘과 길을 발견한다. 허수경이 사는 마을 저자 거리에는 "아직" "주단집 포목집 바느질집이 있고" 거기서 "아낙들"은 "새로 생길 세속 신전을 위해 첫밤 이불솜을 타"고 있다. "자망 자망" 기어 나올 새 아가를 우리는 기다려봐도 좋을 것이다.

검은 구멍, 어둠과 생성의 공간

'오래된 것'은 김수영의 시에서도 공들여 기억되고 노래불려진다. 『오랜 밤 이야기』라는 제목이 암시하듯이, 이번 시집에서 그녀가 집요하게 캐물으며 그려내고 있는 것은 '오래된 시간', 그리고 '어둠', '밤', '검은 우물'로 상징되는 '구멍'이라는 세계이다. 시인은 '오래된 시간'을 천천히 거슬러오르며 '지금의 나'를 존재하게 한 시간의 퇴적층을 밟아나간다. 그것은 서로 다른 시간에 존재하는 무수한 자아의 그림자를 들여다보는 일이다. 첫 시집에 이어 시인이 지속적으로 집착하고 있는 '구멍'은 '근원'이자 '생성', '꿈'을 암시한다. 그러나 시인의 작업이 집요한 그만큼 '구멍'은 쉽사리 규정되지 않는다. '구멍'은 존재의 근원이자 불우한 존재들을 감싸안는 깊디 깊은 모성의 세계이면서 한편으로는 "텅 비어" 있는 "쓸쓸함"(「모래 속에 누워 있던 여자」)이자 한 곳에 "고여있"으면서 썩어가는 어둠(「부패의 힘으로」)이기도 하다. 그 미지의 공간을 들여다보는 시인의 작업은 첫 번째 시집에서보다 한결 의도적이고 구체적이다. 병치와 대립의 구조를 보여주는 이번 시집의 전체적인 구성은 시인의 의도된 기획을 분명하게 드러낸다. 시집의 1부가 "오랜 밤"의 "이야기"를 기억하는 현재 시인의 자리라면, 2부에서는 그 아득하고 무궁한 "오랜 밤"의 세계가 하나 하나 펼쳐진다. 3부는 "오랜 밤"의 깊은 어둠을 통과한 이후의 세계를 보여준다. 1부가 '구멍'으로 들어가는 통로라면 3부는 '구멍'에서 나오는 길이 된다.

이번 시집의 맨 첫 작품인 「책」은 두 개의 문을 그 안에 지니고 있다. 하나는 바로 이 "책", 곧 김수영의 시집으로 들어가는 문이며 또 하나는 그녀가 오래 전에 지나온 "오랜 밤 이야기"의 세계를 더듬어가는 통로이다. "오랜 밤 이야기"의 세계를 열기 위한 두 개의 문은 김수영이 기원의 영속적인 공간과 그만큼의 거리를 두고 있음을 뜻한다. 김수영은 기원의 세계로 곧장 복귀하거나 추억의 감상에 빠져들지 않는다. 겹겹의 문을 통해 확보된 메타성의 공간은 시인에게 한층 객체화된 시선으로 자기 근원의 자리를 돌아보게 한다. "나들 나들 닳은 옛날 책"을 펼치는 그는 "흔적으로 남은 생의 한 순간"을 "그리워하"지만(「팔걸이가 있는 낡은 의자」) 그러나 한편으로 "나는 혼자이고 이제 어디로든 다시 돌아갈 수 없다는 것을" 잘 알고 있다.(「오래된 여행

가방」) 시인은 "마음의 맨 아래, 그 바닥을 비춰내는 어둠"(「구부구불한 낭하를 걷고 있는 고양이」)을 거듭해서 들여다본다. '내'가 누구인지를 묻고 '나'를 찾아가는 여정을 시작하고 있는 것이다.

김수영의 자기정체성 탐구의 과정에서 오롯이 떠오르는 것은, 허수경의 시와 마찬가지로, 황량하기 그지없는 여성성의 단면이다. 허수경 시의 '훼손된 여성성'이 존재론적 의미를 지니면서도 "전쟁", "검은 군대" 같은 문명의 폐해를 배경으로 하는 반면, 김수영의 시에서 '텅 빈' 여성성은 어떤 것으로도 의미를 부여받지 못하는 여성의 정체성 그 자체에 대해 다시 질문하게 만든다. 타자를 안아들이고 새로운 생명을 낳았으나, 버리고 다 버려 자기 안에는 아무 것도 남아 있지 않는 '어둠'의 맨 밑바닥을 들여다보는 것이다.

> 그녀의 등뼈는 휘었고, 관절은 닳아 없어졌다. 오랫동안 모래 속에 누워 있던 그녀의 입 속엔 아무것도 들어가지 못했다. 해부하기 위해 흉부를 열자 그곳은 텅 비어 있었다.
>
> 사막의 다른 퇴적층과 구분이 가지 않는, 모래알 같은 쓸쓸함.
>
> 물이 있는 곳, 푸른 풀과 나무가 있는 곳으로 인도하는 별자리. 그 신비스런 별자리를 품고 있는 밤하늘의 빈터로 그녀는 그 캄캄한 가슴속을 드러내고 있다.
>
> —「모래 속에 누워 있던 여자」 전문

시인이 오래도록 들여다보는 "검은 우물"의 밑바닥에는 평생을 소모되고 마모된 한 "쓸쓸"한 육체가 누워 있다. "그녀"의 공허한 형상은 곧 "나"의 모습이다. "나"를 있게 하고 사라진 "이미 이 세상에 없는 늙은 여자들"의 모습이면서 "그녀들"이 되어가고 있는 "나"의 모습이기도 하다. "여자"의 "캄캄한 가슴속"을 채우고 있는 황막한 어둠은 깊디 깊은 소멸의 공간이면서 다시, 근원을 알 수 없는 생성의 에너지를 품고 있다. 그녀의 "캄캄한 가슴속"은 "신비스런 별자리를 품고 있는 밤하늘의 빈터"를 향해 무한히 확장된다. 그 힘은 어디에서 비롯되는 것인가. 김수영의 시는 그 힘의 근원을 탐색하는 과정을 보여준다. "닳아 없어"진 "여자"의 육체가 죽어서까지 품고 있던 목마른 소망, 자기 몸을 다 내어주고 죽은 뒤에도 다른 존재들이 깃들 자리를 제공하는 "고목나무"(「고목나무 샘」), 늘 한 곳에 고여있으면서 "부패의 힘으로" 다른 생명체를 생성하는 연못(「부패의 힘으로」)은 김수영이 관찰하는 '어둠과 생성'의 공간들이다. 주의깊은 탐구의 과정에서 짐작할 수 있는 것처럼, 그녀가 그려내는 자기존재의 근원은 단일한 색채를 띠고 있지 않다. 황량한 폐허의 공간이면서 타오르는 "불꽃"이며, 깊이를 알 수 없는 어두운 절망이자 "지워지지 않는 꿈"(「모네가 그린 그림」)이다. 그것은 "밤이 깊어갈수록 더욱 밝게 피어나는 별들"(「야광주」)같은 세계이다.

이번 시집에서 김수영이 보여주는 독특한 개성은 바로 이같은 모순과 갈등의 역동적인 형상에 있는 듯하다. 그녀가 집요하게 캐묻는 "구멍"처럼 목마른 존재의 뿌리는 깊이를 다 보여주지 않는다. 뿌리에 다가가는 과정에서 시인은 세계를 하나의 단일한 의미로 쉽사리 포획하지 않고 그 구불구불한 길의 이질적인 다채로움을 그대로 펼쳐보인다. 1부에서도 고양이, 빈 의자, 여행 가방, 고호와 모네의 그림, 연못과 죽은 나무 등 서로 관련이 없는 다양한 사물들이 각자의 "밑바닥"을 비춰보였지만, 2부에서 시인이 열고 있는 기원의 세계는 한층 더 뚜렷하고 개성적인 제가끔의 소리를 들려 준다. 박수연이 시집의 서평에서 예리하게 간파했듯이, 김수영의 이번 시집에서 다수의 사물들은 환유의 수사학을 구성한다. 사물들은 원관념과 보조관념으로 하나의 일체를 이루는 것이 아니라 서로 서로 나란히 놓여 있으면서 모이고 다시 흩어진다. 시집의 2부에 등장하는 "오동나무 장롱" 속의 정겹고 재미난 식구들, 왕쥐, 구렁이, 고양이 "살찐이" 등 시인의 유년시절 동반자들은 기원의 세계를 구성하지만 어떤 고정된 의미로 집중되지 않는다. 그 세계는 어둠이자 빛이고 끝을 알 수 없는 "무서움"과 충만한 행복감을 동시에 안겨준다.

2부의 세계는 서로 멀리 떨어져 있는 시간들을 연이어 펼쳐 놓는다. 시인은 기억의 계단을 밟아 내려간다. 그리고 시간의 단층 속에 존재하는 다수의 자아들과 자아가 강한 일체감으로 귀속되었던 공동체적 근원의 세계를 이끌어낸다. 거기에는 유년시절의 이야기를 기억하는 나와 기억 속의 나, 그리고 나를 있게 한 어머니와 할머니, 할머니의 할머니, 마지막으로 시를 쓰는 나가 서로 겹치고 서로에게 말 건네면서 다성성의 공간을 이루고 있다.

> 목화솜 이불은 할머니의 어머니가 몇달 동안 수를 놓아 지어주신 이불이며, 이불 위칸 보자기에 싼 채 둔 배냇저고리와 동저고리, 돌쟁이 때때옷은 할머니의 할머니가 증손자들 입히라고 넣어주신 것이다. 보자기 옆에 있는 반짇고리에는 맞부딪치면 엿장수 가위만큼 큰 소리가 나는 무쇠가위가 있는데 아버지와 삼촌 고모들, 나와 내 동생들의 탯줄을 끊은 물건으로 아직도 날은 반짝반짝 빛이 난다. …(중략)…
>
> 할머니의 머리는 칠흑같이 검은빛인데 할머니의 어머니 할머니의 할머니도 그러했다고 치렁치렁한 내 머리를 빗기며 할머니는 이야기를 해주시곤 했다.
>
> —「오동나무 장롱 2」 부분

> 너를 이 세상에 내보내신 것은 제왕님이시거든, 제왕님이 세상에 널 내보내실 적에 철철 먹고도 남을 젖과 오곡으로 곳간을 가득 채워주셨구나. …(중략)…
>
> 옛날 이야기를 해달라고 보채는 밤이면 할머니는 수백번도 더 들은, 내가 갓난아기 적 이야기를 하고 또 하면서 두고두고 왕쥐를 원망하는데 ……

…(중략)…

할머니는 잠 안 자고 보채는 아이는 왕쥐가 냉큼 한입에 삼켜버린다며 돌아누워버린다. 그렇게 할머니 품을 파고들며 칭얼거리다 잠든 날 아침이면 꼭 팔다리가 아파서 으앙으앙 울곤 했는데, 그때마다 할머니는 밤새 왜 그리 버둥거렸냐고, 백 밤만 더 자면 키가 쑥쑥 커서 왕쥐도 잡을 수 있는 어른이 된다며 나를 달랬다.

—「왕쥐 이야기」 부분

할머니가 들려주시는 이야기와 그 이야기를 다시 들려주는 '나'의 이야기는 시인의 언어를 통해 한편의 시가 된다. 다수의 시점으로 빚어지는 시는 할머니가 다스리는 원형적인 무속의 공간이자 여린 새끼들을 품에 받아들이는 아늑한 모성의 세계이다. 할머니 품 안에서는 공포의 체험과 불행의 기억도 평화와 행복으로 변신하지만, 할머니 품을 벗어나자마자 세계는 순식간에 "어둠 저편"의 두려운 존재로 변모된다. 김수영의 시가 지속적인 긴장을 유지할 수 있는 힘은 이처럼 안과 밖의 경계를 넘나드는 복수의 시점에서 연원한다. 그는 어떤 기원의 세계 — 융화와 공감을 바탕으로 하는 시적 기원과 여성성의 세계를 그려내면서도 그 세계 안으로 완전히 몰입하지 않는다. 기원의 세계를 다채롭게 펼쳐보이면서 겹겹이 그 세계를 이루었던 시간의 단층을 다시 밟아 나온다. 그 속에 새겨진 자아의 흔적을 되살리면서 또다른 자아를 추구하고 있는 것이다.

3부에서, 층층의 시간의 벽을 뛰어넘어 다른 '나'를 추구하는 시인의 여정은 '나'의 근원이 아닌 다수의 사물을 통해서 이루어진다. 오래전 릴케가 그의 『신시집』에서 집요하게 시도했던 것처럼, 김수영은 하나의 객체로서의 사물의 특성을 생동감있게 묘사하면서 그 안에 시인의 내면 공간을 조심스럽게 새겨넣는다. 그녀가 그려낸 마술사, 해금을 켜는 늙은 악사, 무거운 수레를

끌고 바닥을 기는 장애인, 그리고 왕거미, 늑대, 고래, 비둘기 등의 동물들은 모두 생의 고통과 비루함을 경험한 존재들이다. 그들은 자신이 통과해 온 "구불구불한 어둠"(「龍沼」)과 "외로이 날았던 허공"(「무지개 그림자 속을 날다」)을 뒤돌아본다. 김수영의 시에서 자아탐구의 여정이 타자들에게로 확산되는 모습은 매우 흥미롭다. 김수영은 자기 존재의 근원을 이루었던 여성성의 세계를 다양한 타자들에게로 확산시킬 뿐만 아니라 타자들 속에서 자신의 모습을 발견한다. 그녀는 "내 속에 어두운 짐승이 사는구나"(「너는 누구냐」)라고 고백한다. 그리고 "지나온 시간의 틈에 누군가 끼여 있다"(「밤의 얼굴」)고도 말한다. 자아의 내면 공간은 균질하지 않다. 이질적인 타자적 존재들로 불편하게 삐걱거린다. 시인은 자기 안에서 들려오는 삐걱이는 소리에 주의깊게 귀기울인다. 시인이 오래도록 들여다보았던 "구멍"은 '내' 안에 있다. 다성성의 시간과 여럿의 타자들이 서로 삐걱이며 공존하는 '내' 안의 "구멍"은 "함정"이면서 '잉태'의 길을 연다. 여기서 시인은 다시 최초의 "구멍"—여성적 정체성의 근원이 되는 이중적 공간에 다다른다. "구멍"에서 나오는 길은 "구멍"에 다다르는 일이 되고 있는 것이다.

김수영이 그리는 "구멍"의 창조성은 그것이 하나의 의미로 닫히지 않는다는 점에서 발현된다. 이미 살핀 것처럼, "구멍"은 어둠과 생성, 공포와 꿈의 공간이면서 또 한편 자아의 심연이자 무수한 타자들이 공존하는 공간이었다. 시집 전체에 걸쳐 다채롭게 변주되고 확산되었던 "구멍"은 시집의 끝자락에서 가장 깊은 어둠의 밑바닥과 가장 높은 천상의 세계를 연결시킨다.

> 생명이 견딜 수 없는 압력 속에서 에인젤은 뼈도 없이, 아가미도 허파도 없이 날개를 단 듯 하늘하늘 유영한다. 어둠이 지나가는 투명한 몸으로, 텅 빈 천지간을 채우는 눈송이처럼.
>
> —「천사라 불리는 것」 부분

"에인젤"은 "심해의 제일 밑바닥에서 긁어낸 생물"에 과학자들이 붙여준 별명이다. 생명체가 살아남기 어려운 그 "지옥" 같은 공간을 "에인젤"은 마치 "날개를 단 듯" 자유롭게 유영한다. 깊이를 알 수 없는 "어둠"과 고도의 "압력"을 헤쳐나가는 그의 자유로운 유영은 "견딜 수 없는" 심해의 바닥을 고요한 밤하늘의 빈터로 탈바꿈시킨다. 그의 '날개짓'에 따라 어둠은 지나가고 무수한 빛다발(눈송이)의 축제가 펼쳐진다. 여기서 "구멍"은 어둠이면서 어둠을 통과한 이후의 세계를 이룬다. 또한 마모되고 훼손된 여성성을 환기하면서 제한된 여성성의 영역을 넘어선다. "뼈도 없이, 아가미도 허파도 없이" 유영하는 "에인젤"은 다시 이 시집의 1부로 돌아가 "등뼈는 휘었고, 관절은 닳아 없어진" "모래 속에 누워 있던 여자"를 상기시킨다. 그리고 그녀의 "캄캄한 가슴속"이 "신비스런 별자리를 품고 있는 밤하늘의 빈터"를 향하고 있었던 것처럼, "검은 구멍"은 여성성의 근원을 이루면서 여성성에 제한되지 않는 정체성 찾기의 공간을 창조한다. 그것은 "늙은 아버지"가 돌아오시는 길이다. 다음의 시는 김수영 시가 탐색한 "검은 구멍"의 의미를 뜻깊은 형상으로 보여준다.

한때 젊은날을 보냈던
얼어붙은 호수 위에, 검은 구멍을 뚫어놓고
아버지 무엇을 기다리시나

얼음 속에서 솟아오르는, 흰 뿔 같은 정적

아버지 뒤로 하얀 그림자 우뚝 일어선다
누군가에게 길을 가르쳐주려는 듯
바람 세찬 쪽으로 띄워놓은 연잎 만발한 꽃처럼
아버지가 밟고 가는 얼음무늬들

깨졌다 다시 얼어붙으며

흰빛으로 가득 찬 얼음천지를 만들어내는 것은
아버지 눈 속에 숨은
바늘끝 같은 살얼음들이다
그 뜨겁고 환한 눈길에 온몸을 맡긴 듯

눈송이처럼 어디론가 끝없이 흩날리고 싶은 밤
마음에 숨긴 무수한 잔금들까지 얼어버린
아버지 돌아오신다
돌밭을 헤매듯 얼음투성이 마음 속을 헤맨
정적 속에서 태어난 눈부신 흰소가 되어

—「흰소가 오는 밤」 부분

아버지는 "검은 구멍"을 응시하며, 지나간 젊은날의 시간을 거슬러올라 마
의 밑바닥을 탐색한다. 이번 시집의 처음에서 끝에 이르기까지 시인이 그랬
것처럼, 아버지가 하시는 일은 존재의 기반을 이룬 시간의 퇴적층을 더듬으
자아의 그림자를 들여다보는 일이다. 그는, '내'가 그랬듯이, 마음의 어지러
을 다스리며 존재의 실상에 다가가려 한다. 시간의 단층에 새겨진 무수
자아의 흔적은 "검은 구멍" 속에서 비로소 "흰 뿔 같은 정적"을 솟아오르
한다. 이 시에서 확산되고 다시 집중되는 "흰 빛"의 세계는 시집 『오랜
이야기』를 통틀어 가장 인상적인 장면을 이룬다. "흰 뿔 같은 정적"은 "흰빛
로 가득 찬 얼음천지"로 끝없이 확산되며 "눈부신 흰소"— 돌아오시는 아버지
또렷한 형상으로 집중된다. "구멍"의 "검은" 빛과 대조되는 "흰" 빛의 세계
"검은" 빛을 뚫고 솟아올라 "검은" 빛의 세계를 다시 무한한 "천지간"의 세계
확산시킨다. 시인이 오래도록 집착했던 자아의 그림자 — "검은 구멍"의 세계
자아를 넘어 타자들에게로, 그리고 여성적 정체성을 넘어 마음밭을 헤매
모든 존재들의 자리로 미끄러진다. 바로 이 지점에서 김수영이 기획했던 환

의 수사학은 한 정점에 이르는 듯하다. 그러나 정점은 시집의 고정된 중심이 아니라 한 '부분'으로 놓여있다는 사실이 기억되어야 한다. 정점은 귀결이 아니라 또 하나의 과정이다. 마음의 밑바닥을 들여다보는 "아버지"의 세계는 제각기 기원의 "우물"을 향하고 있는 다른 존재들 곁에 나란히 놓여 있다.

김수영 시가 지니는 장점은 이렇게 사물들이 하나의 세계를 구축하지 않고 서로 서로 어깨를 견주는 나란한 배열에서 비롯된다. 그녀의 시는 여성성의 영역을 넘어 "아버지"의 세계마저 잉태하지만 그러면서도 단일한 표리일체의 세계로 집합되기를 거부한다. 환유를 지향하는 여성시가 대체로 문체와 글쓰기 방식에 중점을 두면서 새로운 여성 언어를 개발하는 데 주력하는 반면, 김수영이 구사하는 환유의 방법은 좀더 근본적이고 폭넓은 영역에 걸쳐 있다. 또한 환유의 수사학은 자아 탐구의 과정과 얽힘으로써 자아를 되물어가는 그녀의 시의 공간을 한층 역동적으로 구성한다. 그 역동성의 공간에서 흔들리는 작은 파동들은 기억될만한 것이다. 김수영의 시가 언뜻, 90년대 많은 시인들이 몰두했던 원형적 공간 — 자연, 유년, 가족, 모성과 같은 세계를 떠올리게 하면서도 그러한 세계의 단일한 구축으로 귀결되지 않는 힘은, 한 존재가 다른 존재로 옮겨다니며 일으키는 다성성의 파동에 있을 것이다. 그 파동과 도정에서 김수영 시의 고유한 여성성은 빛을 발한다. 그녀의 시가 "검은 우물"에 대한 집요한 성찰로부터 "오래" 고여있던 차디찬 샘물을 길어올리기를 기대한다.

덧없는 시간, 불우한 여성의 노래

다시 슈타이거의 시에 대한 성찰로 돌아가보면, 그는 서정적인 것의 본질을 이루는 '융화'가 "견고한 것의 녹아내리는 작용"이라고 말하고 있다. 시를 사랑에 비유하는 그는, 서로 다른 두 존재가 하나가 되는 과정에서 육체라는 성가신 가두리도, 개인의 자유와 고집스런 자아 의식도 한 순간에 "녹아내리는" 동일성의 체험에 주목한다. 그는 여기서 더 이상의 사유 과정을 펼쳐보이지는 않는다. 그러나 그가 '상호융화'를 설명하는 과정에서 좀더 주목되어야 할 것은, '융화'의 찰라적인 체험 그 자체가 아니라 "견고한" 자아의 성채를 허물어뜨리고 "녹아내"려야만 타자의 경계를 넘어설 수 있는 자기포기와 멸각의 과정이라고 생각된다. 태생적으로 자기포기와 소멸을 운명으로 한다는 점에서 시와 여성은 닮았다. 여성의 자기정체성 탐구의 고전으로 읽히는 〈바리데기 서사〉에서 날 때부터 버려진 아이였던 바리데기는 "자신을 누군가에게 주지 못해 안달하는 여자"이다.[16] 죽음 속에서 자아를 찾아가는 바리데기의 여정은 곧 자기를 버리고 또 버리는 연속적인 과정이다. 그는 살면서 죽는다. 자기를 버리면서 자기를 찾는다.

그런데 시와 여성이 근대성의 그늘 안에 거주하게 되면서 둘이 겪는 '덧없음'의 운명은 한층 비극적이고 공허하기까지 하다. 시의 경우, 그것은 장르의 고유성이 시대와 일으키는 마찰, 그럼으로써 변화된 장르의 위상과 관련된다. 현대시는 출발지점에서부터 자기의 소멸을 의식하고 있었을 뿐만 아니라, 소멸에 대한 명료한 의식이 시의 존속을 가능하게 했다고 볼 수 있다. 한편 여성이라는 존재를 돌아보면, '덧없음'의 운명이란 반드시 여성에게만 국한된 것은 아닐 것이다. 모든 생명있는 존재에게 드리운 가멸성(可滅性)의 그림자는 피로를 모르고 돌진하는 근대의 인간들을 더할 수 없이 덧없는 시간 속으로 몰아넣는다. 그러나 여성은 그러한 공허감과 가멸성을 이중으로 겪는다. 그런 점에서 근대 문학이 주제로 삼는 여성의 반란과 탈출은 소멸의 운명에 대한 저항이자 공허와 불안감의 표출이라고 볼 수 있다.

지금까지 살펴본 허수경과 김수영의 최근 시는 현대시와 여성의 운명에 매우 충실한 작품들에 속한다. 허수경은 여성이라는 성적 · 사회적 존재와 시라는 예술 장르를 둘러싼 불모성의 상황에 해당된다. 시의 시성(詩性)을 대단히 예민하게 인지하고 체현하는 그녀는, 바로 그렇기 때문에 시가 겪는 불모의 상황을 더욱 고통스럽게 받아들인다. 허수경 시에 나타난 '훼손된 여성성'의 형상은 그녀가 성찰하고 있는 여성적 정체성의 발현태이자 시를 둘러싼, 언어의 불모성이라는 징후를 겹쳐 보여준다. 김수영은 "검은 구멍"이라는 독특한 상징을 통해 자기존재의 기원을 되묻는다. 존재의 그림자를 들여다보는 과정과 그 과정에서 만나는 다양한 타자들은, 그녀의 시에서 환유의 수사학을 통해 배치되고 구성된다. 김수영 시에 나타난 환유의 수사학은 그 시인의 자기성찰의 과정이 여성적 정체성의 탐구 과정과 닿아있음을 방법적인 차원에서 드러내는 것이다.

이들의 시는 여성으로서의 자기정체성을 화두로 부여 잡고 여성성의 탐구를 통해 시의 기원을 기억하며 동시에 시의 갈 길을 모색한다. 여성성을 충실하게 구현하는 이들의 시는, 그럼에도 여성성에 제한되지 않고 그것을 넘어서는 어떤 가능성을 보여준다. 물론 그것은 여성성의 진지한 탐구를 통해 이루어진다. 허수경의 시는 여성성에 대한 독특한 형상화가 여성을 포함한 모든 불우한 존재들과 불우한 시(詩)에 대한 통찰로 이어지고 있음을 보여준다. 김수영의 시에서도 여성으로서의 자기존재에 대한 성찰은 새로운 여성언어의 가능성을 낳고 있다. 이들은 시의 행복했던 기원의 공간, 또는 문화적·역사적으로 여성이라는 존재에 덮씌워졌던 원형적 상징의 공간에 쉽사리 안주하지 않는다. 과거를 되돌아보지만 과거의 시간으로 복귀하지 않는다. 오히려 근대를 사는 시인으로서의, 여성으로서의 운명에 대단히 충실하다. 만약 이들 시인에게서 여성시의, 우리 시의 한 가능성을 발견할 수 있다면 그것은 시와 여성에게 드리워진 소멸의 운명을 아프게 받아들임으로써 자기의 운명에 대한 성찰과 반성을 시를 통해 각인하고 있다는 점에서 비롯될 것이다. 그러나 운명의 충실한 이행이 운명 속에 놓인 존재의 바퀴를 계속

굴러가게 하지는 못할 것이다. 누구보다도 '노래'의 매혹과 힘을 잘 아는 허수경 시인이 그 마력적인 매혹에 끝내 도취되지 않기를, 그리고 "검은 구멍"을 향한 김수영 시인의 오랜 집착이 이제 새로운 여정을 가능하게 하기를 기대하면서, 이들이 보여줄 여성의, 시의 숨결이 살아 숨쉬는 시를 기다리고 싶다.

욕망하는 몸, 이미지의 삶

이원의 시세계

전자사막의 글쓰기

이원의 시는 디지털 문명의 현란함과 황막함, 그 세계를 떠도는 존재의 위기를 시화한다. 문자 메시지와 이메일로 '말하고', 인터넷으로 신문을 '보고', 수십 개의 웹 사이트와 온라인 커뮤니티를 습관적으로 '클릭 클릭'하는 디지털 문명의 일상적 풍경들은 이원 시의 주요한 시적 공간을 이룬다. 시인의 표현을 직접 빌자면, 그녀는 디지털 문명의 가공할 위력 앞에 매혹당하거나 혹은 공격 자세를 취하는 것이 아니라 그냥 그 "속으로 들어가" "그 일가로 살 뿐이다." 이원이 '그 속에서 사는' 하이-테크놀러지의 체험은 그녀의 시에서 자주 신화적 상상력, 불교적 사유와 결합된다. 두 번째 시집 『야후!의 강물에 천 개의 달이 뜬다』라는 제목이 암시하듯이, 이원은 "달이 천 개의 강에 비친다(月印於千江)"는 불가(佛家)의 비유를 뒤집어 무한증식의 이미지가 실재를 압도하는 디지털 시대의 풍경을 포착한다. 이원의 시에서 흥미로운 지점은, 그녀의 시가 불가의 비유를 패러디하며 그 비유의 기원을 동시에 환기한다는 점에 있다. 다시 말해, 불가의 전언은 디지털 문명의 실체를 고발하는 비판의 도구일뿐 아니라 디지털 네트워크의 세계를 일상으로 받아들여야 하는 이 시대 존재의 정황을 다층적인 시선으로 조명하게 한다. 이를테면, 이원 시의 사이보그는 매 시간 입력된 프로그램에 따라 조종되는 첨단의 인간－기계이면서 또한 "몸 속에" "설치"한 "자동응답기"의 "버튼"을 "외출로 눌러 놓고" "한낮의 햇빛 속으로" "양을 치러 가"는(「사막에서 1」) 기계－인간으로서의 면모를 보여준다. 신화적 사유로 물든 자연과 최첨단의 문명, 그리고 "땀 냄새"나는 인간의 육체성과 하이－테크놀러지의 의사육체성이라는 서로 다른 두 개의 세계는 "전자사막"을 건너는 디지털 유목민들의 존재 양식을 다각적인 지점에서 비추어낸다. 기원의 과거와 기술 문명의 미래, 그리고 존재의 의미를 묻는 인간과 문명의 속도 사이에서 이원은 시간, 몸, 언어와 이미지에 대한 사유를 펼치고 있다.

디지털 문명의 실태와 폐해에 주목하는 이원의 시가 의미있는 지점은 그녀의 시가 전자 커뮤니케이션의 시대, 의사소통과 예술 창작의 변화된 조건에 대하여 탐구하고 있다는 점에 있다. 인터넷 시대의 일상적 소통 공간에서 구술적 글쓰기는 면대면(面對面) 말하기와 문자적 글쓰기를 점차 압도하고 있다. 사람들은 이제 컴퓨터 앞에 앉아(휴대폰을 들고) 자판을 두드리며 컴퓨터에다(휴대폰에) 말/글을 건다/쓴다. 따라서 가상의 대화 공간을 설정하고 '말하듯이 쓰는' 글쓰기는 의사소통의 중심을 이룬다. 이원이 탐구하는 주제 중의 하나는 이처럼 디지털 텍스트 속에 '말/글'이 놓여져 있는 조건, 문자 언어가 음성 언어의 기능을 대체해가며 전적으로 새로운 의사소통의 양상이 떠오르는 상황에 있다. 21세기 시인의 글쓰기 역시 바로 이같은 조건에서 벗어날 수 없을 것이다. "어디에서도 접속 가능하"지만(「실크 로드」)

늘, 더 특별한 소통을 찾아 헤매고, "허공을 만질 수는 있어도/서로의 몸이 만져지지는 않는" 디지털 네트워크 안에서 시인은 인류의 가장 오래된 글쓰기를 계속하는 사람들이기 때문이다. 이원은, 이, 끝을 알 수 없이 미로처럼 펼쳐진 "전자사막에서 살아남기 위"한(「전자사막에서 살아남기 위해」) 유목 시인의 고투를 보여주고 있다.

쇼핑과 서핑의 시공간, 신화적 여정

이원은 첫 시집 『그들이 지구를 지배했을 때』에서 이미 시를 촉발하는 시간과 공간에 대해 예민한 지각을 보여준 바 있다. 예를 들어, 「시간과 비닐봉지」, 「알레그로」 등의 시는 사물의 변화와 시간의 흐름이 빚어내는 긴장과 창조의 순간, 그리고 움직이는 사물과 공간의 침투 작용을 인상깊게 형상화한 작품들이다. 이원에게 '시간'이란 가장 구체적인 실재로 다가온다. "그물처럼 퍼덕거리는 시간", "시간의 녹슨 뼈대가 덜커덕 올라온다", "그 옆에 새가 발자국을 찍었다 둘다 반짝거렸다 그 사이로 시간의 두 다리가 묻힌다" 등과 같은 구절에서 알 수 있듯이, 이원의 시에서 시간은 마치 생명이 있는 사물처럼 의인화된다. 달리 말해, 시간은 시인의 주관적인 느낌 속에서 현상하는 것이 아니라 하나의 사물로 객관적으로 실재한다. 이원의 시에서 사물의 움직임과 연결된 시간의 변화, 혹은 시간에 매인 사물의 조건과 사물을 빌어 현상하는 시간의 운명이 예리하게 포착될 수 있는 이유도 그녀가 시간의 물질성을 남다르게 지각한다는 점에 있을 것이다. 이원은 시간에 대한 자신의 생각을 "우주의 모든 것은 몸이 시간이다"라는 명제로 요약한다.

아기는 허공의 위를 향해 손을 뻗친다 (그때 아기가 공기의 고단한 발바닥을 만졌을지도) 우주의 모든 것은 몸이 시간이다 그렇다 몸이 시간이다

—「몸과 공기」 부분

아기가 "허공"으로 "손을 뻗"칠 때, 그것은 아기 혼자만의 움직임으로 그치지 않는다. 아기 몸에서 일어난 작은 파장은 공기의 몸, 그 "고단한 발바닥"을 어루만지는 행위로 퍼져나간다. 하나의 몸이 또 다른 몸과 만날 때, 생명현상이 일어나는 가장 구체적인 장소로서의 "몸은 시간이다." 즉 몸은 새로운 시간을 낳는 기원이며, 시간은 사물과 사물, 몸과 몸의 접촉을 통해 객관적 실재로서의 윤곽을 갖는다. 이원의 시에서 '시간'이 지니는 또 하나의 중요한 의미는 시간이 디지털 문명과 신화적 사유를 연결하는 매개 고리의 역할을 한다는 점에 있다. 현재, 과거, 미래의 서로 다른 시간을 넘나드는 자유로운 이동은 첨단의 디지털 문명과 오래된 신화적 사유가 서로 공유하는 지점이기 때문이다. 이원은 이처럼 시간에 대한 예민한 감각 지각을 공간 체험과 결합시키며, 첨단의 미래와 아득한 기원의 시간이 공존하는 독특한 시적 공간을 연다.

「미로에서 달마를 만나다」는 이원 시의 시·공간 구성 방식을 집중적으로 그려보이는 작품이다. 이 시에서 그녀의 시공간체험은 '대형쇼핑몰'이라는 첨단의 소비 공간으로 집중된다. 초대형자본과 테크놀러지의 정교한 합작품인 '대형쇼핑몰'은 분할과 합성, 역전과 비약이라는 디지털 문명의 핵심적인 시공간체험을 극대화한다. 장거리 공간 이동은 한 건물 안으로 축소되면서 수평적으로 확대된다. 하나의 쇼핑몰은 다시 수많은 상점들로 분할되고 구획되어 소비 욕망의 산술 방식에 따라 재배치된다. 잘게 쪼개진 근거리 공간 이동은 대형 쇼핑몰 안에서 쉼 없는 회전을 반복한다. 쇼핑몰 '안'의 공간이

바깥과 차단되어 있듯이, 쇼핑몰 안에는 전혀 다른 시간대가 흐른다. 시간은 압축되고 공간 이동의 속도는 혁신적으로 빨라지지만, 엿가락처럼 길게 늘어진 시간 속에서 수많은 쇼핑족들은 똑같은 행위를 반복한다. 대형쇼핑몰에서 이루어지는 이같은 시공간체험은 원거리 공간을 가공할 속도로 빠르게 이동해나가는 웹 서핑의 방식과 유사한 특징을 보인다. 쇼핑과 서핑 과정에서 나타나는 비동시적인 시간의 동시성, 이질적인 공간의 공존 양상은 출구 없는 미로처럼 펼쳐진다.

「미로……」에서 핵심적으로 형상화되는 디지털 문명의 시공간 체험은 '달마 찾기'라는 신화적이며 동시에 선형적인 서사의 흐름과 겹치면서 더욱 복잡한 특징을 띠게 된다. 쇼핑하는 현재와 달마가 존재했던 과거의 시간은 '대형쇼핑몰' 안에서 서로 겹치고 넘나들면서, 비선형적이고 역전되고 때로는 비약적인 구성 방식을 취한다. 「미로……」에서 '신전, 입구', '예배소, 통로', '음악, 미로', '허공, 표지판', '오아시스, 364', '달마, 카피', '전망, 출구'로 이어지는 소제목들은 시간의 흐름, 공간의 분할과 이동, 그리고 만남의 서사가 다층적으로 관계맺는 양상을 압축적으로 보여준다. '달마 찾기'의 서사/쇼핑은 "2000년 5월 11일 오후 1시"라는 특정한 시간에 시작되어 정확히 "7시간 32분"간 '신전/쇼핑몰'에서 진행된다.

> s와 내 앞으로는 사방의 어디로도 갈 수 있는 통로가 나침반처럼 뚫려 있다 통로마다 양쪽으로 1평 남짓한 예배소들이 이어진다 허공에 썩지 않는 시간이 늘어져 있다 요즘 신들은 모두 이곳에 와 있다 ……그러나 구원의 사방에 불빛이 보이지는 않는다 나침반의 바늘처럼 s와 나는 몸을 부르르부르르 떨면서 돌다가 멈추고 돌다가 멈춘다
>
> ―「미로에서 달마를 만나다」 부분

이 시에서 쇼핑은 곧 구도의 과정이며, '달마'를 만나러 가는 과정은 '프라다' 가방을 찾아내는 과정과 일치한다. 이 과정에서 "7시간 32분"이라는 쇼핑몰의 시간은 결코 동질적이거나 순차적인 흐름을 따르지 않는다. 시간은 마치 방부제를 투여한 것처럼 "허공에 썩지 않고 늘어져 있"거나 "오백년전"으로 되돌아가고 또는 "채널을 돌"려 시간변경선을 바꾸며 다층적인 배열 방식을 보여준다. 이처럼 변화무쌍한 시간여행 가운데서 's와 나'는 "만장의 시간", 곧 "죽음"이자 "기적"의 시간을 찾아 헤맨다. 그것은 면벽좌선 끝에 해탈에 이른 '달마'를 만나는 시간, 불현듯 낯선 타자에게서 '나'를 발견하는 타자 체험의 순간을 향한 욕망이다. 그러나 "썩지"도 않고 "늘어져 있는" 무의미한 시간 속에서 주관적 체험의 순간을 발견하려는 '나'의 욕망은 쉽사리 실현되지 않는다. '나'와 s가 '달마'를 발견하는 순간, "의자에 앉아 졸던 달마"는 "벌떡 일어서" "요즘 제일 잘 나가는 프라다 카피"를 내민다. 구도자 '달마 찾기'의 서사와 '프라다' 쇼핑이 성공적으로 합치하는 '시간'의 기적 속에서, 실재/이미지, 원본/카피의 쌍은 서로 뒤집고 뒤집히는 과정을 반복한다. "프라다 카피"를 파는 "달마의 발은 보이지 않는다." 그 역시 무수한 "달마 카피" 중의 하나이거나 껍데기만 달마의 형상을 한 사이보그일지 모른다. '나'는 그가 "진짜 달마였을"거라고 믿지만, 달마와 만났던 "시간은 순식간에 지워지고" 가상의 공간으로 멀어져간다. 그가 "진짜 달마"라는 증거는 "목탁 소리", 즉 실체가 잡히지 않는 청각 이미지의 환영 속에서만 존재할 뿐이다.

시 「미로……」에서, 실체를 확인하려는 욕망과 그 욕망을 배반하는 이미지의 증식 과정은 미로와 같은 복잡한 시공간체험을 통해 형상화된다. 이처럼 영원히 채워지지 않는 욕망과 그 산물로서의 이미지는 이원 시가 탐색하는 또 다른 화두이다. 디지털 도시 문명과 고대의 신화적 공간, 온/오프라인에 대한 동시적 기획을 보여주는 「실크 로드」에서도 이원은 '복제'의 가공할 공포를 보여준다. 특히, 스스로를 "복제"하는 사이보그, 그리고 "컴퓨터 화면의 카페"에서 "끊임없이 증식되는 말코비치들을 말코비치와 함께 보"는 장면은 무한증식하는 복제 이미지의 덤불 속에 선 이 시대 시인의 곤궁을 압축하고 있다. 바로 이 지점에서 이원이 주목하는 것은 가장 구체적인 실재로서의 '몸'이다. "있는 것은 몸뿐이다"(「나는 거리에서 산다」)라는 선언과 더불어, 이원은 디지털 시대, 새로운 언어를 향한 시인의 노력을 근원적이고 구체적인 방식으로 진행하고 있다.

몸의 욕망, 사이보그의 몸

불교의 존재론에 따르면, 인간의 마음은 몸에 매이고 그 몸을 통해 인간은 세계에 매이는 존재가 된다. 이렇게 매이도록 하는 것이 바로 욕망이며, 이 욕망으로 인해 마음은 몸과 세계에 매인 채 업을 짓고 살다가 죽는다. 욕망과 집착이 있는 한, 인간은 욕망의 세계를 벗어나지 못하고 윤회한다. 이원의 몸에 대한 사유 또한 이처럼 욕망하는 인간, 세계에 매인 인간에 대한 성찰과 관련되어 있다. "불빛이 빽빽한 이 전자 사막의 미로"(「나는 거리에서 산다」)는 욕망하는 인간의 군상으로 넘쳐난다. 영원한 시간의 연쇄사슬에서 벗어나는 길은 마음의 자각이 아니라 몸의 해(解)·탈(脫)에서 온다. 오로지 '내'가 스스로 '내 몸'을 가르고 '내 몸'을 비워 낯선 타자가 될 때, 인간의 '업보', 즉 이 영원한 "전자 사막의 미로"를 헤쳐 나가는 길은 열릴 수 있다.

불교의 수도승 가운데 그녀가 특히 '달마'를 형상화하는 이유도 '몸의 변환'에 관한 관심에서 비롯된다. 9년 동안 참선에 몰두하느라 팔다리가 말라 붙은 달마에게 마지막으로 남아 있었던 것은 바로 그의 '몸'뿐이었다. 몸뚱이만 남은 달마의 '몸'은 그의 존재 변환의 구체적인 증거가 된다. 계속해서 이원은 네 명의 예술가들의 작업을 통해서 몸의 해탈에 대한 그녀의 꿈을 좀더 집중적으로 드러내고 있다. 이원이 관찰한 김호석, 백남준, 이불, 오규원은 "제 몸을 가르고" "텅 비"우거나, "제 속으로 끄집어내"고 "제 자리에 넣"거나, 혹은 "갈라놓은" 채로 어쩔 줄을 모른다. 그들은 모두 몸의 개조에 대한 욕망, 즉 인간의 자취를 지워버린 '다른' 몸, 단지 하나의 사물로서의 무심한 몸에 대한 욕망을 그리고 있다. 그 몸이란, 모든 존재들을 그 안에 받아들이고 그럼으로써 낯선 존재가 되는 타자성의 구현 장소를 말한다. 그것은 곧 시를 낳는 모태이기도 하다. 시를 낳는 타자성의 체험이 전통적으로 고통과 희열이 교차하는 어떤 찰나의 순간에서 빚어졌다면, 지금, 여럿의 타자가 자라나는 이원 시의 '몸'은 좀더 그로테스크한 형상을 띤다.

> 몸 속에 웹 브라우저를 내장하게 되었어. 야금야금 제 속을 파먹어 들어가는 달. 신이 몸 속에 살게 되었어. 신은 이제 몸 속에서 키울 수 있는 존재야. 몸 속에는 사철나무. 산. 목이 잘린 불상. 금칠이 벗겨진 십자가. 당신이 천년에 한 번 우는 새. 당신이 내게 올 때 걸었던 최초의 오른발과 왼발. 기어이 제 살을 다 파먹은 달. 그물로 된 달. 그물에 걸린 신들의 꼼지락거리는 손가락들과 발가락들을 생각해봐. 몸 속이 점점 비좁아지고 있어. 십계명을 새긴 돌이 자궁 속을 굴러다니고 있어. 사막을 건너 아버지가 찾아와. 내 몸이 신전이니 죽은 아버지가 새벽마다 기도해. 몸 속은 무덤이 아니야. 방금 네가 날 검색했잖니. 서른 닢의 은전도 받지 않고. 새벽은 아직 멀었는데. 쉬지 않고 아버지를 부정해. 더 이상 신전은 몸 밖에는 없어. 이제 낮과 밤은 몸 속에서 만나고. 낮과 밤은 몸 속에서 헤어지고. 신들은 내 몸을 로터스 꽃처럼 먹고 꾸역구역 자라. 몸은 구멍투성이야. 신들의 취미는 피어싱. 구멍은 신들의 수유구. 아니면 주유구. 세상은 구멍이야. 만개하는 몸이야. 열리고 닫히는 몸.
>
> —「몸이 열리고 닫힌다」 전문

이원 시의 '몸'은 디지털 시대의 빛과 그늘을 그 안에 거느리고 '산다.' "웹 브라우저를 내장"한 몸은 어떤 곳에서든 접속 가능하며, 시공간의 제약을 넘어 어디로든 갈 수 있는 무한의 자유를 누린다. 그처럼 변화무쌍한 '몸'은 한편으로, 억눌린 타자들이 "꾸역꾸역 자라"나는 또다른 생성의 공간이 된다. '몸' 안에는 잊혀진 기억, 무수한 정보, 억눌린 무의식 등 '내' 안의 타자들로 들끓는다. 또한 "사철나무, 산, 목이 잘린 불상, 금칠이 벗겨진 십자가" 등 초월적 힘을 상실한 신과 자연, 그리고 "죽은 아버지"도 "몸" 안에서 산다. 신이 거주하는 장소인 "내 몸"은 "신전"이지만, 그러나 나는 신이 아니다. 만물을 통어하는 신의 전지전능함도, 시적 공간을 장악하는 서정시인의 권위도 찾아볼 수 없다. 수많은 타자들이 공존하는 "몸"은 단일한 서정적 자아의 시선에 의해 통합되는 동일성의 공간이 아니다. 타자들 간의 차이와 균열은 봉합되지 않고 차라리 그 자체로 극대화된다. "몸"은 타자들에게 "수유" 또는 "주유"를 공급하는 장소로서 상처투성이의 공간이 된다. 몸은 이제 "나"의 소유를 떠나 '내'가 아닌 '다른 몸'으로 전환한다.

이원 시의 '몸'은 인간과 기계의 이중적인 면모를 지닌다. 이 시에서도 '몸'은 "죽은 아버지"라는 가장 인간적인 기억과 아픔을 안고 있으며 동시에 "웹 브라우저를 내장"한 첨단의 기계이다. 기억, 감정, 고통 등의 인간적인 자취들은, "내 몸"에 접속한 다수의 타자들과 뒤섞이며 사물화된다. 이원 시의 매력은 이처럼 지극히 인간적인 풍경이 기계적 공간에 들어서고, 아울러 첨단의 디지털 테크놀러지가 존재론적인 사유와 만나는 지점에 있다. 이같은 경향은 다수의 이질적인 타자들이 불규칙적으로 자유롭게 운동하는 시적 공간의 특징과도 관련된다. 위의 시 「몸이 닫히고 열린다」에서도 마치 돌출하듯이 불연속적으로 이어지는 비논리적인 언술의 체계는 시적 공간에 음울한 활력을 불어넣는다. 특히 "몸은 구멍투성이야. 신들의 취미는 피어싱. 구멍은 신들의 수유구. 아니면 주유구. 세상은 구멍이야. 만개하는 몸이야. 열리고 닫히는 몸"이라는 마지막 시구는, 세상과 '몸', 타자들을 마치 뫼비우스의 띠와 같은 관계로 연결시킨다. 여기서 "몸"은 세상에 접속하는 '콘센트'이자 그 자신 무수한 타자들이 불쑥 불쑥 끓어오르는 생성의 공간이 된다. 이원의 시에서 뫼비우스 띠의 한 점을 이루는 '몸'은 마치 시계추처럼 멈추지 않는 진자(振子)운동을 하며, '바깥'인 세상과 '안'의 타자들, 그리고 자연과 문명, 유기체와 합성체, 인간과 기계 사이를 지속적으로 운동한다. 가령, "우당탕탕 / 몸 안에 발자국 소리 / 메아리 / 벨 누르는 소리 / 오빠 / 오빠아 / 오빠아 놀자"(「자궁으로 돌아가자」)에 새겨진 어린 시절의 추억이라든가, 혹은 "그는오늘도 뇌에입력된운영프로그램을 무사히끝마쳤다."(「사이보그4」)에 나타나는 사이보그의 일상은 '뫼비우스 띠'의 안팎을 이루는 두 개의 극점을 지시하고 있다. 하나의 끝이 문명의 오염과 상처 이전의 인간 본성으로의 귀환을 지향한다면, 또다른 하나의 끝은 디지털 네트워크 안에서 기계로 전락한 인간의 상황을 보여준다. 아래 인용시가 그리는 광경은, 그 두 개의 극점이 놓여진 '안팎'이 사실상 한 '몸'을 이루고 있음을 암시한다.

> 진공 포장되어 장기 보존되고 있는 것이
> 나일 수도 있다
> 오래전 저장된 게임이
> 나일 수도 있다
> 그러나 나는 정보가 아니어서 의자에 엉덩이를
> 놓고 허리를 의자의 등받이에 바싹 붙인다
> 내 몸이 닿아 있는
> 세계에서는 여전히 땀냄새가 난다
>
> —「나는 검색 사이트 안에 있지 않고 모니터 앞에 있다」 부분

이 시에서 "에덴동산 약속의 땅 모리아 산 갈보리 산" 등의 성서적 공간에서 "야생화 정원"에 이르기까지 사이버 공간을 떠돌던 '나'는 돌연 부정할 수 없이 생생한 인간의 육체성을 확인한다. '나'는 "진공포장"되고 "저장"되어 유통되는 하나의 상품에 불과할 수도 있지만, "땀냄새"로 환기되는 '몸'의 현실은 무엇보다 강력한 '나'의 실존의 근거를 확인시킨다. '몸'에 관한 이원의 사유 방식에서 주목할만한 것은, 이처럼 인간 본성의 기원을 향한 인간의 집요한 욕망과 기억, 그리고 최첨단의 기술 문명 속에서 하나의 기계처럼 작동하는 인간의 현실을 둘 사이의 간극 없이 제시하고 있다는 점이다. 이원은 기계가 된 인간의 처지를 '슬퍼하거나 노하지' 않으며, '잃어버린' 기원으로의 귀환을 노래한다거나 혹은 기계 문명의 미래를 찬양하지도 않는다. 이원이 주목하는 것은 인간의 본성을 기억하는 '몸'의 욕망과 디지털 시스템에 얽매인 '몸'의 현실이 안팎으로 맞물려 있는 상황에 있다. "인간과 사이보그라는 가파르게 균열된 몸의 경계"(이원, 「네 개의 몸 또는 네 개의 이미지」)를 넘나들거나 혹은 둘 사이를 완전히 분리하면서 '몸'의 존재론을 탐구하고 있는 것이다. 불교의 선승 '달마'가 인간의 욕망을 초월하고 해탈의 경지에 이르렀다면, 이원이 그린 '달마'는 자본주의 욕망의 충실한 체현자로 등장한다. 두 개의 달마를 통해서 이원은, 욕망을 들여다보는 진짜 달마의 실존적 태도, 그리고 '카피'를 파는 '달마 카피'의 생존 방식을 탐구해나간다. 이원은 삶의 도처에 산재한 '카피'들을 넘어 '몸'의 현상학, 즉 '몸'이 지각되고 형성되는 방식을 분석하고 결국은 '몸'의 개조에 도달하고자 한다. 이원의 '몸'에 대한 탐구와 개조의 꿈은 그녀의 시에서 시적 이미지의 산출 방식으로 귀결된다.

이미지의 삶과 운명

이원이 궁극적으로 맞닥뜨리는 문제는 시의 존재론이다. 시인 역시 디지털 시대의 마력에서 벗어나 고립의 성소로 은둔할 수 없다면, 또는 시가 자본과 테크놀러지의 거대한 합성시스템에 일조하는 '팬시' 상품이기를 거부한다면, 시와 시인 또한 이 팍팍한 "전자사막의 미로" 안에서 스스로 살 길을 찾아나가야 한다. 이원은 디지털 시대의 도래에 따른, 인간의 의사소통방식, 글쓰기의 존재 조건, 시공간 지각체험 등의 변화 속에서, 시가 발생하는 근원의 자리로 시선을 던진다. 그것은 모든 관념의 더께, 감정의 파장, 복제 이미지의 덤불 사이를 넘어 사물이 그 자체로 현상하는 자리, 곧 시의 이미지에 대한 탐구이다. 감정을 극도로 타자화, 객관화하여 사물의 이미지를 포착하는 힘은 이원 시의 가장 큰 특장이라고 할 수 있다. 특히 사물의 은유적인 묘사와 환유적인 배치를 결합하는 특유의 형상화 방식을 통해서, 하나의 사물이 다른 사물과 연관되어 일어나는 움직임을 다각적으로 포착해낸다.

여자가 장독 뚜껑을 열고 있다

집 안에서 들려오는 피아노 소리가
허공을 재봉틀처럼 박아간다

구름이 뜯겨나간 자리에 돌들이 박힌다

햇빛이 비상구처럼 장독 속으로 내리꿘다

장독 속에 여자의 유방이 오래오래 익고 있다

건반을 벗어난 피아노 음이 구더기처럼
유방 속을 비집고 들어간다

—「장독, 여자, 이미지」 전문

위의 시에서 "피아노 소리가 / 허공을 재봉틀처럼 박아간다", "햇빛이 비상구처럼 장독 속으로 내리쬔다"와 같은 표현들은 개별적인 사물을 은유의 방식으로 연결시키고 다시 시의 전체적인 공간에서 제 각각의 다른 사물들에게로 자유롭게 확산시킨다. 결국 "여자가 장독 뚜껑을 여"는 최초의 순간은 "피아노 소리", "햇빛", "여자의 유방", '된장' 등이 "박아가"고 "내리쬐"고 "비집고 들어가"는 행위들과 불연속적으로 연관되면서, 일상의 미미한 동작을 매우 다채로운 이미지들의 향연장으로 구성해낸다. 이때 환유의 방식으로 뻗어나가는 사물이 다른 사물의 자리를 대체하는 과정이 주목된다. 즉 "여자"는 "여자의 유방"으로 부분 조명되고, "유방"은 다시 "장독 속"의 '된장'을 대체한다. 이처럼 환유에 매개된 자리바꿈의 방식은, 배경으로 물러나있는 사물들을 번갈아 화면의 중앙으로 등장시키며 차별없는 타자성의 공간을 창조해낸다. 시 「고요」에서도 과일 깎는 장면에 막상 '과일'이 등장하지 않는다는 점이 주시되어야 한다. 이 시에서 '과일'의 형상은 "껍질"을 "깎"아나가는 "칼"의 동작과 그 배경을 이루는 시간의 흐름으로 대치되어 있다. '칼'의 움직임과 그에 따라 조금씩 변화하는 '과일'의 모습, 그리고 의인화된 '시간'의 흐름은 사실상 '고요'라는 이 시의 제목을 역설적인 방식으로 형상화한다. '고요'의 순간은 잘게 분화된 시간의 흐름 속에서 시시각각으로 변화하는 사물의 이미지로 가득차있다. 시집 『야후!……』 이후에 발표된 아래 시에서는 환유 방식에 따라 사물이 대치되고 해체되는 과정이 더욱 음울하고 뚜렷한 형상으로 드러나고 있다.

> 등에 짐을 지고 한 여자가 언덕을 내려온다 땀이 흥건한 여자의 가죽을 햇빛이 옥수수 껍질처럼 벗긴다 사나워진 햇빛에 찔린 새들은 뜨거운 다리를 떼어내지 못하고 날아간다 상한 냄새가 진동하는 여자는 몸에서 쉬지 않고 길을 뽑아낸다 길은 연탄집게 같은 여자의 맨발이 지나간 곳에서만

생겨난다 살로 만들어진 물컹거리는 길 아래로 지붕들이 다닥다닥 모여든다 구름들도 몰려온다 여자의 몸에서 두 개의 유방이 나란히 허공으로 떠오른다 유방은 하늘 속을 파고들어간다 떠도는 두 개의 봉분이 된다 허공에서도 지우지 못하는 대지의 시간을 피해 새들이 급강하한다 하늘에는 몸의 길이 끊긴 유방이 떠가고 언덕에는 녹슨 자궁이 덜그럭거리며 밀려오고 같은 풍경을 담고 썩지도 못하는 창 근처까지 온 새들은 먼저 날개부터 감춘다

―「한 여자가 간다」 전문

더운 한낮, 등짐 진 한 여자가 언덕을 내려오는 이 시의 첫 장면은 주변 사물의 움직임을 연이어 촉발시킨다. 이 시에서도 역시 각각의 사물은 은유와 환유의 방식으로 연결되며 여자의 움직임을 확산시켜 나간다. “땀이 흥건한 여자의 가죽”이 “옥수수 껍질”에 비유되고, 이렇게 ‘옥수수’에 겹쳐진 “여자”의 이미지는 “상한 냄새가 진동하는 여자”의 형상으로 압축된다. “여자”는 다시 그녀 신체의 일부, 즉 “맨발”과 “유방”으로 집중되고 각각 “물컹거리는 길”, “다닥다닥 모여든” “지붕”, 그리고 “봉분”과 “허공”, “새들”의 이미지로 뻗어나간다. 특히 구두점을 생략한 채 “내려온다”, “벗긴다”, “날아간다”, “뽑아낸다” 등의 현재형으로 연속되는 동사들은, 서로 빠르게 연결되고 겹치는 사물의 움직임을 매우 생동감있게 포착해낸다. 이 시에서 “한 여자가 간다”로 압축된 시적 이미지가 유사와 인접성의 관계망을 통해 확산되는 과정은 사이버 공간의 지각 체험과 유사한 특징을 보인다. 인터넷 공간에서 화면과 화면을 넘어가는 빠른 ‘클릭’의 동작은 서로 가깝거나 먼 사물들을 무수한 선으로 연결시킨다. 휙 휙 스쳐지나가는 화면들처럼, 이원 시의 사물들도 때로는 어떤 부분으로 축소 · 집중되거나 혹은 강력하고 느슨한 연관에 따라 확장되어 나간다. 특히 위의 시 「한 여자가 간다」에서 사물의 연결 방식뿐만 아니라 제각기 “모여”들고 “몰려오”고 “떠오르”고 “급강하하”며 역동적으로 화면이

구성되는 방식은, 마치 디지털 애니메이션의 장면들과 유사한 활동성을 느끼게 한다.

사물의 연관 및 시적 공간의 구성 방식과 아울러 이 시에서 또 한가지 주목되는 부분은 '여자'의 해체적인 형상이다. '여자의 몸'은 거기서 "쉬지 않고 길을 뽑아내"면서 또한 "두 개의 유방"을 분리해낸다. '여자의 몸'은 "연탄집게 같은" "맨발"과 "봉분"같은 "유방", 그리고 "녹슨 자궁"으로 제각기 흩어져 "허공"을 떠돈다. '여자'는 "제 몸을 가르고" "몸 안의 것들"을 "끄집어내"며 또한 "제 몸"에서 활발한 타자의 운동을 끌어내지만, 정작 '몸'의 개조를 이루어내지는 못한다. '몸'의 욕망을 들여다보고 "자기 몸"을 낱낱이 해체하지만 '다른 몸'으로 탈바꿈하지 못하는 '여자', 따라서 해체된 몸을 열어젖힌 채 주변의 사물들과 부유하는 그 '여자'의 '몸'은 다음 시에서 더욱 그로테스크한 실재의 형상으로 제시되고 있다.

> 내 머리가 사라졌어 그림자도 더 이상 머리를 만들지 않아: 폭설로 얼어붙은 달빛이 슥 내 목을 잘랐을지도 몰라 어쩌면 피에 익숙한 내 손이 잘랐을지도 몰라: 폭설이 비명을 뒤덮고 있어: 손이 저장한 머리의 자리는 텅 비어 있어 손을 내리면 허공이 책상 위로 뜨겁게 흘러내려: 머리가 사라진 자리에 무엇을 달까: 십자가를 달까 십자가는 장식용으로도 너무 진부할까: 사과를 달까 중심을 긴 철사에 꽂아 몸속에 늘어뜨려 목이 긴 사과가 될까 흰 꽃이 필 때 과수원을 지나면 목이 긴 사과 속에서 씨가 스프링처럼 튕겨져나갈까 그럼 나는 씨 없는 사과가 될까: 박제된 말 머리를 하나 달까 아니면 5일장이 서는 파주 시장에서 표정을 표백해버린 돼지 머리를 하나 살까 돼지 머리가 제 몸을 찾아 꽥꽥거리면 내 몸은 자주 미어질까
>
> ―「머리가 사라졌다」 부분

두 팔과 다리를 잃고 몸뚱이만 남은 '달마'의 고사가 종교적 신념 체계를 강화하는 하나의 신화로서의 역할을 했다면, 이원의 시에서 해체된 '여자'의 몸과 "머리가 사라진" "내 몸"은 무엇보다 생생한 실재감을 부여한다. 불구의 몸, 기괴한 몸은 그 자체로 하나의 환상이지만, 실재보다 더 실재 같은(rea 실재감을 지니고 제시된다. 이원 시의 '몸'이 실재감을 확보할 수 있는 이유는 해탈에 실패한 몸의 운명, 죽음으로 사는 몸의 운명을 보여주고 있기 때문이다. '몸'의 기원으로 돌아가지도 못하고 해탈에도 이르지 못하는 엉거주춤한 상황이야말로 이 시대, 모든 몸의 운명이라고 할 수 있을 것이다. 그러나 이원 시의 몸이 생생한 실재로 다가오는 보다 큰 이유는, 그녀가 '기술복제시대'에 이미지로 사는 몸의 운명을 그려보인다는 점에 있다. 위의 시가 말하듯, "머리가 사라"지는 기이한 상황은 이미 벌어졌고, "그림자도 더 이상 머리를 만들지 않"는다. 다시 말해, 디지털 네트워크 안에서 도처에 만개한 그림자들, 곧 이미지는 결코 실재에 도달하거나 실재를 창조할 수 없다. 그것은 곧 이미지의 운명이기도 하다. 따라서 "머리가 사라진 자리"를 "십자가", "사과", "박제된 말 머리", "돼지 머리" 등으로 대치해보려는 "몸"의 잇따른 상상은 무한의 복제 이미지들과 스스로를 구별하려는 하나의 전략이라고 할 수 있다. 결국, 해탈한 신이나 득도한 예술가의 지위에 오르지도 못하고 기계적 이미지의 삶도 거부하는 자리, 그렇다고 인간 기계/기계 인간의 운명을 벗어날 수도 없는 자리에 바로 이원 시의 몸, 시간, 이미지가 존재하고 있다.

그런데 위 시의 마지막 부분은 이 복합적인 운명을 사는 '몸'의 또 다른 가능성을 예감하게 한다.

> 아니면 아무것도 달지 말까 밤이면 온통 불빛의 몸이 되고, 아 숨막혀: 낮이면 온통 햇빛의 몸이 되고, 아 차가워: 안개가 밀려오면 온통 안개의 몸이 되고, 아 숨막혀: 가을이 되면 온통 낙엽의 몸이 되고, 아 버석거려:

봄이 되면 이내 질 꽃은 여전히 몸 밖에서 피고 그러나 손이란 손은 사시사
철 쉴새없이 들락날락거리고

—「머리가 사라졌다」 부분

그 가능성이란, 타자의 몸이 되는 길, "손이란 손은 사시사철 쉴새없이 들락날락거리"도록 내 몸을 타자에게로 맡기는 길이다. 그 길에서 '몸'의 다른 길, 즉 죽음의 운명을 행복하게 사는 길이 열릴지도 모른다. 초월적 몸바꿈이 불가능한 시대에, 타자를 통해 몸바꿈의 꿈을 이루어내는 그 길은 시인에게 죽음의 운명을 지독스럽게 추구하는 고통의 길이 될 것이다. 그 길은 열릴 수 있을 것인가. 만약 가능하다면, 그것은 '몸'의 욕망과 죽음의 운명에 대한 시인 이원의 예민한 지각, 그리고 디지털 문명의 시공간체험을 시적 창조 과정에 매개하는 이원 특유의 시적 방법에서 기인할 것이다. 그때 우리 시는 이원의 시를 통해 디지털 시학이라는 새로운 시의 지평을 좀더 풍성하게 논의할 수 있을 것이다.

3

길 위의 시
서정의 역사와 운동

존재 전환과 합일의 꿈
1980년대 시의 시인과 시적 자아

전사(戰士)의 삶, 시인의 마음
김남주 시의 서정성

시적인 것과 서정적인 것
80년대 황지우 시와 시론

서정의 원리와 여성의 타자성
류외향 시집, 『푸른 손들의 꽃밭』

길 위의 시

서정의 역사와 운동

근대성과 서정성의 갈등

문학 장르의 범주로서의 '서정(lyric)'이 '서정시(lyric poetry)'라는 역사적 장르로 자율적인 지위를 획득한 것은 근대 이후의 일이다. 근대 이전에도 서정시 장르는 엄연히 존재했지만, 중세 사회를 지배한 강력한 체계화 경향 속에서 종속적인 지위를 유지하고 있었다고 보는 것이 타당할 것이다. 물론 그것은 서정시에만 국한되었던 상황은 아니다. 서정시를 포함한 문학 현상 전체가 정치와 종교, 윤리 등의 포괄적 이념 아래 종속되면서 그보다 낮은 서열에 놓여 있었던 것이 중세의 문학이 처한 일반적 상황이었기 때문이다. 문학의 종속적인 지위는 이중의 의미를 함축하고 있었다. 문학은 이념적 · 종교적 목적 아래 지속적으로 관리되고 통제되면서, 다른 한편으로는 이념이나 종교가 지닌 포괄성과 초월성 덕분에 그 안에서 다양한 창조의 공간을 이루어낼 수 있었다. 서정시의 경우에도, 장르 형성의 근원을 이루는 사적 체험이 공적 영역 안에서 수용되고 통제되는 체계 안에 놓여 있기는 했지만, 서정적 통합과 동일화의 가능성은 오히려 다양한 삶의 영역에서 마련되고 있었다. 물론 그 때 동일화의 체험은 문학 매체를 통해 예술적 창조의 공간으로 수렴되기보다는 이념이나 종교의 통합의 문법으로 흡수되었던 것이 일반적인 경향이었다.

그러나 근대로 올수록 서정시의 바탕이 되는 동일성의 체험 영역은 점차 축소되고 있다. 좀더 냉정하게 말한다면, 근대 사회에서 동일성의 체험을 온전하게 누린다는 것은 거의 불가능한 일이다. 이미 익숙한 어법으로 말해, 근대의 자아가 세계로부터 경험하는 것은 정서적 충일감이라기보다는 불화와 균열이며, 화해로운 통합이 아닌 소외와 파편화의 양상으로 나타난다. (실제로 우리는 하루에도 몇 번씩, 세상으로부터 소외되고 자아가 분열되는, 그래서 어떤 것이 진짜 '나'인지 알 수 없는 경험을 숱하게 하고 있지 않은가!) 돌이켜보면, 낭만주의 시인들은 서정시의 근본 원리와 근대적 삶의 충돌을 예민하게 지각했던 최초의 그룹일 것이다. 그들은 더 이상 확고한 진리를 보장해주지 못하는 세계와 역시 불확실한 감정 사이에서 '행복한 다른 곳'을 꿈꾸었으며, 자아의 순간적·수직적 고양을 통해 잃어버린 총체성의 세계를 미적으로 전유했다. 낭만주의 시인들에게 감지되었던 시(혹은 근대)의 위기와 갈등의 양상은 보들레르에게서 좀더 분명하게 인식되며 또한 고유한 형상화의 계기를 얻는다. 보들레르에 이르러 시는, 세계와 언어로부터 이중적으로 소외된 양상을 띠기 시작했기 때문이다. 단일한 세계, 단일한 언어란 환상에 불과하며, 동일성의 자아가 더 이상 존재하지 않는다는 인식은 보들레르에 의해 비로소 문학 속에 유입되었다고 할 수 있을 것이다.

흔히 소설이 근대와 쌍을 이루는 가장 근대적인 장르로 논의되는 반면, 시가 근대와 대립되거나 근대를 등지는 소외된 지점에서 논의되는 이유는 이같은 상황에서 기인하는 것으로 생각된다. 근대시는 태생에서부터 '위기'

와 '죽음'의 장르였으며 문학 형식의 붕괴를 다른 어떤 장르보다도 일찍이, 그리고 철저히 경험해야 했다. 특히 서구 근대시의 역사는 서정성의 존재 방식과 근대적 삶이 충돌하는 상황 속에서, 서정적 체험을 완수하려는 자아의 고투의 과정이며, 동시에 도처에 미만한 사이비 서정 현상과 자신을 구별하려는 지난한 노력의 역사라고 할 수 있을 것이다. 서구의 경우, 서정성의 위기와 시적 주체의 내분이라는 혼돈과 불안의 상황은 시인들에게 전통적 서정에 대한 도전과 모험을 시도하게 만들었다. 그로 인한 두드러진 변화는 무엇보다 정서를 표현하는 방식에서 나타났다. 시적 자아의 탈개성화, 시의 비의미론적 자질의 강화, 고도로 형식화된 언어로의 변형, 시적 구조의 불협화와 비규범성 등은 근대시에서 시도된 정서 표현 방식의 다양한 예들이다. 근대의 시인은 정서를 투과시키지 않는 언어의 특성을 미리 계산하면서, 간접화하고 굴절시키며 또는 전도된 방식으로 자아의 정서를 표현한다.

이러한 예가 형식적 기제의 강화를 통해서 현대시의 새로운 변화를 추구하는 경우라고 한다면, 현대시의 또다른 한 축은 서정시의 장르적 본질을 좀더 강화하는 방식으로 나아간다. 폴 드 만이 지적했듯이, 일반적으로 시에서 근대적인 특징들로 거론하는 예들은 실상 매우 오래되고 태생적인 시의 특징이라고 할 수 있다. 부단한 새로움이 그 자체의 가속성 속에서 끊임없이 추구되는 가운데, 현대시의 다른 한 축은 시가 지닌 '오래된 본질'의 가치를 환기시키는 방향을 택한다. 그리하여 새로움이 또 다른 새로움을 불러오고 '옛' 새로움은 다시 낡고 진부한 것으로 간주되는 상황에서, 오히려 가장 오래된 것이 가장 모던한 것이 되는 역설적 상황이 발생하기도 한다. 생명의 광휘가 사라진 '자연'이 반자연의 미학을 구성하고, 비동일성의 영역에서 발생하는 '서정'이 반서정의 미학을 구성할 수 있는 것은 이같은 상황에서 기인할 것이다.[17] 그러나 장르적 특성 면에서 표면적으로 근대 이전의 시와 큰 차이를 보이지 않는 현대시의 창조 과정에는 지속적인 역사적 운동의 과정이 내재해 있음은 물론이다. 즉, 서정시의 여전한 현존 가능성은 장르의 본질을 자연적으로 실체화하고 고정시킨 것이 아니라, 근대화 과정에서의 예술 발전(변형/붕괴)의 원리에 따라 역사화된 결과로서 제기될 수 있는 것이다. 따라서 이러한 역사화 과정을 무시하면서 서정시의 장르적 본질을 고수하는 것은 근대시의 영역을 매우 협소하고 퇴행적인 지점에서 반복하는 일이라고 할 수 있다.

서정시, 조로(早老)의 운명

그렇다면 한국시의 근대적 상황은 어떠한가. 한국의 근대시는 이미 낡고 늙어버린 '시(詩)'라는 장르를 '신시(新詩)'라는 근대 문학 양식으로 새롭게 갱신해야하는 임무 속에서 출발했다. "모든 시대는 지나갔다", "이제부터는 우리의 시대다"[18]라고 스스로 '새 시대'의 주체임을 선언했던 근대 초기의 시인들은 우리 서정시의 독자적 모델을 정립해야했던 바로 그 시기에, 서정시의 근대적 위기를 동시에 직감했다.[19] 근대시의 형성 과정, 달리 말한다면, 무엇이 한국의 근대시인지를 묻고 실험하는 과정 속에서 시의 '소외'와 '위기'의 상황이 동시에 논의되고 있는 것이다.

근대 초기의 시인들이 직감했던 시의 '위기'는 두 가지로 요약된다. 표면적으로, 그것은 다른 장르나 매체와 달리, 시(詩)가 상대적으로 근대 사회에 쉽사리 적응하지 못하고 있다는 판단에서 비롯된다. 가령, 1925년의 김억은 소설과 희곡의 확대 현상과 대조되는 시의 소외된 영토를 논하고 있으며,[20] 6년 뒤의 김기림은 새롭게 등장한 '시네마'에 밀리는 시 장르의 근대적 상황에 대해 좀더 처절한 언어로 표현하고 있다. "시인이 아무리 깃발을 갈고 간판에 온갖 근대색(近代色)을 칠한다 할지라도 벌써 고객을 잃어버린 이 고풍의 화상(畵商)의 운명은 아마 세상에서 가장 참담한 것의 하나일 것이다. 나먹은 매춘부여, 인제는 분칠하는 것을 그만두어라. 어떠한 화장도 너의 얼굴 위의 주름살을 감출 수는 없을 것이다."[21] 근대 초기의 '젊은' 시인들이 직접 마주했던 이 조로(早老)한 장르의 '위기'는 어디에서 오는 것일까. 이 상황을 이해하기 위해서는 먼저 당시의 시인들이 이해했던 시의 개념이 무엇인지 살펴볼 필요가 있다. 그들은 무엇보다 '감정'이 서정적 체험과 시적 창조의 가장 기초를 이루는 부분이라고 본다. 그런데 시의 기초를 이루는 그 '감정'이란 현실에서 "대단히 드물"게 경험하게 되는, "선택받은 감정"으로서, "시인 그 자신의 감정인 동시에 다른 사람의 감정에 반영될만한 감정"이어야만 한다.[22] 달리 말해, 자아의 감정은 타인과의 소통을 전제로 하며, 그것은 또한 개체의 감정이자 또 다른 개체, 또는 공동체를 지향하는 것이어야 한다. 하지만 실제로 시인들이 현실에서 겪는 상황은 타자와의 동일화라기보다는 세상으로부터 겪는 격절(隔絕)과 고립감에 있다. 근대시형을 정립하고자 열정적으로 노력했던 시인 황석우는 그의 시집 서문에서 다음과 같이 토로하고 있다.

> 나는 시를 쓰지 않을 수 없는 어느 큰 설움을 가슴 가운데 뿌리 깊게 안아 왔다. 그는 곧 나의 어렸을 때부터 받아 오던 모든 현실적 학대와, 또는 나의 가난한 어머니와, 나를 위하여 희생되었던 나의 불행한 누이의 운명에 대한 설움이었다. 그는 마침내 나로 하여금 남 모르게 탄식해 울고 또는 성내어 현실을 사회를 저주하면서 더욱더욱 내 누이를 울려가면서 모든 주위의 유혹과 경멸과 싸워가면서 시를 쓰게 하였다. 나의 시를 쓰는 환경은 실로 괴로웠다. 그는 완연히 지옥 이상이었다.[23]

시인 황석우가 시창작 과정에서 경험하는 것은 아름다운 자연과 일체가 되는 듯한 '미적 황홀경'이라거나, 사랑하는 연인, 또는 신(神)에게서 느끼는 '일체감'이나 '정서적 충일감'이 아니다. 시인이 가장 짙게 느끼는 뿌리 깊은 감정은 바로 '설움'이며, 그 '설움'의 감정이란 자아가 세계로부터 느끼는 격렬한 갈등의 상황에서 온다. 위의 서문에 의하면, 황석우에게 시란 가슴에서 솟아오르는 '자연발생적인 감정'이거나 신(神)으로부터 선사받는 '영감(靈感)'에서 오는 것이 결코 아니다. 시는 "주위의 유혹과 경멸과 싸워가면서" 마치 "지옥" 같은 "환경"에서 쟁취해야만 하는 전리품 같은 것이다. 그리고 이 과정에서 자아는 세계로부터 심각한 갈등과 격절을 경험하게 된다. 서정의 원리와 서정시를 낳는 현실 사이에서 시인은 큰 괴리감을 맛보게 되는 것이다.

근대시 형성기, 특히 1920년대 초반의 동인지 시인들이 겪었던 이 '괴리감'의 자취는, 우리 시의 출발 지점에서 시인들이 '서정시의 종언'이라는 운명을 예감했음을 의미한다. 시인들은, 타자와 내가 동일화되는 황홀한 일체감 속에서 서정시를 완성하려 하지만[24] 실제로 그들이 겪는 현실은 타자와 내가 분리되고 심지어는 서로 대결할 수밖에 없는 상황이다. 이 상황에서 20년대 동인지 시인들이 탐구하는 시적 영역은 우리 시사에서 흔치 않은 풍경을 만들어낸다. 그것은 '꿈', '죽음', '어둠', '밀실'과 같은 비현실적 체험, 또는 비실재적인 영역에 대한 시적 탐구와 맞닿아있다. 20년대 시인들은, 내면의 심층 어딘가에 놓여 있을 무의식과 기억의 세계, 혹은 인간의 유한성을 무섭게 각인시키는 죽음의 세계에서, 진정한 자아에 좀더 가깝게 도달하기 위한 철저한 자기부정, 그리고 자아를 뛰어넘는 비약과 초월을 감행하고자 한다. 이 상화의 시는 근대 초기 시인들이 온 힘을 다해 밀고 나갔을 그 격정의 모험을 짐작하게 한다.

「마돈나」 가엽서라, 나는 미치고 말았는가, 업는소리를내귀가들음은 —
내몸에피란피 — 가슴의샘이, 말라버린 듯, 마음과목이타려는도다.

「마돈나」 언젠들안갈수잇스랴, 갈테면, 우리가가자, 끄을려가지말고!
너는내말을밋는 「마리아」! 내 寢室이 부활의 동굴임을 네야 알련만……

「마돈나」 밤이 주는 꿈, 우리가 얽는 꿈, 사람이 안고 궁그는 목숨이 다르지 않으니,
아, 어린애 가슴처럼 세월모르는 나의 침실로 가자, 아름답고 오랜 거기로.

「마돈나」 별들의 웃음도 흐려지려 하고, 어둔밤 물결도 잦아지려는도다,
아, 안개가 사라지기 전으로, 네가 와야지, 나의 아씨여, 너를 부른다.

— 이상화, 「나의 침실로」 부분

죽음을 가진 뭇떼여! 나를 따르라!
너희들의 청춘도 새 송장의 눈알처럼 쉬, 꺼지리라,
아! 모든 神明이여, 詐欺士들이여, 자취를 감초라,
허무를 깨달은, 그때의 칼날이 네게로 가리라.

나는 萬象을 가리운 假粧 너머를 보았다,
다시 나는, 이 세상의 秘符를 혼자 보았다,
그는 이 땅을 만들고, 인생을 처음으로 만든 未知의 요정이, 저에게 반역할까
하는 어리석은 뜻으로
『모든 것이 헛것이다』 적어둔 그 秘符를.

— 이상화, 「허무교도의 찬송가」 부분

「나의 침실로」에서 '나'는 '마돈나'를 절박하게 부르며, "부활의 동굴"이자 어린애 가슴처럼 세월"을 잊은 채 시간의 흐름마저 초월한 열락(悅樂)의 공

간에 다가가고자 한다. 그러나 그것은 기다림과 상상의 세계 속에서만 존재할 뿐, '마돈나'와 '나'는 끝내 만남을 이루지 못한다. 다만 '마돈나'를 향한 '나'의 간절한 부름 속에서, 둘의 만남은 미완결의 형태로 마무리되고 있다. 그리고 영원히 유예된 만남 속에서 자아와 타자의 합일은 무한히 연기되고 있다. 이 시의 백미는 바로 여기에 있다. 자아와 타자의 합일을 애타게 원하면서도 타자를 저 '너머'의 타자 자체로 놓아두는 의식, 자아가 품은 그 욕망의 수위와 둘 사이의 긴장 관계는 이 시가 추구하는 서정성의 수준을 보여준다. 합일에 다다르지 못한 채 합일 직전에서 멈춘 시간, 그 안타까운 '결핍'의 시간이야말로 이 시가 보여주는 '서정시 이후의 풍경'의 증거가 된다. 즉, 합일의 꿈과 합일의 불가능성에 대한 인식, 동일성의 체험과 그것을 분열시키는 타자성의 체험이 동시에 공존하고 있다. 그것은 근대 사회에서 시적 동일성의 체험이 허락하는 몰입과 해체의 두 측면, 또는 순간적인 도취와 망각을 통해 잠시 어떤 행복한 합일의 순간이 나타났다 사라질 때 느끼게 되는 위안과 무력감을 시인 자신 충분히 인지하고 있었음을 보여주는 것이다.

위에서 인용한 이상화의 또다른 시 「허무교도의 찬송가」에서는 시적 자아가 감지하는 '부서진 총체성'의 세계에 대한 인식을 좀더 확고한 태도 속에 확인할 수 있다. 이 시에서 "萬象을 가리운 假粧" 너머에는 영원한 본질도, 아름다운 진리도 존재하지 않는다는 시적 자아의 전언, 세상의 "秘符"를 "혼자 보았다." "모든 것이 헛것이다"라는 그 비밀스런 전언은, 근대시 초기에 몇몇의 시인들이 맞닥뜨렸을 곤혹스런 체험을 들려주는 것일지도 모른다. 완벽한 통합의 불가능성, 선언적 주체의 공허함, 시간의 덧없음, 그리고 인간에게 드리워진 유한성을 자각하면서, 이 시의 시적 자아는 우리 근대시 형성기의 근대비판적이고 반서정적인 장면을 인상적으로 그려놓고 있다.

'다른' 서정의 풍경들

1920년대 동인지 시인들이 우리 시사에 부조해놓은 '서정시 이후의 풍경'은 극히 짧은 기간 동안, 마치 전광석화처럼 나타났다가 사라진다. 근대시 초기의 열렬한 선두 주자였던 황석우는 후기시에서 자연, 우주 등의 범신론적 대상을 형상화하며, '마돈나'와 '허무교도의 찬송가'를 불렀던 시인 이상화 역시 20년대 중반 이후에는 '자연'(국토)과의 열정적 합일을 추구한다. 이후 우리 시사에는 '전통 서정시'라는 이름의, 자연과 세계와의 합일을 노래한 많은 시들이 창작되었고 문학사의 주류를 이루어왔다. 이같은 특징은 한국근현대사의 역사적 굴곡과 맞물려, 한국시의 정전 목록이 대체로 '순수'와 '민족'이라는 두 가지 항을 중심으로 구성되었던 과정과 관련될 것이다. 그 과정에서 우리는 자주 정치적 올바름과 시적 우수성을 혼동하였고, 그와 동시에 현실의 비루함을 넘어선 고고한 성곽에서 '순수'한 시의 영토를 쌓아가기도 했다. 어느 쪽이건, 자아와 세계의 동일화라는 서정의 공식은 변함없이 준수되어왔다. 물론 우리 문학사의 모든 시들이 다 그러했던 것은 아니다. 서정의 폭을 다양한 방식으로 확산시키거나, 타자성의 미학을 구현하는 이른바 '모더니즘' 계열의 시들도 지속적으로 발표된 것이 사실이다. 주지해야 할 사항은, 시=서정시라는 관념, 그리고 시인=화자라는 통념을 바탕으로, 서정시 중심의 한국시사가 구성되어 왔다는 점이다. 전자의 생각이 한국시에서 구현될 수 있는 '시적인 것'의 폭과 깊이를 크게 제한한다면, 후자의 생각은 1인칭 주체가 장악하는 동일성의 공간으로 시적 공간을 제어하고자 한다.

이러한 과정을 돌이켜본다면, 최근 시 비평의 '서정시 위기론'은 이미 한국시의 담론 속에 내재되어 있던 결과이며, 한편으로는 우리 시사의 아이러니를 보여주는 것이라고도 할 수 있다. 1920년대, 서정시의 근대적 모델을 정립해야했던 시기에 이미 '앞질러' 서정시의 '위기'에 대한 의식을 보여주었다면,

그 '위기'론이 비평계의 실질적인 논의와 작품으로 구체화된 것은 바로 2000년대 중반, 최근의 일이다. 최근 비평계의 '서정시 위기론'은 두 가지 상황에 그 원인을 두고 있다. 그것은 첫째, 90년대 소위 '신서정'시로 불렸던, 자연, 일상, 내면을 노래한 시들의 단순성과 획일성에 대한 비판이며, 둘째로는, '서정'과 '시'에 관한 우리의 통념을 뒤흔들어 놓는 2000년대 젊은 시인들의 약진에서 기인한다. 90년대 서정시에 대한 비판은, 그 시대의 시가 관성화된 동일화의 원리를 반복하며 시적 주체의 권위를 내세우는 등 서정의 오래된 관습에 매몰된 채 더 이상 새로운 미적 감수성과 윤리적 성찰을 보여주지 못했다는 판단에서 비롯된다. 반면, 2000년대 젊은 시인들의 경우, (동일성의 공간을 내파(內波)하는) 타자성의 미학, (서정적 주체의 권위를 뒤흔드는) 다성성의 주체, (조화와 합일의 코스모스가 아닌) 해체와 혼돈의 카오스를 추구함으로써, 우리 시사의 '다른 서정'성을 모색하고 있다.

2000년대 시 비평계의 '서정시 위기론'을 둘러싼 논쟁은 우리 시단에 신선한 활력을 불어 놓고 있다. 우리 시사에 유례가 드물 만큼 풍성한 시단의 수작(秀作)들은 그 증거가 될 수 있다. 발표되는 시 작품이 매우 다양하고 고른 수준을 유지하고 있을 뿐 아니라, 비평계의 논의 또한 매우 깊이있는 수준을 보여주고 있다. 예를 들면, 서정시에 대한 비판과 위기론이 고조되고 있는 가운데서도 여전히 다수의 '좋은' 서정시들이 창작되고 있으며, 한편에서는 서정과는 다른 감수성, 다른 미학의 개성적인 시편들이 양산되고 있다. 가령, 다음 두 편의 시를 보자.

곡식 까부는 소리가 들려왔다

둥그렇게 굽은 몸으로
멍석에 차를 잘도 비비던 할머니가

정지문을 열어놓고 누런 콩을 까부르고 있었다
키 끝 추슬러 잡티를 날려보내놓고는,

가뜬한 잠을 마루에 뉘였다

하도 무섭게 조용한 잠이어서
생일 밥술갈 놓고 눈을 감은 외할매 생각이 차게 다녀갔다

— 박성우, 「가뜬한 잠」 전문

천을 두르고 펄럭펄럭 걸어가는 사람들.
천은 많은 것을 덮었으나 그중에 팔이나 발목 같은 게 없기도 했다. 종종 아이들이 감쪽같이 사라졌으며 몇 년 후에 다른 대륙에서 나타나기도 했다. 갑자기 강한 바람이 불어서 천이 공중으로 들려 올라갔을 때

서 있는 사람들.
천막들.

놀랍게도 빛나는 식기들과 칼들이 주렁주렁 매달려 있었다. 그 모든 것이 악기로 변모하는 순간이 있었다. 그들이 전염병처럼 번지고 있었다.

— 김행숙, 「척추에 대해서」 전문

두 편의 시 모두 2007년에 간행된 시집에 실린 작품들이지만 사뭇 다른 특징을 보여준다. 박성우의 시는 전형적인 서정시의 외양을 하고 있다. "누런 콩을 까부르"는 "할머니"의 "둥그렇게 굽은 몸", 그 소리를 들으며 "가뜬한 잠"을 "뉘"이는 시적 자아는 (행복하게도!) 전통 사회의 농촌공동체 속에서 따스한 유대를 맺고, 그러한 공동체 및 자연에 조화롭게 합일해가는 모습을 보여준다. 그러나 시적 자아가 누리는 시간이 따스하고 행복한 체험만으로 채워져 있는 것은 아니다. "곡식 까부는 소리"를 매개로 현재의 시간 속에

갑작스레 끼어든 "외할매"의 기억이, 어느 순간, 삶의 시간으로 느닷없이 틈입하는 죽음의 문제를 환기시키고 있다. 박성우의 시가, 서정시란 시인의 체험과 정서에 기초한다는 기본 원리를 확인시키는 작품이라면, 김행숙의 시는 실제가 아닌 가상, 시인의 체험이 아닌 감각 지각과 연상 작용을 통해 구축되는 시적 공간을 보여준다. 그 공간은 질서와 조화를 갖춘 유기적인 세계가 아니다. "척추", "천을 두르고 펄럭펄럭 걸어가는 사람들", "바람", "천막", "식기들과 칼"로, 느낌과 연상에 의해 쭉쭉 뻗어나가는 사물들, 그를 따라 새롭게 펼쳐지는 다른 시간, 다른 경험들을 따라서 시적 공간은 마치 "전염병처럼 번"져 나가고 있다.

박성우와 김행숙의 시는 2000년대 중반, 우리 시단이 펼쳐놓은 스펙트럼의 폭과 다채로운 빛깔을 짐작하게 한다. 박성우의 시는 변함없이 자아와 세계의 조화로운 합일의 체험을 그리면서도, 마치 검은 그림자처럼, 그 동일성의 공간에 틈입하는 타자성의 현현을 간파한다. 반면, 개별자의 느낌에 충실한 발랄한 개체성의 공간을 만들어내는 김행숙의 능숙한 솜씨는, 그 개체들이 이루는 자유롭고 느슨한 합주(合奏)의 순간을 결코 놓치지 않는다. 이 양극의 스펙트럼이야말로, 우리 시대 시가 포괄하는 폭과 깊이를 보여주는 것이 아닐까. '서정'에 대한 무수한 비판적 논의에도 불구하고 여전히 시인들은 우리 시대 서정의 자리를 탐구하고 있다. 동시에 한편에서, 우리 시는 '서정'의 제한된 범위를 넘어 '시적인 것'의 영역을 무한히 확장시켜 나가고 있다. 이 시점에서 우리에게 필요한 작업은 한국 시의 서정이 어떤 형상과 흐름 속에 그 꼴을 갖추어왔는지, 서정의 계보를 그려보는 일일 것이다. 이같은 작업은 비평계의 논의와 창작의 성과를 우리 시사의 구체적인 현장 속에서 점검하고 구체화하는 길이 될 것이다. 여행은 이미 시작되었다. 지금, 시는, 길 위에 있다.

존재 전환과 합일의 꿈

1980년대 시의 시인과 시적 자아

서정시의 '나'는 누구인가

서정시의 '나'는 누구인가. 이론적으로, 서정시의 '나'는 시인이 아니다. '나'는 시인의 일상적 자아, 경험적 자아와 구별되는 새로운 존재로서의 다른 '나', 즉 탈아(奪我)적 존재이다. 그러나 '나'는 동시에 시인 속에서 시인이 품어 낳은 시인의 분신과도 같은 존재이다. 고트브리트 벤의 표현처럼, 서정적 자아란 "경험적 '나' 안에서 활동할, 즉 표현할 시기를 기다리며 잠재하고 있는 또 하나의 '나'이다." 그러므로 서정시의 '나'는 시인이면서 동시에 시인이 아닌 존재이다. 시인의 체험25에 근원적인 뿌리를 두고 있다는 점에서 시인과 밀착된(혹은 동일한) 존재이지만, 시인 개인의 차원을 넘어서 정서적으로 고양된 존재로서의 창조적 자아는 시인과는 엄연히 구별되는 '다른' 존재인 것이다.

모든 시인들은 일상적 자아와 창조적 자아 사이를 무수히 넘나드는 여행자이다. 둘 사이의 여로(旅路)에서 그들은 자기 존재의 전환을 꿈꾼다. 비루한 일상의 보잘것 없는 '나'는 시적 창조의 과정에서 어떤 강력하고 혁명적인 존재로 탈바꿈하기를 열망한다. 시를 통해서 이제껏 세계에 존재하지 않았던 창조적 자아를 탄생시킬 뿐만 아니라, 시인 스스로도 지금까지와는 다른, 새로운 존재가 되어보기를 소망한다.

시적 창조를 통한 존재 전환의 꿈을 80년대의 시인들처럼 그토록 강렬하게 열망했던 시인들을 다시 찾아볼 수 있을까. 80년대 시인들에게 자기 존재의 전환과 서정적 합일은 동시에 추구되고 해결되어야 할 문제로 받아들여졌다. 80년대의 시인들은, 일상의 '나'가 변화하지 않을 때 시적 자아로서의 '나'는 온전히 창조될 수 없다고 믿었고, 시인의 경험적 자아를 창조적 자아에 일치시키기 위해 부단히 노력하였다. 두 개의 나를 연결지었던 것은 삶, 역사, 현실, 그리고 민중이었다. '시와 삶의 일치'라는 거대한 꿈을 추구해나가는 과정에서 시인들은 '작은 나'를 '큰 나'로 확장시키며, 역사와 현실에 바탕을 둔 보편적 정서에 가까이 다가가고자 하였다. 그럼으로써 '나' 안에 무수한 존재들을 품은 큰 존재, 곧 역사적 자아, 민중적 자아로 재탄생되기를 열망하였다.

시를 삶에, 그리고 삶을 시에 부단히 일치시키고자 하는 80년대 시인들의 힘겨운 노력은 현실에 대한 시적 대응의 역동성을 강화하였을 뿐만 아니라, 우리 시사에서 어느 시기보다도 강고한 시적 주체 형성의 계기를 이루었다. 가히 '시의 시대'라 불릴 만큼 수많은 작품을 탄생시키고 시의 영역을 다양하게 확대해나갈 수 있었던 배경에는 무엇보다 강한 시적 주체, 그리고 역사, 현실, 민중 등의 대상과 부단히 매개됨으로써 주체의 정서를 큰 진폭으로 고양시키는 정서적 활동이 중심을 이루고 있었다. 이 글에서는 곽재구, 고정희, 김용택, 안도현의 시를 통해 (역사, 현실, 민중 등의) 시적 대상과의 상호작용을 통한 서정적 운동의 과정을 살펴보기로 한다.

개체적 자아의 고백 — 곽재구

막차는 좀처럼 오지 않았다
대합실 밖에는 밤새 송이눈이 쌓이고
흰 보라 수수꽃 눈 시린 유리창마다
톱밥난로가 지펴지고 있었다
그믐처럼 몇은 졸고
몇은 감기에 쿨럭이고
그리웠던 순간들을 생각하며 나는
한줌의 톱밥을 불빛 속에 던져 주었다
내면 깊숙이 할 말들은 가득해도
청색의 손바닥을 불빛 속에 적셔두고
모두들 아무 말도 하지 않았다
산다는 것이 때론 술에 취한 듯
한 두릅의 굴비 한 광주리의 사과를
만지작거리며 귀향하는 기분으로
침묵해야 한다는 것을
모두들 알고 있었다
오래 앓은 기침소리와
쓴 약 같은 입술담배 연기 속에서
싸륵싸륵 눈꽃은 쌓이고
그래 지금은 모두들
눈꽃의 화음에 귀를 적신다
자정 넘으면
낯설음도 뼈아픔도 다 설원인데
단풍잎 같은 몇 잎의 차창을 달고
밤 열차는 또 어디로 흘러가는지
그리웠던 순간들을 호명하며 나는
한줌의 눈물을 불빛 속에 던져 주었다

— 곽재구, 「사평역에서」 전문

곽재구의 「사평역에서」는 80년대 시 가운데 개별적 자아의 고백적인 목소리가 두드러지는, 드문 명편 가운데 하나이다. "막차"를 기다리는 한밤의 후미진 역 "대합실"은 시적 자아의 개별성이 보장될 수 있는 조용한 시간과 공간을 허락한다. 그곳에서 시적 자아는, 방향이 서로 다른 두 개의 시간대가 교차하는 순간을 호흡한다. "막차"를 타고 "흘러가"게 될, 미래의 시간을 향한 기다림이 한 편의 축을 이룬다면, "그리웠던" 과거의 "순간"을 향한 기억은 이 시의 또 다른 시간의 흐름을 이루고 있다. 이 시에 나타나는 두 개의 시간의 교차는 "역(驛)"이라는 장소의 특성에서 기인하는 것이기도 하다. "역"은 만남과 이별, 그리고 하나의 완결과 또 다른 시작이 이루어지는 공간이기 때문이다. 각자의 삶의 사연들을 안고 "대합실"로 모여든 사람들은, 각자가 지닌 서로 다른 시간의 경험들을 공유하고 있다. "대합실"의 "침묵"의 공간을 맴도는 "기침소리", "담배 연기"는 마치 허공을 가르는 모르스 부호처럼, 말없이 홀로 떨어진 사람들을 하나의 공감대로 연결시킨다. 그런 의미에서 "대합실"은 "나"라는 개별적 자아가 시적 대상과의 활발한 상호작용을 통해 정서적 공감대를 이루어나가는 공간이라고 할 수 있다. 이 시에서 시적 자아와 매개되는 대상은 곧 사람들과 자연이다. 개체적 자아는 "대합실"의 말없는 사람들, 그리고 자연과 정서적으로 동일화되는 과정에서 공동체적 자아의 형상을 갖추어 나가게 된다. 가령, 이 시에서 "대합실"을 감싸고 도는 침묵의 시간이 고요히 흘러가는 광경은 곧 "눈꽃이 쌓이"는 장면과 겹치고 있다. 기다림과 그리움, 침묵과 아픔, 망설임과 고통으로 가득찬 시간, 그리고 각자 외따로 그 시간을 견디는 사람들은 "모두들 / 눈꽃의 화음에 귀를 적시"며 동일한 경험의 순간에 젖어들고 있다.

80년대 시로서 이 시의 백미를 꼽는다면, 시적 자아가 개체적 자아로서의 고유한 목소리를 마지막까지 잃지 않고 있다는 점이다. 80년대의 많은 시에서 시적 자아의 정서적 고양과 순간적 비약은 서정적 합일의 운동을 증폭시키는 계기를 이루면서 종종, 자아의 개체성을 역사적 · 집단적 주체의 목소리로 함몰시키는 결과를 낳았다. 이같은 상황과 비교할 때, 이 시에서 "한줌의 톱밥"이 "한줌의 눈물"로 변화하는 과정에서 시적 자아가 개체적 자아의 강도와 공동체적 자아의 열도를 모두 잃지 않고 있는 부분은 매우 인상적인 장면을 이룬다. "눈물"은 공감이나 연민, 또는 깊은 회탄(悔歎)과 같은 정서적 동일화 과정에서 이루어지는 개인의 내면의 표출이라고 할 수 있다. 이 시에서, 이 지극히 개인적인 내면의 행위는, 각자의 자리에서 시대의 폭압과 현실의 고통을 견디고 있는 "대합실" 사람들과의 정서적 공감대를 통해 표출되며 그 융합의 체험을 증폭시키고 있다. 개별과 보편, 개인과 사회, 시와 현실, 그리고 제각기 다른 삶, 다른 시간의 층들이 서로 결합하며 "눈꽃의 화음"과 조화를 이루어가는 과정에서 시적 자아의 개체성과 내면성은 이 시의 서정적 운동의 과정에 핵심적인 근간을 이루고 있다.

타인의 고통과 슬픔을 향하여 — 고정희

상한 갈대라도 하늘 아래선
한 계절 넉넉히 흔들리거니
뿌리 깊으면야
밑둥 잘리어도 새 순은 돋거니
충분히 흔들리자 상한 영혼이여
충분히 흔들리자 고통에게로 가자
뿌리 없이 흔들리는 부평초잎이라도
물 고이면 꽃은 피거니
이 세상 어디서나 개울은 흐르고
이 세상 어디서나 등불은 켜지듯
가자 고통이여 살 맞대고 가자

외롭기로 작정하면 어딘들 못 가랴
가기로 목숨 걸면 지는 해가 문제랴

고통과 설움의 땅 훨훨 지나서
뿌리 깊은 벌판에 서자
두 팔로 막아도 바람은 불듯
영원한 눈물이란 없느니라
영원한 비탄이란 없느니라
캄캄한 밤이라도 하늘 아래선
마주잡을 손 하나 오고 있거니

—고정희, 「상한 영혼을 위하여」 전문

고정희 시에서 시인 개인의 목소리와 시적 자아를 구분하는 것은 무의미한 일이다. 시적 자아와 완연한 일체를 이룬 채 정서적으로 한껏 고양된 주체의 목소리는 곧 열정적인 시인의 목소리이자 동시에 예술적으로 형식화된 시적 자아의 목소리이기도 하다. 1948년 전남 해남에서 태어나 91년 불의의 사고로 타계하기까지 열정적이고 헌신적으로 역사와 현실, 문학에 투신했던 시인 고정희의 삶은 시적 자아의 창조 과정에 그 무엇보다도 중요한 동력을 제공했음에 틀림없는 일이다. 기독교 · 문화 · 여성 운동에 참여하며 역사와 현실의 모순을 비판하고 개혁하는 데 앞장섰던 여전사로서의 "아름다운" 삶은 고정희 시의 시적 자아에 특별한 활기와 강인함을 불어넣고 있다.

앞의 곽재구의 시가 시적 자아의 성찰과 내면화 과정을 거쳐 타인과의 정서적 공감대를 형성하는 과정을 감동적으로 그리고 있다면, 고정희 시의 시적 자아는 이미, 타인의 고통과 슬픔을 내면화하고 오랜 성찰을 거쳐 어떤 결단에 이른 모습을 보여준다. 도입 부분에서부터 위의 시는 이미 최고조로 고양된 시적 자아의 목소리를 들려준다. 특히, 어떤 부분에서는 권유의 목소리로, 또 어떤 부분에서는 강한 결단이나 명령의 목소리로 들리는 "가자", "서자" 등의 반복 어미와 "~거니", "~느니라" 등의 성서의 번역어투는 역사적 · 종교적 비장감을 강화하는 요인으로 기능한다. 그런데 그 강한 의지와 결단의 목소리, 정서적으로 고양된 시적 자아의 목소리는 감상적이라거나 혹은 어떤 초월적 단계로 비약하고 있지 않다. 80년대 몇몇 시편의 취약점이라고 할 수 있는 이같은 특징이 고정희 시에서 문제화되지 않는 이유는 그녀의 시가 기원하고 있는, 고통에 대한 철저한 자각과 긍정, 역사에 대한 뿌리 깊은 희망에 있다. "충분히 흔들리자 상한 영혼이여 / 충분히 흔들리자 고통에게로 가자", "영원한 눈물이란 없느니라 / 영원한 비탄이란 없느니라"와 같은 강인하고 단호한 시적 자아의 목소리는 타인의 "상한 영혼"을 끌어안고 그 고통과 상처에 진정으로 공감하는 태도에서 기인하는 것이다. 그러므로 고정희의 시를 시대의 잠언이자 한 시대를 넘어서 모든 시대의 인간에게 다가가는 치유의 언어로 평가할 수 있다면, 그같은 평가의 근거는 시인과 시적 자아, 타자(무수한 "상한 영혼"들)가 혼연의 일체를 이룬, 밀도 높은 내면의 목소리에서 찾을 수 있을 것이다.

시인, 그리고 시적 자아를 흐르는 마음의 소통 — 김용택

어머님께

엄마 보고 싶어요 / 바쁜 철이 되어가니 / 겨울에 그렇게나마 고와진 손발 / 또 거칠어지겠군요 / 엄마 딸 곧 직장 갖게 될 것 같아요. / 엄마 / 나 학교 못 다녀도 괜찮아요. / 너무 걱정 마시고 / 몸 편하세요. / 어머니 딸이 된 것 / 그리고 이렇게 맘이 크게 된 것을 감사드립니다. / …(중략)… / 엄마 / 이 세상 사람들에게 좋은 딸이 될께요. / 아름다운 하늘 아래 / 밭 매고 계실 엄마에게 / 사랑하는 엄마의 작은 딸 / 복숙 올림.

딸에게

복숙아, / 니 핵교 그만둔 것, / 징검다리 건너다가도 / 밭을 메다가도 / 그냥 우두커니 서지고 / 호미끝이 돌자갈에 걸려 / 호미질이 멈춰지곤 한다 / 바라보면 첩첩 산이요 / 돌아보면 살아온 물이구나 / 복숙아 너사 을매나 가슴이 아프겄냐 / …(중략)… / 눈물이 퉁퉁 떨어져 / 콩잎을 다 적신다 / … (중략)… / 복숙아 / 이 몸뚱아리가 닳아지고 찢어질 것 같은 것이었으면 / 진즉 다 닳아지고 찢어져버렸을 것이다 / 그러면서도 / 너그들 방학 때 명절 때 / 끄릿끄릿 줄줄이 집에 오는 것이 / 밭 매다 강냉이 잎새로 보이면 / 내 자석들, 내 자석들 허며 / 손길이 빨라지고 / 내 삭신이라도 떼어주고 싶었니라 / 복숙아 / 니 일 니가 비문히 알아서 허겄냐만 / 세상 일이란 게 다 맘과 뜻대로 되는 것이 아니고 / 순리대로 되는 것잉게 / 너무 조급히 맘묵지 말아라 / 멀쩡헌 생사람들이 죽고도 / 다들 살드라 / 없으면 없는 대로 / 있으면 있는 대로 / 형제지간덜이나 / 이웃들간에 서로 오손도손 우애 있게 / 사는 것이 질이여 / 객지생활허는 너그들 다 / 그냥 몸 성혀야 헐 텐디 / 생각하면 헐수록 꼭 짠혀 죽겄다 / 하루가 다르게 / 앞산 앞내는 푸르져 오고 / 농사철은 코앞에 닥쳐오는디 / 홀몸으로 걱정이 저 앞산 같다만 / 어치고 어치고 또 되겄지야 / 일자리 잽히면 한 번 댕겨가거라 / 산중에서 못난 니 에미가. // 산이 참 곱게도 물들고 / 강이 참 맑기도 허다.

— 김용택, 「섬진강 23 – 편지 두 통」 부분

시인과 시적 자아 사이의 거리는 가깝고도 멀다. 고정희의 시에서 시인과 시적 자아를 구분하는 일이 무의미하거나 혹은 불가능했다면, 김용택의 「섬진강 23」에서는 시인의 일상적 자아와 뚜렷이 구별되는 시적 자아의 존재를 확인할 수 있다. “작은 딸 복숙”과 고향에 계신 “어머니”가 주고 받는 “편지” 형식으로 쓰여진 이 시에서 시인 김용택은 “딸”과 “어머니”의 목소리를 빌어 ‘민중’의 고단한 현실을 형상화한다. 시인이 배역을 맡아 등장하는 일종의 역할시인 「섬진강 23」의 서정적 기반은 시인과 두 시적 자아(딸, 어머니) 사이에 흐르는 마음의 소통에 있다. 구체적으로, "학교 못 다녀도 괜찮다"며 "이렇게 맘이 크게 된 것을 감사드린다"는 딸의 상처와 절망, 긍정의 태도와 "너사 을매나 가슴이 아프겄냐", "내 삭신이라도 떼어주고 싶었니라"라고 자식의 아픔을 끌어안는 어머니의 넉넉한 가슴, 그리고 두 사람의 현실과 둘 사이에 오고가는 사연과 상대에 대한 배려와 연민의 마음을 헤아리는 시인의 정서가 이 시의 서정성을 지탱하는 주요한 기반이 되고 있다. 달리 말해, 자아와 세계의 상호융합, 대상의 내면화로 특징지을 수 있는 서정의 원리는 이 시에서 시인, 그리고 두 화자가 맺는 정서적 상호작용을 통해 좀더 강화되고 있다. 마치 경쟁이라도 하듯, 앞서서 서로를 보살피는 두 화자의 마음의 교통, 그리고 자신의 경험적 · 일상적 자아를 뛰어 넘어 대상을 향해 상호침투하여 내면화하는 시인의 정서적 활동으로 인해 시인과 시적 자아는 모두 "곱게 물"든 "산"과 "참 맑"은 "강"과 같이 행복한 합일의 지점에 다다르고 있다. 「섬진강」을 흐르는 시의 마음은 차고 넘친다.

역사적 통합과 공동체적 합일의 순간 — 안도현

눈 내리는 萬頃들 건너가네
해진 짚신에 상투 하나 떠 가네
가는 길 그리운 이 아무도 없네
녹두꽃 자지러지게 피면 돌아올거나
울며 울지 않으며 가는
우리 琫準이
풀잎들이 북향하여 일제히 성긴 머리를 푸네

그 누가 알기나 하리
처음에는 우리 모두 이름 없는 들꽃이었더니

들꽃 중에서도 저 하늘 보기 두려워
그늘 깊은 땅 속으로 젖은 발 내리고 싶어하던
잔뿌리였더니

…(중략)…

그 누가 알기나 하리
겨울이라 꽁꽁 숨어 우는 우리나라 풀뿌리들이
입춘 경칩 지나 수군거리며 봄바람 찾아오면
수천 개의 푸른 기상나팔을 불어제낄 것을
지금은 손발 묶인 저 얼음장 강줄기가
옥빛 대님을 홀연 풀어헤치고
서해로 출렁거리며 쳐들어갈 것을

우리 聖上 계옵신 곳 가까이 가서
녹두알 같은 눈물 흘리며 한 목숨 타오르겠네
琫準이 이 사람아
그대 갈 때 누군가 찍은 한 장 사진 속에서
기억하라고 타는 눈빛으로 건네던 말
오늘 나는 알겠네

들꽃들아
그날이 오면 닭 울 때
흰 무명띠 머리에 두르고 동진강 어귀에 모여
척왜척화 척왜척화 물결소리에
귀를 기울이라

—안도현, 「서울로 가는 전봉준」 부분

이 시는 시적 자아가 '전봉준'이라는 역사적 인물에게 말을 건네며, 동시에 그의 삶을 시화하는 형식으로 이루어져 있다. 구한말의 역사적 현실, '조절된 혁명'의 지도자로서 전봉준의 비극적 삶은 이 시의 시적 상황을 구성하는 재료로서 가공되고 있다. 시인이 처한 80년대 중반의 현실과 전봉준이 살았던 구한말의 현실은 유비관계에 놓인 채, 각각의 사회 · 역사적 상황을 상상적으로 재구성하고 보충한다. 무엇보다 이 시의 서정성을 이루는 기반은 시적 자아의 역할에 있다. 시적 자아는 역사적 과거와 현재를 오가며 발화의 시점을 변경시킬 뿐만 아니라 '나', '우리', 다시 '나' 등의 개체와 공동체적 자아로 목소리를 변주시키며 시 전체에서 다양한 역할을 담당하고 있다. 이처럼 다채로운 시적 자아의 역할과 특성에 덧붙여, 무엇보다 이 시의 서정성을 강화하는 요인은 '나'와 '전봉준' 사이에 시대의 격차를 뛰어넘는 정서적 일체감에서 비롯된다. 시적 자아가 전봉준의 정치적 이상과 그의 내면의 고독, 그리고 전봉준에게 품었던 그 시대 "이름없는 들꽃"들의 지지와 연대에 깊이 공감을 보낼 때, 시적 자아의 내면적 경험 또한 그 깊이를 더하며 그의 목소리는 점차 고양되고 있다. 특히 이 시의 후반부에서, 최후의 길에서 "타는 눈빛으로" "말"을 "건네"는 전봉준을 향해 "琫準이 이 사람아"라고 넌지시 말을 건네는 "오늘"의 "나"의 음성은 시적 자아와 대상(전봉준) 사이의 시공간적 격차를 급격히 해소하며 둘 사이에 정서적 동일화의 체험을 순간적으로 빚어낸다. 바로 이 순간이야말로 근원적으로 서정시를 가능하게 하는 상호융합의 체험적 순간이자, 미완(未完)의 이상과 정치적 통합의 꿈을 현재화함으로써 공동체적 합일의 순간을 다시 실현하고자 하는 이 시의 동력일 것이다.

다시, 시의 시대를 기억하며

1980년대는 시의 시대이자 서정의 시대였다. 광주 항쟁 이후의 정치 · 사회적 현실 속에서, 인간의 의지와 내면의 감정을 표출하는 일이 자유롭지 않았던 시대에, 시(詩)라는 장르는 많은 시인과 독자들에게 억압된 이상과 내면의 자아, 그리고 비판적 현실 의식을 일깨우는 주요한 매개체로 다가왔다. 80년대 시인들을 무엇보다 강렬하게 사로잡았던 것은 동일화의 욕망으로 요약된다. 세계에 대한 자아의 자유로운 개입이 가로막혔던 시대, 80년대 시인들은 세계와 자아의 적극적인 상호작용을 통해서 조화와 통일의 세계를 다시 회복할 수 있기를 열망하였다. 그리고 그들에게 그것은 무엇보다 '나'의 창조적 존재 전환을 통해서 비로소 시작될 수 있는 것이었다. 자기 변혁을 통한 세계의 변화, 그리고 그 새로운 통일성의 세계와의 행복한 합일의 꿈은 80년대 시의 궁극의 지향점이다. 그 시대의 시인들에게 서정시 장르가 창작의 동인을 이끌어내는 매력적인 매체로 다가갈 수 있었던 연유 또한, 그들의 열정적인 창조적 충동과 동일화의 욕망이 장르의 본질과 부합되는 측면이 강했기 때문이었다. 80년대 시인들의 동일화의 욕망, 구체적으로 시인과 시적 자아, 또는 시적 자아와 대상을 일치시키려는 욕망은 우리 시에 강고(强固)하면서 다양한 얼굴의 시적 주체를 창조하는 계기를 낳았다.

돌이켜보면, 이같은 특징은 사실상 이중의 결과를 가져왔다. 우리 시에 강한 주체성의 공간을 형성하는 중요한 계기를 이루었지만, 한편으로 그 주체 형성의 과정이 자유로운 개체성의 활동보다는 공동체적 · 사회역사적 자아의 특성을 강화하는 요인이 되었다. 또한 세계와 대상을 동일화하려는 자아의 강렬한 욕망은 시적 공간 내에 타자성의 생성과 활동을 제한하는 결과를 낳기도 하였다. 80년대 서정시의 특징은 이후 90년대 '신서정시'의 흐름과 2000년대 서정시 논쟁에 이르기까지 적지 않은 영향을 끼쳤다. 90년대 '신서정시'가 80년대 시의 사회역사적 자아에 대한 반대항으로서 개인의 내면성과 정신주의를 표나게 강조했다면, 2000년대 서정시 논쟁은 90년대 전반에 걸쳐 강화되었던 강한 주체의 통합적 자아에 대한 비판으로부터 촉발되었다. 8,90년대 시는 서정시와 시적 주체의 권위를 최대한 발현시켰다는 점에서 공통점을 지니지만, 그 권위를 누리는 방식 면에서 차이를 보인다. 구체적으로, 80년대 시는 대체로 시적 주체의 '완성태'보다는 시적 주체의 동일화 '과정'에 주목하는 경향이 있다. 따라서 시적 주체와 타자의 상호작용, 그리고 타자 자체의 형상화에 좀더 관심을 기울인다. 이에 반해, 강력한 1인칭 자아의 권위가 더 자주, 그리고 더 제한된 시적 영역 안에서 구축되었던 90년대 시에서 타자들은 종종 시적 주체와의 합일을 이미 선험적으로 성취한 상태를 보여준다. 그런 점에서 본다면, 2000년대 시 창작계의 변화와 서정시 논쟁은 8,90년대에 걸쳐 강력화된 시적 주체의 권위와 선험적 동일화의 욕망에 대한 비판과 반란의 시도로 이해할 수 있을 것이다. 그것은 곧 한국 시의 강력한 서정의 길을 '다른' 방식으로 선회하는 과정이라고도 볼 수 있다. 강한 동일화의 욕망 속에 무수한 타자들을 자기 안에 끌어들여온 시적 주체가 스스로 자신의 얼굴을 대면하려는 욕망이 2000년대 시의 다양한 차이를 낳고 있기 때문이다. 한 평론가에 의해 '시차'(視差, 時差, 詩差)로 명명된[26] 이 차이는 곧 2000년대 시의 시적 주체가 지닌 새롭고 다양한 얼굴들을 스스로 대면하고 성찰하려는 시도에 다름 아닐 것이다. 그리고 이 성찰의 시선, 자기 대면의 순간으로부터 한국 시의 서정은, 시적 주체는, 지금 이 순간에도 또다시 새로운 변화를 모색하고 있는 중이다.

전사(戰士)의 삶, 시인의 마음

김남주 시의 서정성

80년대 시인의 로망 – 시와 삶의 합일을 향한 꿈

시를 사랑하는 많은 사람들에게 1980년대는 가히 '시의 시대', 혹은 '서정의 시대'로 기억된다. 시대에 강렬히 저항했건 혹은 그저 속수무책으로 그 시대를 앓았건, 80년대라는 고통과 상처의 시대는 우리 시사에서 유례없이 풍성하고 다채로운 시적 성과를 낳았다. '시의 시대'를 가능하게 했던 중요한 배경 가운데 하나는 80년대가 '누구나' 시인이 되는 일이 가능했던 시대라는 점에 있다. 다수의 문학 동인지, 무크지 등의 간행, 그리고 대학 동아리 또는 문화운동 단체의 문예창작단, 창작대 등의 활동은 제도권 문단의 추천제도나 신춘문예 등의 등단 절차를 거치지 않고도 시인이 될 수 있는 다양한 길을 열었다. 문학이 예술적 이상 추구에 머무는 것이 아니라 시대와 역사의 요청에 복무해야 한다는 의식이, 길이가 짧고 기동성, 현장성이 뛰어난 시 장르의 특성과 행복하게 조우한 결과라고 할 것이다. 제도권과 비제도권 문학의 경계 약화, 동인지, 무크지, 계간지 등의 문학 매체 뿐만 아니라 극시, 벽시, 공동창작시 등 다양한 창작 방법과 시 양식 등을 이 시대에 나타난 새로운 문학 현상으로 꼽을 수 있지만, 무엇보다도 노동자, 농민, 전사(戰士) 시인의 등장은 가장 혁명적인 '시의 사건'이었다.

박노해, 백무산, 김남주 등 80년대 대표적인 민중 시인들이 민중의 체험을 노래할 때, 시인 개인의 정서는 곧 민중 공동체의 정서를 표현하며 시인의 삶은 그 자체로 시대와 사회의 모순을 고발하는 재료가 된다. 1980년대에 특히 이들 시인들이 주목받았던 이유는 두 가지 면에서 생각해볼 수 있다. 민중의 체험과 정서에 자신의 삶의 근거를 일치시켜야 한다는 지식인 시인들의 뿌리깊은 채무감, 그리고 시인의 진실된 체험이 무엇보다 서정시의 주요한 기반을 이룬다는, 시 장르에 관한 일반화된 통념이 바로 그것이다. 시가 삶이 되고 삶이 곧 시가 되는 경지, 그리고 시대와 역사를 향한 시의 꿈, 또한 민중의 삶에 가까이 다가가고자 하는 지식인의 열망은 바로 80년대의 노동자, 농민, 투사 시인을 낳은 근본적인 동력이었다. 그 가운데서도 80년대 대부분의 시간을 감옥에서 보낸 시인 김남주는 역사와 개인, 문학과 삶, 그리고 정치성과 서정성이 어떻게 매개될 수 있는가를 누구보다도 깊이 고민했던 시인일 것이다.

가자 씨를 뿌리기 위해 대지를 갈아엎는 농부의 들녘으로
가자 뿌리를 내리기 위해 물과 싸우는 가뭄의 논바닥으로
가자 추위를 막기 위해 북풍한설과 싸우는 농가의 집으로
내 시의 기반은 대지다
그 위를 찍어내리는 곡괭이와 삽의 노동이고
노동의 열매를 지키기 위한 피투성이의 싸움이다

대지 노동 투쟁 —
생활의 이 기반에서 내가 발을 떼면
내 시는 깃털 하나 들어올리지 못한다
보라 노동과 인간의 대지에 뿌리를 내리고
생활의 적과 싸우는 이 사람을
피와 땀과 눈물로 빚어진 이 사람의 얼굴을

— 김남주, 「다시 시에 대하여」, 『사상의 거처』

전투적 서정성의 에너지

시인 김남주는 1979년에서 88년까지 만 9년이라는 긴 시간 동안 투옥생활을 했다. 80년대 군부독재 시기와 대부분 겹치는 그의 복역 기간은 아이러니하게도 그가 시인으로서 가장 왕성한 활동을 보였던 시기였다. 김남주에게 감옥은 역사와 삶의 현장이었고, 더욱이 종이와 펜의 소지가 허용되지 않는 정치범이었던 그가 창작과 발표의 기회를 쟁취해야 하는 투쟁의 공간이기도 했다. 그가 "감옥 안에서 시인의 사명을 다할 수 있"었던 것은 "종이가 없던 시절에 우유곽에서 은박지를 발견해내고, 못을 갈아주고, 연필 도막과 볼펜심을 갖다 준" 사람들, 그리고 "감시의 눈초리를 감시해준 교도관들"과 "밖으로 시를 운반해주고" "그 공포의 시절에 시집을 발간한" 사람들[27], 그리고 다른 무엇보다도 감시와 통제의 공간에서 시를 창작한 시인의 고도의 정신적 긴장력에서 비롯되었다.

핵심을 찌르는 촌철살인의 논리, 반복과 점층적 기법을 통한 정서적 고양의 효과로 대표되는 김남주 시의 특성은 80년대의 정치적 상황, 그리고 감옥에 갇힌 정치범이라는 시인 개인의 특수한 상황에서 비롯되는 것이다. 가령 그가 다음과 같이 노래할 때, 감옥이라는 공간은 개인의 삶과 역사의 현장이 한 편의 시로 빚어내는 행복한 합일의 공간이 된다.

"조국은 하나다" / 이것이 나의 슬로건이다 / 꿈속에서가 아니라 이제는 생시에 / 남 모르게가 아니라 이제는 공공연하게 / "조국은 하나다" / 권력의 눈 앞에서 / 양키 점령군의 총구 앞에서 / 자본가 개들의 이빨 앞에서 / "조국은 하나다" / 이것이 나의 슬로건이다

나는 이제 쓰리라 / 사람들이 오가는 모든 길 위에 / 조국은 하나다라고 / 오르막길 위에도 내리막길 위에도 쓰리라 / 사나운 파도의 뱃길 위에도 쓰고 / 바위로 험한 산길 위에도 쓰리라 / 밤길 위에도 쓰고 새벽길 위에도 쓰고 / 끊어진 남과 북의 철길 위에도 쓰리라 / 조국은 하나다라고

……(중략)……

대문짝만하게 손바닥만한 종이 위에도 쓰리라 / 조국은 하나다라고 / 오색종이 위에도 쓰리라 축복처럼 / 만인의 머리 위에 내리는 눈송이 위에도 쓰리라 / 조국은 하나다라고 / 바다에 가서도 쓰리라 모래 위에 / 파도가 와서 지워버리면 나는 / 산에 가서 쓰리라 바위 위에 / 세월이 와서 긁어 버리면 나는 / 산에 가서 쓰리라 바위 위에 / 세월이 와서 긁어 버리면 나는/ 수를 놓으리라 가슴에 내 가슴에 / 아무리 사나운 자연의 폭력도 / 아무리 사나운 인간의 폭력도 / 지워 버릴 수 없게 긁어 버릴 수 없게 / 가슴에 내 가슴에 수를 놓으리라 / 누이의 붉은 마음의 실로 / 조국은 하나다라고

그리고 나는 내걸리라 마침내 / 지상에 깃대를 세워 하늘에 내걸리라 / 나의 슬로건 "조국은 하나다"를 / 키가 장대 같다는 양키들의 손가락 끝도 / 언제고 끝내는 부자들의 편이었다는 신의 입김도 / 감히 범접을 못하는 하늘 높이에 / 최후의 깃발처럼 내걸리라 / 자유를 사랑하고 민족의 해방을

꿈꾸는 / 식민지 모든 인민이 우러러 볼 수 있도록 / 겨레의 슬로건 "조국은 하나다"를!

— 김남주, 「조국은 하나다」 부분

이 시에서 가장 두드러지는 것은 반복의 효과이다. "조국은 하나다", "나는 이제 쓰리라", "~위에 쓰고" "~위에도 쓰리라", "나는 또한 쓰리라" 등으로 반복되는 어구를 따라, "나의 슬로건"인 "조국은 하나다"의 의미는 점차 명료해지고 확장되는 계기를 얻는다. 이를테면, 시인이 그의 '슬로건'을 "사람들이 오가는 모든 길"과 "인간의 눈이 닿는 모든 사물", "인간이 세워 놓은 모든 벽 위에" "쓰리라"고 선언할 때, 그렇게 말하는 시인과 그가 명명하는 사물들은 시적 공간 안에서 서로 서로 호흡을 맞추며 한 몸을 이루어간다. 이때 "나는 또한 쓰리라 / 인간이 쓰는 모든 말 위에", "노동과 투쟁의 손이 미치는 모든 연장 위에 / 조국은 하나다라고"와 같이 정확한 자리에서 그 효과를 발하는 어순(語順)의 도치, 동일한 구조 구문의 점층적 반복의 효과에 힘입어 시적 주체, 그리고 그의 말에 귀 기울이는 독자의 정서는 점차 고양되어 나간다. 이것은 곧 시적 주체가 세계를 동일화하며 그 동일화한 대상들로 시적 공간을 구성해나가는 과정이다. 그리고 이 과정에서 한갓 개인의 "슬로건"인 "조국은 하나다"는 "마침내" "겨레의 슬로건"으로 그 의미가 확장되기에 이른다.

「조국은 하나다」를 비롯한 많은 시에서 김남주는 매우 강하고 반복적인 어조로 자신의 정치적 신념을 진술한다. 이처럼 '전투적'이고 때로는 일방적이기까지 한 시적 주체가 세계와 사물을 압도하면서도 강력한 정서적 흡인력을 발휘할 수 있는 요인은 어디에서 오는 것일까. 여러 평론가들이 말했듯, 사물의 본질을 꿰뚫는 예지, 에두르지 않는 직설어법, 또는 서릿발같은 풍자의 효과, 그리고 부정할 수 없는 진실의 힘, 거리낌없이 말하는 솔직담대함 등에서 찾을 수 있을 것이다. 이를테면 그가 "삼팔선은 삼팔선에만 있는 것이 아니다", "삼팔선은 감옥의 담에도 있고 침묵의 벽 / 그대 가슴에도 있다"(「삼팔선은 삼팔선에만 있는 것이 아니다」)라고 말할 때, 시적 주체의 발화는 순식간에 독자를 시적 공간으로 끌어들이며 통렬한 충격과 서늘한 긴장을 동시에 낳는다. 그러나 어떤 다른 무엇보다도 김남주 시가 내뿜는 선전선동의 마력은 그가 보여주는 역사에 대한 헌신의 자세에서 기인한다고 생각된다. 가령 "만인을 위해 내가 싸울 때 / 나는 자유이다"(「자유」), "허나 어쩌랴 길은 가야 하고 / 언젠가는 누군가는 이르러야 할 길인 것을"(「길」)과 같은 시적 언술이 갖는 진정성의 힘이 역사의 "길"과 "만인을 위해" 투신하는 시인의 삶의 무게에서 비롯되는 것임을 부인하기는 어렵다. 시적 주체의 진술이 전면에 등장하거나 특히 1인칭 주체의 발화가 두드러지는 그의 시에서 시인의 삶에 기초한 전투적이고 대중적인 정서는, 그의 시를 읽는 독자, 혹은 청자들에게 직접적인 호소력을 발휘한다. 그런 의미에서, 김남주 시의 강렬한 서정성은 이전까지 우리 시가 보여준 서정성과 조금 다른 면모를 보인다.

> 내가 나의 시에서 제거하려고 노력했던 서정성은 소시민적인 서정성, 자유주의적인 서정성, 봉건사회에서 자연스럽게 이루어진 고리타분한 무당굿이라든가 판소리 가락에 묻어 나오는 골계적, 해학적, 한적 서정성이다.[28]

시인의 말을 참조하여 '서정성' 앞에 수식어를 붙여, 그의 시에 대해 민중적 서정성, 역사적 서정성, 또는 전투적 서정성, 정치적 서정성이라고 부를 수 있을까. 이 시에서 서정시의 기본 원리인 동일화의 원리는 일반적인 서정시편과 유사한 방식으로 구현되고 있다. 다만, 다른 시들과 특히 구별되는 김남주 시의 고유한 서정성은 시적 주체의 특성에서 많은 부분 기인하는 것으로 보인다. 시적 주체의 동일화 과정을 통해 시인은 대중의 전투적이고 진보적인 정서와 건강한 활력을 시적 공간 안에 되살려놓는다. 80년대의 많은 민중시, 정치시에서도 나타나는 이같은 특성이 유독 김남주 시에서 그 특유의 저항적 에너지와 진정성으로 구현될 수 있는 힘은, 1인칭 주체의 내면 세계를 집단적 주체로 무한히 확장시키며, 그런 가운데서도 동시에 역사적 집단성 속에서 시인 김남주 개인의 고유한 내면성을 유지하고 있다는 점에서 찾을 수 있을 것이다.

> 허나 어쩌랴 길은 가야 하고 / 언젠가는 누군가는 이르러야 할 길인 것을 / 가자, 가고 또 가면 이르지 못할 길이 있으랴 / 가자 이 길을 가고 오지 말자 / 자기 땅 남의 것으로 빼앗겨 죽창 들고 나섰던 이 길 / 제 나라 남의 것으로 빼앗겨 화승총 들고 나섰던 이 길 / 다시는 제 아니 가고 길만 멀다 하지 말자 / 다시는 제 아니 가고 길만 험타 하지 말자 / 주려 학대받은 자 모든 것의 주인되는 길 / 해방의 이길을.
>
> — 김남주, 「길」 부분

> 서른 일곱의 어쩌지도 못하는 / 이 기막힌 나이 이 환장할 청춘 / 솔직히 말해서 나는 / 무덤을 지키는 지조 높은 선비는 아니다 / 나에게는 벗이여 / 죽기 전에 걸어야 할 길이 있다 / 싸워야 할 사랑이 있고 / 싸워 이겨야 할 적이 있다 / 기대해 다오 나의 피 나의 칼을 / 기대해 다오 투쟁의 무기 나의 노래를.
>
> — 김남주, 「전향을 생각하며 - 내 제일의 벗 鋼에게」 부분

한 편에 '크게' 확장된 역사적 주체가 놓여 있다면 다른 한 편에는 인간 김남주의 "기막힌" 처지와 "솔직"한 목소리가 놓여 있다. 이 둘 사이에 이루어지는 우주적 확장과 축소, 다양한 관계맺음의 변주, 그 가운데서 자기를 주장하는 것이 아니라 자기를 낮추는 역사적 헌신의 열정이 바로 김남주 시가 갖는 서정성의 원천일 것이다.

전사 시인의 내면 풍경

김남주의 대표작으로 평가되는 작품들에는 대체로 전사 시인 김남주의 역사적 · 민족적 자아가 두드러지게 표출된다. 이처럼 대중을 향한 선전선동성과 자기 극복의 의지가 강하게 드러나는 전투적 서정시 이외에, 인간 김남주의 내면 풍경이 다채롭게 드러나는 시편들에서는 김남주 시의 또다른 서정성이 발견된다. 가령, 다음과 같은 시에는 역사의 무게라든가 민족의 과제, 또는 민중의 요구 뒤에 가려있는 시인의 인간적인 심경과 육성이 시화된다.

> 청승맞게도 나는 빵키통에 앉아 유행가를 부르기 시작했다네
> 때는 마침 8월이라 초이레
> 어머님의 손때가 묻은 초승달이
> 철창 너머 상보만한 하늘에 걸려 있고
> 바람은 하늬바람 내 코끝을 쓸었다네
> 나는 이렇게 불렀다네
> 감옥살이 몇 해던가 손꼽아 세어 보니

고향 떠난 십여 년에 청춘만 늙어
재수 사납게도 나는
간수한테 들켰다네
끌려가 엎드려 볼기짝에 곤장을 맞았다네
어허이 어허이 피멍든 맷자국 안쓰러이 만지면서
남은 노래마저 속살로 불렀다네
말 못하는 내 신세가 혼자서 기가 막혀
철창 너머 바라보니 고향은 저쪽

— 김남주, 「청승맞게도 나는」 전문

그의 다른 시편들과 마찬가지로, 이 시에서도 '감옥'은 시의 주요한 배경이다. 감옥이라는 부자유한 공간은 그 안에 갇힌 시인의 그리움, 자유를 향한 갈망, 또는 유행가 가사를 읊조리고 싶은 심경과 극명한 대조를 이룬다. 감옥이라는 통제된 공간에서 그저 어찌하지 못하는 시인의 "말 못하는" "신세"는 이 시에서 "청승"이라는 한 단어로 집약된다. "뺑끼통에 앉아 유행가를 부르"는 시인의 행위는 "투쟁"이라든가 "부자유"의 표현이라든가 혹은 "통일에의 갈증"(「지금 나에게 필요한 것은」) 등과 같은 '투사'의 언어가 아니라, 가만 생각해보면 너무도 "기가 막히"게 다만 "늙어"가고 있을 뿐인 한 사내의 절절한 육성을 통해 형상화된다. 더욱이 "~다네", "~했다네"로 이어지는 반복적 어미는 마치 독자를 향해 자신의 속마음을 들려주는 듯한 특유의 친근감을 불러일으키며, 독자와 시인이 대화하는 시적 공간을 만들어간다. 다음 시에서도 시인 김남주의 또다른 내면 풍경을 확인할 수 있다.

내가 손을 내밀면
내 손에서 고와지는 햇살
내가 볼을 내밀면
내 볼에 와서 다수어지는 햇살
깊어 가는 가을과 함께
자꾸자꾸 자라나
다람쥐 꼬리만큼은 자라나
내 목에 와서 감기면
누이가 짜준 목도리가 되고
내 입술에 와서 닿으면
그녀와 주고받고는 했던
옛 추억의 사랑이 되기도 한다.

— 김남주, 「창살에 햇살이」 전문

극도로 제약된 조건에서 창작된 시편들에 나타나는 시인 김남주의 얼굴은 매우 다채롭다. 시인은 감옥의 "창살" 사이로 내비치는 작은 "햇살" 조각을 어루만지며 따사롭고 부드러운 감각적 체험의 시간을 누리고 있다. "내가 손을 내밀면 / 내 손에서 고와지"고 "내가 볼을 내밀면 / 내 볼에 와서 다수어지"면서 그렇게 "햇살"과 교감하는 시간에, "햇살"은 시인의 옛 기억과 경험을 되살리고 그리움의 정서를 불러일으키는 매개체의 역할을 한다. 이 고유한 시간의 경험, "내 목에 와서 감기"고 "깊어 가는 가을과 함께" "자라나"고 때로는 "내 입술에 와서 닿"는 감미로운 추억과 감각의 시간 속에서, 시인은 더 이상 수인(囚人)으로 존재하지 않는다. 극히 짧은 순간이나마 시인은 감옥의 창살을 벗어나 정다운 "누이"의 동생이 되고, 사랑스런 "그녀"의 애인으로 돌아간다. 자연과 시인이 서로 교감을 나누는 동일성의 체험 속에서 감옥 안의 시인, 창살을 넘나드는 "햇살", 그리고 그 창살 너머의 그리운 사람들은 더

없이 평화롭고 행복한 합일의 순간을 맞이하고 있다.

그러나 그 충일한 정서적 합일의 순간은 영원하면서 동시에 마치 한낮의 꿈처럼 순식간에 사라져간다. 어떤 다른 것으로도 대신할 수 없는 고유한 시간의 경험은 시인의 기억 속에서 영원히 현존하지만, 시인을 가로막고 선 "창살"의 존재는 그 서정적 충일감에 전제된 제한성을 뼈아프게 각인시킨다. 어찌보면 이 시가 빚어내는 서정성이란 바로 이처럼, 꿈같은 통합과 섬뜩한 고독의 순간, 또는 황홀한 도취와 그 안타까운 사라짐의 순간을 정확하게 포착하고 있다는 데에서 기인할 것이다. 그리고 이렇게 두 개의 힘이 교차하는 긴장은, 옥중의 시인이 처한 극적 상황이자 근대적 서정성이 포괄할 수밖에 없는 불화와 균열의 체험을 분명하게 보여주는 것이라고 할 수 있다. "서정시를 가끔 써보고 싶다. 뻣뻣한 사회적인 시만 골수에 박혀있는 뇌수를 닦아내고 사랑으로 가득채우고 싶다"[29]는 시인의 고백은 시인이 추구하고자 했던 서정성의 또다른 일면을 암시하는 것이다. 내면적 서정성이라고 말할 수 있는 김남주 시의 '다른' 서정성은 근대를 살아가는 많은 사람들이 마주칠 수밖에 없는 삶과 서정의 일면을 인상적으로 포착하고 있다.

출옥, 일상의 성찰

만 9년간의 수인 생활을 끝내고 출옥 이후에 발표한 김남주의 시편에서 시인의 복잡한 내면의 심경은 더욱 극명하게 드러난다. 출옥 후의 시에서 시인 개인의 존재감과 내면적 성찰의 과정은 좀더 다채로운 형상으로 그려진다.

추수가 끝난 들녘이다 / 나는 어머니의 등불을 따라 밤길을 걷는다 / 마른 옥수숫대 사이로 난 좁다란 밭길이 끝나고 / 어머니의 그림자가 논길로 꺾이는 어귀에서 / 나는 잠시 발을 멈추고 / 논가에 쓰러져 있는 흰옷의 허수아비를 일으켜 세운다 / 아버지 제가 왔어요 절 받으세요 / 그동안 숨어 살고 갇혀 사느라 / 임종도 지켜보지 못한 불효자식을 용서하세요 / 그러나 허수아비는 대답이 없다 / 야야 거그서 뭣하냐 어서 오지 않고 / 저만큼에서 어머니가 재촉하신다 / 아버지 생각이 나서 그래요 어머니 / 가뭄의 논바닥에 물을 댄다고 / 아버지와 같이 여기서 이슬잠을 자다가 / 새벽에 제가 피똥을 싸는 배를 앓았어요 / 나도 알고 있어야 그해 가을 일은 / 그때 느그 아부지 놀래가지고 너를 업고 / 어성교 약방으로 달려가던 모양이 눈에 선하다야 / 그날 새벽에 니가 꼭 죽는 줄 알었어야 / …(중략)… // 산언덕바지에 앉아 있는 아버지의 무덤은 / 일곱 마지기 우리 논을 내려다보고 있었다 / 이놈아 니가 그러고 댕긴다고 세상이 뒤집힐 것 같으냐 / 첫 감옥에서 나와 무릎 꿇고 사랑방에 앉아 있을 때 / 아버지가 내게 하셨던 꾸중이 떠올랐다 가엾은 양반

— 김남주, 「아버지의 무덤을 찾아서」 부분

인간 김남주의 날[生] 경험은 위 시의 기본적인 재료가 되고 있다. 출옥 후 "어머니"를 따라 "아버지의 무덤을 찾아"가는 길에서 시인은 생전의 "아버지"의 모습, 당신과 나누었던 대화, 그리고 "불효자식"으로 살아온 자신의 삶을 하나 하나 돌이켜본다. 이 과정에서 시인은 '전사 시인'의 전투적인 목소리와는 사뭇 다른 빛깔들을 펼쳐보인다. 지난 삶의 회한과 성찰, 그리고 이미 생(生)을 다하신 아버지에 대한 그리움과 연민 같은 것들이다. 역사적 저항과 삶의 극복 의지만으로는 모두 포괄되지 않는 삶의 미세한 단면들, 그리고 삶과 죽음을 가로지르는 감정의 진폭이 시인의 체험적인 시선을 통해서 포착되고 있다. 삶의 굴곡을 깊이 헤아릴 줄 아는 시인의 시선은 출옥 이후, 역사와 집단의 자리를 비껴서 '감옥' 밖에 외따로 선, 진실로 '고독'한 자리에서

비로소 가능한 것이다. 그 '고독'의 자리는 몸과 마음의 평화가 아닌, 지독한 번민과 갈등으로 가득차 있다.

> 요즘 나는 먹고 사는 일에 익숙해졌다
> 어제도 오늘도 밤의 술집에서 즐겁고
> 나는 이제 새벽의 잠자리에서 편하다
> 체포
> 구금
> 고문
> 감옥
> 그따위 어둠의 자식들은 내 기억에서조차 멀다
>
> — 김남주, 「근황」 부분

> 밤에 누가 문을 두드리면
> 내 가슴은 덜컥 내려앉고
> 내 머리는 순간적으로
> 체포
> 감금
> 고문
> 재판
> 투옥의 단어를 기계적으로 떠올린다
>
> — 김남주, 「악몽」 부분

시적 언술만을 놓고 비교해볼 때, 위의 두 편의 시는 대조적인 지점을 보여준다. 「근황」이 출옥 후의 무사한 일상을 그린다면, 「악몽」은 그처럼 안온한 일상의 이면에 자리한 뿌리깊은 두려움을 표현한다. 그러나 두 편의 시를

함께 읽을 때, 둘은 각기 대조적인 풍경으로 나누어지는 것이 아니라 시인
복잡한 내면 풍경을 비추어주는 거울 조각이 된다. 표면적으로 무사안일
시인의 일상에는 "체포", "구금", "고문", "감옥" 등의 위험이 늘 도사리고 있
며, 그 위험을 망각한 채 일상의 편안함에 젖어드는 자신에 대해 시인은 자
고발과 검열, 반성의 시선을 늦추지 않는다. 두 편의 시, 두 개의 상황이 비
는 시인의 모습은, '적(敵)' 앞에서 결코 물러서지 않는 전사 시인의 전투적
고 강렬한 인상이 아니라, 폭력과 억압, 통제 권력 앞에서 쪼그라든 나약
인간의 얼굴을 보여준다. 아래 인용한, 생전의 시인이 남긴 '시작 메모'와
한 편의 시는, 각기 출옥 이후의 변화된 상황에 적응하지 못하고 있는
인간의 절박한 목소리, 그리고 그와 대조를 이루는, 강인한 시적 주체의 형
을 인상적으로 그리고 있다.

밥그릇 / 국그릇 / 찬그릇 / 이 세 그릇에 담긴 / 콩밥 / 시래기 / 무말랭이 / 삼시 세끼로 십년을 살았다 // 아 다시 그곳으로 돌아가고 싶다 / 0.7평짜리 방으로 / 잡동사니로 가득 찬 이 세상 뒤로 물리치고 / 펜과 종이만 나에게 주어진다면

— 김남주, 「시작 메모」, 『나와 함께 모든 노래가 사라진다면』

한파가 한차례 밀어닥칠 것이라는
이 겨울에
나는 서고 싶다 한 그루의 나무로
우람하여 듬직한 느티나무로는 아니고
키가 커서 남보다
한참은 올려다봐야 할 미루나무로도 아니고
삭풍에 눈보라가 쳐서 살이 터지고
뼈까지 하얗게 드러난 키 작은 나무쯤으로

그 나무 키는 작지만
단단하게 자란 도토리나무
밤나무골 사람들이 세워든 파수병으로 서서
그 나무 몸집은 작지만
다부지게 생긴 상수리나무
감나무골 사람들이 내보낸 척후병으로 서서
싸리나무 옻나무 나도밤나무와 함께
마을 어귀 한구석이라도 지키고 싶다
밤에는 하늘가에
그믐달 같은 낫 하나 시퍼렇게 걸어놓고
한파와 맞서고 싶다

— 김남주, 「이 겨울에」 전문

"잡동사니로 가득 찬 이 세상 뒤로 물리치고" "0.7평짜리 방"으로 다시 "돌아가고 싶다"는 시인의 절규는 '시작 메모'에 불과할 뿐 아직 시(詩)가 아니다. '메모'에는 역사에 온 몸을 투신한 자가 갖는 외곬의 목소리, 자본주의적 삶을 향한 환멸과 비판의 시선, 견디기 힘든 창작의 고통 등, 시(詩)가 되기 이전 시인의 절절한 육성과 날 체험이 생생하게 나타나있다. 그와 달리 시인 생전의 마지막 시집 『사상의 거처』(창작과비평사, 1991)에 실려있는 「이 겨울에」에는 마음의 번민과 갈등을 잠재우고 다시 "겨울"의 "한파" 앞에 선, "단단하게 자란" 나무 — 시와 시인의 형상이 인상깊게 아로새겨져 있다. "우람하여 듬직한 느티나무"나 "한참을 올려다봐야 할 미루나무"가 아닌, "키 작은" "도토리나무", "다부지게 생긴 상수리나무"의 형상은 강인한 전사 시인과 인간 김남주, 그리고 나약한 인간의 얼굴과 "단단하게" 영근 시적 주체를 한데 아우르는 의연하고 아름다운 시적 표상을 창조해내고 있다. 전투적 서정성과 내면적 서정성, 그리고 '감옥' 안의 역사와 투쟁, '감옥' 밖의 삶과 성찰을 포괄하는 이 지점에서 어쩌면 우리는 '시의 시대'라고 기억되는 한 시대, 80년대 서정의 폭과 깊이를 구체적으로 확인할 수 있을지 모른다. 그리고 그 헤아리기 어려운 폭과 깊이를 가늠해볼 때, 그 스스로가 "주름살과 상처 자국투성이의 기구한 삶"이면서 그러한 "삶 앞에서 / 다소곳하게 서서 귀를 기울이"고자 했던 한 아름다운 시인의 겸허한 마음 자락을 마주치게 될 것이다. 80년대 시의 강한 서정적 에너지의 원천은 바로 여기에서 기인하는 것이 아닐까.

시적인 것과 서정적인 것

80년대 황지우의 시와 시론

해체와 부정의 전략으로서의 시

한국 시에서 서정의 계보를 논할 때, 일반적으로 황지우의 시는 전통 서정시로 분류되지 않는다. "나는 말할 수 없음으로 양식을 파괴한다. 아니 파괴를 양식화한다."는 시인 자신의 도전적 선언이 말해주듯, 황지우의 시는 서정시를 주류로 하는 시 장르의 고정 관념, 특히 서정시의 문법과 양식을 파괴하고 그 "파괴"의 "양식화"를 통한 "새로운" 시적 "효과의 창출"에 주력한다. 평론가 이광호가 간파한 것처럼, 황지우의 시에는 "서정시의 절대적 주관성의 세계조차도 이 세계를 지탱하는 문법의 일부라는 시적 인식이 깔려 있다."[30] 다시 말해, 그는 일종의 문학 제도로 고착된 서정시 양식을 부정하면서, 자기동일적이고 주관적인 서정시의 문법을 해체하고자 한다. 이같은 시적 전략은 그의 첫 시집『새들도 세상을 뜨는구나』(1983)에 수록된 다수의 시편에서 뚜렷하게 드러나고 있다.

> 그러나 정말로 갤러그 우주선들이 튀어나와, 보성물산주식회사 장만섭 차장이 있는 버스 정류장을 기총 소사하고, 그 옆의 신문대를 폭파하고, (……) 방사능이 지하 다방 '88올림픽'의 계단으로 흘러내려가고, 화신 일대가 정전되고, 화염에 휩싸인 채 사람들은 아비규환, 혼비백산, 조계사 쪽으로, 종로예식장 쪽으로, 중소기업협동조합중앙회 쪽으로, 우미관 뒷골목 쪽으로, 보신각 쪽으로
>
> 그러나 그 위로 다시 갤러그 3대 편대가 내려와 5천 메가톤급 고성능 핵 미사일을 집중 투하, 집중 투하!
>
> —「徐伐, 셔블, 셔볼, 서울, SEOUL」 일부

시(詩)에 대한 고정관념을 부정하고 해체시키기 위한 전략으로서 황지우가 취하는 시적 방법 중의 하나는 이른바 '비시적(非詩的)'인 것들을 시적 공간 안에 과감하게 끌어들이는 일이다. 위의 인용시에 등장하는 전자오락기의 화면을 비롯해, "깡통, 라면 봉지, 콩나물을 싼 신문지, 못, 벽에 저린 오줌 자국 등" 지극히 일상적인 사물들이 황지우 시의 시적 공간에 침투해있다. 그럼으로써 일상적인 것과 시적인 것, 그리고 오락기 안의 가상 공간과 현실 공간은 각자의 경계를 허물어뜨리며 "시가 될 수 있는 세계와 시가 될 수 없는 세계의 차별"을 지워나간다. 이처럼 '차별'과 '경계'를 지우는 시적 방법론을 통해 황지우의 시가 촉발하는 효과는 '낯설게하기'에 있다. 전자오락기의 전투 장면을 시 속에 끌어들임으로써, 일상의 도처에 편재해있는 가공할 폭력성과 정치적 현실에 대해 반성적으로 자각하게 만드는 것이다. 아래의 인용시 「심인」에서도 동일한 효과가 발생하고 있다.

김종수 80년 5월 이후 가출 / 소식 두절 11월 3일 입대 영장 나왔음 / 귀가 요 아는 분 연락 바람 누나 / 829－1551 // **이광필** 광필아 모든 것을 묻지 않겠다 / 돌아와서 이야기하자 / 어머니가 위독하시다 // **조순혜** 21세 아버지가 / 기다리니 집으로 속히 돌아오라 / 내가 잘못했다 // 나는 쭈구리고 앉아 / 똥을 눈다

—「심인」 전문

이 시의 시적 공간은 크게 두 개의 영역으로 나누어진다. 1,2,3연이 신문의 심인 광고의 내용을 옮겨 놓은 것이라면, 마지막 4연은 변기에 "쭈구리고 앉아" 신문을 읽는 '나'의 형상을 그리고 있다. "'시적인 것'은 '어느 때나, 어디에도' 있다."는 시인 자신의 도전적 선언이 말해주듯, 기존의 통념에 따르면 전혀 '시적'이지 않은 "심인" 광고와 화장실 변기가 엄연히 '시적 공간'의 전면에 배치되어 있다. 여기서 주목할 부분은, 두 개의 이질적인 영역으로 나누어진 공간(12,3연/4연) — 즉, 정치와 일상, 또는 세계와 자아의 관계에 있다. 저기, 신문 지면에 펼쳐진 세계가 일상을 위협하는 정치적 현실을 보여준다면, 여기, "쭈구리고 앉아 / 똥을 누"는 '나'는 정치적 폭력과 무관하게(혹은 무관하지 않게), 생리적인 행위를 반복할 뿐인 무반성적인(혹은 반성적인) 소시민의 일상을 통렬히 각인시킨다.

'파괴의 양식화'라는 이 시의 시적 전략이 그 방법적 효과를 발휘하는 지점 역시 세계와 자아의 관계에서 비롯된다. 「심인」은 일반적인 서정시의 문법과 관습을 따르지 않은 시다. 단일한 시적 자아가 세계와의 합일의 체험을 통해 구성한 독백적 전유(專有)의 공간이 우리에게 익숙한 서정시의 공간이라면, 「심인」은 자아와 세계의 분리, 또는 대립적 관계를 통해, 자아 앞에 엄습해오는 세계와 그러한 세계에 적극적으로 개입하지 못하는 자아의 형상을 객관적으로 제시하고 있다. 흔히 서정시에서 마주치게 되는 고백적인 자

아의 목소리와 자기동일성의 시적 공간이 사라진 대신, "말할 수 없"는 현실과 "말하지" 못하는 시적 자아가 불화(不和)의 현실을 형식화한다. 쉽사리 정서적 합일을 이룰 수 없는 자아와 세계 사이의 간극, 그 사이를 틈입함으로써, 세계, 자아, 그리고 둘의 관계를 반성적으로 성찰하게 만들고 있다. 대표작 「새들도 세상을 뜨는구나」에서도 황지우의 반서정적인 시적 전략을 확인할 수 있다.

> 映畵가 시작하기 전에 우리는 / 일제히 일어나 애국가를 경청한다 / 삼천리 화려 강산의 / 을숙도에서 일정한 群을 이루며 / 갈대숲을 이륙하는 흰 새떼들이 / 자기들끼리 끼룩거리면서 / 자기들끼리 낄낄대면서 / 일렬 이렬 삼렬 횡대로 자기들의 세상을 / 이 세상에서 떼어 메고 / 이 세상 밖 어디론가 날아간다 / 우리도 우리들끼리 / 낄낄대면서 / 깔쭉대면서 / 우리의 대열을 이루며 / 한세상 떼어 메고 / 이 세상 밖 어디론가로 날아갔으면 / 하는데 대한사람 대한으로 / 길이 보전하세로 / 각각 자기 자리에 앉는다 / 주저앉는다
>
> —「새들도 세상을 뜨는구나」 전문

이 시가 취하고 있는 전략은 '보여주기'의 전략이다. 즉, 1) 스크린 속의 풍경을 바라보는 주체와 2) 그 주체가 바라보는 세계가 모두 객관화된 형태로 제시되어 있다. 스크린 앞에 선 "우리"들은 "흰 새떼들이" "날아가"는 장면을 바라보면서, "애국가를 경청"해야만 하는 여기, 이 "자리"와 "이 세상 밖" 너머의 "어디론가"를 응시하고 있다. 일반적으로, '세계의 자아화'를 통해 1인칭 주체가 통어하는 자기동일성의 공간을 구성하는 과정이 서정시의 공식화된 문법이라면, 이 시에서는 세계와 자아 모두 객관화되어 있을 뿐만 아니라 자아조차도 복수적 주체인 "우리"를 객관적 거리를 두고 응시하고 있다. 이렇

게 세계와 자아 자신에 대한 반성적 시선을 제시함으로써, 이 시는 결코 조화롭게 합일될 수 없는 자아와 세계의 간극을 형상화하고 있다. 자아의 내면화된 공간 속에서 세계가 조화로운 형태를 이룰 수 없듯이, 세계 역시 스크린 속에서, 혹은 스크린 너머의 보이지 않는 공간 속에서 낯선 이물감을 유발시키며 자아 앞에 실재하고 있는 것이다. 그런 점에서, 이 시의 '스크린'이란 자아와 세계 사이의 복합적인 관계 — 세계를 건너다보며 결코 그 세계 속으로는 뛰어들 수 없는, 자아와 세계 사이의 대립적 관계를 상징하는 일종의 시적 장치라고 볼 수 있을 것이다. 이처럼 서정시의 양식화된 문법에 저항하거나 그것을 파괴하면서, 파괴 자체를 양식화하는 황지우의 시적 방법은 '반서정' 또는 '비서정'의 전략을 구체화하며 '서정적인 것'의 확장을 추구하고 있다. 다음 절에서 이같은 측면을 살펴보기로 한다.

서정의 교란, 시적인 것의 확산을 향하여

'파괴의 양식화'를 추구하는 과정에서 시인 황지우가 비판적 대상으로 삼는 것은 '서정적인 것 = 시적인 것'이라는 공식화된 관념이다. 한국 시에서 일반적으로 '서정'이 포에지 자체와 동일시되고 서정시 장르가 중심적인 흐름을 주도해 온 관행에 대해 저항하고자 하는 것이다. '서정적인 것'이 대체로 자아와 세계의 합일 지점에서 발생하며 따라서 세계에 대해 "주관적으로 느낀 성질",[31] 즉, 이미 동일화된 상황을 전제로 한다면, 황지우 시에서 추구하는 '시적인 것'은 '서정적인 것'을 넘어서 그것이 발생하는 상황적 맥락, 그리고 자아와 세계, 또는 사물들의 관계 자체를 목표로 한다.

> 시는 말하는 것과 말하지 않고 남겨 두어야 할 것, 보이는 것과 보이지 않는 것, 즉 텍스트와 콘텍스트로 되어 있다. 우리는 텍스트를 읽으면서 그것의 기화(氣化)된 어떤 상태, 어떤 마성(魔性)을 띤 뽀얀 에테르 상태의 콘텍스트를 통과한다. '시적인 것'은 이같은 에테르 상태를 경험하면서 겪게 되는 의식의 화학적 변화에 의해 주어진다.
>
> 나는 시를 쓸 때, 시를 추구하지 않고 '시적인 것'을 추구한다. 바꿔 말해서 나는 비시(非詩)에 낮은 포복으로 접근한다. '시적인 것'은 '어느 때나, 어디에도' 있다. 물음표 하나에도 있고, 변을 보면서 읽는 신문의 심인란에도 있다. 풀잎, 깡통, 라면 봉지, 콩나물을 싼 신문지, 못, 벽에 저린 오줌 자국 등 땅에 버려진 무심한 사물들에까지 낮게 낮게 엎드려 다가가 나는 본다. 그것들의 관계를 나는 응시한다.
>
> — 황지우, 「사람과 사람 사이의 신호」에서

황지우가 시작(詩作) 과정에서 관심을 갖는 부분은 '관계'의 포착에 있다. 일상의 도처에 산재해있는 사물과 사물 사이의 관계, 그같은 사물들과 그 배경을 이루는 상황적 맥락 사이의 관계, 그리고 자아와 사물들 사이에 이루어지는, 역동적이고 복합적이며 때로 대립적이고 병렬적인 관계들이 바로 그의 시선에 포착되는 시적 대상들이다. 위의 시론에서도 확인할 수 있듯이, 그럼으로써 황지우가 궁극적으로 탐구하고자 하는 것은 텍스트를 둘러싸고 벌어지는 세계와 의식의 변화 작용이라고 할 수 있다. 황지우의 시 텍스트에는 텍스트의 직접적 대상뿐만 아니라 텍스트의 생산적 조건을 형성하는, 비가시적인 것, 비언술, 콘텍스트까지도 포함된다. 그럼으로써 그는 텍스트 생산 과정에서 발생하는 사물의 변화와 텍스트 소비 과정에서 나타나는 독자의 의식 변화를 추구하고 있다. 다음의 인용시들은 텍스트 생산과 소비에 적극적으로 관여하는 황지우의 또다른 시적 전략을 확인하게 한다.

그들은 결혼한 지 7년이 되며, 아들 제771104−156282와 딸 제790916−244137호가 있다. / 얘들아, 지금까지 어디 있었니? 나는 너희들을 사방에서 찾았단다. / 먹이와 교양을 찾아, 해골 표시가 있는 벼랑까지 갔다 왔어요. 학교 가기 싫어요. / 서울대학교 정치과 졸업생들은 동창회를 미국에서 한대. / (……중략……) / 가령 know, see, hear, love, hate 등과 같은 동사는 진행형을 사용할 수 없습니다. 주부 여러분, 이건 다만 관습일 뿐이죠. / 지난주부터 눈이 내리고 있다. 우리나라에는 대개 요즘 눈이 많이 내린다. / 나는 검열을 두려워한다. / 틀림없이, 그를 어디선가 본 적이 있는데, 그가 누군지 도무지 생각이 안 난다. / 내 친구 가운데 한 사람, 李明秀란 놈은 정관수술을 한 뒤로 부쩍 술을 더 마신다. / 아 겨울이 가고 드디어 또 가을이 왔다. / 나의 풍자는 절망으로부터 오고, 나의 절망은 열망으로부터 오고, 나의 열망은 욕망으로부터 오고, 나의 욕망은 生으로부터 온다. 이 生으로부터 理性에 이르는 가느다란 실핏줄이 내 시의 家系다. / (……중략……) / 글쎄요. 이제 좀 살 만해져서 그런지요, 신앙은 하나쯤 필요할 것 같더라구요. 의지할 게 있어야죠. 일주일에 한 번 정도 와서 앉아 있으면요, 마음도 깨끗해지구요, 뭐랄까, 말하자면 일종의 영혼의 드라이클리닝이라고나 할까요? / 행복은 TV 광고 속에나 있다. / 우리나라 모든 사람들이 공평하게 거기에 이를 순 없나요? / 유학 나가는 친구들 출영했다. 김포공항 광장을 걸어나올 때 직면하던 그 이상한 패배감 같은 것도, 그러나, 사우디 나가는 노동자들이 5열 종대로 〈앉아 번호〉하던 광경을 생각하면, 사치다. / 이렇게 쓸쓸한 곳에서, 오지 않는 미래를 오래 기다리게 해서, 아내여, 미안하다. 아무래도 당신은 나를 잘못 따라온 것 같다. / 줄이 안 보인다. / 〈소득 격차 더 커졌다〉 26일 경제기획원이 조사한 〈82년도 도시가계연보〉에 따르면 전국 도시 근로자 중에서 소득이 낮은 순서대로 따져서 20%에 해당하는 제1그룹(월소득 23만6천8백73원까지)은 월평균 1만 5천7백40원의 적자 생활을 하고 있는 것으로 나타났다. / (……중략……) / 여보, 연탄 보일러가 또 고장났나 봐요. 물을 부으면 붓는 대로 들어가요. 파이프가 어디서 새나? / 만약 내일 비가 오면, 나는 떠나지 않을 것이다. (……하략……)

—「그들은 결혼한 지 7년이 되며」 부분

이 시에는 "결혼한 지 7년"이 된 "그들"에 대해 언술하는 시적 화자와 "그"(나) 자신의 목소리, 그리고 "나"(그)가 살아가는 현실의 파편들이 등장한다. 환유와 병치의 방식으로 제시되는 현실의 파편들 사이 사이로 "나는~한다", "~하여라", "나의 욕망은~로부터 온다" 등과 같은 1인칭 화자의 시적 언술이 배치되어 있다. 가령, "결혼한 지 7년이"된 "그들"의 "아들"과 "딸"이 "학교"를 연상시킨다면, "학교"는 다시 "동창회를 미국에서 하"는 "서울대학교 정치과 졸업생들"을 상기시킨다. "영혼의 드라이클리닝"을 위해 "신앙" 생활을 한다는 고백이 "TV 광고"의 카피를 연상시킬 때, "광고 속에나" 존재하는 "행복"의 대열에 끼지 못하는 "나"는 "이상한 패배감"에 사로잡힌다. 정치, 일상, 욕망 등이 뒤범벅된 현실의 파편들이 인접성의 관계 방식으로 제시되고, 그러한 세계와 직면해있는 '나'의 언술은 그 파편들의 틈새를 다시 교란하고 해체시킨다. 예를 들어, "지난주부터 눈이 내리고 있다. 우리나라에는 대개 요즘 눈이 많이 내린다"라는 지극히 일상적인 진술 다음에 갑작스럽게 끼어든 "나는 검열을 두려워한다"는 고백은, 앞의 일상적 진술의 이면에 숨겨진 콘텍스트를 떠올리게 만든다. 또한 "아침 9시 10분 고속버스로 떠나면 오후 1시 40분까지는 광주에 도착할 수 있을까요?"라는 문장 역시, 80년대 현실에서 직접적으로 발설하기 어려운 "광주"라는 기호의 역사적 · 정치적 콘텍스트를 지시하고 있다. 위의 시 텍스트는 이처럼 현실을 암시하는 수많은 기호들, 즉 "말하는 것과 말하지 않고 남겨두어야 할 것, 보이는 것과 보이지 않는 것"의 관계 작용 속에서 발생하는 언술 효과들로 가득차 있다. 그 사이에서 "이 生으로부터 理性에 이르는 가느다란 실핏줄이 내 시의 家系다", "이렇게 쓸쓸한 곳에서, 오지 않는 미래를 오래 기다리게 해서, 아내여, 미안하다." 등과 같은 1인칭 화자의 진술은 다른 현실의 파편들과 마찬가지로, 마치 하나의 사물처럼 객관화된 형태로 제시되고 있다. 시인의 텍스트 생산의 전략이 시인 스스로 "말하지 않"은 콘텍스트를 역으로 지시하게 만들었다면, 텍스트 내에서 반복되는 시적 전략에 익숙해진 독자는 다시 텍스트의 소비 과정에서 일상의 충격과 의식의 변화를 겪게 되는 것이다. 일종의 '소격 효과'와 유사한 황지우의 시적 전략은 '서정적인 것' 안에 테두리지어졌던 '시적인 것'의 대상을 확장하고 교란시키는 과정에서 효과적으로 작용하고 있다고 볼 수 있다.

> 가상 적기 수대가 우리의 대도시로 오고 있습니다. 국민 여러분은 대피호로 안전하게 대피해 주십시오. 뚜우- 뚜우- 시청 앞 나오십시오. 네. 여기는 시청 앞입니다. 시민들은 차에서 내려 질서 있게 지하도로 달려가고 있습니다.
>
> 찬아, 옛날 옛날에 양치기 소년이 살았단다. 걔가 마을 사람들을 미워하는 것은 아니었단다. 늑대가 오지 않는다고도 생각ㅎ지 않았단다. 겁주려고 그런 것은 더욱 아니었단다. 단순히 경보였단다.
>
> 여기는 부산입니다. 여기는 대굽니다.
> 여기는 광줍니다. 여기는 목폽니다.
> 여기는 대전입니다. 여기는 인천입니다.
>
> 찬아, 저기 손바닥만한 땅이 우리나라 땅이란다. 내려다보이니, 산천초목, 개미 새끼의 그림자 하나 꼼짝 않는 이 순간의 저 땅이 우리나라란다. 저기다가 무얼 던지겠니? 눈물 한 방울?피 한 방울? 점점이 박힌 학교와 교회, 외국 대사관과 세무서와 파출소, 시장과 골목에서 네가 『사회생활』과 『국민윤리』를 배우며 자라날 우리나라. 울고 들어오는 너에게 싸우지 마라고 꾸짖는 너의 엄마가 물려준 너의 모국. 14시 30분 현재.
>
> —「14시 30분 현재」 전문

위의 시에서도 서로 글자 크기가 다른 두 개의 목소리가 "14시 30분 현재" 민방위 훈련 중인 대한민국의 전국적 상황을 들려주고 있다. "가상 적기 수대가 우리의 대도시로 오고 있습니다"라는 가상의 전시(戰時) 상황은 위협적인 크기의 글자로 인해 더욱 위압적인 공포감을 불러일으킨다. 시 텍스트 속에 들어온 '민방위 훈련'의 실제 상황은 황지우 시의 촉수가 뻗치고 있는 '시적인 것'의 크기와 범위를 다시 한 번 확인하게 만든다. 민방위 훈련 상황을 생중계하는 방송은 준전시체제(準戰時體制) 중인 한반도의 현실을 물리적으로 실감시킨다. 이때 시 텍스트에서 작동하는 또 다른 목소리는 준전시(準戰時)의 정치적 상황과 현실이 만들어내는 이데올로기적 효과에 대해 지시하고 있다. 이를테면, "찬아, 옛날옛날에 양치기 소년이 살았단다."라고 마치 옛날 이야기를 들려주는 듯한 1인칭 화자의 목소리, 더욱이 시인의 일상적 자아와 동일한 존재로 보이는(시인의 장남 이름이 바로 찬이다.) 시적 자아의 목소리는 '민방위'의 일상(또는 정치)을 전혀 다른 각도에서 포착해낸다. 즉, (큰 글씨의) 급박한 방송 아나운서의 음성이 '우리'의 일상을 옥죄는 엄혹한 정치적 현실을 환기한다면, 서정적 자아(혹은 시인)가 들려주는 (작은 글씨의) 잔잔한 목소리는 그 일상(혹은 정치)의 심각성을 다소간 희화화시키는 기능을 한다. 화자는 '아들' "찬"에게 들려주는 "양치기 소년"의 우화를 통해서, "경보"의 반복화된 훈련이 초래하는 일상의 현실과 의식의 변화 — 정치적으로 길들여지는 일상과 그 일상을 파고드는 정치적 무의식을 예리하게 간파해낸다. 결국 이 시에서, 각기 큰 글씨와 작은 글씨, 대국민 실황 방송과 '아버지'의 음성이 반복적으로 교차되는 방식은 현실/내면, 또는 비시적(非詩的)인 것/서정적인 것을 대비시키는 효과를 낳는다. 특히 마지막 4연에서는, 공중에서 한반도를 내려다보는 시선의 변화를 통해서 민방위의 일상/정치를 새로운 각도에서 조명한다.

인용한 두 편의 시에서 확인할 수 있듯이, 황지우의 시는 '서정적인 것'에 국한되지 않고 '시적인 것'의 영역을 확장시키며, 그의 시 텍스트 안에 '비서정적인 것'과 '서정적인 것'의 현상과 목소리를 동시에 공존하게 만든다. 현실의 다양한 파편들이 조합된 일종의 콜라주라고도 할 수 있는 황지우의 시는 시 텍스트 안에서 '서정적인 것'이 존재하는 새로운 방식을 보여주고 있다. 다음 절에서 황지우 시의 서정성에 대해 살펴보기로 한다.

반/서정의 난장(亂場)

다시, 한국 시의 서정의 계보로 돌아가 황지우 시의 특성과 자리에 대해 논하게 될 때 우리는 황지우 시 텍스트의 반/서정성을 마주하지 않을 수 없다. 그의 시는 반서정적이며 동시에 서정적이다. 전통 서정시 장르의 양식과 문법에 저항하고 그것을 "파괴"함으로써 새로운 "양식"을 창조하고자 하는 황지우의 시는 분명히 반서정적인 태도를 보여주고 있지만, 한편으로 그의 시는 서정성에 젖줄을 대고, 서정을 극복한 서정, 즉 전통적 서정을 극복한 '다른' 서정성을 지향하고 있다. 그의 데뷔작인 「沿革」을 비롯한 초기시편은 황지우 시의 문학적 원형이 다름 아닌 서정성의 물줄기에서 시작되고 있음을 보여준다.

> 섣달 스무아흐레 어머니는 시루떡을 던져 앞 바다의 흩어진 물결들을 달래었습니다. 이튿날 내내 靑苔밭 가득히 찬 비가 몰려왔습니다. 저희는 雨期의 처마 밑을 바라볼 뿐 가난은 저희의 어떤 관례와도 같았습니다. 滿潮를 이룬 저의 가슴이 무장무장 숨가빠하면서 무명옷이 젖은 저희 一家의 심한 살냄새를 맡았습니다. 빠른 물살들이 土房門을 빠져나가는 소리를 들으며 저희는 낮은 沿革에 남아 있었습니다.
>
> —「沿革」 부분

율도국에 가고 싶다 / 내 흉곽의 江岸을 깎는 / 波瀾萬丈 / 물결 하나가 / 수만 겹의 물결을 데리고 와서 / 나의 애간장 다 녹이는 / 조이고 쪼이는 / 내 몸뚱아리 빨래가 되고 / 오 빨래처럼 / 屍身으로 떠내려가도 / 저 율도국으로 흘러가고 싶다

—「파란만장」 전문

양식 파괴적이고 해체적인 시편과 달리, 위의 인용시편에서는 1인칭 화자의 내면화된 목소리가 두드러지며 자연, 가족 등과 교감하거나 합일하고자 하는 지향성이 강하게 나타나고 있다. 이를테면, 「沿革」에서 "시루떡을 던져 앞 바다의 흩어진 물결들을 달래"는 "어머니"나 "滿潮를 이룬 저의 가슴", 또는 "빠른 물살들이 土房門을 빠져나가는 소리"에 귀기울이는 행위는 자연과 충분히 교감할 뿐 아니라 자연의 흐름에 '내 몸'을 맡기고 그와 합치하고자 하는 태도로 볼 수 있다. 특히 시 「파란만장」에서, "내" 몸 안에 들어온 "물결"이 "내" 몸을 "깎"아내리고 "조이고 쪼이"며, 그렇게 "屍身"처럼 망가진 "내 몸뚱아리"가 물결의 흐름을 따라 "떠내려가"며 마침내 "율도국"이라는 이상향에 가 닿고자 하는 열망은 궁극적으로 자연성의 세계로 귀향하려는 시인의 지향점을 확인하게 한다.

어찌보면 모든 서정시인들의 문학적 고향이자 궁극적인 지향점이라고 할 수 있는 자연성은 황지우의 시에서 어떤 다른 의미와 효과를 발휘하는 것일까? 시인의 다음과 같은 고백은 그의 시에 나타난 자연성, 아울러 서정성의 의미에 관해 중요한 시사점을 남긴다.

나는 어린 시절, 시장에서 자랐다. 거기서 나는 자연을 보았다.[32]

자연과 시장이 겹치는 풍경. 반서정성과 서정성, 또는 파괴된 양식과 파괴의 양식화가 한 시인의 텍스트 내에서 공존/갈등하는 황지우 시의 특성은 바로 이같은 이질적인 풍경으로부터 비롯되는 것인지 모른다. 가장 자본주의적인 갈등의 공간에서 감히 위안과 화해, 그리고 생의 원초성을 읽어낼 수 있는 그의 예리한 시안(詩眼)은 세속과 자연, 또는 현실성과 초월성이 동시에 깃든 독특한 시공간을 구성해낸다. 가령, 다음과 같은 두 편의 시를 보자.

분명히 그렇다, 관념의 점막이 나에게 있다. 이 막이 나를 막는다. 그것은 완강하다. 막 안쪽은 별짓을 다해도 아무도 모른다. 나는 천하를 지우고 천하를 세운다. 이 막을 어떻게 도려내 버릴 수 있을까? / 명문사립대학 Y大 후문을 빠져나오면서, 그러나, 내가 생각한 것은 그것이다. 대학은 중산층의 여과기이다. 부정하려 해도 이건 부정 안 돼. 황형도 프티 부르조아야, 이미. // …(중략)… // 공사장 함바집처럼 서둘러 지은 간이 학생식당 앞으로 桃花나무가 도도하게 꽃 피어 있다. 연분홍 꽃들이 내게는 왠지 지저분하게 보였다. …(중략)… 신촌 주택가로 가는 길목에는 바퀴벌레같이 으슥하게 웅크리고 있는 검은 페퍼포그가 한 대, 국방색 버스 두 대가 서 있고, 2개 소대 병력의 전경들이 도열해 있다. 로마 보병군단처럼 방탄유리 방패를 든 그들의 얼굴은 무표정하다. 아, 나는, 저 무표정이 혁명의 방패가 아니라는 것을, 너무도 너무도 앳된 청소년을, 본다.

—「닭장」 부분

뻐꾸기가 운다. / 뻐꾸기가 우니까, 숲이 있다 / 숲이 있다는 것을 / 내가 안다 / 뻐꾹새 울음이 뻐꾹새 숲을 더 깊게 한다 / 소리 끝 간 데까지 / 숲은 숲속으로 / 심화, 확대 재생산된다 / 어서 가자 / 날 저물도록

—近作詩 「닭장」을 위한 詩作 메모

한 시집 안에 한 편의 시와 그것을 위한 시작(詩作) 메모가 텍스트 형태로 동등하게 실린 경우는 매우 드물다. 메모와 시를 나란히 병기(倂記)함으로써 황지우는 하나의 시 텍스트가 구축되는 과정 자체를 객관화하는 작업을 시도한다. 시 「닭장」이 '보여주기'의 방식으로 구성한 현실의 양상, 또는 그러한 현실과 시적 자아가 교섭하는 양상을 보여준다면, 「近作詩 「닭장」을 위한 詩作 메모」(이하 「詩作 메모」)는 현실의 복잡하고 역동적인 현상을 추상하고 서정적으로 내면화하는 과정을 그리고 있다. 여기서 두 작품의 선후관계는 크게 중요하지 않다. 「詩作 메모」의 서정적 내면화 과정을 바탕으로 시 「닭장」의 콜라주(collage)적 공간이 구성되었을 수도 있고, 혹은 반대로 정치적/일상 속에서 벌어지는 소소한 갈등과 대립, 파편화된 현실의 양상들이 시적 자아의 내면 공간에서 서정 운동의 확장을 가져왔다고도 볼 수 있을 것이다. 주목해야할 점은, 자아가 타자적 존재를 향해 휘어져들어가 다시 자신의 자리로 돌아오는 서정 운동의 과정에서 하나의 개체로서의 타자의 형상을 확인하게 된다는 것이다. 「닭장」에서 자신을 가로막는 "완강한" "관념의 점막"을 "도려내"고 자기 존재를 확인하고자 하는 자아는 "방탄유리 방패를 든" "전경"의 얼굴에서 '적(敵)'이 아닌 "너무도 너무도 앳된 청소년"의 모습을 발견한다. 또한 「詩作 메모」에서 "빼꾸기"와 '나'는 제가끔 반향하면서 "숲"을 "숲속으로" "심화, 확대 재생산"하는 과정에 동참하고 있다. "빼꾸기가 운다 / 빼꾸기가 우니까, 숲이 있다"로 시작된 시적 진술이 "어서 가자 / 날 저물도록"으로 종결되는 과정은 자아와 타자가 제각기 개체성을 유지하면서 조화와 화해를 이루어가는 과정을 그리고 있다. 황지우의 시에서 이처럼, 반서정의 강한 저항성이 강력한 서정의 운동으로, 그리고 자아와 타자의 대립과 갈등이 둘의 존재 변환과 통합으로 변화될 수 있는 힘은 곧 "너와 內通하고자하는 욕망", "목조르려고 올라"탄 "너"에게서 다름 아닌 "나"를 발견할 수 있는[33] 시안(詩眼)/심안(心眼)의 힘이라고 할 수 있다. 자아의 개체성과 타자성을 동시에 읽어내는 시인의 예리한 눈은 시 「겨울-나무로부터 봄-나무에로」에서 자아의 존재 변환의 과정을 역동적인 형상으로 포착해낸다.

나무는 자기 몸으로
나무이다
자기 온몸으로 나무는 나무가 된다
자기 온몸으로 헐벗고 영하 13도
영하 20도 지상에
온몸을 뿌리 박고 대가리 쳐들고
무방비의 裸木으로 서서
두 손 올리고 벌받는 자세로 서서
아 벌받은 몸으로, 벌받는 목숨으로 기립하여, 그러나
이게 아닌데 이게 아닌데
온 魂으로 애타면서 속으로 몸 속으로 불타면서
버티면서 거부하면서 영하에서
영상으로 영상 5도 영상 13도 지상으로
밀고 간다, 막 밀고 올라간다
온몸이 으스러지도록
으스러지도록 부르터지면서
터지면서 자기의 뜨거운 혀로 싹을 내밀고
천천히, 서서히, 문득, 푸른 잎이 되고
푸르른 사월 하늘 들이받으면서
나무는 자기의 온몸으로 나무가 된다
아아, 마침내, 끝끝내
꽃 피는 나무는 자기 몸으로
꽃 피는 나무이다

―「겨울-나무로부터 봄-나무에로」 전문

"자기" "몸" 안에서 "자기 온몸"의 부정과 극복을 통해 존재를 탈바꿈하고자 하는 강렬한 열망, 그리하여 "자기 몸" 뿐만 아니라 끝내는 "겨울"이라는 '밖'의 계절까지도 "봄"으로 변화시키는 힘이야말로 서정의 원리를 극대화하여 강력한 서정의 공간을 창조해내는 원천이 아닐까. "애타면서" "버티면서 거부하면서" 그리고 "으스러지도록 부트러지면서" "터지면서" "마침내" 변화와 조화를 동시에 가져오는 이 힘으로부터 독백과 권위가 아닌, 난장(亂場)의 서정성을 확인하게 된다. 이 자유와 역동의 난장(亂場)은 황지우 시의 여정에서 '시적인 것'과 '서정적인 것'의 대립과 갈등이 빚어낸 '다른' 서정의 공간이라고 말할 수 있을 것이다. 황지우 시에 나타난 이 '난장'의 서정 공간은 90년대와 2000년대 '황지우 이후' 시의 반서정, '다른' 서정의 역동적 공간을 낳은 중요한 창조적 원천으로 작동하였음을 기억해야 할 것이다. 서정의 권위와 시적 주체의 동일화 욕망이 그 어느 때보다 강력하게 발현되었던 1980년대, 시인 황지우가 시도한 '서정적인 것'에 대한 부정과 시적 주체의 자기 해체, 그리고 복수적 주체의 목소리 등은 제한된 '서정'을 넘어서 스스로 '주체'를 대면하고자 하는 2000년대 시의 다양한 모색 과정에 일종의 자양분을 제공하였다고 평가할 수 있다. 2000년대 시의 '새로움'은 바로 앞선 시기인 90년대 시에 대한 반대항으로서 촉발된 것일 뿐만 아니라, 80년대 전반에 걸쳐 나타났던 동일성과 비동일성의 갈등과 혼재의 상황으로부터 결코 무시할 수 없는 영향을 받고 있기 때문이다. 8,90년대와 2000년대 시의 서정의 계보를 확인하고 그 과정에서 한국 시의 서정의 의미를 구체적으로 점검하는 일은 앞으로의 과제로 남겨둔다.

서정의 원리와 여성의 타자성

류외향 시집, 『푸른 손들의 꽃밭』

류외향의 시는 한국 시에서 서정성과 여성성이 맺어 온 관계 방식을 새로운 차원에서 탐구한다. 주지하다시피, 한국 근대시의 형성 과정과 근대적 자아 구성의 기획 속에서 여성성은 '근대성'과 '미학적임'을 확인시키는 중요한 지표로 작동하였다. 자아와 세계가 정서적 동일화를 통해 서로 융합되는 서정성의 원리가 여성성을 통해 시 속에 구현되는 과정은 한국 현대시 100년의 풍경 가운데 흔히 마주하게 되는 장면이다. 20세기 초, 여성 화자, 여성적 정서와 언어가 근대적 자아의 동일성을 확보하고 내면 체험을 드러내는 미적 장치로서의 역할을 했다면, 최근 시에서도 여성의 '몸'은 자주 서정적 합일의 효과적인 매개체이자 담지체로서 기능하고 있다. 주목할 사항은, 이 과정에서 서정성과 여성성이 서로의 시스템을 강화하는 계기로 작용하는 지점에 있다. 서로 다른 자아와 세계가 동일화되는 과정이 '여성'을 매개로 구현될 때, '여성'은 서정적 자아의 공고함을 확인시키는 타자적 존재로 기능하거나 혹은 서정적 합일을 선험적으로 성취한 대리물(代理物)로 작용함으로써 서정시의 공식적 문법을 관습화하는 경향을 보인다는 점이다. 서정시의 제도 안에서 작동하는 '여성'의 기호 역시 종종 생물학적 본성에 기초한 여성성으로 환원되거나 역사성을 탈각한 존재로서 재현되었다.

류외향의 시 또한 기본적으로 자아와 세계가 상호침투하며 융합하는 서정적 체험의 보편 구조에 충실한 작품들이다. 그러나 그녀의 시가 보여주는 독특함은 자아와 타자가 서로 관계를 맺고 그 속에서 변화하며 새롭게 생성되(하)는 지극히 미세한 과정을 포착하고 있다는 점에 있다. 류외향 시에서 자아와 타자는 서로의 경계를 조금씩 지워가면서 서로를 향해 스며든다. "내가 바다에 이를" 때 "바다의 숨통 속으로 어둠이 막 들어차고", "내가 바다에 가슴을 내밀" 때 "해안선이" "다가와" "내륙에 박힌 단단한 슬픔의 뿌리를 휘감고 출렁거리"며, "내가 바다에 입술을 내밀" 때 "오랜 병중에 있던 빈집들이" "함께 병중에 든 바람을 안고 무너져 내리"듯이(「바다조곡」), 자아가 세계를 향해 "오체투지"(「나 언제 저 배와 같이」)하며 다가갈 때, 세계 내의 존재들은 "서로의 몸을 부비고 쓰다듬"으며 분주히 서로의 경계를 넘나든다. 주목할 것은 이 활발한 서정적 운동의 방향이 (자아가 주도하는) 일방적인 것이거나 (자아와 세계가 서로를 교환하는) 상호침투의 과정이 아니라, 무수한 사물의 다발들이 여러 방향으로 제각기 움직이는, 예측할 수 없이 다각적인 운동성을 보여주고 있다는 점이다. 말하자면, 류외향 시에서 '내'가 한 사물에게로 다가갈 때 사물은 반드시 '나'를 향해 얼굴을 돌리지 않는다. 한 사물을 향한 '나'의 시선은 한 사물에게서 다른 사물로, 그리고 또 다른 사물을 향해 번져나간다. 그리하여 "풀들의 몸 속으로 들어간 바람" 때문에 "오십육억 칠천만의 풀들"이 "한 몸이 되듯이"(「바람의 지문」), "모든 것"들은 서로 "연루"되기에 이른다.(「그녀와 물푸레나무」) 이 서정적 합일의 운동에 서로 "연루"되는 존재들, "내 품 안에서 일어나는 균열"을 겪은 그들은 자유롭다.

그 자유의 순간을 시인은 다음과 같이 그리고 있다. "우우, 그의 육중한 울음 속으로 / 먼 길 떠나는 사람처럼 걸어 들어가면 / 파르르 떨리며 저항하던 내 껍데기들 / 귀가 벗겨지고 눈이 벗겨지고 입이 벗겨지고 몸이 벗겨지고 / 일순 죽음과 같은 고요가 들어찬다"(「저 들판 속에 짐승이 산다」)

이 서정적 운동의 과정에서 류외향 시의 '여성'이 현현하는 방식은 흥미롭다. 류외향 시에서 여성은 스스로 서정적 자아의 권위적 공간을 구성하지도 않으며, 그렇다고 남성적 자아에게 호출되거나 전유되는 존재도 아니다. 오히려 그녀의 시에서 주목할만한 형상은, 여성을 바라보는 서정적 화자의 관찰적 시선이다. 위의 인용시 「저 들판 속에 짐승이 산다」에서 볼 수 있듯이, 화자는 자아의 탈각(脫殼)과 동일화의 순간을 지나, 홀로 서야 할 고독한 개인의 자리로 돌아온다. "다시 베란다 통유리 너머로 한 마리 거대한 짐승을" 건너다 "보"는 것이다. 이 "기묘한 고독"의 자리에 선 화자의 비껴선 시선은 관습적 장치나 호출된 기호로서의 여성이 아닌, 타자성의 기표로서의 여성, 역사적 현실 속의 여성을 주목하게 하는 힘이 된다. 가령, "어둠 속에서 알몸의 여자가 튀어나왔다…(중략)…행인들은 모두 그녀를 목격했으나 아무도 그녀와 연루되는 것을 원하지 않았다"(「그녀와 물푸레나무」), "개를 업은 그 여자 / 얼마나 긴 미궁을 걸어왔을까 / 무수한 이정표들이 땟물로 젖어든 강보를 두른 여자"(「그 여자」)와 같은 형상 속에서, 시적 대상으로서의 여성은 중심에서 배제되고 소외된 채, 끝없이 주변을 헤매이는 타자적 존재로서 특유의 빛을 발하고 있다.

류외향 시의 여성성에 더욱 주목하게 만드는 사항은 이같은 타자로서의 여성의 형상이 어느 하나로 고정되거나 정체되어 있지 않고, 시집 전체에 걸쳐 끊임없이 운동하는 모습을 보여준다는 것이다. 버려진 그녀, 아무도 주목하지 않는 그녀, 그러나 "젖몸살의 생채기가 흥건"한 채 "허위허위 걸어가"는 그녀(「그 여자」)는 "흐르고 흘러" "무덤" 속으로, "무한 어둠 속"으로 들어가고, 이름없는 무수한 존재들을 깨우고 쓰다듬으며 그들과 더불어 충만한 융기와 합일의 순간을 이루어낸다. 류외향 시에서 헤아릴 길 없이 아득하게 뻗어나가는 무한한 시간성 또한 이처럼 수많은 존재들의 소멸과 변화, 생성과 운동의 과정에서 비롯되는 것이다. 이 과정에서 타자적 존재로서의 여성의 정체성과 그 광활한 운동 과정에 대한 시인의 관찰은 무수한 타자들에 대한 시선으로 확장되고 있다. 이번 시집에 그려진, 미군 헬기가 밤낮으로 떠다니는 대추리의 "낮은 숨소리"(「2006년 봄, 대추리」), 팔레스타인에서 온 젊은 시인(「머지 않은 훗날, 그때에는」), 한쪽 다리가 접혀진 깨금발 아이(「깨금발 아이」), 피난 가는 중동의 소녀(「피난길」) 등의 시적 형상은, 여성의 타자성에 대한 성찰이 광대한 역사와 현실, 문명과 자연, 공동체적 체험과 고독한 개인, 그리고 현실과 환상을 아우르는 웅대한 상상력으로 확장되고 있음을 보여준다. 그리고 이같은 상상력의 크기야말로, "날마다 누군가 아프다고 타전해오고 나는 그 아픈 손가락을 찾으러 간다"(「당신을 찾으러 간다」)는 시적 진술이 보여주듯이, 모든 이름없는 존재들을 향한 뿌리깊은 공감과 반향에 깊은 연원을 두고 있다.

기억해야 할 것은, 류외향 시의 화자가 타자의 공감에 기초하고 있으면서도, 화자 스스로 동일성을 구현한다거나 서정적 합일의 운동을 주도해나가지 않는다는 점이다. '나'는 다만 "그 여자 뒤를 밟다 / 그 여자 미궁 속에서" "아직 빠져나오지 못했"거나 때로는 "어떤 몸짓으로도 소통할 수 없는 이방인의 눈"(「바람의 지문」)으로 "아픈" 존재들을 먼 거리에서 바라보고 있을 뿐이다. 스스로 서정적 통합의 주체로 참여하기를 거부하는 시적 화자의 '비껴선' 시선은 그 통합의 그물망에 얌전히 포획되지 않는 무수한 타자들의 운명, 그리고 그 서정적 통합의 자동화된 운동 과정에 편승할 때 서정의 본질로부터 멀어질 수밖에 없는 이 시대 서정시의 운명을 정확히 포착해내고 있다. 역사적 타자로서의 여성성을 충실히 재현하면서 동시에 다양한 타자들에 대한 공감과 연대 의식으로 확장된 류외향의 시학은 우리 시의 서정성과 여성성의 관계 맺음에 창조적 전환의 계기를 마련할 것으로 기대된다. 그런 점에서 류외향이 이번 시집에서 창조한 "개를 업은 그 여자", "개가 먹다 남긴 우유 몇 방울 입 안에 털어놓고 / 붉은 네온사인 점멸하는 골목 어느 모퉁이를 돌아가는" 그녀의 고단하고 질긴 뒷모습은 여성(타자)의 역사성과 생산적 계기를 돌아보게 하는 인상적인 형상으로 오래도록 기억될 것이다.

4

내면 체험의 욕망과 예술지향성
1920년대 동인지의 시

미(美)-개체적 자아의 절대 공간
이장희 시의 비교 읽기

'없음'을 응시하는 타자의 시선
백석 시의 '가난'에 대하여

정치적 행동으로서의 시와 시의 형식
임화의 시론과 시작(詩作)의 의미

완벽한 자연, 유한한 인간
박두진 시에 나타난 자연의 의미

내면 체험의 욕망과 예술지향성

1920년대 동인지(同人誌)의 시

1920년대 동인지 시를 다시 읽기 위하여

『창조』를 필두로 『백조』, 『폐허』, 『폐허 이후』, 『장미촌』, 『금성』, 『영대』 등으로 이어지는 1920년대 초기 동인지 문학에 대해서는 이미 상당한 분량의 연구성과가 축적되었다. 각기 문학사론, 주제론, 작가론, 작품론 등의 형식으로 진행된 기존의 논의는 연구관점과 방법에 따라 크게 다음과 같이 분류해볼 수 있을 것이다. 우선 3·1운동 이후의 시대적 상황과 계층적 토대에 주목하여, 동인지 문학을 3.1운동의 실패와 좌절, 시대적 우울감이 문학적으로 형상화된 사례로 해석하는 관점이다.[34] 여기에 이들의 문학을 식민지 중산층 지식인들의 방황과 정치적 무력감의 표현으로 이해하는 관점[35] 역시 특수한 시대적 상황 속에 놓인 특정 계층의 의식으로부터 '좌절'과 '우울'의 원인을 해명하려는 시도라고 하겠다. 시각과 해석상의 다양한 편차는 있으나, 대체로 이러한 논의는 동인지 문학의 특성을 '퇴폐'와 '데카당'이라는 이름으로 폄하할 뿐만 아니라 현실에 대한 대응 면에서나 문학사적 의미망 내에서 뚜렷한 성과로 평가하기 어렵다는 관점으로 이어진다. 이러한 관점은 당대 최남선, 이광수 중심의 계몽 담론, 그리고 동인지 이후 신경향파 문학 담론의 장 안에서 존재했던 '민족주의적'·'현실주의적' 시각과도 관련되어, 20년대 동인지 문학을 평가하는 주류적 시각으로 자리해왔다.

이외에 또다른 시각으로, 동인지 문학을 낭만주의, 상징주의, 자연주의 등 대표적인 서구문예사조를 수용한 결과로 보는 시각을 들 수 있다.[36] 이러한 시각에 따르면, 20년대 동인지 문학인들에게 서구 근대문학은 '보편'의 위상 속에서 파악되었고 따라서 이들에게 서구문학의 수용이란 곧 보편적 근대를 향한 강한 동경과 열망의 표현이었다고 볼 수 있다. 이러한 시각에서도 역시 동인지 문학은 부정적 평가의 대상으로 존재하며, 오히려 동인지 문학에 대한 반성적 국면을 보여주는 김소월과 민요조 서정시가 긍정적인 평가의 대상으로 부각되기에 이른다.

이상의 대표적인 시각과 달리, 최근 논의에서는 20년대 동인지 문학에 대해 새로운 의미 규정과 가치평가가 시도되었다. 그 가운데 우선, 동인지 문학에 나타난 '퇴폐'와 '데카당'의 징후를 "內面表出의 한 意匠"이자 근대 예술을 향한 "啓蒙 意識의 産物"로 보는 관점[37]을 들 수 있을 것이다. 이러한 관점은 20년대 동인지 문학을 10년대 이광수, 최남선류의 계몽주의 문학과 대립시키는 것이 아니라, 10년대 문학사와의 연속성 속에서 '다른 계몽'의 표출로 평가하는 시각이라고 할 수 있다. 또한 동인지 문학의 의미를 미적 근대성의 차원에서 파악하는 관점[38]도 최근 논의의 한 경향을 이룬다. 이러한 관점에서는 20년대초 동인지 문학이 보여준 문학적 전환이 근대 자아의 한 측면인 '미적 주체'의 실체화 과정으로 이해되며, 따라서 미적 체험과 미적 실제를 명석하게 인식하는 근대적 자아의 자기 각성이 중요한 평가 지점으로 부각된다. 마지막으로, 20년대 동인지 문학을 창작의 산물인 '작품' 경향을 중심으로 판단하는 것이 아니라 '제도'적 차원에서 파악하는 관점[39]을 들 수 있다. 문학 작품 생산을 통해 마련되는 '물질적 장'의 구현에 주목하는 이같은 시각에서는, 동인지의 기획에 가로놓여 있는 근대적인 분화와 전문화의 논리, 그리고 그러한 기획과 논리의 전개과정에서 이루어지는 문학적 관습과 제도의 구축 과정에 관심을 갖는다.

20년대 동인지 문학을 대상으로 이루어진 기존의 연구사는 한국근대문학사에서 동인지 문학이 놓여있는 논쟁의 지점과 한국근대시사의 주요 담론의 구조를 확인시킨다. 이를테면, 동인지 문학에 대해 '퇴폐'와 '데카당', '현실도피'의 부정적 낙인을 찍었던 초기 연구사는 역사주의적, 또는 문예사조 중심의 시각에서 개개의 작품을 거대 담론과 식민지 현실에 긴박시키는 해석과정에 기초해있다. 20년대 초기시의 실험적 경향을 '미숙'한 '유아기적' 단계의 '치기'로 평가하는 이러한 시각은 이와 대비되는 민족주의적 경향의 서정시를 한국 근대시의 정전으로 구성하는 일련의 과정과 연루된다. 이에 반해, 1990년대 후반에서 최근까지 이루어진 새로운 연구경향은 90년대 이후 국문학계의 연구방법 및 시각의 변화와 맞물리는 가운데, 미적 근대성의 실현을 향한 미적 주체의 정립 과정에 초점을 맞추어 20년대 동인지 문학을 적극적으로 '구제'하려는 시도를 보여준다. 이같은 긍정적 평가의 시각에서 20년대 초기 문학이 위치한 '사이'의 공간은 '이광수 시대'와 1930년대를 연결하는 가교'의 역할로 규정되거나 혹은 근대적 동일성의 기제에 대항하는 "균열의 시학"으로서 특화되기에 이른다.[40] 다시 말해, 1910년대 계몽 담론을 미학적 방식으로 지양 · 계승하는 '내면―예술'의 문학사적 계단을 보여준다거나, 자본주의적 근대성에 대항하는 미적 근대성의 가치를 정초했다는 점에서 적극적이고 긍정적인 문학사적 평가를 시도하고 있다.

90년대 이후 최근까지 이루어진 긍정적 평가 경향은, 흔히 "허무주의적", "퇴폐적", "낭만적" 경향으로 집약되었던 20년대 초기 문학 연구의 주류 담론을 재고하고, 동인지 문학이 지닌 근대성의 의미를 미학적 · 역사적으로 세밀하게 탐구했다는 점에서 매우 중요한 연구 성과라고 할 수 있다. 동인지 문학인들의 전적인 예술에의 지향과 내면의 탐색은 이같은 연구 성과에 힘입어 한갓 '치기'와 '방랑'이 아닌, 근대문학의 구성 과정 속에 의미화되기에 이른다.

20년대 동인지 문학에 대한 최근 연구의 성과에 기반하고 있는 이 글의 논의는 동인지 문학이 자리한 '사이'의 공간을 어떻게 의미 규정할 수 있는가에 대한 물음에서 출발한다. 1910년대, 30년대 문학과 비교한다면, 1920년대 동인지 시는 좀더 다양하고 때로는 과격하며 파격적인 양상들을 보여준다. 스스로 '시작'의 세대임을 선언했던 그들은 근대시의 범주와 내용을 창조하는 데 적극적으로 자기를 투신했던 집단적 세대였다고 평가할 수 있다. 그러나 다양한 문학적 실험의 무대로서 1920년대 초기라는 시대는 성취와 실패, 예술적 모험과 좌절이 동시에 존재하는 시기였다. 즉, 어떤 가능성들이 추구되거나 실현되었다면 또 다른 어떤 가능성들은 상실되어가는 과정을 보여주는 것이다. 한국 문학사에서 근대문학의 개념과 질서가 구성되는 과정에 주목하는 최근의 연구경향에서도 물론 텍스트들의 '사이', 시인들 '사이'의 긴장과 충돌이 빚어내는 다층적 특성을 간과하지 않고 있지만, 대체로 20년대 동인지 시인들이 탐색한 '개인', '내면', '예술'의 의의를 고평하는 관점을 취하고 있다.

이들의 연구 성과에 기초하여 이 글에서는 20년대 동인지 시인들의 내면 탐구 과정에 기본적인 관심을 가지고 그들이 시적 영역을 탐구하고 확장하는 과정에 주목하고자 한다. 이를 위해 먼저 동인지라는 매체의 특성과 시 작품 간의 상관성을 살펴보게 될 것이다. 또한, 구체적으로 시작품의 분석을 통해서 감정의 토로나 감각적 체험과 관련된 무의식적이고 본능적인 측면, 그리고 몽환적 체험의 형상화가 지니는 의미를 탐색하고자 한다. 이러한 과정을 통해 1920년대 동인지 시가 근대시 형성 과정에서 지니는 의미를 규명하는 것이 본고의 궁극적인 과제가 될 것이다. 다만 이 글의 관점은, 1920년대 초기를 어떤 완성태를 향해 지향해가는 시기로 본다거나 혹은 1910년대 및 1930년대와 대비되는 특화된 시기로 보는 시각과는 구별되며, 이와 같은 견지에서 20년대 동인지 시인들이 보여준 문학적 탐색의 의의 및 한계, 달리 말해 그 시대 문학이 보여주면서 동시에 잃어버리는 것들을 문학사적 관점에서 평가하게 될 것이다. 이 글에서는 특히 동인지 문학 작품 가운데서도 문학적 성취가 어느 정도 인정되고[41] 비슷한 경향으로 묶을 수 있을 뿐만 아니라 동인지 내부에서도 배타적 영토를 구성했다고 판단되는 『백조』, 『폐허』의 시를 대상으로 논의를 전개하고자 한다.

동인(同人) : 예술가 동호인 집단의 공통 지향성

20년대 동인지 문학은 기본적으로 '동인지(同人誌)'라는 매체의 특성과 무관하지 않다. 『백조』 동인이었던 박영희의 회고에서도 드러나듯, '동인'들은 문학적 코터리(Coterie) 즉 同好者 同志의 小集團"[42]으로서의 성격을 지녔다고 볼 수 있다. 이들이 지닌 '동호자'로서의 특성은 삶의 태도와 문학 · 예술적 지향 면에서 두루 발견된다. 가령, 장발과 "기괴한 복색", "言笑自若한 건방진 태도"[43] 등과 같은 독특한 외관이라든가 무리를 지어 기생집을 찾아가는 "巡禮"[44] 행위는 일상을 예술화하려는 동인들의 욕망이 공통의 지향과 극단의 특성으로 나타나고 있음을 보여준다.[45] '같은 것[同]', '좋아하는 것[好]'을 향한 이들의 공통된 욕망은 한편으로 규제와 금기를 만들어내며 서로의 내적 지향을 강하게 추동하였다. 이를테면 "순례! 기생! 연애"를 추구하되 "戀愛는 반드시 性慾과 분리"한다는[46] 결벽적 태도는 공통의 선택만이 아닌 배제와 금기 행위를 통해 서로의 예술적 욕망을 상승시키는 역할을 하였다.

그런데 이들 동인들의 삶과 예술적 지향은 다만 기행이나 개인적 창작으로 그치지 않고 '동인지'라는 문예 매체의 발간으로 이어짐으로써, 지속적인 창작과 발표, 그리고 비평의 장을 보장받을 수 있었다. 이같은 물질적 공간이 이들의 '삶=예술'의 욕망을 더욱 구체화하는 계기를 마련했음은 물론이다. '동인지'라는 제도화된 물질적 장을 확보함으로써 '같음'을 향한 동인들의 지향이 더욱 확고해지는 반면,[47] 동인 이외의 집단 및 개인으로부터의 고립과 격절은 강고해지는 결과를 가져왔다.[48] 즉 동인들 사이의 '같음'은 동인 외부와의 '다름'을 가속시키는 배타적 표지로 작용했고, 이들의 '같음'/'다름'의 의식은 고유의 시간의식, 자기의식으로 구체화됨으로써 20년대 동인지 문학의 독특한 예술세계를 이끌어냈다. 박영희와 홍사용은 20년대 동인지 문학, 그 가운데서도 특히 『백조』 동인의 '같음'을 향한 지향에 대해 다음과 같이 회고한다.

> 그때에 다른 文藝 同好家의 집단이 더러 잇섯다고 하드라도 개별적으로 보면 각자의 견해가 상이한 혼합형이엿스나 白潮동인과 그들의 작품은 거의 동일한 경향에서 응축되여서 거진 한 개의 문단적 운동에까지 갓가웁든 것이 그들의 특색이요 그럼으로 그들의 인상을 남긴 것이라고 생각한다[49]

> 모인 무리들이 스스로 형용하여 일컫기를 동인이라 하였었다. 어렴풋하고도 어수룩하게 동인이라 일컬음! 일컫기를 동인이라서 그러하였던지 개

인끼리는 아무러한 사적 간격도 없었고, 또한 어떠한 이해적 타산도 털끝만치 없었다. 무슨 일에든지 덮어놓고 굳센 악수로 융합할뿐이었다.[50]

동인 내부에서 교류되는 '같음'의 의식이 비슷한 작품 경향을 만들어내는 반면, '다름'의 의식은 동인들로 하여금 스스로 '시작'의 세대임을 선포하게 하는 고유한 시간의식으로 나타났다. 『백조』 동인 역시 "모든 시대는 지나갔다", "이제부터는 우리의 시대다"[51]라고 '새 시대'의 주체임을 선언했지만, 특히 『폐허』는 뚜렷한 '시작'의 의식으로 가득찬 세대였다고 할 수 있다.[52] 동인지의 제호인 '폐허'가 "넷것은 滅하고, 時代는 變한다. / 새生命은 이廢墟에서 픠여난다"라는 쉴러의 시구에서 가져온 것이듯, 모든 '낡은 것'을 "破壞"해야 한다는 과거 부정의 의식은 곧 "一切를建設하고 一切를革新革命하"여 "光輝있는생활을**始作**코자하는熱烈한要求"로[53] 집중된다. 이들에게 '낡은' 시대를 뛰어넘어 '새로운' 시대를 선취하게 만드는 동인은 어디에서 비롯되는 것인가. 『백조』, 『폐허』 동인들로 하여금 표나게 '다름'을 표방함으로써 '새로운 시작'과 '창조'를 선언하게 만드는 강력한 내적 동인은 바로 '예술'과 '자기의식'이었다고 말할 수 있을 것이다.

이悽慘하나 거룩한 「聖殿」에드러온靑年의무리는, 自己들이, 이정*한沈黙과燦爛한 「리씀」을, 破壞하는侵入者가안일가두려워하는同時에, 自己에게는, 이材木의知己之友가되고, 주츄돌의主人이되야, **이 荒廢한墟址에(예술의)******責任이잇다고自負합니다.**[54]

自己는本來自己를爲하야或은自己以上의것을爲하야尊貴한犧牲이될運命을타고난것갓다.

犧牲이되는것은勿論참自己일다. …(중략)…우리는眞自己를犧牲하지안으면안이될終局의決意를强要할 때, 거긔말할수없는苦痛이同伴한다. 勿論, 强要된終局의決意를肯定하고實行하는것은 眞自己일다. 그러나, 그實行과共히그自己는沈黙속에滅해간다. …(중략)… 그런대, 자기는敢히이것을甘受한다. 自己는自己를睹하야이를强行한다. 여긔에, 自己의神秘不可思議의威力이잇다. 自己는自己이나, 또한自己가안인것갓다. 自己는自己와함끠自己以上의것絕對인것을包藏하고잇다.[55]

앞의 인용은 '새로운' 시간을 선취하는 '예술'의 임무를 강조한 글이다.
들에게 새로운 예술의 창조란 어떻게 이루어지는 것일까. 이 글의 필자
염상섭은 『폐허』에 실린 또다른 글에서 예술에 대한 자신의 생각을 밝히
있다. 「저수하에서」라는[56] 제목의 글에서 그는 "死는 藝術이다"라는 말을
기고 자살한 어느 일본 여성을 다룬 신문 보도에 대해 "모든 死 그 자체
藝術이라고" 할 수는 없으며, "오직 觀念에 의하여 形象化하여 그 속에 美
生命이 유동할 때에만 藝術일 수가 있다"는 견해를 덧붙인다.[57] 그에 따르
만약 '자연', 혹은 죽음까지 이르는 '삶'이 '예술'로 비약할 수 있다면, 그것
삶을 객관화하고 그 속에서 미를 발견하는 '자기'의 존재와 예술의 '형식'
의해서 가능한 것이다. 그리고 그 때의 '자기'는, 뒤의 인용문이 보여주듯
"자기이나, 또한 자기가 아닌 것", 즉 "자기와 함께 자기이상의 것 절대인
을 包藏"하는 자기희생과 멸각을 통해 '眞自己'의 단계에 이르게 된다. 위
제시된 후자의 인용문 「시대고와 그 희생」에서 오상순이, '폐허'에서 '창조'
비약하는 조건으로 '자기'의 '희생'을 제시하고 있는 반면, 「저수하에서」의
자인 염상섭은 "自己主觀"으로의 "沒入"을 통한 예술적 창조뿐만 아니라
과정에서 예술 형식의 물질성을 중요하게 판단하고 있는 것으로 보인다.
처럼 예술적 창조, 그리고 자기 희생과 멸각을 통한 자기혁신은 20년대 동
지 문학인들에게 '새 시대'의 '시작'을 선언하게 하는 중요한 내적 동인이

다. 그렇다면 그 창조의 결과는 어떤 것인가. 다음 절에서는 '동인지'의 '같음/다름'의 지향이 동인들의 작품을 통해 어떻게 드러나고 있는지를 살펴보기로 한다.

동인지 시의 세계 : 내면의 깊이와 몽환적 모험

『백조』, 『폐허』를 비롯한 1920년대 초기의 시는 기본적으로 감정의 표현에 기초해 있다. 근대 계몽기 시가들이 대체로 계몽주의적 선언을 기조로 하여 이미 마련된 관념과 사상을 표현하는 형식이었던 반면, 20년대 초기의 시에는 정제되지 않은 시인의 자기 감정의 분출이 도처에 미만해있다. 동인지 시에서 흔히 발견되는 감탄사의 나열과 영탄의 어조는 그 구체적인 증거라고 할 수 있다.

> 아! 내가만든 黃金塔은 다떠나가고
> 밤 潮水의 출렁거리는물결만
> 내마음 黃金塔까지떠나가게하엿도다
> 아! 떠나가는 탑우에안즌나의愛人이여!
>
> — 회월, 「幻影의 黃金塔」 부분[58]

> 아, 행여나, 누가볼는지 — 가슴이뛰누나, 나의아씨여, 너를부른다.
>
> — 이상화, 「나의 寢室로」 부분 [59]

나는 王이로소이다 어머니의 외아들나는 이러케王이로소이다
그러나 그러나 눈물의王! 이世上어느곳에든지 설음잇는짱은 모다 王의나라로소이다.

—露雀, 「나는 王이로소이다」 부분[60]

앞의 두 편의 시가 "나의아씨"와 "愛人"을 향한 연모와 애욕, 그리고 비탄의 감정을 드러낸다면, 마지막 인용시에서 시적 자아는 익숙한 세계의 상실에서 오는 설움과 탄식을 읊조린다. 그 외에도 『폐허』, 『백조』의 시편들에는 슬픔과 좌절, 괴로움과 격정의 다채로운 감정들이 풍요롭게 표출되어 있다. 이미 당대의 문단에서도 비판적으로 지적될만큼 다소 과도하다는 인상을 줄 정도로, 20년대 동인지 시인들이 '감정'의 분출에 집착하는 이유는 어디에 있는가. 『폐허』에 실린 오상순의 「종교와 예술」은 예술론에 근거해 하나의 답변을 마련하고 있다. 이 글에서 오상순은 "悅樂하고 有意한 생애", "意味깁고 價値만흔 생활"의 추구를 위해서는 종교와 예술이 반드시 전제되어야 한다고 보고, 종교와 예술의 관계와 그 역사적 변화에 대해 서술한다. 그에 따르면, "人心最强의 요구"란 곧 "생존의 의욕"이며 이것은 곧 "單히 生하기 위하야 生하는 것"이 아니라 "질거웁게 생활하기를 요구"하는 것을 말한다. 그런데 이러한 '즐거운 생활의 욕구'를 만족하기 위해서는 예술이 부여하는 "審美性의 滿足"이 가장 중요한 전제조건으로 제시되어야 하며, 이때 심미성의 열락은 무엇보다 "感情의 滿足"을 기초로 적극적으로 추구될 수 있다고 본다. 그런 면에서 '감정'이란 예술 세계를 존립 가능하게 하는 필수적인 조건이라고 할 수 있다. 다음 인용문에는 '감정'에 관한 그의 주장이 잘 드러나 있다.

藝術中에眞理의光明이不輝함이아니요, 道義의世界가存치안임이아니나 其는吾人의感情生活을更히豊富하게하며更히深厚하게하기爲하야存함에不過하다. 換言하면眞理를背하고道義에反하는藝術은能히吾人의最高至純한感情을滿足함에不足함으로써라. 感情의滿足을離한純然한眞理의 討究와道義의追求는, 此를學術道德의世界에서求할지요, 藝術의世界에서望할배아니라. 故로藝術의世界에逍遙하는者는眼中에다만美의憧憬이잇슬뿐이요, 美의悅樂뿐이요, 美한感情의滿足이잇슬뿐이라.[61]

이 글에서는 예술/미의 동경—학술도덕/진리도의가 서로 대립항을 이루고 있다. 이 두 개의 대립항은 "感情의滿足"을 기준으로 구별된다. 다시 말해, 예술이란 미를 동경하는 "가장 순결자연한" 감정의 만족을 통해 추구되는 것이며, 이에 반해 "감정의 만족"에서 멀어진 "眞理"와 "道義"의 추구는 "학술도덕"의 영역에 속하는 것이다. 여기서 특기할만한 것은 예술 작품에 나타나는 "眞理"와 "道義"의 세계를 예술가의 "感情生活"을 "豊富"하고 "深厚"하게 하기 위한 하나의 부수적인 방법 정도로 다루고 있다는 점이다. 진, 선은 미에 복속되며 오직 미(美)만이 영원한 것이라는 이들의 견해는 '예술'에 대한 새로운 인식론적 지점을 개척하는 과정으로 볼 수 있을 것이다. 그러나 여기서 좀더 주의해야 할 지점은 "진리"와 "도의"를 한갓 수단과 방법으로 삼을 만큼, "感情生活" 자체를 깊이있고 풍요롭게 누리고 싶어하는 강한 열망에 있다. 이같은 열망은 개인의 내면세계의 가치를 인정하고 아울러 내면체험을 풍부하게 유지하려는 同人들의 각별한 태도를 짐작하게 하는 것이다. 이렇게 볼 때, 20년대 동인지 시에 나타나는, 절제되지 않은 감정의 범람이란 '암울한 현실에 대한 비탄'이나 '병적인 감상'의 토로가 아니라 개인의 내면에 대한 관심의 표현으로 보아야 할 것이다.[62] 그리고 그것은 곧 내면의 움직임을 들여다보고 그것을 형상화하는 '자아', '자기'에 대한 관심을 뜻한다고도 볼 수 있다. 아래 인용시에서는 자아의 내면세계에 대한 동인들의 관심을 구체적으로 확인할 수 있다.

가슴속에서울리어오는
늣기어우는가만한소리……
아아, 아모말업시오래동안을
업어가지고온나의마음아!

— 基鎭, 「한갈래의 길」 부분63

저녁의 피무든 洞窟속으로
아 - 밋업는, 그洞窟속으로
끗도모르고
끗도모르고
나는 걱구러지련다
나는 파뭇치이련다.

가을의 병든 微風의품에다
아 꿈꾸는 微風의품에다
낫도모르고
밤도모르고
나는 술취한집을 세우련다
나는 속압흔우슴을 비즈련다

— 이상화, 「末世의 欷嘆」 전문64

인용된 김기진의 시는 내면의 움직임을 예민하게 지각하고 대상화하려는 욕망을 보여준다. 이상화의 시에서 그러한 욕망은 더욱 뚜렷하게 나타난다.

「말세의 희탄」에서 시적 자아는 내면의 끝모를 깊이를 향해 침잠하고자 하는 강한 욕망을 드러낸다. 여기서 "저녁의 피무든 洞窟"이라든가 "가을의 병든 微風의 품"에 "세"운 "술취한 집"이란, 방해받지 않고 내면체험에 몰두할 수 있는 개인의 내밀한 공간을 상징한다. 부언하자면, 20년대 동인지 시에 자주 등장하는 '밀실', '침실', '동굴', '어둠'의 공간들은 이같은 '자기만의 방'의 다양한 변주들이라고 생각된다. 20년대 초기 문학에 대한 논의에서 흔히 '퇴폐'와 '데카당스', '병적 낭만주의'의 증거로 거론되었던 "피무든", "병든", "술취한" 등의 수사 역시 관점을 달리하여 이해되어야 한다. 이 화려하고 과장된 수사들은 '고통', '좌절' '우울'의 표현이라기보다는 내면의 끝없는 깊이를 향해 유영해가는 내적 체험과 그것을 즐길 줄 아는 자의 과시적 표지에 가깝다. 『폐허』 동인 오상순이 강조했던 "美의悅樂"과 "感情의滿足"이란, 이처럼 "가을의 병"들고 "꿈꾸는 微風의품에다" "집"을 지을 만큼, 자연 · 사물과의 내적 교류에 충분히 몰두하는 과정을 통해서 가능할 것이다.

아울러 "末世의 欷嘆"이라는 이 시의 제목 또한 비슷한 맥락에서 해석될 수 있다. '말세'란 동인지의 제호 '폐허'와 같은 맥락에서 사용되었던 것으로 생각된다. '말세'는 물론 불안과 허무로 점철된 세기말 의식과 어느 정도 관련되어 있지만, 또한 거기에는 '낡은' 인습과 도덕, 관습에 대한 철저한 반기를 통해 '새로움'의 의미로 전환시키려는 태도가 포함되어 있다. 20년대 동인지 문학인들에게 '폐허'가 곧 '창조'의 의미였듯이, '말세'란 다시 '새로운' 세상의 도래를 내포하는 것이었다. 그런데 이들에게 '새로움'은 세상을 바꾸는 것이 아니라 '나'를 변화시킴으로써 가능한 것이라고 받아들여졌다. 그러기에 "欷嘆", 즉 흐느껴울고 탄식하는 '감정생활'을 향유함으로써, 이들은 자신의 내부에서 일어나는 일을 들여다보고 스스로에게 설명해보려는 욕망을 품으며 그것을 언어로 형상화하는 모험과 실험을 감행하게 되는 것이다. 따라서 20년대 동인지 문학에 자주 등장하는 '꿈'의 형상화 역시 실재적인 '병',

'죽음', '퇴폐'의 징후로 읽히기보다는 비실재적인 것에 대한 관심, 내면의 웅얼거림에 대한 귀기울이기로 이해되어야 할 듯하다. 다음은 『백조』, 『폐허』에 등장하는 "꿈"의 세계와 체험의 흔적들이다.

ᄭᅮᆷ속에잠긴 외로운잠이
現實을떠난 「빗의고개」를넘으랴할때
비에문어진 잠의 님업는집은
가엽시 깁히깁히문어지도다

그리우는그림자를 잠은안고서
ᄭᅩᆺ피는ᄭᅮᆷ길을 다라날때에
바람에불붓는 잠의집속에
「生의苦痛」은붉게타도다.

— 회월, 「ᄭᅮᆷ의 나라로」 부분[65]

아 괴로움에타는
두사람가슴에
ᄭᅮᆷ의터를만들어노코
幽靈과갓치 춤을추면서

타오르는 사랑은
차듸찬 幽靈과갓도다

— 회월, 「유령의 나라」 부분[66]

'가장 아름답고 오-랜 것은 오즉 ᄭᅮᆷ속에만 잇서라' — '내 말'

— 李相和, 「나의 寢室로」 부분[67]

20년대 동인지 문학에서 '꿈'의 형상화는 '죽음', '어둠', '밀실'과 마찬가지로 비현실적 체험, 또는 비실재적인 영역에 대한 관심과 맞닿아 있다. 그간의 연구에서는 '꿈'의 형상에 대해 대체로 낭만주의적 이분법의 맥락에서 설명해 왔다.68 즉 무한/유한, 이상/현실, 완전/불완전이라는 대립적 구도 안에서 철저한 현실 부정과 이상적 동경의 태도가 공존하게 된다고 보는 것이다. 그러나 이러한 이분법적 발상에서 좀더 주목되어야 할 점은, 현실부정의 태도가 왜 하필 '꿈'과 '어둠', '죽음'에 대한 지향으로 귀결되는가의 문제이다. 20년대 동인지 시인들에게 이같은 비현실적이고 비실재적인 영역들은, 자신들을 개인의 중심에 더 가깝고, 더 직접적으로 도달할 수 있게 하는 몽환적 체험의 기회를 제공했던 것으로 보인다.

'꿈'은 자주, 깨어있는 상태에서는 거의 빠져들지 않을 정황과 상황 속으로 우리를 던져놓는다. 그것은 비록 현실적으로는 직접 체험하기 어렵고 실재하지 않는다 하더라도, 내면의 심층 어딘가에 놓여있을 무의식과 기억의 세계로 우리를 끌어들인다. 20년대 동인지 시인들 역시 내면의 또다른 영역에 다다르고자 하는 욕망 속에서 몽환적 세계를 향한 모험을 감행하게 된다. 그리고 그 속에서 시인들은 "自己는自己이나" "自己가안인" 자기, "自己以上의것絕對인것"으로 나아가는 '참자기'로의 비약과 초월을 이루고자 하는 것이다. 이상화의 시는 아마도 내면 체험을 통한 자기부정과 초월의 욕망을 가장 뚜렷하게 보여주는 시편일 것이다.

> 「마돈나」가엽서라, 나는미치고말앗는가, 업는소리를내귀가들음은 —
> 내몸에피란피 — 가슴의샘이, 말라버린 듯, 마음과목이타려는도다.
>
> 「마돈나」언젠들안갈수잇스랴, 갈테면, 우리가가자, 끄을려가지말고!
> 너는내말을밋는「마리아」! 내寢室이復活의洞窟임을네야알련만……

「마돈나」밤이주는꿈, 우리가엮는꿈, 사람이안고궁그는목숨의꿈이다르지
안흐니,
아, 어린애가슴처럼歲月모르는나의寢室로가자, 아름답고오랜거긔로.

「마돈나」별들의웃음도흐려지려하고, 어둔밤물결도자자지려는도다,
아, 안개가살아지기전으로, 네가와야지, 나의아씨여, 너를부른다.

— 李相和, 「나의 寢室로」 부분69

이상화의 잘 알려진 시 「나의 침실로」의 마지막 부분이다. 일반적으로 이 시는 '관능적 도취와 쾌락'을 추구한 작품으로 해석되어 왔다. 그러나 그러한 경향은 시적 자아의 상상적 세계 내에서만 존재하는 것일 뿐, 시적 공간은 기다림과 욕망, 사랑의 감정으로 가득차 있다. 더욱이 '마돈나'와 '나'의 만남이 끝내 이루어지지 않은 상태로 끝을 맺음으로써, 내면의 갈등은 극치에 다다르며 시적 자아가 소비한 감정의 폭 역시 최대로 확장된 상태로 완결되기에 이른다. 특히 매 연마다 반복된 '「마돈나」'라는 호칭은, 자아의 복잡한 감정상태를 지속적으로 상승시키며 절박감을 강화시키는 역할을 한다. 이같은 시적 완결을 통해서도 알 수 있듯, 「나의 침실로」는 상상적 체험과 그 속에서 일어나는 내면의 복잡한 움직임을 효과적으로 형상화한 작품이라고 볼 수 있다.

이러한 경향과 관련하여, 위의 인용 부분에 등장하는 '꿈', '침실', '동굴'의 메타포는 특별한 주의를 필요로 한다. 이미 20년대 동인지 시에 수차례 등장한 바 있는 '꿈'의 은유와 상징은 현실을 넘어선 어떤 비실재적인 상상의 공간과 맞닿아 있을 것이다. 그런데 이 시의 마지막 부분에서 시인은 현실과 비현실의 대립과 경계를 무너뜨린다. 다시 말해, "밤이주는꿈, 우리가엮는꿈, 사람이안고궁그는목숨의꿈이 다르지 않"다는 진술은, 몽상과 모험, 신비와 지

유를 포함하는 '밤'의 세계, 그리고 제도와 규범, 권위와 반복의 일상으로 점철된 '낮'의 세계 사이의 대립을 해소하면서 인간 존재가 지닌 빛과 어둠의 영역을 두루 비추고 있다. 그리고 그럼으로써 시인은 '밤'이 내포하는 환상과 몽상, 본능적 무의식의 세계 등과 같은 비실재적인 영역들을 번잡한 현실의 차원으로 끌어내리며, 한편 '목숨'에 얽매일 수밖에 없는 유한한 인간의 운명을 영원한 생명에 대한 '꿈'과 연결시킨다. 이처럼 현실과 상상의 차원을 모두 인정한 뒤에 그 가운데 어느 한 세계를 배제하거나 고집하는 것이 아니라, 그 경계를 허물어뜨리는 자리에서 비로소 시인이 진정으로 추구하는 세계를 발견할 수 있다. "어린애가슴처럼세월모르는나의寢室"이란 곧 시간의 흐름을 초월한 절대열락의 세계를 의미할 것이다. 그런데 여기에서 그러한 열락의 세계는 결코 현실이 아닌 '내 마음'의 공간 안에 존재할 뿐이다. 이 시의 마무리 부분에서 시인은 '마돈나'와의 만남을 미완결 또는 미확인의 상태로 놓아둠으로써, 상상적 가능성을 열어놓으며 동시에 몽환적 체험의 효과를 극대화시킨다. 시인의 내면에서 이루어졌던 격렬한 감정의 진폭은 이같은 '미완결'의 지점에서 최대로 확대되는 가운데 새로운 내면[상상적 열락]의 공간을 열고 있는 것이다.

「나의 침실로」에 대한 해석 과정에서도 확인할 수 있는 것처럼, 20년대 동인지 시에 등장하는 '퇴폐'와 '관능'은 내면 체험의 심화 과정에서 이루어진 몽환적 모험의 일부로 이해되어야 한다. '퇴폐'와 '관능'은 실제적인 체험이나 어떤 대상을 지칭하는 것이 아니라 하나의 '태도'를 암시하는 것으로 생각된다. 이 점에서 변영로가 인용한 예이츠의 글은 '퇴폐'의 맥락과 관련하여 중요한 시사점을 던진다.

엇던나라의 藝術에서든지 多數人이 「頹廢」라고 브르난 微弱한 光과 微弱한 色과 微弱한 輪廓과 微弱한 精力과를 보나 藝術이란 未來의 事物을 夢想하난것이라 밋음으로 나난 特히 肉體의 秋라고 부르고십다.…(중략)…頹廢는 外部的法則을 解釋하난 것이다. 實證科學이 恒常 不定한 만흔 事物에 對하야 吾人이 興味를 일으키게된 時期에 達하얏슴으로 「퇴폐」란 것이 益益 重要한 意味를 가지게된 것이다. 實證科學이 不定한 만흔 事物이란 卽 「말」에 依치안코 思想으로하난 心과 心과의 交通, 夢과 幻으로 預知하난것과 및 우리에게 死者와 死者以外에 모든 것이 現顯하난것이다.[70]

위의 인용문에 따르면, '퇴폐'란 마음과 마음의 교통, 꿈과 환상을 통한 예지 등과 같이 유현하고 몽롱한 마음의 상태를 가리킨다. 다시 말해, '퇴폐'는 내면의 깊은 자리에 들어앉아 마음의 움직임을 들여다보는 태도, 비슷한 방식으로 사물에 대해서도 적당한 거리를 둔 채 "外部的 法則을 解釋하난" 태도를 의미한다. 이러한 '퇴폐'적인 태도로[71] 20년대 동인지 시인들은 "실증과학이 부정한 만흔 사물"에 의미 있는 시선을 주었고, '말로 설명하기 어려운' 내면 체험을 응시하며 다양한 방식의 형상화를 시도하였다. 그 과정에서 시인들은 간혹 "모른다모른다하야도, 도모지 모를 것은, 나라는 「나」이올시다"라며[72] 자기 확인과 그 형상화의 어려움을 토로하였고, 또한 내면의 움직임을 들여다보고 객관화하려는 시도를 보여주었다. 『폐허』, 『백조』를 비롯한 1920년대 초반 동인지 시가 지니는 의미는 바로 이렇게 내면 체험의 폭을 확대시키고 그 다각적인 시적 형상화의 방법을 고민했다는 점에서 찾을 수 있을 것이다.

1920년대 동인지 시인들이 시도한 몽환적 체험은 다음과 같은 점에서 그 문학사적 의미를 정리해볼 수 있다. 우선, 그것은 그 실체를 뚜렷이 포착하기 어려운 내면의 탐색을 통해 자기 체험의 영역을 다양화하고 아울러 '시적인 것'의 대상과 영역을 확장시켜 나가는 주요한 계기로 작용하였다. 이 과정에서 20년대 동인지 시인들이 터득하게 되는 것은 자기와 세계를 향한 '태도'의 형성이다. 즉, 시적 영역의 중요한 토대가 되는 내면 체험과 외부에 대한 탐색을 통해서 동인지 시인들은 내/외적 대상에 대해 자기를 정초해나가는 자각적인 방법과 태도를 형성하게 된다. 이같은 과정은 곧, 자기와 세계를 객관적으로 대상화하며 스스로를 결정하고 규율하는 근대적 개인으로서의 형상을 보여준다. 이상의 내용들이 바로 20년대 시인들이 동인지 활동을 통해 성취한 최고의 지점이라고 한다면, 한국근대문학이 결여하거나 약화시키게 되는 어떤 계기들 역시 이 최고점에서 발생하는 것이라고 할 수 있다. 근대적 분화와 전문화의 논리에 기반한 20년대 동인지 문학의 기획은 전문적 문인으로서의 정체성과 근대시 토대 형성의 계기를 보여주고 있지만, 개체와 공동체, 그리고 예술과 현실 사이에 이루어지는 고도의 복잡한 긴장 관계를 충분히 사유하고 견뎌내지는 못하는 것으로 판단된다. 앞선 1910년대의 문인들이 공동체 '속'의 개인, 아울러 시대와 현실 안에서 작동하는 문학(예술)의 역할에 대해 주장했다면, 20년대 초기의 동인지 문인들은 공동체에 앞서는 자율적 개인의 정초와 더불어 현실에 '대'에 "崇嚴"하고 "純潔"한 예술의 지위를 확보하는 데 주력했다. 동인지 문학의 기획 속에 내재된 개체와 공동체의 관계, 그리고 예술의 지위에 대한 사유는, 이들 동인지 문학인 자신의 이후 변화 과정과 30년대 문학사의 현장에서 다시 분화의 계기를 맞는다. 구체적으로 『백조』 동인들의 카프 참여가 극명한 하나의 예가 될 수 있겠지만, 반드시 특정한 대상뿐만 아니라 30년대와 이후의 한국문학사에 반복적으로 나타나는 순수/참여, 예술/정치의 이항대립 관계는 동인지 문학 이후의 분화와 분리의 과정을 집약적으로 논리화하는 것이다.

20년대 동인지 시인들에게 뚜렷하게 각인되었던, 전문적이고 자율적인 '직업' 집단으로서의 시인은 이후 스스로 신적 지위를 부여하면서 고립된 장소에 위치하거나 혹은 역사적 현장과 현실 정치를 향해 투신한다. 또한 한국문학사에서 예술은 현실에 반하는 것이거나 현실 자체로서 의미화된다. 더불어 동인지 문학에서 나타났던 '夢'과 '幻', '心'에 대한 각별한 관심 역시 한국문학사에서 그리 오래 지속되지 못한다. 내면의 관심에서 출발했던 '몽(夢)'과 '환(幻)'에 대한 경도는 이후 시적 분위기의 창조를 위해 '몽'과 '환' 그 자체에 몰두하는 방식으로 고착되고, 끝없이 고민하고 유동하는 시인의 내면 역시 일정한 형태로 반복되면서 관습적인 경향을 띠게 된다. 혹은 그렇지 않다면, 한편에서 '몽'과 '환'은 무관심한 대상이거나 현실 도피적인 경향을 띠는 비판의 대상으로서 존재한다. 동인지 문학 이후 한국문학사에 지속되는 대립의 논리는 고를 달리하여 살펴보아야 할 또 하나의 과제가 될 것이다. 다만 여기서는 『폐허』, 『백조』의 시를 통해서, 1920년대 초반 한국시에 존재했던 강렬한 내면 체험의 욕망을 살필 수 있었고, 또한 내면의 정초를 통해서 근대시적 주체 형성의 토대를 마련했음을 확인할 수 있었다. 이에 덧붙여, 동인지 문학에서 추구되었던 문학의 논리가 문학/현실, 개체/공동체 간의 관계에 대한 지속적인 사유와 질문을 이끌어내며, 아울러 한국문학사에서 두 대립항의 분리와 분화의 계기를 제공한다는 점 역시 함께 기억되어야 할 내용일 것이다.

한국 근대시사와 동인지 시대

『폐허』와 『백조』의 시는 한국근대문학사뿐만 아니라 1920년대 동인지 문학 내부에서도 배타적이고 소외된 영역에 자리한다. 이 글에서 주로 살펴보았던 박영희, 홍사용, 이상화 등의 시는 『창조』와 『폐허』를 중심으로 활동하면서 근대시 형성의 산파 역할을 했던 주요한, 김억의 시 및 시론과 일정한 차이를 보인다. 주요한과 김억의 경우, 시인의 자유로운 '개성'의 표현과 그것을 담아내는 시적 형식의 문제를 주로 고민하였고, 또한 두 시인 모두 시적 개성의 문제에 골몰하는 과정에서 민족, 사회, 국가, 전통 등의 이념적 영역으로 포괄되는 과정을 보여주었다. 그에 반해 이 글에서 고찰한 『폐허』, 『백조』 동인 가운데 일군의 시인들은 풍요로운 내면 체험과 몽환적 모험을 통해 자기 존재의 실감을 얻으며 또한 자신의 내면에서 일어나는 알 수 없는 현상들을 언어로 형상화하고자 시도하였다. 이들의 시에 나타나는 '감정', '꿈', '어둠', '죽음', '관능', 그리고 감정의 최고 형태인 '사랑' 등은 이들의 강렬한 내면 체험의 욕망에서 비롯된 예술적 형상이라고 할 수 있다. 이들은 현실에 실재하고 있으나 일상적으로는 포착되지 않는 비현실적인 대상, 그리고 합리적인 방식으로는 설명되지 않는 비이성적인 대상에 관심을 보이며 그 언어적 형상을 부여잡으려 하였다.

이들의 작업이 한국근대시사에서 어떤 의미 있는 지점을 열어 보이고 있다면 바로 여기에서 찾을 수 있을 것으로 생각된다. 비현실적인 것, 비이성적인 것에 대한 관심, 그리고 내면에 대한 끊임없는 숙고의 과정은 시적 형상화의 대상을 확대하며 또한 내면의 심연에 이르려하는 자기갱신적 자아의 모험을 보여주었다. 이같은 경향은 근대시 초기 단계에서 '시적인 것'에 대한 관심을 환기하고 근대시적 주체 형성의 토대를 마련하는 데 긍정적으로 기여하였다. 그러나 시(예술)이라는 절대적 영역 속에서 자기만의 세계를 완성하려는 이들의 전적인 투신은 당대 한글 구어체 표현의 미성숙한 상황, 근대시 형식의 혼돈 상태와 맞물리며, 동인 외부의 객관적 평가와 상호소통을 이끌어내는 데 어려움을 겪을 수밖에 없었다. 이들은 근대시 장르의 체계화가 여전히 실험 중이던 상황 속에서 내면의 진실과 불투명한 언어 사이를 매개하기 위해, 자신을 "蕩盡"하는 "放蕩"한 혼신을 아끼지 않았다. 동인지 시인

가운데 주요한, 김억이 근대시의 정제된 시형과 상대적으로 투명한 언어의 미감을 추구한 반면, 〈백조〉와 『백조』의 동인들은 무의미하고 비이성적이며 불가해한 영역의 탐구와 그 형상화 과정을 통해서 시적 언어의 영역을 심화하고 확장시키는 노력을 보여주었다. 이러한 과정은 근대시인으로서의 정체성을 형성하고 근대시의 장르 인식을 체계화하는 중요한 한 단계로서 의미화할 수 있을 것이다.

한국근대시사에서 『폐허』, 『백조』 동인의 시는 오랫동안 '타자'의 영역에 존재해왔다. 김억, 주요한류의 시와 시론이 한국시사에서 주류 형성의 토대로 작용하고, 이후 김소월, 한용운과 카프의 시가 등장하는 과정 속에서 『폐허』, 『백조』 동인의 시는 오랫동안 '관념적'이고 '병적'이며 '부르주아적'인 시로 평가되어왔다. 반면, 동인지 문학에 대한 최근의 연구에서는 기존의 문학사적 관념에 의문을 제기하며, 한국 근대 문학의 기원 또는 구성 과정을 탐색하려는 노력을 보여주었다. '예술' 및 '예술하는' '자기'에 대한 강한 자부심과 이들의 작품에 형상화된 근대적 미의식의 단초는 최근 연구를 통해 새롭게 해석되고 평가된 내용이라고 할 것이다. 그러나 20년대 동인지 문학을 다른 시대, 다른 문학과 구별되는 특화된 영역으로 보는 시각은 또 다른 의미에서 이 시기를 다시 '타자'의 영역에 위치 짓는 결과를 낳을 수 있다. 20년대 동인지 문학은 한국문학사에서 고립된 특수한 영역이 아니라 1910년대의 계몽 담론과 20년대 중반부터 형성되는 이른바 '순수문학'과 카프의 대립, 그리고 식민지 말기 '친일 문학'의 출현과정과 복합적인 연결망 속에 존재한다. 이 복합성의 의미를 한국근대문학사의 다층적인 관계망 속에서 해석하는 일은 앞으로 20년대 초기 문학 연구가 풀어야 할 하나의 과제가 될 것이다. 이글에서는 『폐허』, 『백조』 동인이 자리한 문학사적 위치를 동인지라는 장의 형성과 매체의 특성, 그리고 동인간의 상호영향 관계와 구체적인 시 작품 분석을 통해 고찰하였다. 이글의 분석과 고찰을 통해서, 20년대 동인지 시인들에게 몽환적 체험에 의지한 내면으로의 탐사 과정이 근대 시인으로서의 정체성과 근대시의 장르 인식을 형성하는 한 계기를 마련하고 있음을 확인할 수 있었다. 그러나 '예술', '개인', '사회'의 관계망 속에서 예술가로서의 정체성을 찾아가는 이들의 태도는 한국근대문학사의 도발적 '반란'이거나 이상태로서 '기억'될 수는 없을 것이다. 기억은 과거의 어떤 사실을 뚜렷이 보존하면서 또 다른 어떤 사실을 영원한 과거의 유물로 묻어버린다. 이글에서는 한 편에서 '보존'하면서 또 한 편으로 사라지는 것, 곧 지상 최고의 고고한 예술가이고자 했으나 '개인'과 '사회', '예술' 사이의 긴장이 빚어내는 무게를 극한까지 추구하지는 못했던 근대 초기 시인들의 형상을 기록하고자 했다. 20년대 동인지 문학 이후 예술과 사회의 관계에 대한 분리와 분화의 논리와 그 구체적인 과정에 대해서는 이후의 과제로 남기려 한다.

미(美)—개체적 자아의 절대 공간

이장희 시의 비교 읽기

다시 읽는 고월(古月)의 시

고월(古月) 이장희 시에 대해서는 지금까지 적지 않은 연구가 이루어졌다. 백기만이 『상화(尙火)와 고월(古月)』[73]에서 그의 유작을 처음으로 정리하였고, 제해만[74]을 통해서 이장희의 생애와 시에 대해 실증적인 고증이 이루어졌다. 또한 김학동[75]에 힘입어, 이미 발굴 · 정리되었던 작품 이외에도 이장희의 실제 작품 수가 훨씬 더 많음이 입증되었다. 김학동의 연구는 이후 이장희의 시가 새롭게 발굴되는 중요한 계기를 마련하였다. 이같은 서지적 연구 이외에도, 이장희의 전기적 사실[76], 정신분석, 심리비평적 분석[77] 감각성과 주관성, 이미지즘적 특성[78] 등에 연구의 초점이 맞추어졌다. 감각성을 중심으로 한 이장희 시의 형식적 특징에 대해서는, 이장희 시가 이룬 탁월한 감각어와 이미지즘적 성과를 인정하면서도 당대 현실에 대한 관심을 결여하고 있음이 한계로 지적되었다.[79] 한편, 이장희 시의 이미지즘적 특징은 1920년대 시사에서 주류를 이루는 주관적 감상주의 계열의 시와 그의 시를 구별되게 하는 요소로 평가되었다.[80] 반면, 이장희 시의 감각적 특성이 하나의 단편적인 가능성에 불과하다는 주장[81] 그리고 이장희 시의 '우울'의 요소가 20년대 초기 시의 전반적인 특성과 일치하며 "그 역시 오직 강렬한 주관성을 토로하고 있을 뿐"이라는 지적도 있었다.[82] 이장희 시의 '우울(憂鬱)'의 요소를 시대적 의미와 연관시켜 해석하거나[83] 그의 시의 '낭만성'과 '환상성'에 주목한 연구도 진행되었다.[84]

이상의 연구를 통해서 이장희 시의 서지적 정리가 이루어졌고, 전기적 사실과 작품의 주요한 특징이 해명되었다. 그러나 그의 시에 대한 연구는 대체로 '이장희'라는 한 개인에게 초점이 맞추어져, 상대적으로 이장희 시가 지닌 시사적 위치, 그리고 20년대 사회문화적인 상황 속에서 그의 시가 형성되는 과정과 그 의미 등에 대해서는 깊이있게 논의되지 못하였다. 이같은 연구경향은 우선, 이장희 스스로가 문단 활동에 적극적으로 관여하지 않았고 극히 폐쇄적인 상황 속에서 시작(詩作)에만 전념했다는 사실과 관련되어 있을 것이다. 그러나 한편으로는, 문단의 주류적 경향과 주요 매체를 중심으로 구성되는 우리 문학사의 기술 방식과도 무관하지 않다. 이장희의 시가 1920년대 시의 주요 흐름 가운데 홀로 '돌출'한다거나 혹은 20년대 시의 주요 경향과 크게 다르지 않다는 평가는, 그 내용의 상반성에도 불구하고, 결국은 주류 문학사의 잣대로 그의 시의 위치를 가늠하고 있다는 점에서는 동일하다고 할 수 있다. 문학사의 중심 담론이라는 '기준'에서 이장희 시를 판단할 때, 그의 시를 독립적인 연구 대상으로 설정할 수 있는 하나의 입각점을 획득하기란 쉽지 않다. 어떤 기준에 포괄되거나 그것을 초월하는 대상에 초점을 맞추어 논의를 전개할 경우, 그 기준점 안팎의 범위에서 크게 벗어나기 어렵기 때문이다. 따라서 그간 '감각성', '우울', '이미지즘' 등의 용어로 개별적이고 산발적으로 논의되었던 이장희 시의 특성을 당대의 사회문화적 상황, 그리고 근대시 형성 과정의 관계망 속에서 설명할 수 있을 때, 그의 시의 온전한 의미 지점을 객관적으로 해명할 수 있을 것으로 기대한다.

이상의 문제의식을 바탕으로 이글의 연구는 기본적으로 작가 비교의 관점에서 진행된다. 구체적으로, 『泰西文藝新報』를 통해 상징주의를 번역 · 소개하고 근대시 인식 과정에 상당한 영향을 끼친 황석우, 그리고 20년대 낭만주의 시의 대표적인 시인으로 평가되는 이상화와 이장희 시세계의 특성을 각각 비교함으로써, 20년대 동인지 문학의 형성과 근대시 인식 과정에서 이장희 시가 지니는 의미 맥락을 해명하고자 한다. 문단의 선배격인 황석우와 이장희 시의 비교를 통해 서구 문학의 영향 관계와 근대시 인식의 변화 과정을 고찰할 수 있다면, 동세대 격인 이상화와 이장희 시의 비교 과정은 20년대 동인지 세대 내의 서로 다른 지향과 차이를 밝히는 데 기여할 수 있을 것이다. 이글에서는 특히, 세 시인이 지닌 '미(美)'에 대한 인식의 차이, 그리고 시적 언어의 구사, 개인 주체의 이해 방식에 초점을 맞추어 그들의 시를 해명하고자 한다. 이같은 비교의 관점을 통해 이장희 시의 특성에 대한 고찰과 아울러 한국 근대시사의 다층적인 양상을 규명할 수 있을 것으로 기대한다.

황석우와 이장희 : 추상화와 감각의 복합성

상아탑 황석우는 김억, 주요한과 더불어 한국 근대시사를 개척한 선구적 인물로 손꼽힌다. 특히 『泰西文藝新報』를 중심으로 이루어진 상징주의의 실험과 『매일신보(每日新報)』에 소개된 근대시론, 그리고 『폐허(廢墟)』, 『장미촌(薔薇村)』, 『조선 시단』 등의 동인지, 시 전문지 활동 등은 황석우가 근대 초기 시단에서 지니는 영향력의 크기를 짐작하게 한다. 그의 시론과 시 창작을 통해 확인할 수 있는 문학 이념은 대체로 예술지상주의와 상징주의적 세계관으로 요약될 수 있다. 황석우에 따르면, 시란 곧 "신(神)의 말"이며 시인은 신과 인간을 매개하는 역할을 한다. 좀더 그의 말을 빌자면, "自我最高의 美를 훔키며 그 美에 觸할 때의 '느낌'을 보통 '靈感' 혹은 '新興'이라 한다. 더 강하게 말하면 '靈感(inspiration)'은 神의 雪白의 향기로운 頰에 觸할 때 그 손을 꽉 쥐일 때 일어나는 '魂의 淨의 肉感'"[85]이다. 즉, 시인은 "自我最高의 美"를 발견하고 향유하며 그 체험을 시의 언어로 번역하는 존재이며, 따라서 이같은 시인의 활동을 통해 영원본질의 절대적 세계가 현현된다고 할 수 있다. 이처럼 초월적 세계의 표상화 과정으로 시를 이해하는 그의 관점은 그의 전 시작 활동에서 지속된다. 최초의 시 전문지인 『薔薇村』(1921)의 편집인으로 그가 작성한 「선언」에는 잡지 출간을 통해 "장미의 香薰높은 신과 인간과의 경하로운 華婚의 饗宴의 열니는 村"[86]을 이루고 싶은 그의 열망을 구체적으로 확인할 수 있다. 황석우가 시를 통해 체험하고 또한 구현할 수 있다고 믿었던 세계는 "신인합일(神人合一)", 또는 "영육합일(靈肉合一)의 황홀경(恍惚境)", 즉 본체와 현상이 합일하는 통합의 순간에 있었다.[87] 주어진 현상을 통해 영원 본질의 세계에 가까이 다가갈 수 있는 순간을 시를 통해 현현하고자 했던 것이다. 이같은 과정은 곧 그가 주장한 상징주의적 시관을 핵심적으로 전달해준다.

이처럼 절대적 미를 추구하는 예술지상주의자, 그리고 영원본질의 세계를 구현하는 상징주의자로서의 황석우의 면모는 최근의 연구 성과를 통해서 또 다른 면모를 추가하고 있다. 그것은 사상가로서의 모습이다. 조영복의 지속적인 연구[88]에 따르면, 황석우는 일본 유학 시절부터 아나키즘 사상을 접했을 뿐만 아니라 〈흑도회〉라는 아나키즘 단체의 결성을 주도하며 초기 사회주의 사상 운동에 적극적으로 참여했다. 이같은 문학인의 사회 운동 참여가 황석우 뿐만 아니라 『薔薇村』의 몇몇 다른 문인들에게서도 나타나는 경향임을 고려한다면, 우리 문학사에서 예술사조로서의 상징주의와 아나키즘 사상 사이의 친연성을 확인할 수 있다. 그들에게 아나키즘 사상과 사회 운동에 대한 관심은 한갓 치기나 유행에 그치는 것이 아니라, '미적인 것'과 더불어 중요한 하나의 축을 형성하고 있었다고 판단된다. 특히 황석우에게서 미를 통한 영원본질의 추구는, 생, 우주, 자연 등의 근원적인 것을 탐구하는 아나키즘 사상의 기본 원리를 통해 더욱 심화된다. 혹은 미를 통한 절대자유의 추구가 아나키즘 사상이 갖는 내적 자유 의지와 '힘'의 논리, '자아의 존귀함'89에 대한 강조 등에서 구체적인 동력을 얻고 있다.

이처럼 미와 정치라는 서로 다른 두 개의 영역에서 근원적인 것을 탐구하는 황석우의 태도는 그의 시적 형상화 과정에서 고유한 특징으로 귀결된다. 그의 시에서 구체적인 대상은 초월적 세계의 어떤 대응물을 지시하거나 관념을 통해 비유된다. 이를테면 '애인'은 "나의全存在의秘書官"이자 "나의全存在의 發動機"로 대응된다.(「눈으로 애인아 오너라」) 또다른 시의 '소녀'는 "너희들의空虛한가슴안에 / 눈물과 創造의新鮮한피를부으려" 온 구원의 여성으로 등장한다.(「淫樂의 宮」) 또한 "碧毛"의 낯선 고양이는 "우리들의世界의 / 太陽"이나 "基督"이라는 절대적 존재로서 고양되기를 꿈꾼다.(「碧毛의 猫」) 구체적 대상과 추상적 관념 혹은 초월적 존재를 알레고리적으로 대응시키는 황석우 시작의 원리는 그가 지닌 미적·사상적 경향과 깊이 연관된다. 황석우에게 개인 또는 일상의 구체적 대상은 그 자체로 의미를 띠지 않는다. 그에게 개인은 공동체적 가치의 실현자로서, 그리고 실제 대상은 절대 세계의 구현물로서 의미를 지닌다. 황석우 시에서 시적 대상이 늘 관념의 그림자를 드리우는 이유는 아나키즘과 상징주의가 혼재된 그의 태도에서 기인한다고 볼 수 있다. 이같은 특징은 개념에 걸맞는 구어 한국어를 선택하는 데 어려움을 겪는 근대시 초기의 상황과 맞물려, 황석우 시의 관념성을 심화시키는 요인이 된다.

황석우의 작품 경향과 사상적 배경은 이장희 시의 특징을 살펴보는 데 적절한 참조항이 될 수 있다. 황석우가 구현하는 미의 세계에는 사회적 소통의 욕망이 내재해있다. 사회적 가치의 실현을 통해 개인의 존재 의미를 확인하려는 욕망, 그리고 자아의 변화가 곧 사회 개혁의 근본 동력이 된다는 상호부조의 원리는 황석우 시세계의 핵심을 이룬다. 그에 반해 이장희의 시는 사회로부터 철저히 단절된 공간에서 이루어진다. 이장희는 "속물"[90]적인 사회로부터 스스로 등을 돌리고 개인의 내밀한 영역으로 칩거한 채, 극히 협소한 '미-개인주의의 공간'을 연다. 에드먼드 윌슨의 설명에 따른다면, 황석우의 상징주의 시는 "상상 속의 세계와 실제 세계 사이의 뒤범벅"에 의해 창조된 반면, 이장희 시는 "서로 다른 감각들의 인식에서 빚어지는 뒤범벅에 의해서 파생되었다"고 분류할 수 있을 것이다.[91] 다시 말해, 황석우의 시가 구체적 사물의 영역을 넘어서는 상상과 관념의 영역을 불러들이며 그것을 끊임없이 환기시키고 있다면, 이장희의 시는 무엇보다 사상, 관념의 그림자를 철저히 떨구어버린 지점에서 시작된다. 그것은 바로, 개인 바깥의 영역과 거리를 둔 채 물러서 오직 자아의 내부와 사물의 구체적 실재에 집중하는 이장희의 시적 태도를 설명해준다. 그에게 자아와 사물은, 초월적 세계로 비약하지 않고도 다만 그 자체로 하나의 우주를 형성하는 어떤 것이다.

> 꼿가루와가티 부드러운 고양이의 털에
> 고흔봄의 香氣가 어리우도다.
>
> 금방울과가티 호동그란 고양이의눈에
> 밋친봄의 불길이 흐르도다.

고요히 다물은 고양이의입술에
폭은한 봄졸음이 써돌아라.

날카롭게 쭉뻐든 고양이의수염에
푸른봄의 生氣가 쒸놀아라.

—「봄은 고양이로다」92

'고양이'라는, 한국문학사에서 낯선 소재가 다루어지는 방식은 두 시인에게서 극명한 차이를 보인다. 앞에서 살펴보았듯, 황석우의 「碧毛의 猫」에서 '고양이'는 "太陽"과 "基督"이라는 한정적 대상을 지시한다. 반면, 위의 시 「봄은 고양이로다」에서 '고양이'의 형상은 관습적이고 한정된 이해 방식에 의해 미리 제한받지 않는다. 이 시에서 '고양이'가 촉발하는 다양한 감각들은 '봄'의 갖가지 속성들과 은유를 통해 연결되어 복합감각적인 혼융의 순간을 창조해낸다. 촉각과 후각, 시각적 경험이 한데 연결, 전이되고 다시 서로를 촉발시키는 과정은 독자로 하여금 그 다채로운 이미지의 운동을 상상하게 만든다. 이같은 과정을 통해 떠오르는 것은, 때로는 "폭은하"고 때로는 "生氣" 넘치며 혹은 "밋치"게 타오르기도 하는 복합감각적인 '봄'의 이미지이다. 이장희 시가 의도하는 것은, 바로 "사물을 평범하게 언급하기보다는 넌지시 암시하"는 '애매함'의 효과라고 볼 수 있다. 그의 시작 과정을 따라 '봄'이라는 하나의 대상, 그리고 '봄'을 지각하는 매 순간의 다채로운 경험은 어떤 하나의 관념으로 고정되지 않고 다양한 이미지를 불러일으킨다. 이것이 바로 이장희가 이해하는 시적 상징의 효과라고 할 수 있다. 그가 개인의 내면에서 일어나는 고유한 감각 지각의 경험을 극히 내밀한 언어의 형상으로 포착해낼 때, 그 형상물은 어떤 관습이나 관념으로 수렴되지 않고 제각기 다른 주체, 다른 순간의 경험을 일깨운다. 그것은 '애매'하지만 고정되지 않으며 사물에 대한 자유로운 연상을 이끌어낸다. 즉, 황석우가 이해한 '상징'이 어떤 초월적 세계를 지향한다면, 이장희의 '상징'은 지극히 실제적인 대상에 집중한 채 복합적인 이미지의 연상 작용을 지향한다. '상징'의 서로 다른 해석이라고 볼 수 있을 것이다.

황석우가 구체적 대상에서 특성한 속성을 분리해내고 그것을 개념화하는 추상화 과정에 관심을 갖는 반면, 이장희는 어떤 추상적 관념조차도 감각적으로 구체화하여 실감있게 제시하는 데 특별한 주의를 기울인다. 이를테면, '동경(憧憬)'이라는 하나의 관념이 이장희 시에 표현되는 방식은 다음과 같다.

> 여린 안개 속에 녹아든 / 쓸쓸하고도 낡은 저녁이 / 어듸선지 물가티 긔어와서 / 灰色의 숢노래를 알외이며 / 갈대가티 간열핀 팔로 / 슷업시 나의 몸을 둘너주도다 // 야릇도하여라 / 나의 가삼속 깁히도 가란저 / 가늘게 고달핀 숨을 수이고잇든 / 핼푸른 녯생각은 / 다시금 쑤믈거리며 늣겨울다.
>
> —「동경(憧憬)」 부분93

'동경'이라는 마음의 태도를 형상화하기 위해 시인이 주목하는 방법은 투사와 의인화의 방법이다. 사물에 시인의 감정을 투사하고 다시 사물을 의인화하는 방법을 통해서 '동경'이라는 마음의 작용은 구체적 실감을 확보하게 된다. 가령, "쓸쓸"한 시인의 감정은 "저녁"의 "낡은" 풍경 속으로 투사되며, 의인화된 대상으로서의 "저녁"은 "물", "안개", "灰色" 등의 촉각, 시각을 불러일으키는 대상과 복합적으로 어우러진 채 객체화된다. 특히 "저녁"이 "간열핀 팔로" "나의 몸을 둘너주도다"와 같은 구절에서 시적 자아와 사물과의 교감을 감각적으로 구체화시키는 시인 이장희의 창작 능력을 확인할 수 있다. 초월적 세계나 추상적 관념보다는 사물의 구체적인 움직임에 주의를 기울임으로써 서로 다른 감각들의 복합적인 작용을 극대화시키는 이장희 시의 특성은 시간의 형상화 방식에서도 나타난다. 다음 두 편의 시는 그러한 예를 보여준다.

> 불노리를 / 실음업시 질기다가 // 앗불사! 부르지즐때 / 벌서 내손가락은 / 밝아케 되엿더라. // 봄날 / 비오는 봄날 / 파라케 여윈 손가락을 / 고요히 바라보고 / 남모르는 한숨을 짓는다.
>
> —「불노리」 전문94

> 시내우에 돌다리, / 달아래 버드나무. / 봄안개 어리인 시내ㅅ가에, 푸른 고양이 / 곱다랏케 단장하고 빗겨잇소, 울고잇소, / 기름진 꼬리를 치들고 // 밝은 애닯은 노래를부르지요. / 푸른 고양이는 물올은 버드나무에 스르를 올나가 / 버들가지를 안고 버들가지를 흔들며 / 또 목노아 웁니다, 노래를 불읍니다. // 멀니서 검은 그림자가 움즉이고, / 칼날이 銀가티 번쩍이더니, / 푸른 고양이도 볼수업고, / 꼿다운 소리도 들을수업고, / 그저 쓸쓸한 모래우에 鮮血이 흘러잇소.
>
> —「고양이의 꿈」 전문95

위의 시편들은 시간의 변화와 그로 인한 사물의 변화를 예리한 시선으로 포착한다. 두 편의 시에는 서로 다른 두 개의 시간대가 존재한다. 「불노리」에는 "불노리를" "즐기다가" "밝아케" "손가락"을 불에 덴 '과거'의 시간, 그리고 일정한 시간이 지난 뒤 "여윈 손가락"을 바라보는 '현재'의 시간이 나타나 있다. 이 시에서 과거의 시간은 현재의 시간과 극명한 대조를 이루는 가운데, 현재의 시점에서 회상되고 배치된다. "밝아케"와 "파라케"라는 선명한 시각적 대비는 시간의 병치와 대비의 효과를 강화시키고 있다. 이처럼 시간성에 대한 예민한 지각을 통해 이 시에서 포착되는 것은 사물의 미세한 변화와 거기에 내재된 시적 자아의 마음의 작용에 있다.

「불노리」에서도 "시름업시 질기"던 과거와 "남모르는 한숨을 짓는" 현재의 상태가 병치를 이루며 그에 따른 사물의 변화가 그려지고 있지만, 「고양이의 꿈」에서는 그같은 변화가 좀더 극명한 형상을 이루고 있다. 앞의 시 「불노리」와 달리 「고양이의 꿈」은 과거와 현재의 시간이 모두 현재 시점에서 제시된다. 구체적으로, "푸른 고양이 / 곱다랏케 단장하고" "노래를 불으"는 시간과 그렇게 "목노아" 울던 고양이를 더 이상 "볼수업"는 시간은 이 시에서 모두 '현재'의 시간으로 등장한다. 다만, 서로 다른 두 개의 시간 사이에 "칼날이" "번쩍이"는 듯한, 급격한 단절이 이루어지면서 극적인 대조와 분리의 효과가 발생한다. 마지막 행의 "쓸쓸한 모래우에 鮮血이 흐"르는 광경은 시간의 격차가 발생시킨 결과를 감각적 이미지의 형상물로 포착한 것이다. 시간성이란 시의 장르적 특성을 이루는 주요한 요소 가운데 하나이다. 이장희 시에 나타난 시간성의 형상화 방식은 그가 시 장르의 본질과 그것을 구현하는 시적 형상화 방식에 대해 깊이 고민한 흔적을 보여준다. 그의 시에 그려진 사물들은 이같은 시간성의 지각과 형상화 과정을 통해 그 본연의 내밀하고 서로 "뒤섞인" 다양한 감각적 특성들을 시적 공간 속으로 불러온다. 이같은 효과는 황석우 시의 추상 작용과 뚜렷한 대조를 이루는 특성이라고 할 것이다.

황석우와 이장희라는, 근대 초기의 두 시인이 '상징'을 이해하는 방식의 차이는 우선 서구 상징주의의 시사적 변용과 정착 과정을 설명해준다. 황석우 자신의 정의에 따른다면, 그가 추구한 상징주의는 "관념 또는 사상을 환기하는 지적 상징주의"[96] 개념에 가깝다. 그가 알레고리 문학이라는 한정된 측면에 상징의 의미를 제한했던 이유는, 개체와 공동체 또는 자아와 세계, 미와 정치의 관계를 유추적으로 사고하는 특성과 관련된다. 이같은 특성은 일차적으로는 황석우가 지녔던, 아나키즘과 상징주의의 혼재성에서 기인하는 것이지만, 동시에 1910년대 한국의 지식인들이 보여준, 개인과 문학의 이해 방식을 말해주는 것이기도 하다. 그들에게 '개인'은 공동체 안에서 의미를 지니며 문학은 사회적 영역 안에서 자기 존재 방식을 유지하는 것이다. 기본적으로 유사한 틀 안에서 사고하는 황석우의 독특함은, 그가 '미'의 영역 안에서 다시 개인/공동체, 자아/세계의 유추적 사고를 반복적으로 재현하고 있다는 점에 있다. 그러나 이장희에게 이러한 사고의 틀은 '속물'적인 것으로 치부된다. 그것은 유교적 세계관, 근대적 제도, 물질주의 등을 거부하는 이장희 개인의 태도에서 연유하는 것이면서, 한편으로 사회와 철저히 격절한 채 '미'의 세계에 칩거하는 새로운 세대의 등장을 의미하는 것이기도 하다. 1920년대 동인지 세대로 불리는 일군의 '새로운 세대' 가운데서도 이장희가 지니는 의미에 대해서는 또다른 참조항인 이상화와의 비교를 통해 좀더 자세하게 논의할 수 있을 것이다.

이상화와 이장희
: 자기 초월의 혁신, 객관화된 자아의 절대 공간

한국 근대시사에서 황석우와 이장희가 놓인 거리에 비할 때, 이상화와 이장희의 자리는 좀더 가깝다. 비슷한 시기에 같은 지역에서 태어나[97] 각각 『백조(白潮)』와 『금성(金星)』으로 등단한 이상화와 이장희는 1920년대 동인지 세대의 주요한 특징을 공유하고 있다. 무엇보다 동인지라는 동호자 집단의 잡지를 기반으로 활동했다는 점은 한국 문학사에서 이들을 다른 시인들과 구별하게 하는 주요한 요인이 된다. 스스로를 동시대의 다른 집단 및 개인들과 뚜렷하게 구분지으며, 20년대 동인지 시인들은 미, 예술과 내면이라는 배타적 영역에 몰입한다. 이상화와 이장희 역시 예술의 세계에 탐닉하고 자아의 내면 체험에 집중하며, 그 감각 지각의 체험을 적확한 한글 구어체로 포착한다는 점에서 공통점을 지적할 수 있다. 특히 이들에게 내면 체험과 몽환적 모험을 통해 구체적으로 자아를 실감하는 일은 매우 중요한 의미를 지닌다. 그것은 '남'과 다른 자기를 구별하고 내면의 고유한 영역을 확정함으로써 자율적 개인을 상상적으로 정초해보려는 시도라고 할 수 있기 때문이다.

이들 두 시인이 차이를 보이는 지점은, 자아를 이해하고 시 속에 시적 주체를 설정하는 방식에 있다. 두 시인을 대비하자면, 먼저 이상화의 관심은 자아의 몰입과 변화를 통한 자기 세계의 심화 확장에 놓여 있다. 이같은 태도는 그의 시에서 고양된 주관의 목소리가 작품의 전면에 나서는 특징으로 나타난다. 이를테면, 대표작 「나의 침실로」에서 '마돈나'를 부르는 '나'의 목소리는 시의 도입 부분부터 마지막 부분까지 고조되어 있다. 「말세의 희탄」에서 "아 — 밋업는, 그洞窟속으로 / 끗도모르고 / 끗도모르고 / 나는 거구러지련다 / 나는 파뭇치이련다."라는 詩句는 시적 주체의 강한 자기 부정과 초월의 욕망을 확인하게 한다. 「독백」은 자기 희생과 죽음을 통해서까지 자기 혁신에 이르고자 하는 주체의 욕망을 선명하게 각인시킨다.

> 나는 살련다 나는 살련다 / 바른 맘으로 살지못하면 밋처서도 살고 말련다 / 남의 입에서 세상의 입에서 / 사람 靈魂의 목숨까지 끈흐려는 / 비웃음의 쌀이 / 내송장의 불상스런 그꼴우흐로 / 소낙비가 치내려 쏘들지라도 — / 짓퍼불지라도 / 나는 살련다 내 뜻대로 살련다. / 그래도 살수 업다면 — / 나는 제목숨이 앗가운줄 모르는 / 벙어리의 붉은 울음속에서라도 / 살고는 말련다. / 怨恨이란 일흠도 얼골도 모러는 / 장마진 냇물의 여울속에 빠저서 나는 살련다. / 게서 팔과 다리를 허둥거리고 / 붓그럼업시 몸살을 처보다 / 죽으면 — 죽으면 — 죽어서라도 살고는 말련다
>
> —「獨白」 전문98

이상화 시에서 시적 자아의 고양된 주관성은 세계라는 '타자(他者)'와 대결하는 양상을 보인다. 다시 말해, 자기 부정과 초월을 통해 궁극적으로 자기의 개혁에 도달하고자 하는 이상화 시의 시적 주체는 세계를 마주하고 그것과 대결함으로써 극복하려는 자세를 취한다. 이같은 양상은 황석우의 경우와 대비를 이룬다. 황석우의 경우에도 자아의 혁신은 그의 시의 뚜렷한 주제를 형성하고 있지만, 그의 시의 '자아'는 끊임없이 자연, 생, 우주 등과 같은 근원적인 대상으로 회귀하려는 의지를 보인다. 자아는 자기를 초월함으로써 세계와 대결하는 것이 아니라 궁극적으로 세계와 합일에 이르고자 한다. 그러므로, 황석우의 후기시가 자연, 우주 등의 범신론적 대상을 형상화하는 '자연시'로 귀결되고, 20년대 중반 이후 이상화가 현실세계에 대한 관심을 직접적으로 표명했던 사실은 두 시인의 자아—세계 관계 양상을 통해 미리 예측해 볼 수 있다.

두 시인의 차이는 미와 정치의 관계에 대한 인식 차에서도 확인할 수 있다. 황석우의 경우, 미와 정치는 서로 대립하거나 분리된 대상이 아니다. 그에게 영원불변의 절대적 세계로서의 미에 대한 지향은 절대 자유를 향한 정치적 이상의 실현과 서로 통하는 것으로 받아들여진다. 그와 달리, 이상화에게 미와 정치, 자아와 세계는 일단 서로 다른 영역에 속한 것이다. 이상화에게 미란 내면의 체험을 풍부하게 하고 자아를 확장시키는 기능을 한다. 초기시에 나타나는 미에 대한 이상화의 관심은 자아와 세계의 대결 양상이 좀더 뚜렷하게 전개됨에 따라 점차 현실적이고 정치적인 영역으로 옮아가게 된다. 후기시에 이르러 이상화가 "그 나라의 생명을 표현하는 作者"의 임무에 대해 자각하고 "민족의 '새로운 생활양식'이 곧 '實感있는 生命' 創造의 전제조건"이라는 보는 것은 바로, 이상화의 변화를 대변해주는 대목이라고 할 수 있다.

이장희는 황석우, 이상화와 모두 구별되는 특성을 보여준다. 이상화 초기시와 마찬가지로 그에게서도 역시 자아와 세계, 미와 정치는 분리된 양상을 보여준다. 자아 '바깥'의 세계, 미 '바깥'의 정치 · 사회적 영역은 그의 표현대로라면 "속물"적인 사회상으로 대립된다. 앞절에서도 살펴보았듯이, 가부장주의와 전통적 세계관뿐만 아니라 근대적 제도와 자본주의적 가치 등 그가 속물적인 것으로 부정하는 대상들과 격절한 채, 이장희가 몰입하는 영역은 미—개인주의의 공간이다. 이장희 시의 독특한 점은, 자칫 주관적 표현으로 흐를 수 있는 자아의 내면 체험을 지극히 객관적인 사태로 형상화하고 있다는 점이다. 한 연구자가 표현했듯, 이처럼 "기적"[99]에 가까운 객관성은 어떻게 가능할 수 있는가. 이장희 시의 공간 안에서 자아는 마치 숨죽인 듯, 주관을 소멸한 채 시적 대상의 뒤편으로 물러나있는 것처럼 보인다. 사태를 진술하는 자아는 등장하지만, 이상화 시와 달리, 시적 공간의 전면에 등장하는 것은 자아의 주관적인 목소리가 아니라 그 자체로 하나의 객관적인 풍경을 보여주는 사물들의 배치이다. 가령,

室內를써도는그윽한냄새 / 좀먹은緋緞의쓸쓸한냄새 / 눈물에더럽힌夢幻의寢臺 / 낡은壁을의지한피아노 / 크달은말러버린따리아 / 파랏게숭업게여윈고양이 / 언재든지暮色을띄인숩속에 / 코기리가튼古風의비인집이잇다

—「비인 집」 전문[100]

雲母가티 빗나는 서늘한 테—블. / 부드러운 얼음, 설당, 牛乳 / 피보다 무르녹은 딸기를 담은 琉璃盞. / 얄븐 옷을 입은 저윽히 고달핀 새악시는 / 길음한 속눈섭을 까라매치며 / 간열핀 손에 들은 銀사실로 / 琉璃盞의 살찐 딸기를 쌕시노라면 / 淡紅色의 淸凉劑가 꼿물가티 흔들닌다.

—「夏日小景」 전문[101]

위와 같은 시에서 사물들은 시적 자아의 주관적 상황을 수식하는 장식물로 그친다거나 혹은 자아와 분리된 양상을 보이지 않는다. 자아의 정서적 태도가 대상에 투사됨으로써 시인의 주관성은 대상을 통해 객관화되는 계기를 얻는다. 사물 편에서 보자면, 사물들은 서로 은유를 통해 연결되거나 혹은 '다른' 존재로 상상됨으로써, 자아의 정서적 투과 과정을 대상화할 수 있는 장치를 만들어낸다. 이렇게 본다면, 지극히 객관적인 사태로 보여지는 이장희 시의 시적 공간은 사실상 시적 자아의 활발한 주관의 활동과 사물의 다양한 속성이 교섭하는 역동적 공간이라고 할 수 있다. 달리 말해, 자아의 충만한 정서적 활동, 그리고 이를 통해 일정한 영역 안에 사물을 통어하고 배치하는 주체의 능력이 '객관적' 풍경의 이면에서 활발하게 작동하고 있다. 주관적 체험 또는 정서를 객관화하는 이장희 시의 특성은 다음 시에서도 확인할 수 있다.

> 어머니 어머니라고 / 어린마음으로가만히부르고십흔 / 푸른하늘에 / 다스한봄이흐르고 / 또 흰볏을노으며 / 불눅한乳房이달녀잇서 / 이슬매친포도송이보다더아름다워라 / 탐스러운乳房을볼지어다 / 아아 乳房으로서달콤한젓이방울지려하누나 / 이때야말노哀求의情이눈물겨우고 / 주린食慾이입을벌이도다 / 이무심한食慾 / 이복스러운乳房....../ 쓸쓸한심령이어 쏜살가티날러지어다 / 푸른하늘에날러지어다
>
> —「靑天의 乳房」 전문

「靑天의 乳房」은 시인의 개인적 체험이 녹아 있는 작품이다. 5세 때 생모와 사별하고 계모 아래서 자란 이장희에게 '어머니'라는 대상은 각별한 존재였다. 따라서 그의 시들 가운데는 '어머니'에 대한 그리움을 드러낸 작품이 많은 편인데, 위의 「靑天의 乳房」은 그 대표적인 작품 가운데 하나이다. 이

시에 대해서는 기왕의 연구에서 몇 가지 관점으로 해석해 왔다. 먼저, 우주론적 유추에 근거한 상징 체계 속에서 해석하는 관점,[102] 이와 달리 상징적 해석에 반대해 시인의 개인적 체험에 주목하며 "무심한 식욕을 느끼는 소년의 애수"를 "나라가 없는 식민지적 삶의 알레고리"로 연결짓는 관점이 있다.[103] 마지막으로 일종의 환상성의 구현으로서 해석하는 관점이 있다.[104] 본고의 관점에서 이 시에서 주목되는 부분은 시인의 일상적 자아가 표출하는 정서적 태도, 그리고 시적 대상을 통해 그것을 객관화하는 방식에 있다. 시인의 개인적인 슬픈 이력은 "푸른 하늘"을 배경으로 한 "乳房"이라는 탐미적인 대상 속으로 투과되고 집중된다. 슬픔과 그리움이 뒤섞인 감정은 미적 쾌감을 동반한 정서적 체험으로 확장되며, "푸르"고 "희"고 "탐스"럽고 "달콤한" 복합감각적 지각 체험은 다양한 이미지가 혼재하는 '애매함'의 효과를 극대화시킨다. 특히 "이슬매친 포도송이보다더아름다워라"와 같이 "포도"와 "乳房"이라는 원관념과 보조관념의 위치를 자리바꿈하고 "주린 食慾이입을벌이도다"에서처럼 시적 자아의 욕망과 대상을 일치시킴으로써, 시적 자아의 생생한 감정과 욕망의 투과물이자 감각적 구체화의 대상으로서 "乳房"이라는 이장희 특유의 형상을 창조해내고 있다.

이상화와 이장희는 20년대 同人誌 세대 내의 서로 다른 지향과 차이를 여시적으로 보여준다. 먼저 자아에 대한 인식 면에서 비교한다면, 이장희 시의 시적 자아는 사회적 영역과 철저하게 단절된 공간에서 형성된다. 이장희 시에서 자아가 사회적 제도, 관습, 이데올로기로부터 스스로를 절연시킨다는 것은 그것으로부터 독립된 자율적인 주체를 설정하고 있음을 말해준다. 시인의 삶의 이력과 일상적 체험에 기초한 시(詩)－개인주의의 영역을 구성함으로써, 그는 어떤 존재로부터도 자유로운 독립적인 공간을 창조하려 했다. 개인의 삶과 시적 창조 과정을 일치시키는 집중력, 그리고 그가 구사하는 시어의 감각적 구체성은 이장희 시의 개인주의적 공간을 하나의 객관적인 사태(事態)로 빚어놓는다. 이장희의 시는 1920년대 동인지 세대가 보여주는 하나의 지향, 즉 자아의 내부에 절대적 영역을 구성하고 모든 사회적 가치, 공동체적 지향을 거부하는 일군의 태도를 전형적으로 보여준다. 20년대 사회문화적 상황을 고려한다면, 동인지 세대의 개인주의는 근대 계몽적 지식 청년들의 민족주의, 공동체적 가치 지향이 식민지적 근대 체제 하에서 점차 출세지향적 가치관으로 변모해가는 시점에서 특별한 의미를 지닌다. 20년대 동인지의 개인주의자들은 예술 창작을 통해 자율적 미의 공간을 근대적 경쟁 체제와 신화의 공간으로부터 스스로를 멀리 세워놓는다.

타자로부터 자유로운 이장희의 자아와 달리, 이상화의 자아는 타자를 의식하며 타자를 마주하고 있다. 타자를 의식하는 이상화의 시적 자아는 그의 초기시에서 대상을 통어하지 못한 채 강한 주관성을 표출한다. 그의 자아는 타자 속으로 자신을 밀어넣을 때, 즉 공동체의 성원으로서의 '나'를 인식할 때 좀더 안정된 목소리를 보여준다. 이장희가 사물의 적확한 감각적 묘사의 힘, 그리고 해결할 길 없는 개인적 삶의 딜레마를 끝까지 밀고나감으로써 시의 구체성을 확보하고 있다면, 이상화에게 시의 구체성은 "오늘의 조선생명"의 "관찰"105, 곧 공동체적 현실로부터 구현될 수 있는 것이다. 이상화의 길은, 20년대 동인지 세대 가운데 또 다른 일군의 문인들이 추구한 길 — 즉, 개인에서 공동체로, 미에서 사회로의 지향을 보여주고 있다.

20년대 시와 이장희 시의 자리

황석우, 이상화, 이장희는 한국 근대초기 시에 나타나는, 미를 전유하는 유형, 개인의 존재방식에 관한 유형을 특징적으로 보여준다. 먼저 황석우에게 개인은 공동체적 구성원으로서 이해된다. 이같은 그의 관점에 따라, 개인의 의미를 공동체적 가치 실현을 통해 추구하는 상호부조의 원리는 미의 영역 속에 구현된다. 이상화는 개체적 자각에서 공동체적 가치 지향으로의 변모를 뚜렷하게 보여주는 시인이다. 이장희와 더불어 그는, 미적 영역의 독립적 가치를 인식한 20년대 동인지 세대의 대표적 시인이지만, 끝까지 미의 영역에 칩거한 이장희와는 사뭇 다른 경로를 보여준다. 민족의 구성원으로서의 '나'에 대한 인식은 개인주의적 미의 공간을 더 이상 자율적인 상태로 유지하지 못하게 한다. 그와 달리, 이장희는 한국근대시사에서 개체와 공동체의 관계, 미적 영역과 사회적 영역 사이의 긴장을 고도로 유지했던 시인이라고 할 수 있다. 그에게 있어 미란 식민지적 근대 사회와 철저히 대립하며 또한 개체는 공동체로부터 독립된 지위를 확보함으로써 자율적 영역을 구성하는 대상으로서 의미를 지닌다. 그러나, 외부의 어떤 구속으로부터도 자유로운 개인과 미적 영역을 추구했던 이장희가 한국문학사에 남긴 이력은 지극히 짧다. 시인으로서 그의 짧은 이력과 불우한 생의 마감은, 그가 추구했던 미—개인주의가 고도의 긴장을 요구하는 대상일 뿐 아니라 한국 근대시사에서 흔치 않은 성취임을 말해준다. 1910년대 말에서 20년대에 주로 활동한 황석우, 이상화, 이장희의 시는 공통적으로 개체와 공동체의 관계에 대한 사유를 미의 영역에서, 혹은 미를 매개로 진행하는 양상을 보여준다. 이같은 태도는, 1920년대를 전후한 당대의 사회문화적 상황 — 즉, 식민지 체제에서 지식 청년들에게 요구되었던 민족주의적 태도, 점차 강고해지는 식민지 권력, 그리고 그에 대한 하나의 대응으로서 발생했던 문화주의의 흐름과 무관하지 않다. 이같은 상황에서 이장희의 시는 지극히 개인화된, '애매(曖昧)'하고 자유로운 시적 공간에서, 많은 식민지의 시인들을 사로잡았던 개체/공동체, 미/사회의 질긴 순환 고리를 과감히 단절시킨 시인으로 평가될 것이다.

'없음'을 응시하는 타자의 시선

백석 시의 '가난'에 대하여

신간서(新刊書)와 '아서라 세상사'

해방 이전 백석의 시는 크게 『사슴』에 수록된 시와 그렇지 않은 시로 나누어진다. 『사슴』에 수록된 시가 주로 유년기의 고향을 시적 대상으로 삼고 있다면, 『사슴』 이후의 시는 일제 말기 시인 자신의 유랑 체험을 바탕으로 창작된 작품이다. 전자가 대체로 고향의 풍물과 유년기의 '기억'의 세계를 정밀하게 복원하는 데 주력하는 반면, 후자는 유랑 생활 중에 접하는 풍물에 대한 묘사, 그리고 고향을 떠나 온 자의 상실감과 유랑의식을 짙게 표출하고 있다. 이렇게 백석의 시세계를 '고향'이란 세계를 중심으로 '안'과 '밖', 또는 그것을 향한 그리움과 바로 그 세계를 잃어버렸다는 자각에서 오는 상실감으로 구분할 때, 그 가운데서도 어느 편으로도 쉽사리 귀속되기 어려운 몇몇 독특한 작품을 발견하게 된다.

1938년 4월과 5월에 『여성』지에 발표된 「내가 생각하는 것은」과 「내가 이렇게 외면하고」는 그 분류 체계를 흔드는 대표적인 작품이다. 두 작품 모두 백석 시에서 흔하게 나타나는 고향의 삶과 풍물을 다루고 있지 않으며, 그렇다고 고향에 대한 시인의 의식을 표출하지도 않는다. '나'가 거듭해서 주어로 등장하는 이 시에서 바깥 풍물에 대한 묘사보다는, '나'의 생각의 흐름을 따라 시상이 전개되고 있다. 이때 중심을 이루는 '생각'이란 '나'의 곤궁한 처지에 관한 것이다.

> 밖은 봄철날 따디기의 누굿하니 푹석한 밤이다. / 거리에는 사람두 많이 나서 흥성흥성 할 것이다/어쩐지 이 사람들과 친하니 싸다니고 싶은 밤이다 // 그렇건만 나는 하이얀 자리 우에서 마른 팔뚝의 / 샛파란 핏대를 바라보며 나는 가난한 아버지를 가진 것과 / 내가 오래 그려오던 처녀가 시집을 간 것과 / 그렇게도 살틀하든 동무가 나를 버린 일을 생각한다 // 또 내가 아는 그 몸이 성하고 돈도 있는 사람들이 / 즐거이 술을 먹으려 다닐 것과 / 내 손에는 신간서(新刊書) 하나도 없는 것과 / 그리고 그 '아서라 세상사(世上事)'라도 들을 / 유성기도 없는 것을 생각한다 // 그리고 이러한 생각이 내 눈가를 내 가슴가를 뜨겁게 하는 것도 생각한다
>
> —「내가 생각하는 것은」 전문

이 시에서 '밖'의 상황과 '나'의 상황은 매우 대조적이다. 따스한 봄밤, 물오른 자연과 활기 띤 거리의 사람들과는 대조적으로 '나'의 처지는 곤궁하고 때로 비참하기까지 하다. "내가 아는 그 몸이 성하고 돈도 있는 사람들"과 달리 '나'의 아버지는 가난하며, '나'의 소중한 사람들은 이미 '나'를 떠나 버린 뒤이다. 이처럼 대단히 비참하고 절망스러운 상황에 대해 진술하고 있음에도 불구하고, 이 시는 결코 비참함에 대한 확인의 차원으로 머물지 않는다.

이렇게 될 수 있는 것은 곤궁한 상황을 지극히 담담한 어조로 진술하는 시적 자아의 태도에도 있지만. '나'가 진술하는 곤궁함의 내용, 즉 '없는 것'의 내용이 소박하기 짝이 없는 것이라는 점에서도 확인된다. '그들'은 "즐거이 술을 먹으러 다니"는데, '나'에게는 보고 싶은 책 한 권 사서 보고, 듣고 싶은 노래 한 곡조 들을 만한 여유조차 없음을 서러워하는 것이다.

이 시가 지니는 미덕은 가난과 소외의 상황을 원망하지 않고 자신의 처지를 담담히 지켜보며 조용히 되새김질하는 자아의 태도에 있다. 특히 "생각한다"라는 서술어의 반복적인 쓰임은 사태를 즉자적으로 제시하는 것이 아니라, 거리를 두고 객관화하려는 '나'의 태도를 뒷받침한다. 사람들과 '나'와 '내' 처지를 '생각'하고 그러한 '생각'을 다시금 '생각'하는 '나'의 반성적인 태도는 어느덧 가난을 긍정하기에 이른다. 「내가 이렇게 외면하고」는 바로 그러한 태도를 보여주는 작품이다.

> 내가 이렇게 외면하고 거리를 걸어가는 것은 잠풍 날씨가 너무나 좋은 탓이고 / 가난한 동무가 새 구두를 신고 지나간 탓이고 언제나 꼭 같은 넥타이를 매고 고은 사람을 사랑하는 탓이다 // 내가 이렇게 외면하고 거리를 걸어가는 것은 또 내 많지 못한 월급이 얼마나 고마운 탓이고 / 이렇게 젊은 나이로 코밑수염도 길러보는 탓이고 그리고 어느 가난한 집 부엌으로 달재 생선을 진장에 꼿꼿이 지진 것은 맛도 있다는 말이 자꾸 들려오는 탓이다
>
> —「내가 이렇게 외면하고」 전문

앞의 시에서 '거리'는 '나'의 가난한 처지를 분명하게 인정하게 만드는 대조적인 대상이었다. 앞의 시 「내가 생각하는 것은」에서 '내'가 거리를 바라보면서 그와 대조적인 '나'의 처지를 거듭 돌아보았다면, 이 시에서 '나'는 거리를

외면한다. 거리로부터 눈길을 거둔 채 있는 그대로의 '나'를 들여다보는 것이다. 들여다보니 '나'에게도 역시 가난하지만 '동무'가 있고, 적으나마 "고마운" "월급"이 있고, 호기를 부려볼 수 있는 자그마한 여유도 있다. '나'는 '없음'에 대해 비관하거나 좌절하는 것이 아니라, '없음' 자체를 인정하고 '있는' 것의 가치를 찾아 나가는 것이다. 여기서 '나'가 발견하는 '가진 것'의 가치는 앞의 시 「내가 생각하는 것은」에서 '내'가 갖기를 소망했던 것들과 마찬가지로 역시 소박하기 그지 없는 것들이다. 소박한 것들에 대한 인정은 '내'가 아닌 다른 사람들의 '가난'까지도 연민과 사랑의 시선으로 포용하게 만든다. 위 시의 마지막 부분에 그려진 "어느 가난한 집 부엌"의 풍경은, 가진 것 별로 없이 고단하게 헤쳐 나가야 할 곤궁한 삶과 그 안에서 번져 오르는 삶의 여유가 어우러져, 그야말로 "따사로히 가난"한 하나의 장면을 연출하고 있다.

지금까지 살펴본 두 편의 시 「내가 생각하는 것은」과 「내가 이렇게 외면하고」는 가난하고 소외된 삶을 바로 그러한 삶을 살아가는 자의 시선으로 포착한 작품들이다. 여기서 '가난'은 단지 시적 소재나 대상으로 취급되지 않는다. 시적 자아가 관찰하고 '생각'하며 또 살아가는 '가난'에는 이미 깊숙이 밴 삶의 체험이 풀어져 있으며, 또한 '이' 세상에서 가난하게 살아간다는 것의 의미에 대한 물음과 반추가 각인되어 있다.

백석의 시에서 나타나는 '가난'의 시선은 중심이 아닌 주변의 자리, 한 번도 중심이 되어 보지 못하고, 앞으로도 그럴 기회가 주어지지 않을 소외된 주변부의 자리를 비추어 보인다. 그 자리에 설 때 세상을 움직이는 중심의 축, 가난한 자들을 튕겨 내는 지배와 억압의 원리는 더 잘 들여다보인다. 백석의 시가 지닌 미덕은 바로 이러한 '중심'의 원리를 드러내 보이는 '변방'의 자리, '타자'의 자리를 형상화한다는 점에 있다.

그의 전기 시세계를 구성하는 유년기 고향의 세계나 후기시의 유랑 체험 역시 '변방'의 자리라는 점에서는 공통성을 지닌다. 다만 전기 시가 배타적인 타자성의 공간을 형성하고 있다면, 후기 시에서는 '타자'의 자리조차 객관화하는 반성적 시선이 드러난다. 이러한 전기에서 후기로의 변화 지점 어디쯤엔가에 「내가 생각하는 것은」과 「내가 이렇게 외면하고」가 자리잡고 있다. 두 편의 시에 나타나는 고단한 삶의 피로와 '나'를 주체로 하는 '생각'의 과정은 백석의 시가 기억 속의 공간에서 현실의 삶으로, 바깥의 풍물에서 '나'의 내면으로 변화해가는 도중의 어느 한 지점을 보여주는 것이라고 할 수 있다.

아 모도들 따사로히 가난하니

백석의 실제 고향은 평안북도 정주이다. 그는 1912년 평북 정주군 갈산면 익성동에서 태어났다. 그가 본격적으로 작품 활동을 하기 시작하는 1930년대의 평안도 정주는 변방 중에서도 특히 소외된 지역에 해당된다. 당시의 식민지 조선이 서구를 중심으로 하는 근대화의 보편적 과정에서 소외된 '세계의 변두리'였다면, 정주는 '변두리 속의 변두리'라고 할 수 있다. 정주 출신의 시인 백석은 바로 그러한 변방의 자리에서 변방의 언어인 평북 방언으로 변방의 삶을 그린다. 첫 시집 『사슴』의 주요 시어를 구성하는 평북 방언은 30년대 중반 무렵 '서울 중류층의 말'을 중심으로 재편되어가는 언어의 표준화 과정에 시어를 통해 저항한다는 의미를 띤다.[106] 그는 말과 글의 영역에서 이루어지는 근대적 중앙집권화 과정, 즉 인공의 균질적인 언어가 구체적이고 개별적인 삶의 언어를 대체해가는 과정에 대해 독창적인 시어의 개발로써 비판하고자 한다. 그것은 백석이 생각하는 시인으로서의 직무 수행 가운데 하나이다. 백석 시에서 방언의 의미는 비단 거기에서 그치지 않는다. 표준어에 대한 시어의 저항이라는 의미 이외에도, 그의 방언은 그가 기억하고자 하는 공동체의 세계를 재현하는 주요한 미적 구성물이라고 할 수 있다. 그는 마치 한 땀 한 땀 수를 놓는 것처럼, 또는 섬세한 칼날의 움직임으로 조각해 나가듯이 언어의 기원107을 더듬으며 삶의 기원을 기록한다.

명절날 나는 엄매아베따라 우리집개는 나를 따라 진할머니 진할아버지가 있는 큰집으로 가면 // 얼굴에별자국이솜솜난 말수와같이 눈도껌벅거리는 하로에베한필을짠다는 벌하나건너집엔 복숭아나무가많은 新里고무 고무의 딸李女 작은 李女 / 열여섯에四十이넘은 홀아비의 후처가된 포족족하니 성이잘나는 살빛이매감탕같은 입술과 젖꼭지는더까만 예수쟁이마을 가까이 사는 土山고무 고무의딸承女 아들承동이 / 六十理라고해서 파랗게뵈이는山을 넘어있다는 해변에서 과부가된 코끝이빩안 언제나 흰옷이 정하든 말끝에설게 눈문을 짤때가많은 큰곬고무 고무의딸洪女 아들洪동이작은洪동이 / …(중략)… // 이 그득히들 할머니할아버지가있는 안간에들뭏여서 방안에서는 새옷의 내음새가나고 또 인절미 송구떡 콩가루차떡의내음새도나고 끼때의두부와 콩나물과 뽂은잔디와고사리와 도야지비계는 모두 선득선득하니 찬 것들이다.

—「여우난곬족」 부분

날기멍석을저간다는 닭보는할미를차굴린다는 땅아래 고래같은 기와집에는언제나 니차떡에 청밀에 은금보화가그득하다는 외발가진조마구 뒷山어디메도 조마구네나라가있어서 오줌누러깨는재밤 머리맡의문살에대인유리창으로 조마구군병의 새깜안대가리 새깜안눈알이 들여다보이는때 나는이불속에자즐어붙어 숨도쉬지못한다

또 이러한밤같은때 시집갈처녀망내고무가 고개넘어큰집으로 치장감을가지고와서 엄매와둘이 소기름에쌍심지의 불을밝히고 밤이들도록 바느질을 하는밤같은때 나는 아릇목의샅귀를들고 쇠든밤을내어 다람쥐처럼밝어먹고

은행여름을 이두불에구어도먹고 그러다는 이불옿에서 광대넘이를뒤이고 또 눟어굴면서 엄매에게 옿목에둘 은평풍의 샛빩안천두의 이야기를듣기도 하고 고무더러는 밝은날 멀리는 못난다는뫼추라기를 잡어달라고졸으기도 하고

—「고야」 부분

백석의 시어가 당시 표준어 사용과 철자법 통일을 중심으로 이루어지는 언어의 표준화 과정에 대치하고 있었던 면모는 몇 가지 면에서 확인할 수 있다. 어절 단위의 엄격한 띄어쓰기가 아닌 시인의 고유한 판단에 따른 의도적인 붙여쓰기, 어근을 밝혀 적는 분철 표기법, 그리고 표준어가 아닌 낯선 방언의 사용이 그러한 증거들이다. 띄어쓰기와 표기법 상의 파행을 감행하며 변방의 언어로 적어가는 그의 시는 언어적 특성, 그리고 그 언어를 통해 형상화하는 시적 세계의 면에서 모두 독자적인 타자적 공간을 형성하고 있다. 그의 '고향—정주—유년'의 세계는 명절날이면 마치 하나의 꿰미처럼 식구마다 줄줄이 큰집으로 모여드는 사람들과 풍성한 음식들, 그리고 갖가지 놀이들로 끈끈하게 엮인[108] 완벽한 연대의 세계(「여우난곬족」)이자, 유년기의 축제와 신화가 그대로 보존되고 있는 기억 속의 원형의 공간(「고야」)이다. 이들 세계는 평화롭고 행복하며 흥성스럽기 그지 없는 세계이지만, 동시에 그 자체로 폐쇄적이고 자족적인 공간을 형성하고 있다.

이 자족적인 화해의 공간 안에도 물론 '가난'은 존재한다. 그러나 『사슴』의 세계에서 드러나는 '가난'은 앞 절에서 다룬 시 「내가 생각하는 것은」의 '가난'과는 사뭇 다른 양상을 보인다. 앞 절의 인용시 두 편에서 '가난'은 물리적으로 삶 속에 실재하는 것이다. 그리고 '가난' 뿐만 아니라 '가난'을 상대적 박탈감으로 뼈저리게 체험하게 만드는 '부'의 세계 역시 엄연히 실재한다. 현실의 세계를 '가난'과 '부'라는 두 개의 세계로 가르는 경제의 법칙이 시

속의 세계 역시 나누어 놓고 있다. 이와 달리 『사슴』의 공간에는 '가난'이 분명하게 존재하고는 있지만 특별히 문제시 되지 않는다. 가난한 삶의 고달픔과 쓰라림을 넘어서는 가족, 정(情), 유년의 세계, 이들이 제공하는 아늑함과 정감과 풍요로움이 현실의 가난을 덮어버리기 때문이다. "포족족하니 성"을 잘 낸다든가 "언제나흰옷이정하"고 "말끝에설게 눈물을 짤때가많"다든가 하는 태도들은 결코 만만치 않은 삶의 신산함과 설움을 암시하는 특징들이지만, 이러한 삶의 문제가 작품 속에 놓일 때 현실의 고통과 가난과는 무관한 유년의 아늑하고 풍성한 한 때로 재현되는 것이다. 이 풍경은 가난해도 서럽지 않은 세계이며, 서로 어울려 있기에 고독하지 않은 세계, 그리고 한없이 정갈한 세계이다.

그러나 이 다채롭고 풍성한 유년의 축제 속에서 타자의 시선을 찾아보기는 어렵다. 『사슴』의 작품들은 유년 화자가 등장하는 정겨운 추억의 풍경이거나 고향의 풍물, 또는 풍경의 한 커트를 스케치처럼 간명하고 인상깊게 묘사한 것이다. 전자의 작품군에서 유년 화자의 시선은 근대화 과정에서 '고향'이 지닌 타자성의 의미를 파악할 만큼 '성숙'하거나 또는 '오염'되어 있지 않다. 한편 후자의 경우에도 동심의 시선마저도 정경 뒤로 사라진 채 적막한 묘사로 일관하는 작품들(「初冬日」, 「夏畓」, 「酒幕」 등)이 주를 이루지만, 그 가운데 해체와 방랑의 징후로서의 '어른'의 시선이 작품 속에 깃들기 시작하는 것을 발견하게 된다. 「쓸쓸한 길」에서 죽은 사람을 둘러메고 산비탈을 올라가는 "거적장사"의 모습이나, 「修羅」에 나타나는 해체된 '거미' 가족의 풍경은 대표적인 예가 될 것이다. 특히 이 작품에는 공동체의 와해에서 오는 비극적 풍경이 '어른'의 연민어린 시선으로 포착되어 있다.

거미새끼 하나 방바닥에 나린 것을 나는 아모 생각 없이 문밖으로 쓸어버린다 / 차디찬 밤이다 // 어니젠가 새끼거미 쓸려나간 곳에 큰거미가 왔다 / 나는 가슴이 짜릿한다 / 나는 또 큰거미를 쓸어 문밖으로 버리며 / 찬 밖이라도 새끼 있는 데로 가라고 하며 서러워한다 // 이렇게 해서 아린 가슴이 싹기도 전이다 / 어데서 좁쌀알만한 알에서 가제 깨인 듯한 발이 채 서지도 못한 무척 적은 새끼거미가 이번엔 큰거미 없어진 곳으로 와서 아물거린다 / 나는 가슴이 메이는 듯하다 / 내 손에 오르기라도 하라고 나는 손을 내어미나 분명히 울고불고 할 이 작은 것은 나를 무서우이 달어나버리며 나를 서럽게 한다 / 나는 이 작은 것을 고히 보드러운 종이에 받어 또 문밖으로 버리며 / 이것의 엄마와 누나나 형이 가까이 이것의 걱정을 하며 있다가 쉬이 만나기나 했으면 좋으련만 하고 슬퍼한다

—「修羅」 전문

「修羅」의 시적 상황은 가족공동체가 붕괴되어 가는 근대적인 생활 조건에 기초해있다. 이 시에서 '거미' 가족의 이산 경험은 공동체적 합일의 세계가 점차 훼손되고 급격히 붕괴되어 가는 식민지 근대의 현실과 무관하지 않을 것이다. 그러나 이 시에서 주요하게 묘사되는 것은 '가족의 해체'라는 상황의 비극성뿐만 아니라, 육친 사이에 흐르는 끊을 수 없는 애정과 거의 본능에 가까운 분리 불안의 경험이다. "새끼거미"가 쓸려나간 곳에 어느 틈엔가 나타나 새끼를 찾는 어미 거미, 다시 "엄마"와 "누나나 형"이 사라진 곳에서 채 서지도 못한 채 어쩔 줄 몰라하는 "무척 적은 새끼거미"의 모습은 가족 구성원 사이의 유대와 애정이 결코 외부의 강제적 힘에 의해서 쉽사리 단절될 수 없는 인간 본연의 것임을 보여준다. 이렇게 근원적인 인간의 유대와 본연의 감정을 단절시키고 박탈하는 극단의 상황에 대해 백석은 '修羅',[109] 곧 지옥이라고 부른다. 가족을 뿔뿔이 흩어지게 만드는 근대적 삶의 각박함이 시인에게는 마치 지옥과 같은 현실로 받아들여지는 것이다.

그러나 시인 백석이 '어른'의 시선으로 포착한 '수라'의 세계는 그가 정밀하게 기록해나간 유년기 고향의 세계와 크게 다르지 않다. 두 세계는 결국 상실한 고향에 대한 그리움이라는 동일한 정서적 근원에서 자라 나온 것이다. 유년기의 화해로운 세계가 고향 상실의 경험으로부터 의도적으로 구성된 기억 속의 동심의 공간이라면, '어른'의 눈으로 포착한 공동체의 붕괴 현장 역시 이제는 다시 누릴 수 없는 합일과 충만한 시간을 향한 그리움으로부터 배태된 것이라고 할 수 있다. 유년의 고향 속에도 이미 근대적 삶에 대한 성찰이 전제되어 있으며, 붕괴된 공동체의 잔영에서도 지난 날 연대와 합일의 경험은 오롯이 떠오르고 있다.

다만 유년기 고향의 세계에서 '가난'이 시적 상황의 표면에 드러나지 않았다면, '어른'의 시선이 드러나는 시에서 '가난'은 삶의 물질적인 측면뿐만 아니라 정신적인 측면에까지도 급격히 개입해 온다. 가난으로 인한 가족의 해체와 비극적인 여인의 삶을 그린 「女僧」, 고향을 떠나와 '내지인 주재소장' 집의 어린 일손으로 다시 삼촌댁으로 이리 저리 끌려 다니는 "어린 계집아이"의 사연을 담은 「八院」 같은 작품들에서 '가난'은 마치 앙상한 나뭇가지처럼 몸을 드러내고 있다. '어른'의 시선은 '가난'의 현실적 의미와 '가난한 사람들'을 양산해내는 근대적 삶의 조건을 포착하고 형상화한다. 그러나 그것은 가난한 타자들을 보여 주고는 있지만, 그 자체가 타자적 시선이라고 단정하기는 어렵다. 지금까지 살펴본 몇 편의 작품에서도 드러나듯이, 백석의 시에서 '내'가 속한 세계는 이미 '나'의 동일성을 유지할 수 없게 만드는 세계이다. '내'가 '나'로서 살지 못하게 만드는 세계에서 '나'는 어떻게 '나'를 잃지 않으면서 타자일 수 있는가.[110] 완강하게 '나'를 고집하거나, 또는 손쉬운 외적 규범에 의해 '나'를 재단하지 않으면서 '내' 안의 '나'를 낯선 눈으로 다시 바라보는 일은 어떻게 가능한가. 일제 말기 백석의 시는 바로 이러한 물음의 과정이자 스스로 그 물음에 대답을 찾아가는 과정이라고 할 수 있다. 다음 절에서 그

혼적을 구체적으로 확인하기로 한다.

이 그지없이 고담(枯淡)하고 소박한 것은 무엇인가

일제 말기 백석의 생활은 유랑의 연속이었다. 1939년 만주로 건너간 백석은 45년 해방과 더불어 고향으로 돌아오기까지 만주의 이곳 저곳을 떠돌며 각종 직업을 전전한다. 측량보조원, 측량서기, 소작인 등이 그가 한때 종사했던 일들이다. 그 밖에도 그는 때로는 실직 상태로 때로는 번역 일에 매달리며 시창작을 지속해 나간다. 이 시기 백석의 작품은 초기 『사슴』의 세계와는 많은 면에서 차이를 보인다. 더 이상 그는 방언을 통해 잃어버린 공동체의 세계를 정밀하게 복원해 내는 일을 하지 않는다. 또한 고향의 풍물과 정경을 간명한 시적 이미지로 구현하는 일에도 열중하지 않는다. 일제 말기 백석의 시에는 방언과 고향의 흥성스런 풍경이 모두 사라져 있으며, 대신 낯선 이방의 풍물과 사람들, 그리고 '나'를 주어로 하는 긴 생각의 과정이 연이어진다. "꾸냥"과 "쌍마차"가 거리를 오가고 "이백"과 "두보"의 후손들이 살아가는 땅에서 그는 오히려 '이방'의 모습들을 통해 '나'를 성찰한다.

> 나는 이 털도 안 뽑은 도야지 고기를 물구러미 바라보며 / 또 털도 안 뽑은 고기를 시꺼먼 맨모밀국수에 얹어서 한입에 꿀꺽 삼키는 사람들을 바라보며 // 나는 문득 가슴에 뜨끈한 것을 느끼며 / 小獸林王을 생각한다 廣開土大王을 생각한다
>
> —「北新 - 西行詩抄 2」, 부분

이 시에서 "털도 안 뽑은 도야지 고기"를 "꿀꺽 삼키는" 북방의 사람들은 '나'에게 분명 낯선 존재들이다. 그러나 '나'는 그 낯선 사람들의 낯선 현장에서 문득 '우리'가 잃어버렸던 옛 모습을 발견한다. 이방의 삶 속에서 '내'가 잃어버렸던, 기상과 기개 있는 면모를 생생하게 확인하는 순간이다. 이러한 경험은 이 시기의 다른 시편에서도 두루 확인된다. 「조당에서」 같은 작품에서는 "한물통 안에 들어 목욕을 하"는 이방인들의 "한가하고 게으른" 모습에서 "목숨이라든가 人生이라든가 하는 것을 정말 사랑할 줄 아는" 삶의 태도를 발견한다. 그것은 '내'가 미처 누리지 못했거나 진정으로 그 가치를 발견하지 못했던 또다른 인생의 면모이자 삶의 태도이다. 또한 「두보나 이백같이」에서는 이방인의 삶에서 '내' 쓸쓸한 삶의 위안을 얻으며 그들과 마음깊이 공감하는 모습이 나타난다. 세 편의 시에서 발견되는 이러한 태도는 모두 이방의 낯선 삶의 현장에서 '나'를 발견해 나가는 과정을 보여준다. 이방의 사람들과 거기서 이루어지는 낯선 체험은 시인 백석에게 '나'의 삶을 객관화하며 성찰할 수 있는 자리를 마련해준다. '나'는 자기동일성의 원초적 공간—고향을 떠나온 자리에서 오히려 '나'의 근원과 타자적 본질을 발견하고 있다. 이 과정에서 '나'는 다 잃어버리고 아무것도 지니지 못한 '가난'한 '나'를 맞닥뜨린다. 「북방에서」는 그러한 '나'의 성찰과 태도가 잘 드러난 작품이다.

> 아득한 녯날에 나는 떠났다 / 夫餘를 肅愼을 勃海를 女眞을 遼를 金을 / 興安嶺을 陰山을 아무우르를 숭가리를 / 범과 사슴과 너구리를 배반하고 / 송어와 메기와 개구리를 속이고 나는 떠났다 // 나는 그때 / 자작나무와 이깔나무의 슬퍼하든 것을 기억한다 / 갈대와 장풍의 붙드든 말도 잊지 않었다 …(중략)… // 그동안 돌비는 깨어지고 많은 은금보화는 땅에 묻히고 가마귀도 긴 족보를 이루었는데 / 이리하야 또한 아득한 새 녯날이 비롯하는 때 / 이제는 참으로 이기지 못할 슬픔과 시름에 쫓겨 / 나는 나의 녯

> 한울로 땅으로―나의 胎盤으로 돌아왔으나 // 이미 해는 늙고 달은 파리하고 바람은 미치고 보래구름만 혼자 넋없이 떠도는데 // 아, 나의 조상은 형제는 일가친척은 정다운 이웃은 그리운 것은 사랑하는 것은 우러르는 것은 나의 자랑은 나의 힘은 없다 바람과 물과 세월과 같이 지나가고 없다
>
> ―「북방에서-정현웅에게」 부분

이 시에서 백석은 '가난'에 대한 역사적 통찰에 이르고 있다. 여기서 '가난'은 한 개인의 사연이나 한 가족 혹은 마을을 둘러싼 삶의 문제로 국한되지 않는다. '가난'은 '나'의 삶이면서, 동시에 민족의 역사와 현실을 관통하는 보편적인 문제로 심화되어 있다. 그런 점에서 이 시의 시적 자아인 '나'는 시인 개인의 투영물이거나 특정한 시 · 공간의 삶을 반영하는 존재가 아니라 하나의 역사적 자아로 승화되어 있다. 역사적 자아로서의 '나'는 '내'가 지나온 긴 세월의 흐름을 굽어보고 있다. '나'는 '내' 삶의 근원지였던 '북방'의 친근한 사람들과 자연의 벗을 떠나 긴 시간을 흘려보내고, 결국에는 "참으로 이기지 못할 슬픔과 시름에 쫓겨" 다시 그곳으로 돌아온다. 그러나 '내'가 "나의 태반"으로 돌아와 확인하는 것은 아무것도 남아있는 것은 없다는 사실 그 자체이다. '나'는 철저하게 가난하다. 이때 '가난'은 단지 먹고 사는 문제, 경제적 삶에 국한된 문제가 아니다. "나의 조상"과 "형제", "정다운 이웃", "그리운 것과 사랑하는 것", "나의 자랑"과 "나의 힘"이 모두 "지나가고 없다"는 것은 '나'의 기반, 즉 내가 나 스스로를 인정하고 평가할 만한 내 안의 근거가 상실되었다는 것을 의미한다. 이처럼 '없음' 자체에 대한 철저한 인정은 '없음'을 주관적 척도로 미화하거나, 또는 외적 규범에 의해 의도적으로 폄하하는 것이 아니라 '없음'이라는 상황을 객관화하고 성찰하는 태도를 낳는다. 일제 말기에 씌어진 백석의 여러 편의 시들은 곳곳에서 이러한 태도를 보여 주고 있다

동료 소설가 허준의 사람됨을 그린 시 「許俊」도 그러한 작품 가운데 하나이다. 이 시에서 백석은 허준이라는 인물을 "눈물의 또 볕살의 나라에서" "이 세상에" "쓸쓸한 나들이를 온" 사람으로 묘사한다. 사랑하는 가족에게는 돈 한 푼을 아끼면서도 "마음이 가난한 낯설은 사람에게 수백냥 돈을 거저 주는 인정을" 가진 사람, "사람은 모든 것은 다 잃어버리고 넋 하나를 얻는다는 크나큰 말"을 남긴 사람, 그렇게 "고요"하고 "따사한" 가슴을 가진 사람이 바로 허준이라는 인물이다. 백석은 이 시에서 허준 같은 사람들이 살아가는 가난한 이 나라의 가치를 긍정하고 있다. 그들이 '가난'하기 때문에 위로와 연민의 태도로 포용하는 것이 아니라, 바로 그 '가난'으로부터 '가난'을 긍정할 수 있는 가치와 척도를 발견한다. 땅 소유주와 소작농 사이의 관계를 "밭을 주어 마음이 한가"한 "老王"과 "밭을 얻어 마음이 편안"한 농사꾼의 여유로운 풍경으로 묘사한 「歸農」, "국수"를 기다리는 "가난한" 사람들의 "의젓한 마음"을 그린 「국수」 같은 작품에서도 동일한 태도는 발견된다. 이들 시에서 '가난'은 의식주의 문제를 해결하기 위해 아귀다툼을 벌이는 속된 현실의 문제가 아니라, 지극히 "枯淡하고 素朴한" 아취마저 띠고 있다. 이국땅을 떠도는 가난한 식민지의 시인에게 이것은 어떻게 가능한 일인가. "내 슬픔이며 어리석음이며를 소처럼 연하여 쌔김질하는"(「南新義州 柳洞 朴時逢方」) 성찰의 반복, 그리고 "내 슬픔과 어리석음에 눌리어 죽을 수밖에 없는 것을 느"낄 정도로 절망의 밑바닥까지 내려가는 지독한 좌절의 체험이 그에게 가난한 운명에 대한 수락과 긍정의 태도를 낳는 힘이 아닐까. 다시 몇 편의 시에서 절망의 극단과 그 속에서 이루어지는 '가난'에 대한 인식의 전환과정을 살펴볼 수 있다.

이 흰 바람벽엔 / 내 쓸쓸한 얼골을 쳐다보며 / 이러한 글자들이 지나간다 / ― 나는 이 세상에서 가난하고 외롭고 높고 쓸쓸하니 살어가도록 태어났다 / 그리고 이 세상을 살어가는데 / 내 가슴은 너무도 많이 뜨거운 것으로

> 호젓한 것으로 사랑으로 슬픔으로 가득찬다 / 그리고 이번에는 나를 위로하는 듯이 나를 울력하는 듯이 / 눈질을 하며 주먹질을 하며 이런 글자들이 지나간다 / ㅡ하늘이 이 세상을 내일 적에 그가 가장 귀해하고 사랑하는 것들은 모두 / 가난하고 외롭고 높고 쓸쓸하니 그리고 언제나 넘치는 사랑과 슬픔 속에 살도록 만드신 것이다
>
> ㅡ「흰 바람벽이 있어」 부분

이 시에서 '가난'의 가치는 급격한 반전을 통해 긍정된다. '가난'은 이제 서로 사랑하는 가족을 뿔뿔이 흩어지게 만들고 추운 겨울날 "손이 꽁꽁 얼어" 붙은 어린 계집아이에게 "찬물에 걸레를 치"게 하며(「八院」), 또한 시인에게 "新刊書 하나" 사 보지 못하게 하는 부정적 현실이 아니다. '가난'은 "하늘"에서 특별히 선택받은 사람들만이 누릴 수 있는 가치있는 것이며. "하늘"로부터 "가장 귀해하고 사랑"을 받는다는 증거물이다. 이처럼 급격한 인식의 전환에는 중요한 '자리'과 '시선'의 변화가 그 바탕을 이루고 있다. '나'는 '나'에게서 떠나고 '내' 삶의 터전인 고향으로부터 떠나왔다. 그리고 '내'가 '나'와 '고향'을 버림으로써, '나'는 비로소 '나'를 바깥에서 바라볼 수 있는 시선을 획득한다. '바깥'이란 '나'를 객관화할 수 있는 시선, 아울러 '내' 안의 낯선 '나'를 발견할 수 있는 시선을 뜻한다. 그 '시선'에 의해 '내'가 얻게 되는 것은 본능적으로 체화되거나 또는 주어진 조건에 의해 강제적으로 부여된 규범이 아닌 '나' 스스로 마련한 '내' 안의 반성적 규범이다. '가난'을 세상에서 가장 귀한 존재만이 누릴 수 있는 특권으로 여기는 삶의 태도는 이러한 성찰의 과정 끝에 얻어진 것이다.

맑고 가난한 친구를 기억하며

백석의 문학은 한국문학사에 '가난'에 관한 세밀한 형상화와 독특한 시선의 기록을 남기고 있다. 그의 시는 가난한 현실을 직접적으로 반영하거나 그러한 현실을 고발하는 데 큰 관심을 두지 않는다. 백석이 보고 그린 가난의 그림에는 삶의 고통이나 울분, 구차스러움과 굴욕감처럼 인간을 비참하게 만드는 상황이나 감정들이 잘 드러나지 않는다. 백석 시에 그려진 사람들은 가난에도 불구하고 그 인간적인 존엄을 잃지 않고 있으며, 가난의 형상은 그 형상을 세상에 다시 없는 귀한 것으로 만드는 독특한 후광에 둘러싸여 있다. 그 후광은 과거의 충만한 시간을 되살리려는 기억의 힘과 그 기억의 공간마저도 타자화하는 자기 성찰의 시선이 남은 것이다. 그의 '기억'과 '성찰'의 힘은 여전히 가난한 우리를 위로와 따스함의 공간으로 이끌어간다. 혹여 가난이 사람들의 착한 마음에 상처라도 남길까, 혹여 가난 때문에 세상 앞에 비굴해질까 염려스러운 시인은, 세상에 대한 서러움을 '기쁨'으로, 추위를 '따스함'으로 급전시키며 "이 못된 놈의 세상을" 함께 욕할 가난한 친구를 우리에게 선사하고 있다. "세상한테 지는 것이 아니라 세상 같은 건 더러워 버리는" 그의 턱없는 '우쭐댐'은 통쾌하기까지 하다. 그가 건네는 따스한 위로의 손길과 동시에 시원하기 그지없는 한 줄기 통쾌함과 더불어 우리는 한 자존심 강한 식민지의 시인을 오래도록 기억하게 될 것이다.

가무락조개 난 뒷간거리에
빚을 얻으려 나는 왔다
빚이 안 되어 가는 탓에
가무래기도 나도 모도 춥다
추운 거리의 그도 추운 능당 쪽을 걸어가며

내 마음은 우쭐댄다 그 무슨 기쁨에 우쭐댄다
이 추운 세상의 한구석에
맑고 가난한 친구가 하나 있어서
내가 이렇게 추운 거리를 지나온 걸
얼마나 기뻐하며 락단하고
그즈런히 손깍지벼개하고 누어서
이 못된 놈의 세상을 크게 크게 욕할 것이다.

—「가무래기의 樂」 전문

정치적 행동으로서의 시와 시의 형식

임화의 시론과 시작(詩作)의 의미

프로파간다와 감상성

카프의 대표적 시인이었던 임화는 동시에 비평가이자 문학사가이면서 문화운동의 이론가, 실천가로서 주목할만한 활동을 보여주었다. 해방전에는 카프의 서기장으로서 해방후에는 문학가동맹의 간부로서 문화정치적 실천을 구상하고 이끌어갔으며, 평론집 『문학의 논리』의 저자이자 『현해탄』의 시인, 그리고 영화배우로서 다양한 관심과 정력적인 활동을 펼쳐보인다. 여러 분야에서 이루어지는 한 개인의 활동은 어떤 식으로든 서로 긴밀하게 연관되어 있다. 시인 임화와 평론가 임화, 카프의 서기장으로서의 임화는 서로 동일하지 않으면서도 인간 임화의 개성으로부터 빚어져나온 유사한 면모들을 공유하고 있다. 이런 관점에서 본다면 한 분야에서의 임화의 활동은 다른 분야에서의 그의 특징을 이해하는 데 어떤 시사점을 마련해줄 수도 있을 것이다.

이 글은 일차적으로 임화의 시작(詩作)활동에 관심을 두고 있다. 그러나 그의 시작 활동의 '결과'인 개별 작품을 해석하고 시세계의 변모 과정을 고찰하는 데 목적이 있는 것은 아니다. 시작(詩作)의 조건을 이루는 시 장르에 대한 임화의 인식을 살펴봄으로써 그가 시작의 의미와 역할을 어떻게 이해. 설정하고 있었는가를 검토하고자 한다. 장르론적 인식에 대한 접근은 그의 시인으로서의 활동 뿐만 아니라 궁극적으로 그가 설정한 '문학함'의 의미를 이해하는 데 하나의 길을 제공할 것으로 기대된다. 시 장르에 대한 그의 인식 내용을 검토하는 과정으로서 이 글에서는, 시의 기본 요소인 사유, 감정, 언어의 관계를 그가 어떻게 사고하고 있는가에 주목하고자 한다. 이 가운데 특히 '감정'은 임화 시가 지닌 '감상성'과 연관되어 그의 시에 대한 비평적 논의의 주요한 주제이자 자기비판의 내용이 되기도 했던 부분이다. 따라서 '감상성'에 대한 논의 과정을 중심으로 검토함으로써, 시의 또 다른 요소인 사유, 언어의 관계, 그리고 시와 현실의 매개 지점에 대한 그의 인식 내용을 아울러 해명할 수 있을 것으로 기대한다.

이러한 검토 과정을 밟기 위해서는 우선 임화의 단편서사시를 매개로 이루어진 '감상성' 논쟁을 살펴볼 필요가 있다. 임화 시에 대한 논의에서 지속적으로 불거져나오는 '감상성'이란 대체로 그의 시가 지닌 정서적 호소력, 또는 애상적 정조의 측면을 가리킨다. 이같은 특징을 처음으로 주목한 논자는 팔봉 김기진이다. 1929년 그는, 프로시가 지향해야 할 새로운 양식으로써 '단편서사시' 창작을 적극적으로 주장하며, 임화의 시 「우리 오빠와 화로」를 구체적 예로 들고 있다. 김기진이 임화의 단편서사시에서 발견하는 긍정적 가능성은 "절규에 가까운 감정과 감격에 넘치는"[111] 사건에서 비롯된다. 그는 임화의 시가 현실적.구체적인 묘사와 이것에 의한 감정의 전달, 그리고 독자의 정서의 호소라는 점에서 이전까지의 프로시의 한계를 뛰어넘고 있다고 본다.[112] 김기진과 비슷한 견해를 보이는 신고송 또한 작품 가운데 주관적 요소와 객관적 요소가 편중한 곳이 없이 조화를 이루고 있음을 적극적으로 평가하며 그의 시를 극찬한다.[113] 이에 반해 권환, 안막 등은 김기진과 견해를 달리하며 임화 시의 감상적 측면을 비판한다. 권환은 임화의 시가 독자로 하여금 "헐가의 감상적 동정의 눈물을 짜내게" 한 작품이라는 점에서,[114] 그리고 안막 역시 소부르조아의 센티멘탈리즘적 표현이라는 점에서 임화 시가 지닌 부르주아적 잔재를 지적하고 있다.[115]

이렇게 「우리 오빠와 화로」를 두고 진행된 평가와 논의 과정을 주의깊게 살펴보면, 임화 시에 대한 평자의 태도에 따라 평가의 내용이 서로 다른 지점에 놓여있음을 발견하게 된다. 임화 시를 긍정적으로 평가하는 김기진, 신고송 등이 그의 시가 지닌 감상적 측면을 시 장르의 주관성에 대한 고려로 이해하는 반면, 권환, 안막 등은 과도한 '감상성'을 계급적 한계를 보여주는 증거로 파악한다. 카프 조직론과 프로 시사의 전체적 흐름 속에서 볼 때, 이러한 견해 차가 지니는 의미는 좀더 분명하게 이해될 수 있다. 「우리 오빠와 화로」가 발표된 시기는 카프의 방향전환론 이후 문학예술의 대중화와 예술창작의 방법론에 대한 논의가 본격적으로 이루어지기 시작하는 시기이다. 이러한 시점에서 김기진의 '단편서사시'에 관한 논의들은 양식론에 대한 접근으로 프로시가의 대중화 문제를 구체화하려는 일련의 모색 과정으로 볼 수 있다. 그는 임화의 시가 종래의 프로시가의 한계를 뛰어넘는 어떤 지점을 보여주었다고 판단하며, 그러한 평가의 근거로 임화 시에 나타난 '사건'과 '감정'에 주목하고 있다.[116] 한편 볼셰비키 대중화론의 핵심에 있는 권환과 안막은 프로시가의 프로파간다 효과에 중점을 두고 임화 시를 평가한다. 예술작품의 심리적 방면[117]이나 새로운 형상화 방법의 유용성을 인정하면서도 그 내용과 성격에 따라 가치가 결정되어야 한다고 보는 것이다.

임화 시의 '감상성'에 관한 일련의 논의 과정은 표면적으로 소장 볼셰비키론자들의 우세로 정리되어가는 양상을 보인다. 임화 스스로가 「시인이여! 일보 전진하자!」(『조선지광』, 1930.6)라는 글을 통해 자기비판을 감행하고 있는 것은 구체적인 증거로 볼 수 있다.[118] 그러나 이후 1930년대 중반과 후반에 걸쳐 전개되는 임화의 논리와 그의 실제 시 창작경향을 고려하면, '감상주의'를 비판하는 임화의 견해를 일면적으로 받아들이는 것은 곤란하다고 여겨진다. 이정구와 벌이는 '감상주의' 논쟁, 그리고 김기림, 박용철과의 '기교주의' 논쟁 과정에서 임화는 시에 있어서 '감정', '정서'의 역할과 의미에 대해 지속적인 관심을 보이고 있다. 특히 「33년을 통하여 본 현대조선의 시문학」(『조선중앙일보), 1934.1.1—12)에서 나타나는 다음과 같은 견해는 그가 당시의 '감상성' 논의에 대해 품고 있던 비판적 입장을 잘 보여주고 있다.

> 소위 과거의 프로레타리아시 가운데 있던 낭만주의와 감상주의를 비판한다는 30년대의 운동이 우선 그 고액의 월사금을 지불했다고 생각한다. 그것은 프로시로부터 부르주아적인 요소인 낭만주의를 비판한다고 우리들의 시로부터 시적인 것, 즉 감상적 정서적인 것을 축출해버리고 말았다. 그리하여 말라빠진 목편(木片)과 같은 이른바 '뼉다귀' 시가 횡행한 것이다.[119]

임화는 자신의 시가 지닌 감상적 경향과 소시민성을 인정하면서도, 감상주의와 부르주아적 잔재에 대한 비판이 시의 장르적 특성을 무시하게 되는 결과를 가져왔다고 본다. 즉, "조선의 정신적 환경의 공기에 충만한 낭만주의로부터 결별하려는 노력"[120]이 프로시 운동의 한 측면을 이루는 과정에서, 결과적으로 프로파간다 효과만을 최우선의 가치로 추구하고 시적 형상화의 문제를 간과했다는 지적이다. 이러한 논리의 이면에는 자신의 시가 지닌 '감상성'의 공과가 분명하게 평가되지 못했다는 불만이 내재되어 있음은 물론이다. 실제로 임화 시에 대한 지속적인 비판과 그의 시가 내포한 문제점에도 불구하고, 임화의 단편서사시가 그때까지의 프로시 작품과 프로시에 관한 논의를 한 차원 높은 수준으로 끌어올렸음을 부정하기는 어려울 것이다. 위의 인용글에서 또 한가지 주목되는 점은 임화가 시적인 것을 감상적 정서적인 것과 동일시하고 있는 부분이다. 시의 여러가지 요소 가운데 감상적 정서적인 것의 의미를 중요시하는 태도는 시 장르가 보유하고 있는 '정서적 감염력'의 효과에 그가 특히 주목하고 있음을 보여준다. 실제로 강연회나 파업 현장 등 대중집회에서 임화의 단편서사시 낭송이 불러일으킨 영향력은 시의 정서적 측면이 지닌 잠재적인 프로파간다 효과에 대해 구체적으로 경험하게 했을 것으로 여겨진다. '센티멘탈'한 감상을 거부하되 기계주의적 방법에 대해서도 날카롭게 대립하는[121] 그는, 개인의 자연발생적 '감상'과 시의 본질적 요소로서의 '정서'적 측면이 구별없이 혼재되고 있는 경향을 비판하고 있는 것이다.

그러나 '감상'과 '정서'를 구별하고 시 장르의 주관성을 고려하는 그의 관점에서 결코 간과할 수 없는 의의를 발견한다 하더라도, 시적인 것의 여러 요소 가운데 특별히 감상적 정서적인 것을 강조함으로써 나타나게 될 편향을 완전히 부정하기는 어렵다. 적어도 1930년대 전반기까지 임화의 시론과 시평에서 시의 여러가지 구성 요소와 그들 사이의 관계에 대해 사유한 흔적은 발견되지 않는다. 그가 프로시와 시론의 '기계화'에 맞서 옹호하려 한 '감정', '정서'에 대해 좀더 진전되고 차분한 논의를 진행하게 되는 것은 '기교주의' 논쟁 과정에서이다. '기교주의' 논쟁은 1930년대 시단의 주요한 세 경향을 대표하는 시인이자 이론가인 김기림, 임화, 박용철이 참여하여 시의 본질과 근대시의 발전방향에 대해 탐구하고 모색한 과정이었다. 특히 이 논쟁은 시의 본질과 사회적 기능에 대해 분명한 입장의 차이를 지니고 있는 세 논자들이 논쟁과 토론의 과정을 통해 자신의 논리를 수정.세련화하는 계기를 가지게 된다는 점에서 의의깊은 것이다.

김기림의 경우에도 이 논쟁을 통해 모더니즘의 편향성을 반성하고 '전체주의' 시론을 제기하게 되지만, 임화 또한 '기교주의'의 비판 과정에서 그 자신 '감정'에 대한 이해를 더욱 구체화한다. 시에서 '감정'이 중요시되어야 하는 이유에 대해 임화는 그것이 '행동'의 원천이기 때문이라고 주장한다. 그에 따르면 감정이란 정관적 감상이 아니라 행동에의 충동인 것이므로 행동하지 않으려는 인간에게는 감정(진실한 의미의)이란 존재하지 않는 것이다[122] 그가 '행동'의 원천으로서 '감정'의 의의를 강조하는 이유는 역시 프로시의 프로파간다 효과에 시작(詩作)의 중점을 두고 있기 때문이다. 말하자면, '행동'을 향한 요구가 없다면 시인의 진실한 '감정' 역시 일어날 수 없으며, 역으로 시의 '감정 유발'의 최종 목표 역시 독자의 '행동'을 이끌어내는 데 있음을 확인시키고 있는 것이다. 이처럼 프로시론의 입장에서 '감정'을 이해했던 임화는 이후 박용철과의 논쟁 과정에서 '감정'에 대해 좀더 깊이있는 견해를 제시하고 있다. 임화는 '감정'을 다만 하나의 온전한 상태라고 보는 박용철을 비판하면서 하잘 것 없는 감정을 고흔 말로 씌워 놓으면 훌륭한 시가 된다고 보는 것이 그의 시론이라고 요약한다.[123] 박용철의 자연발생적.본능적이고 그 자체로 완전한 '감정'론에 대해 임화는 시에서 '감정'이 독자적으로 작동하는 것이 아니라 사유와 연결된 인간의 고유한 기능임을 강조한다.

> 詩는 (서정시도!), 감정에 의하여서만 노래되고, 감정을 통해서만 독자에게 전해지는 것은 아니다. 그것은 두 개의 이유에 의하는 것으로 하나는 감정, 정서와 더불어 이지(理智)를 가지고 있고, 이 양자로써 독자에게 호소하는 것이며, 감정이란 동물에 있는 것과 같은 온전한 생물적 본능의 발현(發現)이 아니라, 인간에게만 고유한 사유(思惟)와 지성(知性)과 연결되어 있기 때문이다. 감정(혹은 감각)이란 인식과 판단의 단초이면서 또 그것에 의하여 확인되고 강화되며 자체를 현실화하는 것이다.[124]

시에서 '감정'이 지니는 의의에 대한 임화의 관심은 애초에 「우리 오빠와 화로」를 대상으로 한 '감상성' 비판으로부터 발단되었다. 그는 프로시 논자들의 감상주의 비판으로부터 시의 감상적 정서적 측면의 의의를 되살려냄으로써 프로시의 예술적 형상화 방법을 다양화하고 아울러 프로파간다 효과까지도 극대화하려한다. 이러한 의도에서 시작된 임화의 관심은 '감정'에 대한 진전된 이해 뿐만 아니라, '감정'을 기준으로 프로시론과 모더니즘 시론, 순수 시론의 차이를 구분짓는 단계에 이른다. 그에 따르면, '감정'은 '사유'와 밀접하게 연결되어 있는 것으로서, 따라서 '감정'을 배제하는 모더니즘 시론은 내용과 사상을 방기하는 시론이며, 사유가 망실된 박용철의 감정론은 행동을 유발하지 못하는 자기감정의 방출에 그치고 만다. 그에 반해 감정과 지적 판단을 결합시키는 프로시만이 '행동'을 유발할 수 있는 것이다. 임화의 '감정'론은 프로시의 프로파간다 효과를 정치적.사상적 조건이 아닌 시의 본질적 요소를 통해 논리화했다는 점에서 중요한 의의를 찾을 수 있다. 또한 '감상주의' 비판으로부터 '감정'을 구제하려는 의도가 자칫 초래할 수 있는 편향성을 시의 또다른 요소인 '사유'에 대한 고찰을 통해 한 발 앞서 방지하고 있다. 무엇보다도 시에서 '감정'이 갖는 계기를 논리화하면서 시 장르의 특수성인 주관성에 대해 고려하고 있는 점은 임화 시론의 가장 중요한 의의로 평가할 수 있을 것이다. 그러나 감정과 사유의 교호관계가 예술적 형상화의 단계와 연결되어 좀더 구체화되기 위해서는 시의 또다른 요소에 대한 고찰이 요구된다. 그것은 시의 본질적 요소 가운데 하나이며 '감정'과 '사유'를 시적 형식화의 단계로 옮겨놓는 과정에서 매개적 존재로 떠오르는 '언어'의 문제이다. 다음 절에서는 '언어'에 대한 임화의 사고 과정을 살펴보기로 한다.

표준어와 시어

임화가 '언어'의 문제에 관심을 보인 것은 기교주의 논쟁 이전 부터의 일이다. 그는 「언어와 문학」(『문학창조』1935.1)에서 과학의 언어와의 비교를 통해 문학 언어의 차이와 특성을 탐구하고 있으며, 표준어의 확립을 통한 민족어의 정립이라는 과제가 현단계 문학에서 해결해야할 과제임을 주장한다. 그러나 임화가 논쟁 이전부터 이미 언어에 관한 관심을 표명했다 하더라도 기교주의 논쟁이 그에게 언어에 관한 사고를 진전시키는 자극적인 계기가 되었음을 부인할 수는 없을 것이다. 모더니즘 시론 및 순수시론의 대표주자들과 토론을 전개했던 기교주의 논쟁 과정은 임화에게 언어의 일반적인 성질 및 문학 언어의 기능과 성질에 대해 관심을 촉구하게 만든 것으로 보인다. 실제로 그는 기교주의 논쟁을 거치면서 「조선어와 위기하의 조선문학」(『조선중앙일보』, 1936.3.8—24), 「언어의 마술성」(『비판』1936.3), 「언어의 현실성」(『조선문학』1936.5), 「예술적 인식표현의 수단으로서의 언어」(『조선문학』1936.5) 등의 글을 계속해서 발표한다.

언어에 관한 임화의 글들은 원론적인 논의를 상당 부분 포함하면서도 당시의 문단 및 사회적 상황에 대한 대응을 예민하게 고려하고 있다. 즉 그는 박용철의 신비주의적 언어관에 대응해 언어의 현실성과 구체성을 강조하고 있으며, 한편으로는 당시 일본 내지인과 조선인 학생의 '공학제(共學制)' 시행에 대하여 그러한 제도가 야기할 조선어의 참담한 운명[125]을 직시하고 그에 대한 문학인으로서의 자각을 촉구한다. 그러나 그는 자칫, 식민지 체제에서 '조선어의 위기'라는 상황이 초래할 감상주의적 관점에 대해서는 비판적이다. 사어(死語)와 고어(古語)를 시어로써 부활하려는 복고주의적 경향이나 '文'을 '월'로, '비행기'를 '날르는 연장'과 같은 순우리말로 바꿔 표기하는 회고적 감상주의에 대해서 진정한 조선의 발전과 무관계한 것이다[126]라고 부정적 견해를 보이는 것은 그러한 예가 될 것이다. 또한 그는 방언의 사용에 대해서도 비판적이다. 이기영의 『고향』이 이룬 성과를 높이 평가하면서도 이 작품에 나타난 방언 비질서적인 구사를 조선문학과 언어의 역사적 미숙함으로 지적하고 있다. 이렇게 방언과 사어(死語), 고어 사용에 대한 다소 지나칠 정도의 부정적 태도는, 그가 당시의 조선어와 조선문학이 감당해야 할 과제로서 '표준어의 확립' 문제를 중요시여기는 관점과 연결된다.

임화가 이처럼 방언 사용에 대해 철저하게 반대하며 표준어 체제의 확립을 주장하는 이유는 어디에 있을까. 그것은 조선의 역사적.경제사적 발전단계와 조선근대문학의 특성을 파악하는 그의 관점에서부터 검토되어야 한다. 그에 따르면 민족언어의 체제는 근대 민족국가 및 자본주의 경제체제의 수립과 따로 분리되어 논의될 수 없는 문제이다. 조선의 경우 근대 국가의 형성과 경제 체제로의 이행 과정을 거치지 않은 상태에서 '민족어의 완미한 개화'를 논의한다는 것은 시기상조이다. 30년대 중반의 시점에서 그가 파악하는 '현단계' 조선어의 상황은 다음과 같은 것이다.

> 조선은 근대적 의미의 언어변혁 그것의 수행(遂行) 도정(道程)을 통과치 않은 곳이다. 이러한 사실은 시민계급과 그 문학이 언어적 영역에 있어 본질적으로는 아무것도 하지않었다는 것을 의미하며 이것은 동시에 우리들 현대문학이 자기의 관찰하고 느끼고 생각하는 바를 정확히 표현할 통일된 언어와 그 언어와 일치하는 글자문필을 가지고 있지 못하다는 말이다. 문학적 창조의 길 앞에 이보다 더 큰 곤란이 또 있을 수 있는가?[127]

임화가 파악하는 조선어의 난제(難題)는 근대적인 사고와 정서를 표현할 근대적 언어를 개척하는 문제, 그리고 '사고'의 '언어'로의 표현과정에서 나타나는 말과 글의 일치 문제로 요약될 수 있다. 그는 이 같은 난제를 해결하기 위해 방언적 차이를 통일하고 혼폐혼란(混廢混亂)된 문법 어휘를 정리하는 일이 시급하다고 보며, 이 방면에서 문학인들의 중요한 역할을 강조한다. 특히 조선의 경우 시민문학이 담당해야 할 역할이 충실히 수행되지 못함으로써 프로문학이 시민문학의 과제까지 이중으로 부담해야 한다고 보며, 표준어 확립을 통한 민족어의 정립이라는 과제가 프로문학에 주어져 있음을 역설한다. 이처럼 일관되게 표준어 확립의 우선적 해결을 주장하는 임화의 관점에는 현실에 대한 풍부한 사유와 정확한 표현 이전에 언어의 미감만을 추구한다거나 대상에 대한 영탄이나 회고조로 떨어지는 한편의 경향에 대해 단호히 경계하려는 의도가 내재해있다. 그에 따르면 "문학에 있어 언어는 내용적인 무엇에 상응하는 표출의 수단 즉, 부차의 일속성에 불과"[128]한 것이며, 중요한 것은 "구체적이고 현실적인 언어, 즉 광범한 제 현실이 자기를 표현하기에 조금도 부족을 느끼지 않는 자유롭고 풍부한 언어"[129]를 구사하는 것이기 때문이다.

그러나 당대 상황에 대한 인식과 대응에 주력하는 임화의 관점은, 실제 언어 생활과 작품 창작 면에서 표준어 체제가 야기하는 어려움들을 섬세하게 고려하지 않은 것으로 보인다. '표준어'라는, 일종의 근대적 중앙집권화.표준화 체제가 지니는 의미는 이중적이다. 개인별.지방별.계층별로 차이가 있는 소리 언어를 문자 언어로 통합함으로써 표준어는 민족 단위의 원활한 의사소통을 가능하게 한다. 그러나 또 한편으로는 표준어에 의한 지역적 차이의 강제적 통합 과정에서 실재의 언어가 가상의 균질 언어로 대체됨에 따라 언어가 생동감있는 삶의 현실과 괴리되는 문제가 등장한다.[130] 임화가 지향하는 인간이 일상적 제 생활 가운데서 느끼고 의욕하는 바를 직접으로 이야기하는[131] 언어의 구현이 오히려 표준어 규범에 의해서 방해받는 상황이 충분히 발생할 수 있는 것이다.

시적 창조의 면에서 표준어가 야기하는 언어 현실은 좀더 심각한 문제를 내포하고 있다. 하나의 체제가 규범으로 작용하고 권력화되면 실재하는 대상들은 그 체제 안으로 급속히 빨려들어간다. 그리고 체제가 요구하는 규범에 적응하지 못하거나 권력에 저항하는 존재들은 서서히 몰락하거나 사라져 간다. 이러한 상황은 언어의 경우에도 마찬가지로 나타난다. 표기법의 통일을 위한 인공어로서의 표준어가 등장하면, 모든 언어는 표준화 규범을 강요받게 되고 표준어의 명부에 오르지 못한 언어는 고어나 방언으로 폄하되어 몰락의 길을 걷게[132] 된다.[133] 그러나 시적 창조란 본질적으로 표준화되기를 거부하는 행위이다. 외적 규범에 순응하고 그것을 답습하는 것이 아니라 내적 규범을 스스로 창조하고 고유한 미적 전략을 구사하는 일은 시적 창조의 근본을 이루면서 미적 저항으로서의 의미를 띠게 된다. 방언이나 고어의 활용, 문법 파괴가 만들어내는 미적 효과는 단순히 기교 구사에서 그치지 않고, 표준어 체제가 담아내지 못하는 생생한 세계 체험을 지각하고 표현해내는 차원으로 확대될 수 있는 것이다. 실제로 1930년대 시인들이 방언을 활용했던 데에는 시어의 창조 면에서 표준어 규범이 끼치는 제약을 극복하려 했던 의도가 적지 않게 작용하고 있다.

이런 면에서 볼 때, 표준어 사용을 고집하는 임화의 전략은 시적 언어의 특수성을 간과한 것일 뿐만 아니라 시적 창조 면에서 상당한 제약을 가져왔다고 평가할 수 있다. 또한 일상어와 시어의 차이에 대한 임화의 인식 역시 지극히 소박한 수준을 보여준다. 그는, 같은 내용이라 하더라도 일상어로 표현할 경우에는 훨씬 길고 또 듣기에도 미감이라든가 감명을 전하지 못하지만, 시적 언어로 재구성될 때 그것은 매우 짧고, 아름답고 강한 정신적 충동을 주면서 잊지 않게 만드는 작용을 한다고 본다.[134] 주로 외적 형태와 정서적 감염력 면에서 시어의 특징을 파악하고 있을 뿐, 그의 주요한 관심 대상인 '감정'과 '사유'가 언어화되는 과정에 대한 고찰을 찾아볼 수 없다. 또한 문학 작품을 이루는 현실적 제조건을 강조하고는 있지만 그것이 구체적으로 언어를 통해 어떻게 작품 안에 놓일 수 있는가에 대해서는 더 이상의 사유가 진전되지 않고 있다. 이렇게 표준어와 시어 사이의 갈등 지점이라든가, 일상어와 시어의 차이에 대한 임화의 관점은 그의 언어관과 시 장르의 인식이 포함하고 있는 객관적 한계를 분명하게 보여주고 있다. 그러나 이러한 한계에 대한 단순한 지적은 그와 반대편에서 이루어졌던 문학사의 공격적 비평과 소모적인 비난을 다시 반복하는 일이 될 수도 있을 것이다. 임화의 시 창작과 비평적 지도 행위는, 방언을 구사하고 언어의 미적 효과를 극대화하는 등의 작업과는 전혀 다른 차원에서 이루어지는 일이기 때문이다. 그렇다면 그 '다름'의 내용이 무엇인가를 파악하는 일이 더욱 중요하다. 이것은 임화의 시 창작과 비평이 어떤 차원에서 이루어지며 궁극적으로 어떤 의미를 지향하고 있는가를 해명하는 일이다.

임화가 '언어'에 관한 일련의 글에서 지속적으로 강조하는 내용은 언어의 구체성과 현실성이다. 그리고 구체성과 현실성은 언어 내부에서 확보되는 것이 아니라 역사적이고 현실적인 제약에서 비롯된다고 본다. 다시 말해 "언어란 단순한 음성이 아니라, 일정한 현실적 내용으로 말미암아 조직화된 음성"이며 언어가 "의미하고 있는 바는 곧 인간의 사유를 통하여 추상화된 각양의 현실"이다.[135] 따라서 언어는 이야기될 대상인 현실적 제조건에 의하여 규정되는 것이다. 언어의 객관적 제조건을 강조하는 임화의 관점에 따르면 시 장르 역시 "생활하고 존재하는 무엇을 표현하고 그럼으로써 인간의 광범한 생활의 하나가 된다"는 점에 가장 큰 의의를 지닌다.[136] 또한 그가 낭만주의론에서 설파하듯, 본질적으로 낭만적인 시 장르는 현실적인 몽상, 현실을 위한 의지를 기초로 유토피아적 미래를 실현하고자 한다. 이렇듯 임화의 언어관과 시관은 기본적으로, 시를 현실의 반영물이라고 보는 관점에 바탕을 두고 있으며 시를 통한 현실의 개혁을 목표로 한다. 임화에게 시는 미학적 구성물이기 이전에 그 자체로 하나의 정치적 행동이다. 그에게 시 창작의 의미는 변화하는 정치적 국면에 대응하는 긴밀하고도 신속한 전략이라는 점에 있다.

정치적 행동으로서의 시 창작 과정에서 시의 언어는 투명성을 지향한다. 모호함, 불투명성은 의미의 왜곡과 굴절을 가져올 수 있기에 경계되어야 할 요소이다. 임화가 언어를 항상 무엇이고 의미하는 조직화된 음성으로 정의하면서 사유과 인식, 표현의 수단로서의 언어의 성격을 강조하는[137] 것은 그가 언어의 투명한 여과 기능에 중점을 두고 있음을 보여준다.[138] 언어를 하나의 도구로서 파악하는 그의 관점은 시 장르 보다는 오히려 산문에서의 언어의 사용 방식에 더 가깝다고 볼 수 있다. 물론 그는 과학의 언어와 문학 언어, 또는 일상어와 문학 언어의 차이를 명확학하게 인식하고 있다. 과학어와 문학어의 차이를 추상적인 개념어와 구체적인 형상 언어로 구별짓는 것은 그 대표적인 예이다. 그러나 이미 앞에서도 지적했듯이, 그에게 문학언어의 구체성은 언어의 사용 방식으로부터 얻어지는 것이 아니라 현실적 제조건으로부터 규정되고 확보되는 것이며, 일상어와 문학어의 차이 역시 언어의 성질 자체가 아니라 단지 외관상 형식적인 흔적에 있을 뿐이다. 시어의 특수성에 대한 사고가 결여되어 있거나 혹은 그것 자체를 관심의 대상으로 삼고 있지 않다. 오히려 임화의 관심은 '언어'보다는 '형식'에 기울어있는 것으로 판단된다. 현실, 혹은 현실에 대한 '사유'와 '감정'이 한편의 시로 형상화되는 과정에서 시어의 모호성과 암시성을 가급적 제어하면서 시적 형식화의 문제를 중점적으로 고민하고 있는 것으로 보인다. 이것은 근본적으로 그의 시가 정치적 행동 차원에 놓여있다는 데에서 기인한다. 정치적 행동으로서의 그의 시는 어느 한 곳에 정주(定住)하지 않으며 정치적 국면의 변화에 따라 자기 시에 대한 끊임없는 방법적 부정을 시도한다. 변화하는 시의 형식은 변화하는 현실에 대한 그의 태도와 전략을 보여주는 것이다. 다음 절에서는 그 구체적인 변화의 과정과 대응의 태도를 살펴보기로 한다.

정치적 행동으로서의 시와 시의 형식

임화가 구체적으로 어떠한 시의 형식을 창조해 나가는가를 살펴보기에 앞서 먼저 검토되어야 할 내용은 '형식'이라는 개념을 그가 어떻게 파악하고 있는가라는 점이다. 그는 문학의 '형식' 개념을 철저히 '내용'과의 관련선상에서 파악한다.

> 문학의 형식, 또 그 가장 외견적 부분인 언어의 특색이 반드시 내용이라고 불러지는 소재와 사상이 갖는 제약성의 한 개의 연장이라고 볼 수 있는 것이며, 반대로는 언어상 또 형식적인 어떠한 특색의 면밀한 관찰이 그 작품의 의미하는 내용상 제부분에까지 투입할 가능성을 주는 것이라고 믿을 수가 있다.[139]

「언어의 현실성—문학에 있어서의 언어」(1937.5)라는 글에서 임화는 문학작품의 '내용'과 '형식'에 대한 균등한 관심을 표명한다. "문학비평에 있어 항상 이 兩個(내용과 형식: 필자 주)의 部面을 동시의 관련된 한 개의 양면으로 관찰치 않을 수 없는 것이며, 창작에 있어서는 한층 이것들은 不可分離의 관계하에 있는 것이다."[140]라는 문장에서 문학 작품의 '내용'과 '형식'에 대해 균등한 관심을 가지고 '내용'과 '형식'의 상호관계를 포괄해내려는 그의 의도를 읽을 수 있다. 이같은 관점에서 임화는 당대 시단에서 그가 기교주의자라

칭한 정지용, 김영랑, 박용철 등의 '모더니즘'과 '순수시파' 시인들의 '형식'에 대한 편향이 '형식주의화'로 귀결되고 있으며, 반면 '형식'에 대한 고려가 없는 내용 추구의 편향이 '형상화의 실패'를 낳고 있다는 비판과 반성의 태도를 견지한다. 그는 일견 문학 작품의 원론적인 면에서 당대 시단의 새로운 모색의 길을 터나가고 있다고 볼 수 있을 것이다. 그런데 이처럼 문학 작품의 '내용과 형식의 통일'이라는 관점에서 당대 시의 비판과 반성을 시도하는 임화의 태도는 당대의 또다른 주류 평론가이자 시인이었던 김기림의 접근 방식과 유사한 경향을 보여준다. 기교주의 논쟁 과정에 태도를 수정하며 "내용과 기교의 통일을 통한 전체성의 시론"[141]을 주장하는 김기림 역시 경향파의 편내용주의와 그 자신 당대 시단의 주류라고 칭한 '기교주의'의 편향된 경향을 비판하면서 시단의 변화를 꾀하고 있다고 볼 수 있기 때문이다. 이렇게 본다면, 대표적 시비평가인 김기림과 임화 모두 당대 시단의 두 경향에 대해 비판과 극복의 자세로 숙고하고 있다는 점에서는 동일한 면모를 보여준다고 할 수 있다. 하지만 김기림의 경우, "경향파와 모더니즘의 종합"[142]을 추구하며 현실의 영역을 작품 속에 구조적으로 표현할 수 있는 방법을 모색하는 가운데서도, "사회성"과 "역사성"을 매개하는 '기술'의 방법과 특성에 대해 구체적인 탐색의 결과물을 제시하지는 못했다. 기교주의 논쟁 과정은 그에게 '현실에 대한 적극 관심'을 표명하게 했지만, 그 자신 초기 비평에서부터 일관되게 주장해 온 '기술의 부면'을 문학 작품을 통해 현실과 어떻게 매개시킬 수 있을 것인가에 대해 현명한 답안을 마련하지는 못했다고 평가할 수 있다.

반면 임화는, 김기림의 전체주의 시론에 대해 '내용'과 '형식'을 "등가적(等價的)"으로 결합한 형식논리적인 견해라고 비판한다. 그에 따르면 "'내용과 기교의 통일' 가운데는 양자가 등가적으로 균형되어 있는 것이 아니라, 이 통일은 우선 전체로서의 兩者를 가능케 하는 물질적, 현실적 조건으로 성립하고 그것에 의존하며, 동시에 내용의 우위성 가운데서 양자가 스스로 형식

논리학적이 아니라 변증법적으로 통일되어 있는 것이다."[143] 즉, 임화가 강조하는 것은 문학 작품의 객관적 제조건으로서의 "물질적, 현실적" 기반이며 이같은 현실적 조건을 바탕으로 한 "내용의 우위성"이다. 임화는 '내용' 우위의 관점에서 '내용과 형식의 통일' 문제에 접근하고 있는 것이다. 그러나 이같은 관점은 "형식"을 "그 내용에 의하여 각각 결과되는 물건",[144] 또는 "소재와 사상이 갖는 제약성의 한 개의 연장"으로[145] 부차화시키며, 이렇게 볼 때 그의 사고 과정에서 '내용'과 '형식'의 관계는 서로 분리되어 있거나 "변증법적 통일"을 위한 구체적 매개 과정을 상정하지 못하고 있다고 볼 수 있다. 물론 임화는 카프의 다른 논자들에 비할 때, 문학의 '형식'에 대해 줄곧 관심을 표명하고 있으며 그것은 자신의 말처럼 '경향시'가 지닌 "내용 편중의 공식주의"를 극복하려는 의도에서 비롯된 것이다. 내용과 형식을 동렬에 놓고 그 결합의 가능성을 찾는 김기림을 비판하면서, 임화는 '내용'을 우위에 놓고 그러한 내용의 동일한 반영물의 자리에 '형식'을 위치지었다. 그러한 그에게서 '내용'의 제한된 틀을 돌파하고 극복하는 형식적 비약의 가능성을 기대한다는 것은 무리일 것이다. 다만 그는 '내용'을 정확하게 반영하고 표현할 수 있는 '형식'의 역할에 주목하였고, '내용'과 '형식' 사이에 존재할 수 있는 '차이'를 인정하는 것이 아니라 그 '동일화'의 방법을 모색했던 것이다. 일반적으로 문학 작품의 '형식'에 주어진 비약과 창조의 자유로운 가능성이란 '언어'를 통해 이루어진다. 임화는 '언어'를 통한 사물의 변형과 초월의 가능성을 깊이 있게 사고하지 못했고, 따라서 김기림과 마찬가지로 그에게서도 역시 '내용과 형식의 통일'은 선언 이상의 의미를 얻지 못했다고 평가할 수 있다. 이론적 검토 과정에서 보여주는 임화의 이해도는 '형식'보다는 '형태'에 가까운 것이었다고 판단되며, 좀더 깊이있는 이해를 위해서는 그의 창작물을 통해 구체적으로 검증하는 작업이 이루어져야 할 것이다.

시인으로서의 창작 과정에서 임화는 매 시기의 정치적 국면에 기민하게 대응하면서 새로운 시의 '형식' 창조에 골몰하는 모습을 보여주었다. 등단 초기 「화가의 시」, 「지구와 '빡테리아'」(1927) 등 다다이즘 계열의 시로 시적 출발을 시도했던 임화는 이후 '서사성'의 도입을 통해 '단편서사시'로의 변환을 감행한다. 또한 카프 해산을 전후로 한 시기에는 자기성찰의 시로, 그리고 해방정국에서는 정치시의 전범을 이루며 끊임없는 변모의 과정을 보여주었다. 그는 기성의 프로시 형식에 귀속되거나 외적 규범에 따르지 않으면서 현실의 변화에 대응하는 새로운 형식을 창안하려 했던 것이다. 물론 이때의 형식이란 구체적인 '계급현실'을 형상화하는 형상화 방법, 또는 시적 구성 요소의 차원으로 이해되며, 이같은 형식적 변화와 추구 과정을 통해서 임화는 당대의 현실에 대해 정치적 차원의 행동을 시도했다고 볼 수 있을 것이다. 이미 앞절에서 밝혔듯이 그는 "시를 행동으로 하나"로 보았다. 그리고 시작(詩作)을 통한 예술적 창조가 아니라 삶의 표현으로서의 시, 정치적 행동으로서의 시작을 열망했으며, 시를 통한 행위의 실천에 중점을 두고 있었다. 그런 점에서 볼 때, 그에게서 시어를 통한 불투명하고 불확실한 굴절과 비약이란 오히려 저해할만한 요인으로 인식되었고, 그는 현실의 투명한 반영과 정치적 실천을 꿈꾸었을 것이다.

임화의 시가 하나의 정치적 행동이라는 의미는 두 가지 면에서 이해할 수 있다. 그것은 우선, 현실을 개혁하려는 사회적 실천이자 현실에 대한 발언이며, 또한 그러한 현실에 대해 끊임없이 자기를 독려하고 설득하는 행위라고 할 수 있다. 이러한 구분은 구체적으로 그의 시에서 정치시(선전선동시)와 자기성찰의 시라는 형식적 고안의 차이로 귀결되었다. 식민지 시대의 단편서사시나 해방정국의 행사시가 시를 통해 현실적 가치를 확보하려는 적극적 실천의 의미를 지녔다면, 30년대 후반에 주로 발표한 자기성찰의 시는, 그의 특징적인 '낭만성'을 주조로 현실의식과 시대성을 결합시켜나가려는 또다른 시도를 보여준다. 이같은 과정에서 임화는 '서정'과 '서사', 시와 행동 사이의 길항 관계를 유지하며 시를 통한 정치성의 고양에 주력하였다. 그런 점에서 임화의 시론과 시작에서 '내용'과 '형식'의 관계, 또는 그의 시작(詩作) 과정에서 '형식'의 의미는 궁극적으로 '그가 정치성을 어떻게 고양시키려 했는가'라는 물음 속에서 이해되어야 할 것이다. 기본적으로 시 장르에 대한 그의 인식, 사유와 감정과 언어의 관계, 그리고 시의 내용과 형식의 관계는 '정치적 행동'이라는 하나의 구심점으로 귀결되고 있기 때문이다. 결론적으로 임화의 시론과 시는 정치적 행동의 차원에서 추구된 삶의 표현과 자기설득의 형식으로 평가할 수 있을 것이다.

시와 정치성의 고양

이 글은 기본적으로, 카프의 대표적 이론가이자 시인이었던 임화가 시를 어떻게 이해했고, 또한 어떠한 의미에서 시를 창작했는가라는 물음에서 출발하였다. 그리하여 그가 시의 장르적 성격과 사회적 역할, 현실과의 매개 과정을 어떻게 이해했는가, 그리고 시에 대한 그의 이해 방식과 내용이 그의 시에서 어떤 특징과 한계를 낳고 있는가를 구체적으로 살펴보았다. 먼저, 시의 '감상성'에 대한 이해 과정은 시의 장르적 특성, 특히 정서적 측면에 대한 그의 관심을 보여준다. '감상성'은 임화의 전체 시세계를 논의할 때 지속적으로 대두되는 특징으로서, 그는 카프 조직론의 변화와 그 속에서 진행되는 논쟁 과정에서 '감상성'에 대한 미묘한 입장의 변화를 보이고 있다. 구체적으로 단편서사시 창작에 대한 공개적 자기비판이 그 예가 될 것이다. 그러나 '감상성'에 대한 임화 자신의 이해와 그 논쟁 과정은 무엇보다도 시 장르의 본질에 관한 진지한 탐구를 이끌어냈다는 점에서 의의를 찾을 수 있다. 특히 시 창작을 유발하는 기본적 요소인 '감정'을 '사유', '이지' 등의 인식 능력과의 연관성 속에서 이해하고, 궁극적으로는 '감상성'을 프로파간다 효과와 결합시키는 방식에서, 시의 본질에 대한 탐구를 통해 프로시론의 논리적 체계화를 시도하려는 그의 의도를 확인할 수 있다. 결과적으로 임화의 '감상성' 논의는 프로시론 뿐만 아니라 김기림, 박용철 등 모더니즘과 순수서정시론자들의 시 장르에 대한 이해를 심화시키는 방향으로 진행되었다.

한편 임화 편에서 보자면 이러한 과정은 그에게서 '언어'에 대한 관심을 촉발시키는 계기로 작용했다. 그가 30년대 중반에 발표한 일련의 언어론은 박용철, 김기림과의 사이에서 이루어진 '기교주의' 논쟁의 산물이라고 할 수 있다. 그는 기교주의 논쟁 과정에서 프로시의 내용편향성을 극복할 수 있는 하나의 방안으로서 '언어'의 중요성을 발견하지만, 그것은 '정치성의 고양'이라는 그의 시작(詩作)의 의도 안에서 의미를 지니는 것이었다. 시에서의 방언 사용을 비판하며 표준어 확립을 통한 민족어의 정립을 주장한다거나, 또는 시어의 모호성과 암시성을 거부하고 "구체적이고 현실적인 언어"의 투명성을 지향하는 것은 모두 이러한 '정치성'의 의미 안에서 이해될 수 있다. 그런 까닭에 그의 언어론은 시어(詩語)의 특수성에 관한 깊이있는 탐구로 진행되지 못하며, 포괄적 의미에서 시의 형식적 측면에 대한 관심으로 나타나게 된다.

임화는 프로시인들 가운데서 어느 누구보다도 시의 형식적 창조에 지속적으로 관심을 표명하고 또한 실제 작품을 통해 실천했던 시인이라고 할 수 있다. 초기의 다다이즘 시에서부터 단편서사시, 자기성찰의 시, 고양된 정치시로의 변화 과정은 임화 시의 형식적 변화가 현실에 대응하는 전략적 차원에서 추구되고 있음을 확인시킨다. 그런 면에서 그는 철저하게 '내용' 우위의 관점에서 '형식'을 이해했고, 김기림과의 논쟁 과정에서 논란이 되었던 '내용과 형식의 통일' 문제 역시 동일한 관점에서 해결하려는 태도를 보여주었다. 임화가 이해한 '형식'의 의미와 그의 시의 형식적 변모 과정 역시 정치적 행동으로서의 시작(詩作)의 의미 안에서 정확하게 평가될 수 있을 것이다. 무엇보다도 그는 현실에 대한 정치적 행동의 차원에서 시를 창작하였고, 시를 통한 현실적 가치의 확보에 가장 큰 의미를 두려고 하였다. 그가 창작했던 '선전선동시'와 '자기성찰의 시'라는 두 개의 경향은 '정치성' 고양의 구체적 결과물이라고 평가할 수 있을 것이다. 결국 임화의 시론과 시 창작에서 나타나는 '감정', '사유', '언어', 그리고 '내용'과 '형식' 등 문학과 시 창작의 본질적 탐구 작업은 '정치성의 고양'이라는 구심점을 중심으로 추구되고 있었다고 볼 수 있다.

완벽한 자연, 유한한 인간

박두진 시에 나타난 자연의 의미

시와 자연

자연은 시인에게 가장 오래되고 보편적인 주제 가운데 하나로 노래불려져 왔다. 낯선 미지의 대상으로서의 자연을 모방함으로써 그 모방의 방식이자 산물로서의 시를 통해 자연이 주는 공포와 두려움에서 벗어나려했던 방식에서부터 서정을 의탁하는 시인의 친숙한 대상으로서 혹은 인간의 외부에 실재하는 심미적인 관조의 대상으로서, 시인이 포착하는 자연의 의미 또는 자연의 형상화 방식은 다양하게 변천되어왔다.

동서고금의 시인들에게 자연이 두루 보편적인 형상화 대상으로서 다루어져왔지만, 자연에 대한 태도와 그 의미는 동양과 서양의 시에서, 그리고 근대 이전과 이후를 기점으로 각기 차이를 보인다. 그 차이를 간략히 대별해본다면, 서양의 낭만주의 시가 대체로 외부세계로서의 자연경치보다는 자연에 대한 시인의 정서적 경험, 또는 그러한 경험의 이면에 있는 보편적 원리에 대한 암시를 중요시하는 반면, 동양시에서 자연은 서구 낭만주의 시에서처럼 시인의 주관적 변형의 대상이나 시인의 정서를 드러내기 위한 배경으로서 존재하지 않는다. 자연은 시인의 마음의 부속적인 요소가 아니라 시인 자신도 그 한 부분으로 존재하는 더욱 큰 자연의 힘과 원리와 율동의 일부분이다. 시인이 자연경치를 삼켜버리는 것이 아니라 자연 속으로 들어가 자신을 바깥에서 바라보는 것이다.

그러나 비록 시적 자아의 역할과 성격이라는 면에서 차이를 보인다 하더라도, 근대 이전의 인간은 자연과의 교감을 통해 정서적 합일의 경험을 누릴 수 있었다는 점에서 동일하게 행복한 존재들이다. 근대 테크놀로지의 물신성이 확산될수록 현실로부터 벗어나 자연을 찾고 그와 교감함으로써 느끼는 인간의 행복은 일시적인 것이 되거나 점차 활력을 잃게 된다. 이같은 과정에서 순진한 자연미보다 기계적 인공미의 예술적 가능성이 부각되고 찬양된다거나, 혹은 사물화된 근대사회 속에서 소외된 자연의 가치를 예술 속에서 회복하고자 하는 움직임이 일어나기도 한다. 인간이 자연의 일부임을 강조하며 자연의 순환적 질서를 되찾으려는 생태주의의 기도는 후자의 경향이 근대에 대한 비판과 대안 모색이라는 차원에서 좀더 적극적으로 나타난 예로 볼 수 있을 것이다.

한국 문학에서도 자연은 지속적인 관심의 대상이 되어 왔다. 사대부의 시가에서 도가적 이념의 현현으로서 등장했던 자연이 감각적 실재로서 재발견된 것은 서구와 마찬가지로 근대 이후의 일이다. 그러나 근대의 물신성이 전면화되기 이전에 식민지 체제라는 억압적인 근대적 경험을 거쳐야 했던 한국의 시인들은 자연과 대비된 인공미에 열광한다거나 황폐화된 근대적 자연 앞에 좌절하기 보다는 예술적 창조의 원천으로서 혹은 신성하고 이상적인 삶의 지향으로서 여전히 시를 통해 자연을 추구하는 길을 택했다.

이 글에서 살펴보려 하는 시인 박두진 역시 한국 근대시의 이같은 흐름에서 크게 벗어나지 않는다. 박두진은 1940년 정지용의 추천으로 『문장』에 등단할 때부터 "신자연(新自然)"의 시라는 평가를 받았다. 이후 그의 시에 나타난 '자연'에 대해서는 "원시적 자연", "기독교적 의식의 반영물", 또는 "관념화되고 도덕적인 특성"을 보여준다는 등의 해석이 뒤따랐다. 자연을 형상화한 식민지 시대의 다른 시인들, 특히 그와 함께 자연의 시인으로 분류되는 청록파 시인들 중에서도 박두진의 시가 독특한 점은 자연에 대한 시인의 태도와 그 시적 특성에 있다. 특히 그의 초기시는 대부분의 한국 시에 나타나는, 감정에 채색된 주관적 세계로서의 자연과 거리가 있을 뿐만 아니라 당대의 다른 시인들에게서 발견하기 어려운, 형이상의 세계를 과감하게 끌어들이고 있다. 그러나 등단 당시 정지용이 박두진 시에서 지적한 자연형상화의 특성이 후기 시세계까지 동일하게 나타나는 것은 아니다. '자연'은 박두진 시의 오랜 화두이지만 그 형상화 방식과 의미는 조금씩 다르다. 이 글에서는 그의 시에 나타난 '자연'의 의미와 특성에 주목하고 아울러 한국 근대시사에서 박두진 시의 자연형상화가 지니는 의미를 살펴보는 데 궁극적 관심을 두고자 한다.

감각과 정신

전통적인 한국의 서정시에서 자연은 시적 자아의 주관적 투영물이거나 심미적 관조의 대상, 또는 현실의 고통과 세속적 번뇌에서 벗어날 수 있는 정신적 은거처로서의 의미가 강했다. 그러나 박두진의 시에서 자연은 시인의 내면과 마주한 미적 완상의 대상도, 감정적 토로의 대상도 아니며 어떤 단일한 의미로 쉽사리 치환되는 상징물도 아니다. 그의 자연은 일단 자연물들의 연쇄적 배열로 이루어진 감각적 풍요의 공간이다.

아랫 도리 다박솔 깔린山 넘어 큰 山 그 넘엇 山 안 보이어 내 마음 둥둥 구름을 타다

우뚝 솟은 山 묵중히 업드린 山 골 골이 長松 들어섰고 머루 다랫 넝쿨 바위 엉서리에 얼켰고 샅샅이 떠깔나무 윽새풀 우거진데 너구리 여우 사슴 山토끼 오소리 도마뱀 능구리 等 실로 무수한 짐승을 지니인

山, 山, 山들! 累巨萬年 너희들 沈黙이 흠뻑 지리함즉 하매

山이여! 장차 너희 솟아난 봉우리에 엎드린 마루에 확 확 치밀어 오를 火焰을 내 기다려도 좋으랴?

핏내를 잊은 여우 이리 등속이 사슴 토끼와 더불어 싸릿순 칡순을 찾아 함께 질거이 뛰는 날을 믿고 길이 기다려도 좋으랴?

—「香峴」 전문

이 시에서 '산'은 균질적이고 단일화된 대상물이 아니다. "아랫 도리 다박솔 깔린山" 너머에 다시 '산' 그리고 '산', 엎드리고 우뚝 솟아 있는 제각기의 '산'들과 그 속에 살고 있는 "머루 다랫 넝쿨", "너구리 여우 사슴" 등의 무수한 자연물들이 서로 "얼키"고 "우거진" 채 살아있는 '산'의 공간을 형성하고 있다. '산'이 어떤 원관념에 직접 대응되는 것이 아니라 그것을 둘러싼, 그 속에 살고 있는 주변의 사물들과 연쇄적으로 늘어선 배열의 방식은 이 시의 시적 공간에 역동적인 움직임을 불어넣는다. 한 사물에서 또 다른 사물로 옮겨다

니며 하나의 생명체로서의 '산'의 존재를 두루 환기시키고 있는 것이다. 따라서 "흠뻑 지리"한 "침묵"의 공간은 부동(不動)과 정지의 공간이 아니라 어떤 기다림과 기대감이 감돌고 있는 공간, 또는 어떤 기운이 내재되어 있는 잠재적 공간이라고 볼 수 있다. 무언가 지루함을 느낀다는 것은 실상 그 이면에 어떤 기대감이 전제되어 있다는 것을 뜻한다. "累巨萬年"의 "침묵"이 그저 "지리함"을 지나쳐 온 산 가득히 "흠뻑" 젖어있을 때, 어떤 기운, 생명력의 원천으로서의 "침묵"의 공간은 "확 확 치밀어 오르"는 "火焰"을 일으키고 온 산이 한 데 어우러져 "질거이 뛰는" 어느 날을 금세 불러올 듯도 하다.

이 시에서 볼 수 있는 것처럼, 초기시에서 자연에 대한 박두진의 태도는 "일단은 관조적이라기보다 감각적이다".[146] 그리고 자연에 대한 그의 감각적인 열중은 자연을 어떤 관념 속으로 밀어넣거나 감정으로 채색하는 것이 아니라 그 자체로 생동하는 하나의 사물로 그려내고 있다. 이 점이 바로 그를 청록파의 다른 시인들과 구별하게 만드는 요소이면서 그때까지의 한국 근대 시사에서 찾아보기 어려운 '새로움'이라고 할 수 있을 것이다. 박두진의 독특함은 여기에서 그치지 않는다. 이미 김우창 교수가 지적했듯이 "자연에의 감각적인 열중을 곧 정신적인 경험으로 변형시킬 수 있는 힘",[147] 「香峴」에서 본다면 '산'의 감각적 풍요로움을 생명력의 표상이자 정신적 비전과 자연스럽게 결합시키는 방식이 그에게서 다시 '새로움'을 논하게 만드는 요인이다. 인접한 사물로 넘나드는 환유적 배열, 그 과정에서 사물들의 자유로운 어울림을 통해 이루어지는 시적 공간의 생동성과 자유로움에 대한 환기가 바로 그에게서 '새로움'에 대한 가능성을 이끌어내고 있는 것이다. 「향현」과 마찬가지로 『문장』의 추천작인 「묘지송」에서도 이러한 태도는 나타난다.

北邙 이래도 금잔디 기름진데 동그만 무덤들 외롭지 않어이

무덤 속 어둠에 하이얀 觸髏가 빛나리. 향기로운 주검의ㅅ내도 풍기리.

살어서 설던 주검 죽었으매 이내 안서럽고, 언제 무덤 속 화안히 비쳐줄 그런 太陽만이 그리우리.

금잔디 사이 할미꽃도 피었고 삐이삐이 배, 뱃종! 뱃종! 멧새들도 우는데 봄볕 포군한 무덤에 주검들이 누웠네.

—「墓地頌」 전문

이 시에서 '무덤'은 죽음과 고립의 공간이 아니다. 이름모를 "주검들"이 "할미꽃", "멧새", "봄볕"과 더불어 "동그만 주검들" 사이에 나란히 누워있는 공간 즉 다양한 개체들이 공존하는 공간이자 개체의 감각성으로 충만한 공간이다. '어둠' 속에 빛나는 "하이얀 觸髏", "향기로운 주검의ㅅ내", "인류와 친밀한"148 멧새의 울음소리는 적막한 무덤가를 생명력의 현장으로 탈바꿈시킨다. 이 시에서도 역시 우리에게 친숙한 자연은 낯선 사물로 제시되고 있다. 시적 자아의 내면적 응시를 거쳐 새롭게 배열된 시 속의 자연은 다양한 개체성의 생성 공간이자 생명력의 잠재적 공간으로서 '죽음'이라는 사건의 의미를 역설적으로 전도시키고 있다. 그 결과 이 시의 '무덤'은 소멸과 고립이 아닌 평화와 생성의 공간으로 새롭게 창조되고 있다. 이처럼 사물의 감각적 풍요로움을 충분히 만개(滿開)시키면서 동시에 어떤 정신적 비전을 저버리지 않는 방식은 박두진 시의 고유한 특성이라고 할 수 있다. 이러한 방식은 해방 직후의 대표작 「해」에서 가장 뚜렷하게 나타나고 있다.

산넘어서 어둠을 살라먹고, 산넘어서 밤 새도록 어둠을 살라먹고 이글이글 애띈 얼굴 고은 해야 솟아라. // …(중략)… // 해야, 고운 해야, 늬가 오면 늬가사 오면, 나는 나는 청산이 좋아라. 훨훨훨 깃을 치는 청산이 좋아라. 청산이 있으면 홀로래도 좋아라. // 사슴을 딿아, 사슴을 딿아, 양지로 양지로 사슴을 딿아 사슴을 만나면 사슴과 놀고, // 칡범을 딿아, 칡범을 딿아, 칡범을 만나면 칡범과 놀고……, // 해야, 고운 해야. 해야 솟아라. 꿈이 아니래도 너를 만나면, 꽃도 새도 짐승도 한자리 앉아, 워어이 워어이 모두 불러 한자리 앉아 애띄고 고운 날을 누려 보리라.

—「해」 부분

앞의 두 편의 시에 비해 「해」의 특징은 시적 자아가 전면에 나서서 강하게 진술을 이끌어나가고 있다는 점이다. 명령형의 반복과 잦은 쉼표, 그리고 누진적으로 첨가되는 어휘를 통한 구문상의 점층법적 사용은 시적 자아의 고조된 감정과 어우러져 이 시의 시적 상황을 전체적으로 활력이 넘치는 공간으로 만들고 있다. 「해」에 나타나는 자신감있는 명령형의 어조와 강한 시적 주체 등의 특성들은 해방 직후의 시대적 분위기와 연관된 것으로 보인다. 정치 · 역사적인 것이든 개인의 일상에 밑바탕을 둔 것이든 변화에 대한 기대, 어떤 이상적인 것을 향한 간구와 열정이 고조화된 상황 속에서 「해」의 다짐과 소망의 어조가 가능할 수 있었던 것이다.

그러나 무엇보다도 이 시에서 시적 자아의 열정과 희망을 뒷받침하고 있는 것은 반복 · 점층의 구문과 대응하는 사물의 환유적 배열 방식, 또한 그러한 사물이 인간의 구체적인 감각적 경험을 보존하는 방식으로 제시된다는 점에 있다. “맑앟게 씻은 얼굴” “이글이글 애띈 얼굴”로 솟아오르는 아침 해, ‘훨훨훨 깃을 치는 청산”과 “한자리에 앉”아 노니는 “꽃”, “새”, “짐승”들의 형상, 그리고 적절한 의성어, 의태어의 구사 방식은 이 시의 자연물들을 어떤

'변화'의 힘이 잠재되어 있는 원천으로서 역동적인 생명력의 현장으로 그려내는 데 핵심적인 역할을 하고 있다. 이들 자연물의 감각적인 형상은 이 시의 주요 심상인 '해'로 집약되면서 "애띠고 고운 날", 곧 순진무구의 이상향에 대한 꿈과 기대를 강하게 표출시키고 있다.

지금까지 세 편의 시를 통해 살펴보았듯이, 박두진의 초기 시에서 자연은 생동하는 감각의 구현물이자 화해와 평화라는 정신적 비전의 표상이다. 감각의 생동성과 풍요로움은 그가 추구하는 정신적 비전을 관념적으로 추상화하지 않으며 또한 그의 비전을 역사 · 정치 · 종교 등 다양한 차원에서 읽게 만든다. 특히 자연을 주관의 투영물로 제시하거나 이념으로 대치하는 것이 아니라 하나의 감각적인 사물로 제시하는 방식은 그때까지의 한국 시의 '새로움'으로 평가할 수 있을 것이다. 그러나 초기시에서 이상적으로 형상화되었던 감각과 정신의 결합은 이후의 박두진 시에서 다른 양상으로 드러나고 있다. 그 변화된 양상을 다음 절에서 살펴보기로 한다.

신과 인간, 혹은 역사와 현실의 매개체

박두진 중기시에 나타나는 자연의 형상화 방식이 초기시와 차이를 보이는 것은 분명하다. 그러나 그 차이가 초기 시세계와 급격한 단절 속에서 빚어지는 것이 아니라, 초기 시의 특징이 좀더 강화된 형태로 나타나고 있다고 볼 수 있을 것이다. 초기시에서 자연이 생동하는 감각의 구현물이자 정신적 비전으로서의 특징을 동시에 지니고 있었다면, 중기 이후의 박두진 시에서 전자의 성격은 약화되는 반면 후자의 특성은 점차 강화되는 양상을 보인다.

박두진 시에서 자연은 단순한 풍경이 아니다. 자연은 신과 인간을 매개하는 관념의 매개체이거나 역사, 현실의 대응물로서의 성격이 강하다. 다만 초기 시에서는 자연에 대한 시인의 감각적 열중으로 인해 자연이 지닌 생동성과 구체성을 잃지 않은 채 어떤 관념을 표상하고 있었다면, 이후의 시에서 자연은 어떤 관념, 혹은 존재를 증명하는 대상으로서 그 의미가 부각된다. 그 중간 변화를 암시하는 작품으로 다음의 시를 보자.

> 일히들이 으르댄다. 양떼가 무찔린다. 일히들이 으르대며, 일히가 일히로 더불어 싸운다. 살점들을 물어 뗀다. 피가 흘른다. 서로 죽이며 작고 서로 죽는다. 일히는 일히로 더불어 싸우다가, 일히는 일히로 더불어 멸하리라.
>
> 처참한 밤이다. 그러나 하늘엔 별! 별들이 남아있다. 날마다 아직은 해도 돋는다. 어서 오너라. …… 황폐한 땅을 새로 파 이루고, 너는 나와 씨앗을 뿌리자. 다시 푸른 산을 이루자. 붉은 꽃밭을 이루자.
>
> —「푸른 하늘 아래」 부분

이 시에서 자연물은 실제적인 대상을 지칭하지 않는다. "일히", "양떼", "밤", "별", "씨앗"과 "꽃" 등의 자연물은 수난의 역사의 현장이나 당대의 현실적 상황을 암시하는 알레고리로서 기능하고 있다. "황폐한 땅" 위에서 "일히"와 "양떼"가 대비적 관계를 이루고 있으며, 밤/별, 땅/씨앗은 각각 현실의 부정성과 미래의 가능성을 환기하는 알레고리적 매개물로 사용되고 있다. 그런데 박두진 시에서 자연의 의미는 다만 여기에서 그치지 않는다. 역사, 현실의 알레고리로서의 자연은 궁극적으로 신이 부재하고 있는 세계, 혹은 신이 현현할 세계로서 의미를 지닌다. 이 시에서도 "푸른 산"과 "붉은 꽃밭"이 암시하는 세계, "난만한 꽃밭에서" 너와 내가 "마주 춤을 추며" "울며 즐기는" 세계는 현실의 부정성을 넘어서 시인이 기대하는 이상적 세계, 즉 신의 계시가 이루어지는 현장으로서 종교적 의미를 강하게 띠고 있다. 자연의 종교적 성격은 다음의 시 「午禱」에서 좀더 뚜렷하게 나타난다.

> 百 千萬 萬萬 億겹 / 찬란한 빛살이 어깨에 내립니다. // 작고 더 나의 위에 / 壓倒하여 주십시오. // 일히도 새도 없고, / 나무도 꽃도 없고, / 쨍쨍, 永劫을 볕만 쬐는 나혼자의 曠野에 / 온 몸을 벌거 벗고 / 바위처럼 꿇어, / 귀, 눈, 살, 터럭, / 온 心魂, 全靈이 / 너무도 뜨겁게 당신에게 닳습니다. / 너무도 당신은 가차이 오십니다. // 눈물이 더욱 맑게하여 주십시오. / 땀방울이 더욱 더 진하게 해 주십시오. / 핏방울이 더욱 더 곱게하여 주십시오. // 타오르는 목을 추겨 물을 주시고, / 피 흘린 傷處마다 만져 주시고, / 기진한 숨을 다시 / 불어 넣어 주시는, // 당신은 나의 主, / 당신은 나의 生命, / 당신은 나의 모두. …… // 스스로 버리랴는 / 버레같은 이, / 나 하나 꿇은 것을 아셨습니까. / 또약볕에 氣盡한 / 나 홀로의 피덩이를 보셨습니까.
>
> —「午禱」 전문

「푸른 하늘 아래」가 장차 신이 현현할 세계로서의 자연을 형상화한 데 비해, 「午禱」는 신과 인간이 만나는 종교적 의미의 '사건'을 그리고 있다. 여기서 자연은 신의 임재를 암시하는 상징물이거나 시인의 신앙심이 침윤된 대상물로서 의미를 띤다. 한 겹이 아니라 "百 千萬 萬萬 億겹"으로 빛나는 "찬란한 빛살"은 곧 "나의 主"이자 "나의 생명"인 신의 존재를 빗대어 환기하는 것이다. 시적 자아는 이처럼 '해'를 빌어 표상되는 신의 존재를 자신의 육체를 통해 체험하고 있다. "땀방울"과 "핏방울"과 "상처"는 신과의 합일의 체험을 육체적 표상을 빌어 응집시킨 것이다. "찬란한 빛살"로 암시되는 신의 존재와

“온 몸을 벌거 벗고” 신과의 합일의 체험을 간구하는 시적 자아는 이 시의 후반부에서 어떤 궁극의 지점에 다다르고 있다. “또약볕에 氣盡한” “나 홀로의 피덩이”는 비로소 ‘내’ 안에 임재하는 신의 현현의 순간을 그리고 있다.

이처럼 자연이 지닌 그 자체의 감각성과 실재성보다 자연이 환기하는 관념적 구현물에 좀더 중점이 두어지면서, 초기 박두진의 시에 드러났던 생동감과 구체성은 크게 약화되고 있다. 중기 이후의 박두진 시에서 짙게 나타나는 것은 진술로서의 성격이다. 다음의 시에서 이러한 특징을 찾아볼 수 있다.

> 이제는 일어나야 할 때다 / 이제는 잠자던 意識의 나뭇가지에 활활 불을 당겨야 할 때다. / 이제는 죽은 듯 식어져 차가웁던 잿더미에서 / 푸드득 푸드득 不死의 새새끼들을 날려올려야 할 때다. / 이제는 우리들의 精神 녹슬고 정체된 감정의 바다에 / 노한 파도밑으로부터 소용돌이쳐 올라오는 힘, / 잃어버렸던, 까맣게 잊어버렸던 스스로의 힘들을 불러일으켜야 할 때다. / …(중략)… / 그렇게도 가지고 싶었던 / 우리들의 평화 / 그렇게도 가지고 싶었던 / 우리들의 民主主義 / 그렇게도 가지고 싶었던 / 하나의 나라의 永遠을 / 南北 自主 自由 統一 / 하나의 나라의 悲願을 / 아, 이것 하나 못 이뤄 보랴 / 우리겨레 能力 / 불붙이면 타오르는 겨레 얼의 그것 / 精神속의 思想속의 意識속의 그것 / 죽은 듯 식어져서 차가웁던 잿더미에서 / 스스로는 몰랐던 그 푸르디푸른 생명의 深淵에서 / 한 마리 백마리 천마리 만마리씩 / 不死의 새여 / 푸드득 푸드득 / 이제는 우리들의 날개를 퍼덕여 올려야 할 때다
>
> —「不死鳥의 노래」 부분

초기 시에서 다양한 자연물들의 연쇄적인 배열 관계를 통해 생동감있는 시적 공간을 구현한 데 비해, 위의 「불사조의 노래」에서는 ‘새’의 상징적 이미지를 통해 역사와 현실에 대한 비상(飛翔)의 의지를 펼쳐보이고 있다. 비

상에의 의지는 "현실의 질곡으로부터의 저항", 또는 "이상적 경지에 도달코자 하는 지향"149을 나타낸 것이다. 이처럼 '새'로 응집된 자연물의 표상은 부정적 현실 극복의 의지의 표현이면서 동시에 신의 세계에 가까이 다가가려는 천상적(天上的) 가치지향과도 관련되어 있다. 박두진이 현실 가운데 이루려 하는 세계는 그가 말하듯, "일체 惡"와 "일체 非"를 벗어버린 자유와 정의와 평화의 세계이다. 그러나 이때의 자유, 정의, 평화란 현실적이고 정치적인 의미를 강하게 띤다기 보다는 오히려 종교적 차원에서 해석하기를 유도한다. "도피와 방종", "체념과 눈치와 아부", "무한 횡포", "무한 아부" 등 이 시에서 나열된 현실의 부정성이란 시인에게 곧 신성을 몰각한 타락한 사회로서 받아들여진다. 이렇게 본다면 "不死의 새"의 상징을 빌어 그 지향성을 드러내고 있는 이상적 동경의 세계란 인간의 강한 의지 뿐만 아니라 신성(神性)의 회복을 통해서 실현될 수 있는 세계이다.

지금까지 세 편의 시를 통해 살펴본 것처럼, 박두진의 중기 시에서 '자연'은 신, 역사, 현실 등과 연관된 관념의 대응물로서 나타나고 있다. 개별 시편에서 때로는 부정적 현실에 대한 고발과 저항의 의지로서 혹은 신성에 대한 지향으로 시화되고 있지만, 궁극적으로 그의 시에서 신과 인간, 역사와 현실은 자연이라는 궁극적 존재로 합치되어가는 경향을 보인다. 후기의 일련의 신앙시집으로서 『사도행전』, 『수석열전』, 『포옹무한』 등은 그의 지속적인 종교적 의식의 심화를 보여주는 작품들이다. 그 중에서도 특히 『수석열전』, 『속 수석열전』, 『수석연가』 등은 가장 신성한 궁극의 존재이자 자연사, 인간사, 신성사를 합치시킨 존재로서 '수석'의 신비를 집요하게 형상화한 시집이다. 다음 절에서는 '수석' 연작을 중심으로 박두진 시의 '자연'의 의미를 검토하려 한다.

水石 : 완벽한 자연, 유한한 인간

'수석'은 1970년대 이후 박두진 시의 대표적인 소재일 뿐만 아니라 그의 전체 시세계를 아울러 중요한 의미를 띠는 대상이다. 『수석열전』(1973)의 自序에서 시인 스스로가 밝히고 있듯이, 수석이란 그에게 "자연의 순수이자 핵심, 자연이 가진, 자연이 보여주는 어떤 求心的이며 초월적인 본체의 한 顯現"이다. 다시 말해, 자연의 본질의 집약체이며 근원적 세계의 응축된 현상이 바로 수석인 것이다. 그러나 수석을 형상화한 수석시는 또다른 의미를 갖는다. 수석이 완벽한 자연의 세계, 혹은 신성을 구현하고 있는 반면, 인간의 손을 거쳐 창조된 수석시는 한 편의 예술작품으로서 수석 안에 내재된 신성한 완벽성의 세계에 끊임없이 일치하려 한다.

수석시에 형상화된 자연은 이전 시기 박두진 시에 나타난 자연의 의미와 적지 않은 차이를 지닌다. 이전의 박두진 시에서 자연과 그것을 형상화한 예술작품은 자연 그대로의 자연과 시 속에 들어와 예술화된 자연의 관계를 이루고 있었다. 이러한 관계를 기본으로 시 밖의 자연에 점차 관념을 투영하고 또한 시 속의 자연은 시 밖의 자연을 향한 경모(敬慕)의 진술 방식을 띠게 되는 것이 박두진 시의 기본방향이라고 할 수 있다. 특히 수석시 연작시기에 와서는 자연이 어떤 의미의 구현체일 뿐만 아니라 하나의 초월적 존재로서 인식되며, 나아가 "자연이면서 예술품, 인간이 자연을 가지고 창조한 그 의도와 솜씨보다도 더 미묘하고 경이로운 존재물"[150], 즉 지고의 예술품으로서 받아들여진다. 신의 창조물인 수석 안에서 자연과 예술의 구분은 더 이상 의미를 잃게 되며, 더할 나위 없는 최고의 예술품 앞에서 수석시는 수석에 대한 예찬과 감탄 이외에 다른 태도를 취하지 못한다. 수석시의 한계는 이미 출발선에서 시작되고 있다고 볼 수 있다. 수석시의 기본적 특징을 몇 편의 시를 통해 검토해보자.

구름 위 푸른 이마 / 드설레는 바다를 잠재워 포옹하는 / 내 가슴 / 디디고 서서 / 지축의 흔들림을 버티는 / 내 무게의 전신을 아느냐. // …(중략)… / 영겁을 몸에 익은 찬 얼음 달빛 / 대로하면 뿜어올릴 안의 / 이 분화를 / 아 아직은 인내하는 의지의 이 오롯 / 찬란한 내 속의 속의 / 뜨거움을 아느냐

—「인수봉」 부분

남한강 정한 물도 / 씻고 가기를 저어했다. / 옥순봉 바람결도 스쳐가기를 / 저어했다. / 오월볕 싱싱한 햇살도 부끄러워할까 저어했다. / 흰 살결 앳된 자랑 / 흘려 되려 시름겨워 / 어쩔까 안의 바램 홀로홀로 다져왔다. / 하늘의 저 무한 푸르름은 너무 멀은 마음 / 혼자서 안의 외롬 희디희게 운다.

—「純潔」 전문

외형적인 면에서 위의 두 시편은 차이를 지니고 있다. 앞의 시 「인수봉」의 시적 자아가 '인수봉'이라는 '산'의 탈을 쓰고 있다면, 뒤의 시 「純潔」은 시적 자아가 시적 대상을 향해 진술하는 형태를 보인다. 그러나 시적 자아의 외형적 형태는 다르다 하더라도 시적 자아의 역할과 서술 방식 면에서는 동일한 요소가 두루 등장한다. 앞의 시에서 시적 자아는 '인수봉'이라는 시적 대상을 향해 자신의 사고와 감정을 상상적으로 투사시키고 있다. '인수봉'의 자기 진술은 사실상 '인수봉'과 일체화된 '나'의 진술이다. 뒤의 시 「純潔」 역시 '하늘'의 "무한 푸르름"에 시적 자아를 투사시켜 동일화한 형태를 보인다.

그러나 이처럼 자기 투사를 통해 진술을 주로 하는 방식은 대상의 개성적 특징을 시 안에 두루 살려내기 보다는 대상에 대한 '나'의 관념을 대상 속으로 밀어넣게 되는 결과를 낳는다. 시 「인수봉」이 위엄있는 산의 자태를 통해 '열정'과 '절제'라는 주제를 응결시키고 있는 것은 그 예가 될 것이다. 또한 시 「순결」에서는 '하늘'의 '맑고 푸르름' 그 자체를 감각적으로 형상화하는

것이 아니라 '순결'이라는 이념으로 응축시키고 있다. 이러한 과정에서 박두진 초기시에 나타났던 자연물의 생동감과 감각적 구체성을 다시 발견하기는 힘들다. 그의 시 속에 들어온 자연은 관념적으로 응축된 자연이며, 자연으로서의 예술성을 크게 약화시키고 있다. 실제로 그의 수석시에서 제각기 다양한 형태로 포착된 자연물들은 무한 역동의 생명력을 상실한 채 시인이 던진 관념의 그물망 속에 갇혀 있다. 자연의 이러한 특징은 수석시의 창작 조건에 이미 배태되어 있는 것으로 보인다. 자연을 추상화하고 다시 수석을 추상화하여 한편의 시로 빚어내는 과정에서 자연 본래의 생명력은 잃어버린 채 시적 자아의 관념적 대응물로서 역할하게 된다. 이러한 과정에서 박두진 시에 나타나는 자연, 신, 역사의 관계망은 좀더 조밀하게 압축된다. 다음의 시는 자연, 신, 그리고 인간의 관계를 특징적으로 보여준다.

> 먼 항하사 / 영겁을 바람부는 별과 별의 / 흔들림 / 그 빛이 어려 산드랗게 / 화석하는 절벽 / 무너지는 꽃의 사태 / 별의 사태 / 눈부신, / 아 / 하도 홀로 어느날에 심심하시어 / 하늘 보좌 잠시 떠나 / 납시었던 자리, / 한나절 내 당신 홀로 / 노니시던 자리
>
> ―「天台山 上臺」 전문

이 시는 '天台山 上臺', 즉 하늘에 솟은 높은 산의 가장 꼭대기 자리를 묘사하고 있다. 그러나 엄밀하게 말하면 '天台山 上臺'에 대한 묘사가 아니라 언젠가 잠시 그 '자리'에 "납시었던" "당신" — 신(神)에 대해서 형상화한 작품이다. 여기서 산의 바위는 더 이상 있는 그대로의 자연이 아니라 신성화된 자연, 절대 성역의 자리로서 의미를 띤다. 따라서 그 '자리'를 바라보는 시적 자아는 신이 임재하던 그 거룩한 순간을 상상적으로 조형하고 있다. 이 시에

서 자연은 이미 신의 형상을 취하고 있다. 그리고 신성화된 자연을 향한 인간의 태도는 인간적인 것을 최대로 절제한 채 다만 신성에 대한 숭모(崇慕)와 감탄만을 내비치고 있을 뿐이다. 그 감탄마저도 "눈부신, 아"라는 단 두 행으로 응축됨으로써 인간적인 것으로 신성을 훼손시키는 우를 범하지 않는다.

이처럼 자연이 이미 자연성을 상실하고 관념화의 정도를 지나쳐 신성화되는 경우는 수석 연작시편의 곳곳에서 발견된다. "정강이로 오르고 / 무릎으로 오르고 / 가슴과 턱 / 이마로 올라가도 다다를 수 없어라"라고 노래하는 「至聖山」에서 '산'은 이미 '至聖'이라는 관념의 대응물이다. 또한 「완벽한 산장」 역시 수석이 구현한 절대적 초월성과 완벽성의 세계에 대한 예찬으로 흐르고 있다. 그러나 신성에 대한 경모와 예찬, 그리고 신과의 합일의 꿈은 그 한편에 인간의 자기 한계에 대한 인식을 바탕으로 한다. 어쩔 수 없는 인간의 유한성을 긍정하고 또한 자각하고 있기에 초월적 존재에 대한 동경을 한편에 품을 수밖에 없는 것이다. 「靜」은 수석이 구현하는 완벽한 조형미 앞에서 지극히 인간적인 태도를 드러내놓고 있는 시이며, 「가을 절벽」은 신성을 멀리한 채 세속화되는 인간의 비극적인 상황을 형상화하고 있다. 그런데 '신'이 아닌 '인간'을 그린 시편 가운데서도 「청어(靑魚)」는 매우 독특한 작품에 속한다.

> 피도 흐르지 않는다.
> 소리질러도 안 들리고,
> 끊어진 향수의 먼 바다.
> 하늘에서 쏟히는
> 쑤시는 햇살의 켜켜의 아픔.
> 머리도 꼬리도 잘리운 채
> 피도 흐르지 않는다.
>
> ―「靑魚」 전문

위의 시는 박두진의 수석연작시편 중에서 독특한 특징을 보여주는 작품이다. 시적 자아의 진술이 대상을 뒤덮거나 혹은 시적 대상을 관념화하는 것이 아니라 '靑魚'의 생생한 묘사를 통해 대상이 지닌 감각성을 살려내고 있다. 또한 대부분의 수석시편에서 대체로 '신의 세계', '완벽성의 세계'를 향해 동경의 태도를 강하게 내비치던 것과 달리, 인간의 한계 상황 그 자체에 대한 철저한 인정과 자각을 표시하고 있다. '靑魚'가 뛰놀던 "먼 바다", 곧 자유로운 세계에 대한 동경은 여전히 한 편에 품고 있지만 동경은 동경으로만 머물 뿐, 모든 가능성과 자유가 차단된 상황 자체를 그리고 있다.

그런데 박두진의 시에서 어떤 경우에도 인간은 결코 신으로부터 독립된 존재, 혹은 신을 떠난 존재로 그려지지 않는다. 위의 시 「靑魚」에서도 구원의 가능성으로부터 절연당한 채 고통을 감내하고 있는 인간의 형상은 신을 버린 존재가 아니라, 신으로부터 부여받은 소명을 완전히 벗어버리지 못한 채 지극히 인간적인 고통 앞에 견디고 있는 신-인간, 즉 '십자가 위의 예수'를 연상시킨다. 인간된 존재로서의 한계를 철저하게 자각할 수밖에 없는 상황 속에서도 유한한 인간 존재를 마치 그림자처럼 뒤에서 받치고 있는 신의 존재를 긍정하고 있는 것이다.

「靑魚」는 박두진의 수석연작시편 가운데 신과 인간의 관계를 가장 밀도있게 그려낸 작품이라고 평가할 수 있다. 지극히 인간적인 것과 동시에 신성에 대한 긍정을 '靑魚'라는 자연물 속에 효과적으로 압축시킨 작품이다. 특히 초기시의 자연현상화 과정에서 드러나는 감각성과 생동감이 나타날 뿐 아니라 그러한 특징이 유한한 인간의 고통을 그려내는 데 효과적으로 기여하고 있다. 따라서 '자연'에서 '수석'이라는 추상화된 자연물, 그리고 다시 '수석시'로 단계를 거치면서 점차 관념화되는 다른 시편들과 차이를 보인다. 마치 '靑魚'라는 이름을 붙인 돌이 아니라 실제의 '청어'를 대상화하고 있는 것같은 효과를 낳고 있다. 이같은 효과는 자연물의 자연성을 제거하고 관념화하는 것이 아니라 시 속에 자연성을 되살려내는 방식으로 대상을 형상화하고 있기에 가능한 것이다. 시 속의 자연을 생생하게 살려냄으로써 한 편의 시 작품이 지닌 자연으로서의 예술성을 동시에 추구하고 있는 것이다.

박두진 시의 자연과 한국 근대시

'신자연(新自然)'의 시라는 칭호와 더불어 등단한 이래, 자연은 박두진 시의 오래된 주제이자 중심적 화두로 내내 그를 따라다녔다. 자연은 단지 초기 시의 집중된 소재로 그 의미가 그쳐버리는 것이 아니라 인간과 신, 혹은 역사, 현실과 기본적 연관관계를 이룬 채 지속적으로 형상화되고 있다. 초기 박두진 시에서 자연은 생동하는 감각의 구현물이자 정신적 비전의 표상이다. 초기의 대표작 「묘지송」, 「향현」, 「해」 등의 시에서 이러한 특징이 잘 나타나고 있다. 이후 그의 시에서 자연은 신과 인간을 매개하는 관념의 매개체, 또는 역사, 현실의 알레고리적 대응물로서 중요한 의미를 지닌다. 한편 10여 년에 걸쳐 발표하는 수석연작시편에서는 자연의 본질의 집약체인 '수석'을 통해 신성에 대한 강한 지향과 인간의 유한성에 대한 자각을 드러내고 있다.

그러나 그의 전체 시세계를 놓고 볼 때, 자연형상화 방식은 점차 초기시의 발랄한 감각성과 생동감을 상실한 채 관념화·추상화되는 길을 걷는 것으로 평가된다. 수석연작시편은 그 추상성이 가장 강하게 드러난 시라고 볼 수 있다. 초기시, 특히 식민지 시대에 창작된 시편이 다양한 개체들의 충만한 공간을 구현하며, 소재로서의 자연을 형상화하는 것이 아니라 시 자체가 하나의 자연을 이룬다면, 후기로 갈수록 그의 시는 예술작품이 구현할 수 있는 근원적 자연성을 점차 상실해간다고 판단된다. 후기의 시편에서 자주 발견되는 관념적이고 일방적인 진술로서의 시적 특성은 이러한 면에서 기인하는 것이다.

따라서 한국 근대시사의 흐름 속에서 박두진 시의 자연형상화 방식을 평가한다면, '신자연(新自然)'으로서의 의미는 다만 초기시에 제한되는 것으로 판단된다. 1930년대 후반, 그때까지의 한국시사에서 자연을 주관적 변이의 대상이나 관조의 대상이 아니라 그 자체로 생동하는 하나의 사물로서 제시한 예는 쉽게 발견할 수 있는 것이 아니다. 특히 자연이 지닌 감각적 풍요성을 그 자체로 살려내면서 또한 정신적 비전의 표상으로서 형상화한 방법은 충분히 한국시사의 새로운 가능성으로 평가받을 수 있다. 물론 이후의 그의 시에서도 형이상성을 지속적으로 추구하는 태도는 한국 시의 보기 드문 영역을 탐구했다는 점에서 높이 평가될 수도 있을 것이다. 그러나 그 과정에서 그가 자연을 점차 관념화 · 추상화하며 예술로서의 자연성을 상실해가는 지점은 결코 그의 자연시를 상찬할 수만은 없는 난점으로 작용한다. 시란 시인의 사상이나 신앙을 대신할 수 있는 어떤 것이 아니라 그 자체로 하나의 '자연'을 이룬 것이라고 볼 수 있기 때문이다.

5

정전(正典)과 여성성
교과서 수록 시의 여성 재현 양상

전쟁 체험과 자아의 형상화
1950년대 김용호의 시

고통의 객관화와 '인간'을 향한 희구
한하운의 삶과 시

정전(正典)과 여성성

교과서 수록 시의 여성 재현 양상

교과서의 시인들

교과서에 실린 문학 작품은 학생들로 하여금 문학과 문화에 대한 기본적인 취미와 관념을 형성하는 데 중대한 영향을 미친다. 특히, 한국의 교육 현실에서 교과서는 비판적 읽기의 대상이 아니라 그 안에 담긴 내용을 숙지하고 때로는 암기해야 하는 섭렵의 대상이다. 시험이라는 제도에 적응하고 그 절차를 무사히 통과하여 사회적 지위를 획득하는 과정에서, 교과서의 이해는 필수적인 과정의 하나로서 의미를 지닌다. 뿐만 아니라, 인터넷과 영화, 비디오 등의 다양한 매체와 테크놀로지의 발전으로 인해 대부분의 학생들이 일상에서 문학 작품을 대할 기회는 점차 사라져가는 현실이다. 문학작품이 더 이상 매력적인 향수의 대상으로 다가가지 않는 근래의 학생들에게 교실 안의 문학 수업은 문학적 감수성과 사회상 및 문학상을 구성하는 데 절대적인 영향력을 행사한다.

일반적으로 교과서 소재 문학 작품과 문학사의 정전(正典, Canon) 형성은 상호 연관 관계에 놓인다. 교과서 문학 작품의 선정은 일차적으로 문학사의 주류적 평가에 따라 결정되며, 일단 선정된 작품은 독서와 강의, 시험 출제의 대상으로 반복적으로 학습됨으로써 정전으로서의 지위를 확고히 한다.[151] 한 번 객관적 권위를 부여받은 문학 작품은 계속해서 보존되고 재생산됨으로써 한국인의 문학적 · 문화적 지배관념을 구성하는 데 일정한 역할을 수행하게 되는 것이다. 특히 현대시의 경우, 정전의 확정과 그 영향력은 다른 장르에 비해 매우 뚜렷할 뿐만 아니라,[152] 수록작품 또한 상대적으로 높은 비율을 차지한다. 근래 서사 장르에 비해 서정 장르의 퇴조가 급속하게 진행되고 있는 상황을 감안한다면, 교과서 수록 현대시 제재는 학생들에게 거의 유일한 시 감상의 기회를 제공한다고 해도 과언이 아닐 것이다.

교과서 수록 문학 작품의 교육적 영향력과 사회 · 문화적 의미에 기본적으로 관심을 가지면서, 이 글은 특히 교과서 수록 시에 나타난 여성 재현 양상을 살펴보는 데 목적을 둔다. 정전 구성 과정은 어느 문화권을 막론하고 남성중심주의적인 시각에 의해 주도된다. 일단 문학사와 비평에서 여성 작가 · 시인을 다룬 경우가 극히 한정될 뿐만 아니라, 남성 작가 · 시인이 여성의 현실을 다룬 경우에도 남성 관념을 투사한 경우가[153] 대부분을 차지하기 때문이다. 현대시 제재에 한정해 한국의 교과서를 살펴볼 경우에도 남성중심적인 경향은 쉽게 확인된다. 해방 이후 6차 교육과정까지 교과서에 자주 수록된 시인들은 대체로 김소월, 한용운, 김영랑, 조지훈, 박두진, 유치환, 서정주, 윤동주, 이육사, 박목월 등이며, 이들 외에 여성시인으로는 노천명, 모윤숙, 김남조의 작품이 주로 교과서에 등장한다. 7차 교육과정에서는[154] 특히 문학 교과서를 중심으로 여성시가 과거에 비해 다양하게 수록되고 있어[155] 여성 문학의 교육적 가능성을 다소간 확대시키고 있다. 그간 상대적으로 소외되었던 현실을 감안한다면, 이전보다 더 많은 여성작가의 작품이 교과서에 실리는 현상은 분명히 환영할만한 일이다. 그러나 여성 교육, 더 나아가 양성 교육의 관점에서 더욱 중요한 점은 몇 명의 여성작가와 작품이 정전 목록에 더 추가되는가의 문제가 아니라, 실질적으로 여성이 정전 형성 과정에서 어떻게 재현되고 있는가의 문제이다. 실제로 여성에 대한 의식은 소수의 여성 문학 작품에 의해 형성되기도 하지만, 또 한편 남성 문학 작품에 나타난 여성 이미지를 통해 많은 부분 영향을 받는다. 교과서에는 극히 소수의 생물학적 여성 시인 · 작가가 등장하지만, 여성이라는 재현된 기호는 수많은 작품과 학습활동을 통해 교과서의 곳곳에 산재해있다. 따라서 교과서에 재현된 '여성'의 기호를 읽어내고 그 교육적 의미와 효과를 논함으로써, 문학 교육 현장에서 젠더 관념이 어떻게 구성되고 있는가를 상세히 살펴볼 수 있을 것이다.

그런 점에서 이 논문은 최근 문학교육 연구에서 이루어진 여성시 및 여성 시조에 대한 연구 성과를 수용하면서 한편으로는 일정 부분 관점을 달리한다. 우선 김명순 시에 대한 남민우[156]의 연구는 그간 문학교육 영역에서 거의 다루어지지 않았던 여성시의 교육적 위상에 대해 적극적으로 문제를 제기하고, 몇몇 소수의 여성편향적 시인에 제한되었던 연구대상을 확대하여 여성주의 시 교육의 새로운 가능성을 보여주었다는 점에서 중요한 의미를 지닌다. 또한 허왕욱[157]의 연구는 문학 교과서에 수록된 여성 시조의 읽기 과정을 통해 문학 작품 속에 구현된 '여성성'의 가치를 발견하고, 아울러 '여성성'과 문학 작품의 형상화 과정 사이에 연관성을 읽어내고 있다는 점에서 의미있는 관점을 제공한다. 두 논문 모두 그간 문학 교육 과정에서 주목되지 않았던 여성의 관점을 작품 읽기에 도입하여 여성주의적 시각에 기초한 새로운 모색을 시도하고 있다고 평가할 수 있다.

하지만 두 논문에서 "여성시가 지니는 고유한 특질"에 대한 인정 하에 여성문학을 바라보고 있다는 점은 본고와 기본적으로 관점을 달리하는 부분이다. 본고에서는 '여성적 특질(feminity)' 역시 생물학적으로 결정되는 것이 아니라, 그 차이를 개념화하는 의미작용에 의해 구성되는 하나의 문화적 구성물이라고 판단한다. 따라서 '여성성'을 여성에게 내재된 고정된 특성이라기보다는 역사적으로 구성되었고 상황에 따라 변화가능한 일종의 개념으로 파악한다. 이러한 관점에서 본고는 생물학적 여성 시인의 작품에 대상을 한정하는 것이 아니라 아울러 남성 시인의 작품을 주요한 분석 대상으로 삼음으로써, 젠더 관계 속에서 규정되는 '여성', 그리고 담론 구성 과정에서 다시 호명되고 재생산되는 '여성'이라는 기호를 문제 삼게 될 것이다. 이를 위해 본고는 교과서 소재 시의 여성 재현 양상을 세 개의 범주로 나누어 살펴보고자 한다. 그것은 우선, 여성 화자를 내세운 남성 시인의 작품, 그리고 여성을 대상화한 남성 시인의 시, 마지막으로 여성 시인의 시이다. 이상의 연구대상에 대한 구체적 분석을 통해 기본적으로 '여성'이 한국 근대시의 '대표'와 '중심'을 구성하는 과정에 어떻게 관여하고 있는가의 문제를 탐구하고자 한다.

젠더화된 화자, 초월적 여성의 기호

한국인에게 가장 애송되는 시인 중의 하나인 김소월은 교과서에 가장 오랫동안, 그리고 자주 등장한 시인 가운데 한 사람이다. 1946년에 간행된 미군정기 『중등국어교본』에서, 1953년 한국전쟁기, 그리고 최근 7차 교육 과정기의 국정 국어 교과서에 이르기까지, 김소월의 작품은 「엄마야 누나야」, 「금잔디」, 「진달래꽃」, 「가는 길」, 「초혼」, 「산유화」, 「접동새」 등 여러 편의 시가 수록되었다. 그 가운데서도 「진달래꽃」은 최다 수록작 가운데 하나로서 현대 한국인들에게 여러 세대에 걸쳐 학교에서 학습된 작품이다. 김소월과 더불어 교과서 수록 작품 상위 목록에 속하는 한용운의 경우, 「님의 침묵」, 「알 수 없어요」, 「나룻배와 행인」, 「당신을 보았습니다」 등의 작품이 지속적으로 다수의 국어 · 문학 교과서에 수록되었다. 한국 근대시의 정전으로서 김소월, 한용운의 시가 보여주는 뚜렷한 특징은 '여성성'으로 집약된다. 여성적 어조, 여성적 화자를 통해 이들은 식민지인의 고뇌와 상실, 사랑을 호소력 있게 형상화한 근대 서정시의 창작자로서 평가되어왔다.[158] 이들과는 분류를 달리하는 카프 계열 시인으로서, 임화의 「우리 오빠와 화로」는 7차 교육과정에 따라 개정된 문학 교과서에서 새롭게 수록된 작품이다. 카프 계열의 중심인물이자 월북한 시인으로서 임화 시의 교과서 수록은 문학교육계의 괄목한 만한 변화를 보여준다.[159] 하지만 시인의 이력 면에서는 다소 이례적인 일이라고 하더라도, 임화 시 역시 남성 시인의 여성화자 시라는 점에서는 앞의 두 시인의 시와 동일한 특징을 보여준다. 세 시인의 주요 작품을 구성하는 '여성'의 원리를 통해 정전성의 특질을 해명하는 것이 이 절의 주요한 작업이 될 것이다.

남성 시인의 여성화자 시는 전통적인 시가 유형 중의 하나이다. 연군가 계열과 유배 가사 이외에도 남녀 사이의 애정을 표현한 작품들에는 대체로 여성 화자가 등장하는 것이 보편화된 시적 관습이었다. 이러한 시적 관습은 특히 서정시 영역에서는, 한국 문학뿐만 아니라 중국문학과 서양문학을 막론하고 일반화된 시가 유형으로서 널리 창작되어왔다. 예를 들어, 오비디우스(Ovid)의 『헤로이데스(Heroides)』에서 시인은 '버림받은' 여성의 목소리를 빌어 떠나간 남성에게 호소하는 방식을 취하고 있다.[160] 오비디우스의 여성화자는 시인 자신의 '버림받은' 처지와도 무관하지 않다.[161] 황제에게 버림받아 흑해로 추방당한 오비디우스는 여성 화자의 사연과 애절한 목소리를 빌어 자신의 처지를 호소하고 있는 것이다. 한국을 비롯한 동양문화권의 경우에도 충신연주지사(忠臣戀主之詞)의 문화적 전통에 속하는 연군가와 유배 가사 계열의 작품이 지속적으로 창작되어왔다. 여성 화자 시가 유형을 통해 남성들은 주로 비천한 것, 금지된 것, 잃어버린 것, '남성적'이라고 생각되지 않는 것, 억압된 내면의 감정을 '여성'의 목소리를 빌어 표현했던 것으로 보인다.[162] 남성적 정체성의 테두리 안에서는 소외되고 추방당한 자신의 처지를 선뜻 받아들이기 어려웠고, 남성으로서 표현하기 어려운 껄끄러운 감정을 '여성'을 통해 간접적으로 드러낼 수 있었던 것이다.

1920년대에 창작된 김소월, 한용운, 임화의 시는 남성작 여성화자 시의 전통적인 유형을 보여주면서, 한편으로 근대시의 형성 과정과 식민지 시대라는 역사적 현실, 그리고 '여성'이라는 기호가 문화 전반에 급부상하고 젠더 관계가 변화하기 시작하는 복합적인 상황에 놓여 있다. 근대 초기의 시인들에게 '여성'은 '시적인 것'을 강화하는 효과적인 기제로 인식되었고,[163] 특히 개인의 내면과 감정 표현이 문화의 중심적인 화두로 떠오르는 상황에서 시(문학, 예술), 여성, 감정은 서로를 자극하는 주요한 원천으로 작용하였다. 김소월과 한용운의 시가 연애시의 형식을 취하고 있다는 점, 그리고 1920년대 시에 여성 화자와 여성의 묘사가 빈번히 등장하고 있다는 점은 당대의 복합적인 문화 · 역사적 상황과 관련되어 있을 것이다. 그 시대에 여성을 말한다는 것은 근대적인 사회경험의 중심부에 가까이 접근해있다는 것을 의미했으며, 남성 시인들은 여성을 통해서 비로소 근대의 성애적 · 미학적 코드를 발견하기 시작했던 것이다.[164] 그런 점에서, 1920년대 시에 나타나는 여성 화자는 전통 시가 유형과 서로 비슷한 점과 다른 점을 동시에 공유하고 있다. 성별적 타자의 목소리에 의탁해 시인의 내면을 표출하고 있다는 점, 그리고 여성화자가 대체로 버림받았거나 고통 받는 처지로 형상화된다는 점은 시대를 통괄하는 공통점이라고 할 수 있을 것이다. 그러나 연군가를 지은 사대부 양반이나 유배지의 충신들과 달리, 1920년대의 근대 시인들에게 여성은 단지 특정한 개인이거나[165], 혹은 비유적 표현, 예술적 형상화의 효과적인 수단으로 그치는 것이 아니라 당대의 현실을 생생하게 환기시키는 물질적 실감으로 다가갔던 것이다. 이것은 20년대 남성 시인의 여성화자 시가 매우 낯익은 전통적인 표지를 달고 있으면서 동시에 근대의 새로운 문화현상과 밀접하게 뒤얽혀 있음을 의미한다.166

그러나 이처럼 감정, 욕망, 도덕, 정치가 복잡하게 뒤얽힌 1920년대의 현실적 맥락 가운데서, 한국 사회의 학교 교육 과정에서 주로 강조되는 것은 도덕과 정치적 차원이다. 한국 문학사와 학교 교육 현장에서 1920년대는 오랫동안 '3.1운동의 실패와 좌절'이라는 정치적 맥락 속에 요약되어 왔다. 식민지의 역사적 상황이 드리우는 무게 앞에서 남성작 여성화자 시가 근거한 다차원적인 상황은 단순화된다. 즉, 사랑의 열정과 고뇌, 육체적 욕망과 고통은 '인고(忍苦)'와 '한(恨)', 역경의 극복과 같은 초월적 차원으로 이월된다. 이때 여성은 초월의 매개체로서 기능한다. 김소월 시에서 "죽어도 아니 눈물 흘리우리다"(「진달래꽃」)라고 맵싼 결기를 보여주는 여성 화자, 또한 한용운 시에서 "님은 갔지마는 나는 님을 보내지 아니하얐습니다"(「님의 침묵」)라고 강인한 소망과 의지를 표현하는 여성 화자의 반편에는 성별적 타자로서의 '님'이 존재한다. 여성과 남성의 성별 차이는 '충신 / 군주', '희생적 여인 / 남성적 영웅', '식민지 백성 / 빼앗긴 조국' 등의 관습적 이항 대립 속에서 선명하게 재생된다. 여기서 절절한 감정적 호소의 주체로서의 여성이 근거한 성별 차이는 역설적이게도 여성이 차이를 넘어선 초월적 존재로 형상화되는 과정에서 발생한다. 그리움, 상실감, 기다림의 주체로서 여성 화자의 타자적 위치는 남성과의 성차를 뚜렷하게 부각시키는 방식으로 제시되고 있지만167, 최종적으로 여성은 대립을 포용하는 통합적 주체로서 성립된다. 즉, 여성적 표지를 강하게 드러내는 남성시의 여성 화자는 여성이면서 여성이 아닌 존재로서 초월적 차원에 놓이게 되는 것이다. 여기서 초월적이고 통합적인 주체로서의 여성은 '민족', '전통', '종교', '계급' 등과 결부됨으로써 여성적 성별 기호의 차원을 넘어서게 된다.

한국 근대시의 초월지향성과도 관련된 이같은 과정은 일반적 특질이나 상황을 여성적인 것으로 귀속시킴으로써 특수한 것으로 규정해버리는 '여성화 전략'에 바탕을 두고 있다. 가령, 사랑, 실연(失戀), 식민성, 육체적 고통, 현실적 역경과 같이 성별 구분을 떠나 보편적으로 다가갈 수 있는 상황을 '여성적 특성'과 결부시킴으로써, 감정/이성, 억압/지배, 여성/남성, 자연/문명, 전통/근대 등의 성별 구분을 매우 자명한 것으로 만드는 문화적 기제를 작동시킨다. 그리고 이항대립의 한 짝들과 새로운 관계를 구성하는 '여성'이라는 기호는 '모성적 자연', '조국의 어머니', '영원한 여성' 등과 같은 조화와 통일성을 구현한 절대적 주체로서, 이미 "성별 차이를 넘어선 존재로서 성별화"[168]된다.[169]

김소월 시에 나타난 '인고(忍苦)'와 '정한(情恨)'의 여성, 그리고 한용운 시에 나타난 종교적 · 민족적 절대자로서의 '님'은 이처럼 여성이 초월적 존재로 성별화되는 과정에서 탄생한 새로운 기호들이다. 7차 교육과정에서 새로 수록된 임화의 「우리 오빠와 화로」 역시 앞의 두 시인의 경우와는 현실적 맥락을 달리하지만, 성별적 이항 대립과 여성화 전략의 실례를 보여주는 작품이라고 할 수 있다.

> ……(생략)……오빠는 파란 얼굴에 피곤한 웃음을 웃으시며 / ……네 몸에선 누에 똥네가 나지 않니 — 하시던 세상에 위대하고 용감한 우리 오빠가 왜 그날만 / 말 한 마디 없이 담배 연기로 방 속을 메워 버리시는 우리 우리 용감한 오빠의 마음을 저는 잘 알았어요 / 천정을 향하여 기어올라가던 외줄기 담배 연기 속에서 — 오빠의 강철 가슴 속에 박힌 위대한 결정과 성스러운 각오를 저는 분명히 보았어요/ ……(생략)… · / 오빠—그러나 염려는 마세요 / 저는 용감한 이 나라 청년인 우리 오빠와 핏줄을 같이 한 계집애이

고 / 영남이도 오빠도 늘 칭찬하던 쇠같은 거북무늬 화로를 사온 오빠의 동생이 아니예요……(생략)……그리고 오빠……/ 저뿐이 사랑하는 오빠를 잃고 영남이뿐이 굳세인 형님을 보낸 것이겠습니까 / 슬ㅎ지도 않고 외롭지 않습니다 / 세상에 고마운 청년 오빠의 무수한 위대한 친구가 있고 오빠와 형님을 잃은 수없는 계집아이와 동생 / 저희들의 귀한 동무가 있습니다 / 그리하여 이 다음 일은 지금 섭섭한 분한 사건을 안고 있는 우리 동무의 손에서 싸워질 것입니다 / 오빠 오늘 밤을 새워 이만 장을 붙이면 사흘 뒤엔 새 솜옷이 오빠의 떨리는 몸에 입혀질 것입니다 / 이렇게 세상의 누이동생과 아우는 건강히 오늘 날마다를 싸움에서 보냅니다 / 영남이는 여태 잡니다 밤이 늦었어요 ― 누이동생

― 임화 「우리 오빠와 화로」 부분

임화의 「우리 오빠와 화로」는 카프의 방향 전환에 따른 대중화 전략의 차원에서 적극적으로 기획된 이른바 '단편 서사시' 계열의 작품이다. 노동 운동을 하는 '오빠'가 체포된 후, 남아있는 '누이 동생'의 목소리를 통해 사건이 이야기되는 이 시에서 '희생적 여성'과 '영웅적 남성'의 이항 대립은 되풀이된다. "용감한 이 나라 청년인 우리 오빠와"와 오빠의 친구들은 '누이 동생'의 묘사적 진술과 그들에 대한 무한한 존경과 사랑의 감정을 통해서 전달되며, 어린 '아우' 또한 "우리들의 조그만 '피오닐' 조그만 기수"로서 미래의 '용감한 청년'으로 형상화된다. 반면, '아우'와 더불어 오롯이 남게 된 '누이 동생'은 오직 "위대하"고 "용감한 청년"의 일을 위해서 기다림과 견딤의 자세를 가다듬으며, "이만장"의 "봉투"를 붙이는 노고와 "날마다"의 "싸움"을 기꺼이 감수한다. '누이 동생'은 결국, "오빠 ― 그러나 염려는 마세요", "슬ㅎ지도 않고 외롭지도 않습니다"라고 개인적 감정을 절제하면서 "모든 어린 '피오닐'의 따뜻한 누이"라는 초개인적 존재로 초월되기에 이른다.

김소월, 한용운, 임화의 여성 화자 시는 시인의 이력과 창작배경 면에서

나타나는 차이에도 불구하고, 몇 가지 공통적인 수사적 특징을 보여준다. 구체적으로, 시적 공간의 한 편에 여성의 고통과 근심, 슬픔이 존재하며, 다른 한 편에는 영웅, 애인, 또는 절대자로서의 남성이 배치되고 있다는 점, 무엇보다 남성의 시선을 통과한 여성의 목소리를 통해서만 그같은 남성의 형상이 존재할 수 있다는 점, 마지막으로 절절한 감정으로 가득 찬 시적 공간 내에서 막상 여성 화자의 감정은 극도로 절제되거나 끝내는 초극되고 있다는 점 등을 공통점으로 들 수 있을 것이다. 세 시인의 시를 통해서 볼 때, 교과서에 수록된 남성작 여성화자의 시는 결론적으로 '여성'을 통해서 정전으로서의 지위를 강화하고 있다고 요약할 수 있다. 이들 시에서 젠더화된 화자로서의 '초월적 여성'은 1920년대의 여성이 드러내는 생생한 질감의 살을 지우며, 보다 '숭엄한' 거대 서사와 결부되는 방식을 통해서 그 초월적 지위를 획득한다. 그러나 여성이 초월적 존재로 새롭게 형성되는 이 과정에서, 역설적이게도 여성은 여전히 타자의 위치에 자리하며 또한 엄격한 젠더 구분의 틀을 결코 벗어나지 못한다. 결국 한국 근대시사에서 하나의 이념형으로서의 여성이 생성되는 과정은 여성을 지극히 젠더화된 존재로 틀지우고 그러한 방식으로 규정된 '여성성' 속에 일반적인 특질들을 귀속시키는 방식으로 이루어진다고 볼 수 있다.

'버림받은 여성'의 이중적 기호

교과서 수록 시에서 여성이 재현되는 방식은 시적 화자를 통해서 뿐만 아니라 시적 대상을 통해서도 확인된다. 비록 남성의 시선을 통과한 방식이기는 하지만 남성 시인의 여성 화자 시에서 여성의 목소리가 전면에 등장하는 반면, 여성이 시적 대상으로 등장하는 시에서 여성은 남성 화자의 시선에 의해 부분적으로 가려지거나 변형된다. 7차 교육과정에 따라 개정된 문학 교과서 수록 시 가운데 백석의 「여승」(6종)[170], 서정주의 「신부」(4종), 조지훈의 「승무」(3종), 김소월의 「접동새」(3종) 등이 바로 여성이 시적 대상화되는 시에 해당된다. 이들 시에서 여성은 남성 화자가 이끌어가는 시 속 이야기의 주체로서, 매우 비참하거나 애절한 사연의 주인공으로 등장한다. 앞 절의 여성화자들과 마찬가지로 그녀들 역시 '버림받은' 여성들이다. 다만 앞 절에서 '위대한' 남성과 그를 기다리는 여성이 동시에 초월적 · 절대적 존재로 격상되었다면, 좀더 수동적인 위치에 놓인 이 절의 여성들은 남성적 시선의 베일 속에서 신비감을 유지하고 있다. '버림받은' 여인들은 그렇게 버려진 채로 영원히 떠도는 이야기의 주인공으로서 신화화된다.

> 新婦는 초록 저고리 다홍치마로 겨우 귀밑머리만 풀리운 채 新郎하고 첫날밤을 아직 앉아 있었는데, 新郎이 그만 오줌이 급해져서 냉큼 일어나 달려가는 바람에 옷자락이 문 돌쩌귀에 걸렸읍니다. 그것을 신랑은 생각이 또 급해서 제가 新婦가 음탕해서 그 새를 못 참아서 뒤에서 손으로 잡아다리는 거라고, 그렇게만 알곤 뒤도 안 돌아보고 나가 버렸읍니다. 문 돌쩌귀에 걸린 옷 자락이 찢어진 채로 오줌 누곤 못 쓰겠다며 달아나 버렸읍니다. / 그러고 나서 四十年인가 五十年이 지나간 뒤에 뜻밖에 딴 볼일이 생겨 이 新婦네 집 옆을 지나가다가 그래도 잠시 궁금해서 新婦방 문을 열고 들여다보니 新婦는 귀밑머리만 풀린 첫날밤 모양 그대로 초록 저고리 다홍치마로 아직도 고스란히 앉아 있었읍니다. 안스러운 생각이 들어 그 어깨를 가서 어루만지니 그때서야 매운재가 되어 폭삭 내려앉아 버렸읍니다. 초록 재와 다홍 재로 내려앉아 버렸읍니다.
>
> — 서정주 「신부」 전문

3인칭 서술자의 전지적 시점에서 서술되는 이 시에는 '新郎'과 '新婦'라는 두 주인공이 등장하고 있다. 서술자의 진술은 주로 남성 주인공의 내면과 일치된 시점에서 이루어지고, 여성은 남성의 시선에 의해 '보여지는' 위치, "四十年인가 五十年"을 무작정 '新郎'을 기다리는 위치에 놓여져 있다. 남겨진 존재, 기다림의 주체로서의 여성의 운명은 오직 '신랑'에 의해서만 변화될 수 있다. '신랑'의 손길이 닿자마자 "그때서야" 비로소 '신부'에게 내려졌던 주술은 풀리지만, 기다림에 지쳐 "재로 내려앉"은 뒤에도 '신부'는 여전히 "초록재 다홍재"의 자취를 완전히 떨쳐버리지 못한다. 한편으로 그녀는 '신랑'의 손길이 닿기 전에 이미 죽은 존재였고, 또 한편으로는 목숨이 끊긴 뒤에도 여전히 '신부'로서의 운명을 벗어나지 못하고 있다. 여기에 남성적 서술자[171]의 시선은 '신부'를 시각적으로 대상화하는 데 효과적으로 기여한다. 여성은 두 명의 남성 — 도망간 '신랑'과 남성 서술자의 시선에 갇힌 채 '신부'로서의 운명에 순응한다. 그런데 이 시에서 '버림받은 신부'라는 여성의 운명에 여성의 섹슈얼리티에 관한 소문과 통제가 개입되는 과정은 흥미롭다. '음탕'한 여인은 버림받아 마땅하며 여성의 섹슈얼리티는 궁극적으로 관리되어야 하는 위험한 것이라는 관념, 그러나 그러면서도 동시에 여성을 성적 대상화하는 남성 서술자의 시선에 의해 여성의 이미지는 만들어진다. 비극성과 에로티시즘, 그리고 불안과 두려움, 안쓰러움과 연민의 감정이 복합적으로 결합된 남성들의 시선에 의해서 '첫날밤에 버려진 신부'의 이야기는 신화화된다. 특히 이야기꾼으로서의 서술자의 위치는 언제든 '신부'를 극적인 모티프와 결합시키며 영원히 회자되는 비극적 이야기의 주인공으로 설정시키고 있다.

교과서에 등장하는 비운의 여주인공은 '버림받은 신부' 이외에도 '죽은 누이'(김소월 「접동새」)와 '여승'(백석 「여승(女僧)」, 조지훈 「승무(僧舞)」) 등이 있다. 김소월 시에서 '의붓 어미의 시샘에 죽어서 접동새가 된 누나'는 '악녀/성녀'의 오래된 설화적 모티프를 반복·변주하면서 '가엾은 누이'[172]의 기호를 만들어낸다. 여기에 접동새 울음소리가 환기하는 강렬한 청각적 이미지는 '가엾은 누이'의 기호를 확대시키는 역할을 한다. 그 외에도 조지훈의 「승무」는 비운의 여성을 대상화하는 남성 화자의 시선을 좀더 뚜렷하게 형상화하고 있다. 주로 '승무(僧舞)'를 추는 '여승'의 외적 묘사에 집중하고 있는 이 시에서 '여승'은 미와 순결, 그리고 세속적 번뇌와 종교적 해탈을 아울러 표상하는 대상이다. 아름다우면서 또한 연민과 경외심을 동시에 불러일으키는 '여승'은 남성의 결핍된 존재로서 만들어지는 또 하나의 초월적 기호라고 할 수 있다. '여승'을 대상화한 또 다른 작품인 백석의 시에는 비운의 여성으로서 '여승'의 사연이 소개된다.

> 여승(女僧)은 합장(合掌)하고 절을 했다 / 가지취의 내음새가 났다 / 쓸쓸한 낯이 옛날같이 늙었다 / 나는 불경(不經)처럼 서러워졌다 / 평안도(平安道)의 어느 산 깊은 금덤판 / 나는 파리한 여인에게서 옥수수를 샀다 / 여인은 나 어린 딸아이를 따리며 가을밤같이 차게 울었다 / 섶벌같이 나아간 지아비 기다려 십년(十年)이 갔다 / 지아비는 돌아오지 않고 / 어린 딸은 도라지꽃이 좋아 돌무덤으로 갔다 / 산꿩도 섧게 울은 슬픈 날이 있었다 / 산절의 마당귀에 여인의 머리오리가 눈물방울과 같이 떨어진 날이 있었다
>
> — 백석 「여승」 전문

7차 교육과정에서 모두 11종의 문학 교과서 가운데 6종에 수록된 이 시는 교육 현장에서 비교적 문학교육적 가치를 인정받고 있는 작품이라고 할 수 있다. 특히, 임화로부터 촉발된 1930년대 '이야기 시'의 전통에 속하는 이 시의 특장은 시적 화자의 담담한 어조와 객관화의 시선, 그 가운데서도 백석 특유의 복합적인 이미지와 비유적 표현을 통해서 주관적 정서를 효과적으로 대상화하는 시적 방법에 기인한다. 가령, "가지취의 내음새가 났다", "가을밤

같이 차게 울었다", "산꿩도 섧게 울은 슬픈 날" 등의 표현은 시적 공간 내에 청각과 후각, 시각적 이미지를 복합적으로 배치하여, 시적 대상을 감각적으로 환기시키는 역할을 하고 있다. 뿐만 아니라 '여인'의 복받치는 감정과 시적 화자의 감정을, 마치 사물을 건너다 보듯 시각적으로 대상화함으로써, 그들을 바라보는 독자의 감정마저도 시적 공간에 몰입시키는 효과를 낳는다. 그런데 이같은 감각적 이미지는 궁극적으로 '여인'의 비극적인 운명을 형상화하는 효과적인 예술적 장치로 기여한다. 떠나간 남성과 그를 기다리는 여성의 대립구조는, 여성을 형상화한 대부분의 시들과 마찬가지로 이 시에서도 되풀이되며 기다림의 고통에 지친 여성은 마침내 '여승'이 되어 세속을 등진다. 특히 시간을 역행하며 다시 돌아오는 회고자로서의 화자의 시점은 '여승'을 먼 거리에서 조망할 수 있는 안정된 자리를 제공한다. 파노라마처럼 펼쳐지는 시간의 풍경을 따라, 독자들은 풍경 너머의 초월적 공간에 놓인 '여승'의 삶을 거리를 두고 관찰할 수 있게 된다.

이상에서 살펴본 김소월, 조지훈, 서정주, 백석 등의 시에서 '여성'은 '죽음' 또는 '종교적 입사'에 의해 비극적 운명을 마무리한다는 공통점을 지닌다. 가난, 이별, 성(性), 자식의 상사(喪事) 등 애끊는 고통과 세속적 욕망을 제어하면서, '여성'은 끝내 현실의 번잡함을 넘어선 다른 세계 – 초월적 영역에 자리하게 된다. 이들의 고통, 욕망, 번뇌가 크면 클수록 그것과 대비된 초월적 세계는 더욱 강력한 크기로 다가온다. '버림받은 여성'은 '죽음'과 '종교'가 환기하는 영원성의 영역에서 가까이 범접할 수 없는 신비의 여성으로 상징화된다. 이들 네 명의 남성 시인들에게 '여성'은 이중의 기호로 작동하는 복합적인 존재라고 할 수 있다. 이들에게 '여성'은 일단 현실의 복잡성과 갈등을 가장 강렬하게 환기시키는 대상이다. 남성 시인들은 '여성'을 통해서 삶의 비참, 도저히 극복할 수 없는 가난, 풀리지 않는 인간관계의 갈등, 죽음이라는 인간의 유한성, 아울러 식민지 근대의 가속적인 변화를 읽는다. 그러나 동시에 이들 앞에 '여성'은 현실 안에서 현실을 초월하는, 그리고 근대성 자체 안에 있는 전근대적인 것을 상징하는 암호[173]로 반복적으로 불려 나온다. 현실 너머의 초월적 공간에서 '여성'은 근대의 피로에 젖은 남성들에게 위안과 정서적 충만의 대상으로 존재하는 것이다.

여성의 '여성', 이상화된 여성성

남성 시인들의 작품에 화자와 시적 대상으로서 등장하는 여성이 다수인 반면, 교과서에 수록된 여성 시인의 작품은 극히 소수에 불과했다. 해방 이후부터 6차 교육과정까지 국어 교과서에 수록된 여성시로는 노천명의 「만월대(滿月臺)」, 「장날」, 「촌경(村景)」, 「푸른 오월」, 「사슴」, 그리고 모윤숙의 「국군은 죽어서 말한다」, 「어머니의 기도」, 마지막으로 김남조의 「겨울 바다」, 「설일(雪日)」 등이 있다. 열거된 목록에서 확인할 수 있듯이, 일단 수록 대상이 특정한 몇몇 시인에 집중될 뿐 아니라 이들의 작품이 번갈아 수록되었다. 7차 교육과정에서는 강은교의 「우리가 물이 되어」와 김남조의 「설일」이 각각 3종의 교과서에 수록됨으로써 비교적 비중있게 다루어졌고, 그 외에 나희덕의 「오분간」, 최영미의 「선운사에서」 등이 새로 추가됨으로써 여성시 수록 양상에 큰 변화를 보이고 있다.[174] 앞 세대의 시인들이 대체로 여성 문학인의 활동이 극히 한정되었던 '여류'문인 세대에 속한다면,[175] 7차 교육과정에서 이루어진 여성시의 다수 수록 양상은 1990년대 이후 여성문학계의 괄목할만한 성과에서 기인하는 것이다.

교과서 수록 시에 재현된 '여성'의 기호에 관심을 갖는 이 글의 기본적인 관점에서, 시인의 성별은 시에 재현된 '여성성'과 관련해서만 의미를 갖는다. 다시 말해, 이 글의 관심은 여성시 또는 여성시인 자체에 있는 것이 아니라 성별을 총괄해 교과서에서 여성이 어떻게 재현되고 있는가에 있다. 이같은 관점에서 볼 때, 남성 시인들의 작품에서 여성이 '보여지는' 위치, 또는 대신 말해주는 위치에 놓이는 반면, 여성 시인들의 시에서 여성은 스스로 말하는 위치에 놓인다고 기대할 수 있다. 그러나 남성 시인의 시에 나타난 '여성'의 이미지가 그들의 부재하는 욕망의 기호로서 만들어진 것이라고 한다면, 여성 스스로가 자신에 대해 지닌 이미지 역시 남성의 시선이나 사회적 통념으로부터 완전히 자유롭다고 볼 수 없다. 모든 여성문학인의 글은 자율적인 여성에 의해서 씌어진 것이라거나 혹은 모든 여성적인 것을 긍정적인 것으로 보는 시각을 비판하면서, 이 절에서는 '여성이 말하는 여성', '여성이 기대하는 여성'의 재현 양상에 주목하고자 한다.

해방 이후 국어 · 문학 교과서에 다수 수록된 모윤숙, 노천명의 시는 '섬세하고 감상적이며 모성적인' 의미로 분류되는 극히 '여성적인' 시의 유형에 해당된다. 김원주, 김명순, 나혜석 등 1세대 여성문학인들이 여성에 대한 일반적인 사회적 편견으로 인해 크게 장애를 겪었던 데 비해, 2세대에 속하는 모윤숙, 노천명은 1930년대, 이미 제도화된 근대적 문학공간이 소수의 여성에게 할당한 영역에서 비교적 안정된 활동을 지속할 수 있었다. 해방 직후에서 1990년대에 이르기까지 급격한 역사적 변화 과정 속에서도 오랫동안 두 시인의 시가 여성시를 대표했던 이유 또한 이들의 작품이 여성에게 배정된 특정한 역할을 충실하게 이행해왔기 때문이라고 볼 수 있다. "모가지가 길어서 슬픈 짐승이여"(노천명 「사슴」)로 대표되는, 비극적이고 감상적인 여성의 형상, 그리고 모든 개인적 고통과 국가적 위기를 포용하는 통합적 주체로서의 모성(모윤숙의 「국군은 죽어서 말한다」, 「어머니의 기도」)은 두 시인이 내면화한 '여성성'의 특질을 집약하는 것이다. 이들 여성 시인이 스스로에게 부과한 '여성성'은 남성 시인이 규정한 '여성성'과 본질적으로 크게 다르지 않다. 어떤 면에서는 여성 시인들이 오히려, 남성의 시선에 의해 투과된 이미지와 자신을 동일시하며, 대상화된 여성의 기호를 창출하기도 한다. 특히 모윤숙은 특화된 여성성으로서의 '모성'을 '민족'이라는 거대서사에 결합시키며 근대의 젠더분리 전략에 편승해나간 경우라고 할 수 있다. 모윤숙의 시는 남성 시인들의 작품에 나타난 '초월적 여성'의 기호를 더욱 적극적이고 전략적으로 내면화함으로써 '민족의 어머니'라는 이데올로기화된 기호를 재생산하고 있다.

모윤숙, 노천명을 교과서 1세대 여성시인이라고 부를 수 있다면, 2세대에 속하는 김남조,[176] 강은교, 나희덕, 최영미의 시는 좀더 폭넓은 작품 경향을 보여준다. 앞 세대의 경우, 교과서 수록은 일종의 여성할당제의 차원에서 소수의 여성 작가에게 배분된 몫으로 보아야 할 것이다. 그에 비해, 7차 교육과정 교과서의 여성시는 시인이 '여성'이기 때문에 수록되었다기보다는, 주목받는 '시인'의 한 사람으로서 선택되었다는 의미가 강하다. 그럼에도 불구하고, 교과서에 수록된 이들 여성시인들의 작품은 여성적 모티프와 관련해 일정한 경향을 보여주고 있다. 먼저, 최영미의 「선운사에서」는 가장 전형적인 여성적 테마의 하나라고 할 수 있는 '버림받은 여성'을 형상화한다.

> 꽃이 / 피는 건 힘들어도 / 지는 건 잠깐이더군 / 골고루 쳐다볼 틈 없이 / 님 한 번 생각할 틈 없이 / 아주 잠깐이더군 // 그대가 처음 내 속에 피어날 때처럼 / 잊는 것 또한 그렇게 / 순간이면 좋겠네 // 멀리서 웃는 그대여 / 산 넘어 가는 그대여 // 꽃이 / 지는 건 쉬워도 / 잊는 건 한참이더군 / 영영 한참이더군
>
> — 최영미 「선운사에서」 전문

사랑의 시작과 끝을 꽃이 피고 지는 자연의 순환에 비유하고 있는 이 시는, 해마다 되풀이되는 계절, 다시 피는 꽃과 달리, 다시는 돌아오지 않을 사람("그대", "님")과의 이별을 절절히 표현하고 있다. 이 시의 백미라고 할 수 있는 부분은, 사랑의 열정과 이지러짐을 꽃의 피고 짐에 비유함으로써, 사랑 이전과 이후의 시간, 그리고 꽃이 떨어지는 극히 짧은 순간과 이별 이후의 긴 시간을 대조시키고 있다는 점에 있다. 최영미 시의 특장은 그녀의 시가 재현하는 어떤 '여성성'과 긴밀히 관련되어 있다. 그녀의 '여성'은 남성 시인의 여성화자 시가 보여주는 에로틱하고 감정적인 면모를 더욱 강화시킨 존재이다. 여성 화자의 예민한 감수성의 표현은 시인의 성별과 겹쳐짐으로써 '사랑 끝에 혼자 남은 여성'의 아픔과 내면의 상처를 부각시키고 있다. 그런 점에서, 결국 최영미 시의 '여성'은 남성의 시선에 의해 보여지는 '여성'의 형상을 확대재생산함으로써 시적 전통에서 지속되었던 젠더 구분의 논리를 반복하고 있다고 말할 수 있을 것이다.

강은교, 나희덕, 김남조의 경우에도, 각 시인들의 시적 성취나 경향과는 관계없이, 교과서에 수록된 작품들은 대체로 어떤 의미로든 '여성성'이 강조되고 있는 시들이다. 예를 들어, 나희덕의 「오분간」은 모성으로서의 여성의 고유한 시간 경험을 그리고 있고, 김남조의 「설일(雪日)」과 강은교의 「우리가 물이 되어」에는 생명의 충일감과 조화로운 합일의 경험이 형상화되어 있다. 특히 강은교의 시는 물/불의 대립을 통해 궁극적으로 화합과 조화, 생명의 세계를 지향하고 있다.

우리가 물이 되어 만난다면 / 가문 어느 집에선들 좋아하지 않으랴. / 우리가 키 큰 나무와 함께 서서 / 우르르 우르르 비오는 소리로 흐른다면. // 흐르고 흘러서 저물녘엔 / 저 혼자 깊어지는 강물에 누워 / 죽은 나무뿌리를 적시기도 한다면. / 아아, 아직 처녀인 / 부끄러운 바다에 닿는다면.

// 그러나 지금 우리는 / 불로 만나려 한다. / 벌써 숯이 된 뼈 하나가 / 세상에 불타는 것들을 쓰다듬고 있나니. // 만 리 밖에서 기다리는 그대여 / 저 불 지난 뒤에 / 흐르는 물로 만나자. / 푸시시 푸시시 불 꺼지는 소리로 말하면서 / 올 때는 인적 그친 / 넓고 깨끗한 하늘로 오라.

— 강은교 「우리가 물이 되어」 전문

이 시에서 '물'은 생명과 운동의 상징이다. 죽은 목숨을 살려내고 쉼없이 움직이며 '흐르는 물'은, '불'로 상징되는 갈등과 투쟁의 상태를 넘어서 궁극에는 조화와 포용의 공간에 닿고자 한다. 이때 갈등과 충돌을 넘어선 시원(始原)의 공간, 소외되지 않고 파편화되지 않은 정체성의 표상으로서의 자연은 '여성'의 이미지를 강하게 환기시키고 있다. 잉태 및 출산의 능력과 관련되어, 일반적으로 여성을 '훼손되지 않은 자연', 혹은 '원초적 생명의 공간'에 비유하는 일은 비단 한국 문학뿐만 아니라 동서양의 많은 작품에서 관행처럼 이루어져왔다. 구체적으로, 시 장르에서 여성은 흔히 그 자체로 완전한 것으로서의 자연을 상징하며 근대적 갈등 및 대결의 삶과 대비되는 존재로 비유되었다. 그런데 이같은 경향은 비단 남성작가들에게서만 그치지 않는다. 페미니즘, 특히 에코 페미니즘에서는 모성적 여성성을 여성적 글쓰기의 고유한 특질과 연결지어 해석해왔다. 남성뿐만 아니라 여성 자신들에게까지 '여성'은 근대의 피폐한 삶의 너머에 있는, 지극히 안정되고 정서적으로 충만한 세계의 기호로 작용해왔던 것이다. 그러나 여성과 남성 모두에게 이러한 관점은, 여성적인 것을 여성의 특수한 경험이나 여성 텍스트에 내재된 특성으로 한정하고, 하나의 이상화된 것으로서의 여성적 이미지를 고정시키는 결과로 귀결될 수 있다. 이렇게 고정된 여성의 형상은 성별 이분법의 논리를 다시금 강화하면서, 여성을 근대 바깥의 진공의 공간에 놓인 '순수'한 존재로 상상하는 하나의 패턴화된 이미지를 반복해왔다.

우리 문학 교과서 가운데 가장 많은 교과서에 수록된 김남조와 강은교의 시는 이상화된 여성성, 혹은 특정화된 여성성의 이미지와 관련되어 있다. 비단 이들 뿐만 아니라 교과서 수록 여성 시인의 시에서 '여성'은 많은 부분 '착한 엄마', '자애로운 어머니'를 닮아있거나 또는 '버림받은 여인'의 이미지를 재생산한다. 실제로 자족과 평안으로서의 '영원한 여성성', 그리고 실연의 슬픔에 잠긴 '비련의 여성'은 '생명', '자연', '감정' 등의 매우 친근한 시적 테마를 표현하는 데 편리하게 사용되어 온 것이 사실이다. 그러나 '여성적인 것'이란 무엇이며, 또한 '여성적인 것'에 관한 물음을 설정한다는 것 자체가 지니는 함의는 과연 무엇인가. 이같은 물음과 관련해 돌이켜볼 때, 남성과 여성을 막론하고 우리 교과서 수록 시에 재현된 '여성'의 양상은 지극히 제한되어 있다. 교과서의 '여성'들은 여성적 경험의 일부, 혹은 젠더 구분을 넘어 어떤 인간이든 경험할 수 있는 삶의 부분을 드러내고 있지만, 그 제한된 기호가 반복적으로 재현될 때 '여성'은 관습적 메타포로 박제화된다. 따라서 문제는 '여성적인 것'의 정의를 찾고 여성적 특수성을 설정하는 것이 아니라, '여성'이라는 기호 자체에 놓인 복잡한 매개 관계를 드러내는 일일 것이다. 그리고 그것은 '여성'이 내포한 연관관계에 주목하되 '여성'의 매개 연관을 객관화하는 시선에 의해서 비로소 포착될 수 있을 것이다.

여성과 문학의 정전성

제 7차 교육과정에 따라 개정된 새 국어·문학 교과서는 이전 교과서에 비해 제재 면에서 큰 변화를 보인다. 카프 및 월북 작가뿐만 아니라 90년대 이후의 최근 작품, 그리고 학생이나 비전문인의 작품, 또한 조선족 작가와 북한 작가, 심지어는 친일문학작품에 이르기까지, 시대와 지역, 작가의 연령과 이데올로기를 막론하고 다양한 작가·경향의 작품을 수록하고 있다. 여성의 경우에도, 일단 교과서에 수록된 여성 작가·시인의 작품이 크게 늘어났을 뿐만 아니라 새로운 세대의 작품까지 포괄하고 있어, 6차 교육과정 이전의 교과서와는 크게 변화된 면모를 보여준다.[177] 다시 말해, 국어·문학 교육의 강의 요목 구성이라는 면에서 7차 교육과정 교과서는 이전 시대에는 상상할 수 없었던 혁신적인 변화를 시도하고 있는 셈이다. 교과서 작품 수록 면에서 나타나는 이같은 변화는 크게는 90년대 이후 우리 사회의 변화와 국어교육 현장의 다각적인 모색 과정에서 비롯된 것이라고도 할 수 있고, 미시적으로는 교과서 집필 구성원이 대거 세대 교체됨으로써[178] 그들 세대의 문화적 경험을 반영하는 작품들과 90년대 이후의 새로운 작품들이 다수 첨가되었다고 보는 것이 타당할 것이다.

그러나 교과서 수록 작품의 변화를 통한 강의 요목의 변화가 곧 한국 문학의 정전성(canonicity)의 변화라고 보는 것은 이른 판단일 것이다. 정전론의 학자들이 지적하듯이, 강의 요목이 바뀐다고 해서 쉽게 정전 구성의 변화가 일어나는 것은 아니다.[179] 정전은 현실로 존재하는 목록을 구현함으로써가 아니라 개별 텍스트들로 하나의 전통을 소급·구성함으로써 가상의 총체성을 이룩한다.[180] 그 전통에 새로운 작품이 추가되고 탈락되기도 하지만, 문화적 동질성으로서의 정전성은 기본적으로 크게 변화하지 않는다. 일반적으로 정전 목록이 변화되었다고 보는 것은 시대 변화에서 오는 인상에서 기인하는 바가 더욱 크다. 우리의 경우, 1946년 미군정청 문교부에서 첫 국정교과서가 발행된 이후 1958년도 1차 교육과정기까지 극심한 정치적 변화 속에서 많은 작품들이 교과서에 수록되고 다시 탈락되는 변화를 겪지만, '순수문학'과 '민족주의' 담론을 중심으로 하는 정전성은 기본적인 주조를 이루고 있다.[181] 이후 수차례의 교육 과정 개정에 따라 교과서 수록 작품 목록 또한 계속해서 변화하지만, 이 과정은 실상 '순수'와 '민족' 중심의 한국 문학 정전 구성이 교과서 작품이라는 제도적 장치를 통해 그 실질적인 기반을 확보하게 되는 과정이라고 할 수 있다.

카프 문인에서 친일문학, 그리고 90년대 이후 젊은 작가의 작품에 이르기까지 다양한 성향의 작품을 수록하고 있는 7차 교육과정 교과서 역시 전반적으로 한국 문학의 정전성의 기본 주조에서 크게 벗어나지 않는다. 구체적으로, '좌익', '월북작가'라는 표찰을 달고 정치적 이유로 그 수록이 금지되었던 임화의 「우리 오빠와 화로」는 90년대 이후 민주화 운동에 대한 재평가와 권력 주체의 변화 과정 속에서 교과서로 '복귀'한 작품이다. 1946년 미군정기 교과서에 수록되었다가 이후 민족 범주의 분화 과정에 따라 반'민족'적인 '좌익' 시로 판정하는 과정에 임화 시에 대한 '배제'의 논리가 작동한다면,[182] 다시 '선택'의 과정은 임화 시를 '민족'의 범주 속에 포괄하는 논리를 통해 이루어진다. 이때 임화 시 '선택'의 논리에 작용하는 것은 비단 정치적인 이유만이 아니다. 한국근대시 정전의 주류를 이루는 1인칭 화자의 언술체제가 이 작품을, 주해와 섭렵을 최종 목표로 하는 교과서 작품으로 선택하는 데 하나의 촉매제로서의 역할을 하고 있다.[183] 90년대 이후 다수의 새로운 시들이 7차 교육과정 교과서에 수록되는 과정에서도 1인칭 화자의 언술 체제에 의존하는 전통적 서정시 유형은 우위를 차지한다. 실험적이고 난해한 모더니즘 또는 아방가르드 유형의 시보다는 상대적으로 안전하고 얌전하며 '알아듣기 쉬운' 전통적 서정시 유형이 교과서 작품으로 채택되는 경향이 강하다. 이같은 서정시 우위의 논리는 한국 문학의 정전 구성 논리 가운데 하나인 '순수'의 논리를 미학적으로 뒷받침해왔다고 볼 수 있을 것이다.

이 글에서 중심 논제로 설정했던 '여성'은 한국문학의 정전성을 구성하는 또 하나의 핵심 논리이다. 좀더 정확하게 말한다면, '여성'은 '순수'와 '민족'이라는 두 개의 대타항을 연결하고 보완하는 매개항으로 작용한다. 우선, 시의 형식적 요소나 예술적 형상화 방법의 차원에서 받아들여지는 '여성'은 '예술을 위한 예술'을 옹호하는 '순수성'의 실현을 위한 효과적인 수단이다. '여성적인 것'을 어떤 특성화된 대상으로 고정시킴으로써 파생되는 이같은 형식미학의 논리는 예술뿐만 아니라 여성을 현실 너머의 초월적인 영역에 위치시킴으로써 '순수'한 존재로 설정하는 태도와 연결된다. '여성'은 또한 예술뿐만 아니라 민족을 순화되고 정화된 대상으로 탈바꿈시킨다. 교과서 수록 시에서 '여성'은 흔히 민족의 수난을 상징하는 '비련'의 대상이거나 식민지 삶의 비극적 축소판으로 등장한다. 또는 '민족'의 추상화 과정으로서 '전통'을 매개하는 구체적인 존재로 기능한다. 이같은 역할을 통해 여성은 세속적 욕망, 현실의 비참을 강렬하게 환기시키며 동시에 현실을 넘어서는 초월적 존재로 자리한다. '여성'은 '여성이면서 여성이 아닌' 존재, 즉 '민족', '전통', '종교', '자연' 등과 같은 거대 서사에 통합되거나 보편적 이념을 환기하는 존재로 새롭게 창조되는 것이다. 이 글에서 분석한 세 가지 범주 가운데, 특히 '남성의 시선을 통과한 여성화자'와 '남성 화자에 의해 포착된 여성'은 '순수'와 '민족'의 두 가지 차원에서 작동하는 한국 문학의 정전성을 가장 명확하게 보여주는 대상이라고 할 수 있다. 이들 시에서 '여성'은 시적 완성도를 높이는 효과적 수단이면서, 동시에 민족의 보편적 고통과 이념을 환기하는 구체적인 대상으로 기능하고 있다. 그럼으로써, 예술의 자율성에 대한 옹호와, 다른 한편으로 예술이 시대의 요구에 복무해야 한다는 두 개의 논리는 '여성' 안에서 갈등 없이 통합된다.

이 글의 의도는, 교과서 수록 시에 나타난 여성의 재현 양상을 통해 우리 교육 과정에서 소비되는 '여성'의 기호를 탐색하는 데 있었고, 대표적 작품의 분석 과정을 통해 교과서 작품에 작용하는 성별이분법의 논리와 '여성'의 패턴화된 이미지를 확인할 수 있었다. 이 글의 분석과정과 아울러, 일반적으로 교과서 수록 작품은 정전 형성의 기간을 담당한다는 점을 고려할 때, '여성'은 정전성을 구성하는 핵심 원리의 하나라고 말할 수 있을 것이다. 좀더 세분한다면, 남성의 시선을 통과한 여성 화자, 여성을 바라보는 남성 화자, 그리고 남성의 시선을 의식하는 여성 화자 등의 젠더화된 화자가 정전 형성 과정에서 중심적인 역할을 하고 있음을 확인할 수 있다. 그러나 이 글은 문학 교육과정의 강의 요목이라고 할 수 있는 교과서 수록 시의 재현 양상에 초점을 맞추어 그 특질을 분석했다는 점에서 일정한 한계와 의의를 동시에 갖는다. 이 글에서 도출한 작은 결론은, 교과서 수록 시가 다른 작품들과 맺는 관계의 속성, 아울러 그것이 생산하는 사회관계에 대한 분석을 통해 좀더 생산적인 논의를 이끌어낼 수 있을 것이다. 이 글에서 제기한 여성과 정전성의 관계를 한국문학사 형성의 메커니즘 속에서 규명하는 일은 차후의 과제로 남겨둔다.

전쟁 체험과 자아의 형상화

1950년대 김용호의 시

1950년대 시단과 김용호의 시

김용호는 1935년 동아일보에 「출범(出帆)」과 「입항(入港)」을 발표하면서 작품 활동을 시작하였다. 같은 해 『신인문학(新人文學)』에 「첫 여름밤 귀를 기우리다」와 「쓸쓸하던 그날」을 발표하였고, 1941년 첫 시집 『향연(饗宴)』을, 1948년에는 『해마다 피는 꽃』을 간행하였다. 전쟁 이후에는 『푸른 별』(1952), 『날개』(1956), 『남해찬가』(1957) 등의 시집을 상재하였다.

식민지 시대에서 1960년대에 이르기까지 근 30년의 작품 활동에도 불구하고, 김용호의 시는 한국문학사에서 크게 주목받지 못했다. 1930년대 다른 신진 시인들— 서정주, 백석, 오장환, 이용악 등에 비해 상대적으로 작품 활동이 두드러지지 못했으며 50년대 시단의 주류를 이룬 전통서정시와 모더니즘 시 가운데 어느 유파에도 포함되지 않았다는 사실은 그에 대한 문학사적 평가에 주요한 조건으로 작용했다. 1950년대 시에 대한 비평문, 논문, 문학사적 서술의 경우, 대체로 전통 서정성과 모더니즘, 풍자성에 대한 논의로 집중되며, 이 세 가지 유형에 뚜렷하게 포괄되지 않는 작품이 주요 논의 대상에 포함되는 경우는 드물었다. 또한 30년대에 등단한 서정주, 유치환, 조지훈, 박두진, 박목월 등의 시인들이 문단의 원로로 활약하고, 김춘수, 김구용, 전봉건, 김종삼 등의 새로운 시인들이 등장한 상황에서, 원로도 신진도 아닌 시인 김용호의 시가 큰 주목을 받기는 어려운 현실이었다.

시인 당대(當代)의 이같은 조건은 이후 김용호 문학에 대한 평가에 적지 않은 영향을 끼쳤다. 지금까지 이루어진 김용호 시 연구는 주로 작가론에 집중된다. 김용호 시세계의 변모과정과 통시적 분석에 초점을 맞춘 연구,[184] 생활의식, 서민의식, 역사의식 등 시인의 주제 의식을 규명한 연구,[185] 시인의 아이덴티티 형성에 주목한 연구[186] 등으로 분류해 볼 수 있다. 김용호 시에 관한 기존 연구는 김용호 시의 주요 특징과 변모 과정을 규명하는 데 일정한 시사점을 제공한다. 그러나 시인 김용호에게 작용한 사회·역사적 조건과 문단의 현실, 문학사적 조건 등은 여전히 주요한 고려 대상이 되지 않고 있다. 1930년대 중반에 등단해 해방 후에서 50―60년대에 이르는 시인 김용호의 이력은 한국 현대사의 역사적 격변기와 동일한 시기에 놓인다. 또한 순문예지, 종합지 등의 발간과 신인 추천제 등으로 한국 시단이 급속하게 재편되는 상황은 김용호 시의 창작 및 발표 과정과도 적지 않은 연관성을 맺고 있다.

이같은 상황을 고려하여 본고에서는 김용호의 시세계를 1950년대에 한정하여 연구하고자 한다. 본고에서 특히 50년대에 집중하는 이유는 시 창작의 개인적·사회적 조건을 모두 고려할 때 이 시기가 김용호의 이력에서 가장 주목되어야 할 시기라는 판단에 있다. 우선 1950년대는 시인으로서 김용호의 활동이 가장 활발했던 시기이다. 이 시기 그는 세 권의 시집을 출간했고, 신문과 잡지에 시평과 수필을 발표했으며 『시문학원론』 등 여러 편의 문학

관련 편저서를 간행하였다. 이외에 이 글에서 무엇보다 50년대 문학에 초점을 맞추는 가장 중요한 이유는 한국 전쟁과의 관련성에 있다. 그의 전체 시세계의 핵심을 이루는 50년대 시에는 전쟁 체험 및 전후 시단의 형성 과정이 긴밀히 연루되어 있기 때문이다.

1950년대의 사회 · 문화적 조건은 한국 전쟁의 영향으로부터 자유로울 수 없다. 한국 전쟁은 정치, 사회, 문화, 경제적인 면에서 50년대와 이후의 한국 사회 형성 과정에 직접적인 기원의 하나로 작용한다. 일제 식민지 이후 지속되어 온 국민국가 건설의 방향을 둘러싼 갈등과 대립의 연장이며, 한반도에서 미 · 소의 분할 점령으로 구체화된 세계적인 냉전 구조의 귀결이자, 미국의 반공기지 구축의 산물[187]로서, 한국 전쟁은 1950년 이후 한국 사회의 반공주의 이데올로기 구성과 자본주의 체제의 형성 과정에 결정적인 영향을 미친다. 한국 전쟁의 파장은 비단 한반도 정치 상황이나 경제 체제에 그치지 않는다. 전쟁은 그와의 관련성 정도와 상관없이, 거기에 연루된 사람들의 일상을 근본적으로 뒤바꿔놓았다.

1950년대 시단과 시인들의 경우에도 사정은 이와 다르지 않다. 해방과 분단, 전쟁으로 이어지는 문학사의 단절과 공백, 반공주의 이데올로기의 자장(磁場) 안에서 보수 우익 중심의 문단 재편 과정, 그리고 『현대문학』, 『자유문학』 등 순문예지의 발간과 추천제도, 출판 시장의 형성 등으로 근대적인 문학 제도가 구축되는 과정은 기본적으로 한국 전쟁이 미친 영향권 내에서 작동하고 있다. 50년대의 시인들은 시인으로 '추천'을 받아 등단하고, 시를 써서 문예지에 '발표'하며 또한 시집을 간행해 출판시장에 내다 '파는' 일련의 제도적 절차를 수행한다. 전쟁은 문학 제도의 작동 방식 뿐만 아니라 작품세계의 구현 과정에도 직접적인 영향을 미친다. 식민지 시대 등단 시인인 서정주, 해방기 등단 시인인 박인환, 그리고 전후 시인인 김구용 등 제각기 다른 등단 시기를 초월하여, 50년대의 많은 시인들이 직 · 간접적인 방식으로 전쟁 체험의 형상화에 집중하였다.

이 글에서 다루는 김용호의 이력과 작품 세계 역시 한국 전쟁과 긴밀한 관련 하에 있다. 김용호의 경우, 해방 직후의 이데올로기적 갈등 과정에 개입되는 정치적 이력[188]으로 인해 전후의 보수 우익 중심의 문단 재편 과정에서 주변화되었다.[189] 특히, 그가 해방 직후에 짧은 기간 동안이나마 좌익 문학 단체에서 중심적으로 활약한 이력은 전후의 반공 체제 하에서 운신(運身)의 폭을 제한하였을 것이다. 그러한 그 역시 50년대 문학 제도의 형성권 안에서 활동하며, 전쟁이 가져온 삶의 변화와 파장을 시적으로 형상화한다. 따라서 이 글에서는 전후 체제와 전쟁 체험의 의미화 방식에 초점을 맞추어 김용호 시세계의 특징을 규명하고자 한다. 50년대에 출간된 그의 시집은 양식에 따라 크게 두 가지로 분류할 수 있다. 서정시집인 『푸른 별』과 『날개』, 그리고 서사시집인 『남해찬가』가 그것이다. 각각 두 가지 양식에서 전쟁 체험의 형상화 방식이 어떠한 특성으로 구현되며, 그러한 특성이 전후의 사회 · 역사적 상황 및 문단 · 문학사적 조건과 어떠한 관련을 맺고 있는지 탐구하고자 한다.

개체적 자아와 전쟁 체험의 보편성

전쟁으로 시작된 1950년대는 한국 사회의 총체적 혼란기로 요약된다. 한국 전쟁은 정치 · 경제 구조와 사회 기반 시설 등 물리적인 면에서 사회 전체를 황폐화시켰을 뿐만 아니라, 개인의 일상을 파괴하며 극한의 정신적 상처를 안겨주었다. 정치적 불안과 경제적 곤란은 전쟁기 인간의 삶을 초토화시키는 객관적 요인이지만, 전쟁을 낳은 근대 문명과 인간성 자체에 대한 회의는 그 무엇보다도 인간 정신을 혼란으로 몰고 가는 제일의 요인이라고 할 수 있다.

전쟁 체험으로 인한 물리적·정신적 상처로 인해 1950년대 시의 시적 주체는 일정한 특징을 갖는다. 1950년대 시의 화자는 우선 일상적 자아로서의 시인과 거의 차이를 보이지 않으며, 전쟁 체험의 폭력성과 그 강도를 특별한 미적 장치나 거리(距離)를 생략한 채 직접적으로 진술한다. 1950년대 김용호 시의 경우에도, 이처럼 시적 주체를 빌어 체험을 진술하고 그럼으로써 다시 한 번 전쟁 체험의 의미를 반추하는 체험적 화자가 등장한다. 자신의 일상을 자전적으로 진술하는 체험적 화자[190]는 1950년대 시에 두루 나타나는 유형이라고 할 수 있지만, 김용호 시의 경우, 특히 서사시『남해찬가』의 화자와는 대조적으로, 개체적 자아로서의 특징을 띤다. 전쟁 체험과 그로 인한 자아의식을 형상화하는 김용호 시의 화자는 하나의 독립적인 개체로서 자신의 체험을 반추해나간다.

나란이 앉은 우리 둘 / 변두리에만 봄은 있었다 / 나지막한「상화」의 시비가 등뒤에 있고 //「마돈나」구석지고도 어두운 마음의 거리에서 나는 두려워 떨면서 기다리노라. 아 어느듯 첫닭이 울고 — 뭇개가 짖도다. 나의 아씨여 너도 듣느냐. // 오! 빛 빛 빛 / 찬란한 빛! 나의「마돈나」// 벚나무 가지마다 / 돋아나는 추억의 싹을 따면 // 노들강변 절깐 / 풍경소리 그윽하던 곳 // 한그루 포푸라에 어깨 맞대며 / 꿈을 엮던 곳 // 이제 구름은 / 팔공산을 넘어 어디로 가는건가 // 내 또한 떠나야하는 / 이 잔디밭의 봄을 아끼며 / 널 두고 가노라 떠나 가노라 / 어두운 마음의 거리에로

〈1951.1.6. 대구 달성 공원에서〉

—「달성 공원에서」전문

위 시는 한국 전쟁기 피난길에서 창작한 시로 보여진다. 시인의 일상적 자아와 동일시되는 체험적 화자가 등장하여, 전쟁기 피난길의 불안한 심정을 토로하고 있다. 체험적 자아의 진술과 더불어 이 시에서 두드러지는 것은 비교와 대조의 효과이다. "풍경소리 그윽하"고 "꿈을 엮던" "달성 공원"의 전전(戰前) 풍경과 이처럼 "추억"이 어린 공간을 두고 "떠나야하는" 전쟁기의 풍경이 서로 대조를 이루며, 전쟁기의 황폐함을 부각시킨다. 이같은 비교와 대조의 효과는 "달성 공원"이라는 특정한 배경에서도 창출된다. 대구 달성 공원은 식민지 시대의 대표 시인 이상화의 시비(詩碑)가 있는 곳이다. 시대를 초월한 두 시인 — 식민지 시대의 이상화와 전쟁기의 김용호는 공통적으로 '두려움'이라는 감정에 젖어든다. 이상화의 경우 그 '두려움'이 영원성을 향한 강렬한 '꿈'에서 연원하며 또한 내면세계의 열락으로 확장되고 있다면, 김용호의 '두려움'은 보다 현실적인 실제 상황과 관련되어 있다. 이 시에서 시인은 창작 시기를 구체적으로 명기하고 체험적 화자를 등장시킴으로써, 전쟁 체험의 사적(私的) 측면을 부각시킨다.

이 시에서도 나타났듯이, 전쟁기 김용호의 시에는 체험적 화자의 감정적 토로가 짙게 나타난다. 가령, "어느 하늘ㅅ가에 / 내 향수는 별이 되어 / 흘러가야만 하느냐 // 못견디게 괴로운 이 가을을 안고"(「가을을 안고」)라든가 또는 "난 언제부터 / 이처럼 슬픔에 익숙해 졌느냐"(「야윈 얼굴에」) 등의 표현에서 화자의 불안한 심정을 매개 장치 없이 직접적으로 토로하는 태도를 확인할 수 있다. 이같은 태도는 전쟁기의 혼란된 현실과 주체의 불안의식에서 비롯되는 것으로써, 김용호 시에서 종종 '떠남'의 행위로 형상화된다. 예를 들어, "돛대가 아니라고 내가 간다 / 어딘줄 모르지만 내가 간다"(〈1951.7.27. 송도에서〉 — 「내가 간다」)는 싯구는 전쟁 체험에서 비롯된 황폐한 자아의 내면을 보여주고 있다. 극단의 불안감은 때로 자기 분열의 모습으로 나타나기도 한다.

거울을 들여다본다. // 거기 / 나의 失體가 보이질 않는다. // 虛妄한 세월 속에 / 나는 徐徐히 溶解되어 갔나부다. // 戰慄이 있어 소릴 높이 외쳐 본다. // 아무런 反響이 없다. / 그 透明한 유리 입김 // 낯선 딴 實體가 나의 空間을 占據하여 / 나는 거울 속에 있고 / 나는 그 거울 속에 없다.

〈1954.7〉

—「거울 I」 전문

이 시에서 자아의 "空間"은 타자에 의해 "占據"되어 있다. "거울"은 자아의 내면 세계를 확인하고 성찰하기 위한 매개의 역할을 부여받았지만, 그같은 기능을 충실히 수행할 수 없다. "나의 실체"는 사라지고 "낯선 딴 실체"가 나의 내면을 점유하고 있기 때문이다. 이 시는 내가 "거울 속에 있"지만 동시에 "그 거울 속에 없는" 상태, 다시 말해 허상으로서의 자아만 존재할 뿐 "실체"를 확인할 수 없는 자기분열과 부정의 상황을 시화한다.

전쟁기에 두드러지게 나타나는 김용호 시의 체험적 화자는 50년대 중반 이후에는 다소 변화된 양상으로 나타난다. 전쟁 체험을 직접적으로 토로하기 보다는 시적 매개 장치의 효과를 활용한다. 자신의 감정을 한 대상에 투사(投射)함으로써, 시인은 시적 화자의 장치를 빌어 말한다.

병신이란다. / 두팔 두다리를 몽땅 잘리운 병신이란다. / 하두 억눌려 머리통마저 납작해진 병신이란다. / 假裝의 衣裳으로 싸기엔 / 이런 年代를 나는 輕蔑하고 / 그 年代는 나를 嘲笑하는 對角線에 있다. // 肉體만이 남았다. / 生命을 가꾸기엔 아쉬운 것이 없고 / 그 진절머리나는 詭辯의 思考보담 / 뛰는 心臟을 나는 믿는다. / 위태로운 비탈처럼 항용 유리 陳列器에 곧잘 놓이지만 / 거기엔 透明한 光線이 集結되어 한결 따뜻하다. // 不條理의 壓力이 가해지면 / 나는 不當히도 그만치 下降해야 한다. / 거기에 바르

> 르 떠는 나의 抵抗의 밀물…… / 하지만 나는 곧 나의 位置로 언제나 재빨리 還元한다. / 出發點이요 歸着點인 零, 그것이 바로 나의 位置다. // 나의 指針은 꼿꼿이 위으로 위으로만 뻗어 있고 / 鼓動하는 心臟은 오래도록 〈노오말〉하리라고 / 老鍊한 醫師는 診斷했다. / 그 어느때에도 나를 누르는 모오든 重量을 / 저울하는 나의 눈은 뚜렷하여 / 에누릴 못하는 고집이 沈黙 속에 있다.
>
> 〈1955.3〉
>
> —「앉은뱅이 저울의 노래」

이 시의 시적 화자는 "앉은뱅이 저울"이다. "두팔 두다리를 몽땅 잘리운" "앉은뱅이 저울"에 자신의 감정을 투사함으로써 시인과 "병신", "저울"은 동일시되고 있다. 시인은 "앉은뱅이 저울"이라는 일상의 사물을 묘사하면서, 자신과 "거울"의 처지를 일치시킨다. 그렇게 해서 시인이 사물에 대해 말하면서 실제로는 자신의 개인적 체험을 객관화하여 말하는 계기를 얻게 된다. 가령, "不條理의 壓力이 가해지면 / 나는 不當히도 그만치 下降해야 한다. / …(중략)… / 하지만 나는 곧 나의 位置로 언제나 재빨리 還元한다."라는 시행에는 "앉은뱅이 저울"의 묘사와 시인의 자기 성찰이 동시에 진행되고 있다.

1952년에 출간된 『푸른 별』에서 주로 자전적 성격의 화자가 나타나는 반면, 56년에 출간된 『날개』에서는 화자뿐만 아니라 시적 대상을 다양하게 변주시킴으로써, 시인의 체험을 스스로 반추하고 객관화해볼 수 있는 장치를 마련하게 된다. 이같은 변화의 원인으로는 시간의 흐름에 다른 상황 변화를 들 수 있을 것이다. 전쟁 체험의 즉자성에서 어느 정도 거리를 두게 됨으로써, 시인은 자신의 체험이 지닌 의미에 대해 사유하고 예술적 형상화의 방식을 다양하게 모색한다. 김용호 시의 화자가 보여주는 변화는 1950년대 시단의 재편과 시작(詩作)의 양상과도 관련된다. 1950년대는 시 비평과 창작계,

그리고 독자의 관념에서 화자를 시인과 구분하려 보려는 관점이 대두되기 시작하는 시기이다.[191] 일상적 자아로서의 시인, 그리고 자아의 창조적 변형태이자 일종의 미적 장치로서의 화자를 서로 분리해보는 사고가 가능해진다. 50년대 중반 이후 김용호의 시에 나타나는 화자의 다양한 형상 역시 50년대 시단의 이같은 변화와 일정 정도 흐름을 같이할 것이다.

「앉은뱅이 저울의 노래」에서 주목되어야 할 또 한 가지 사실은 화자가 보여주는 개체적 자아로서의 특징이다. 이 시에서 시인은 사물—화자의 장치를 빌어 체험적 화자를 형상화하는 새로운 방법을 시도한다. 그러나 이같은 새로운 시도에도 불구하고 개체적 자아로서의 특징은 동일하게 나타나고 있다. 다시 말해, 공동체의 한 구성원의 자리에서 전쟁 체험의 의미를 묻기보다는 독립된 개체로서의 자아의 내면 상황을 깊이 반추해나가는 것이다. 다음 인용시에서는 이같은 개체적 자아의 또다른 양상이 시화된다.

> 고향 뒤ㅅ산 / 노비산 언덕위의 소년은 / 꿈이 많었더란다 // ……(중략)…… // 별들이 의좋게 반짝거리는 밤엔 / 구슬픈 곡마단의 「트럼펫」 소리에 귀가 젖어 / 고스란히 별과 함께 / 그냥 샌 밤이 있었더란다 나의 푸른 별을 안고
>
> —「푸른 별」 부분

> 바깥은 연신 눈이 나리고 / 오늘처럼 눈이 나리고 // 다만 이제 나홀로 / 눈을 밟으며 간다 //「오—바」 자락에 / 구수한 할매의 옛이야기를 싸고 / 어린시절의 그 눈을 밟으며 간다 // 오누이들의 / 정다운 이야기에 / 어느 집 질화로엔 / 밥알이 토실 토실 익겠다.
>
> —「눈 오는 밤에」 부분

> 어디로 가는 길입니까 이 길은? // 원시로 돌아가는 길입니다. 가야만 하는 길입니다. 흠집난 세월이 이제 막다른 골목에서 통곡하는 그 璧같은 平面

을 꿰뚫고 原始로, 故鄕으로 돌아가야 하는 길입니다.

—「故鄕으로 가는 길」 부분

위의 인용시편에서 화자는 공동체적 합일의 공간을 지향한다. 화자는 각각 어린 시절의 "꿈", 그리고 가족과의 평화로운 시간을 회고하며, "흠집나"지 않은 "原始"의 공간으로의 회귀를 갈망한다. 이미 지나간 과거의 시간, 훼손된 고향으로의 완전한 회귀는 가능하지 않다. 김용호의 시에는 이러한 인식이 깊이 각인되어 있다. 다만 위의 시편들에서 주목해야할 점은 개체적 자아의 관점에서 공동체적 체험에 대한 회고와 지향이 시화되고 있다는 점이다. 전쟁 체험은 어른과 아이, 그리고 개체와 공동체의 시간으로 자아의 세계를 갈라놓는다. 김용호가 주목하는 것은 공동체적 합일의 경험 안에서 유지되는 순수와 무구(無垢)의 시간, 그리고 그 시간을 기억하는 개체적 자아의 내면 세계이다. 그 공동체적 합일의 시공간을 온전히 재생시키는 일이 불가능함을 인지하면서, 시인은 다른 방식으로 그 시간을 회복하고자 한다. 다음 시는 그 모색의 과정을 보여준다.

어디든 멀직암치 통한다는 / 길 옆 / 酒幕 // 그 / 수없이 입술이 닿은 / 이빠진 낡은 사발에 / 나도 입술을 댄다. // 흡사 / 情처럼 옮아 오는 / 막걸리 맛 // 여기 / 代代의 슬픈 路程이 集散하고 / 알맞은 자리, 저만치 / 威儀있는 頌德碑위로 / 맵고도 쓴 時間이 흘러 가고 // 세월이여! // 소곰보다도 짜다는 / 人生을 안주하여 / 酒幕을 나서면 / 노을빗긴 길은 / 가없이 길고 가늘더라만 // 내 입술이 다은 그런 사발에 / 누가 또한 닿으랴 / 이런 무렵에

〈1954.10〉

—「酒幕에서」 전문

> 五圓짜리 엿밥으로 / 곧잘 끼니를 때운다는 少年은 / 아배도 오매도 / 잃은지 오래라고 한다. // 넌지시 / 少年의 어깨에 손을 얹고 / 〈시그널〉의 슬기론 瞳孔을 記憶하며 // 잃어 버린 것 // 내 또한 / 저버림속에 너처럼 외로워야 하는 // An orphan
>
> —「An orphan」 부분

두 편의 인용시에서 개체적 자아는 타자를 향해 관심의 폭을 확대시키고 있다. 타자를 향한 화자의 관심은 기본적으로 소수자로서의 자기의식에 기초해있다. 김용호가 다른 시에서 시화했듯이 "人生의 等外品"(「청계천변」)으로서의 깨달음이 소수자의 연대의식으로 확장된다. 예를 들어 화자는 "길 옆 酒幕"의 "이빠진 낡은 사발"에 "입술을 대"는 수많은 사람들과 '내'가 연결되어 있음을 의식하며, 또한 고아 "소년"의 상실감과 외로움에 동일화된다. 이 "흠난 샤쓰", "달늦은 잡지"같은 타자들이란 다름 아닌, 전쟁의 강요된 폭력으로부터 상처받은 인간들이다. 시의 화자는 자신을 비롯한 동시대인들의 처지가 이같은 "등외품"들과 크게 다르지 않음을 자각하면서, 자신이 느끼는 소외감을 일종의 연대감으로 확장시키고 있다.

이상에서 살펴본 바와 같이, 1950년대 두 권의 서정시집에 나타난 김용호 시의 화자는 체험적 화자로서의 특징을 보인다. 전쟁기의 자기 체험을 진술하는 체험적 화자는 시인의 일상적 자아와 크게 차이를 보이지 않는다. 전쟁 체험의 즉자성에서 미처 벗어나지 못한 화자는 자신에게 가해진 폭력과 내면의 상처를 반추한다. 이들 서정시편에서 주목해야할 또 한 가지 사실은 시의 화자가 지닌 개체적 자아로서의 특징이다. 화자는 공동체에 복속된 존재가 아닌 단독자로서, 그리고 개체적 자아로서 내면세계에 침잠한 모습을 보인다. 그 속에서 화자는 공동체의 운명, 혹은 공동체의 한 구성원으로서의 자기의식이 아닌, 단독자로서의 자신의 인생의 문제를 홀로 대면한다.

김용호의 시에서 개체적 자아로서의 체험적 화자가 보여주는 또 다른 양상은 사물—화자에서 찾을 수 있다. 대체로 50년대 중반 이후에 나타나는 사물—화자는 시인 자신의 감정을 객관화하기 위한 미적 장치라고 할 수 있다. 시인은 자신의 감정을 일상의 사물에 투사시키면서, 그같은 감정이입의 결과로서 사물—화자라는 예술적 장치를 만들어낸다. 다른 각도에서 보자면, 사물—화자는 1950년대 시단에서 시인과 화자를 분리하여 인식하는 사고에서 영향받은 결과이자, 시인 자신 전쟁 체험의 즉자성에서 벗어나 자신의 체험을 객관화할 수 있는 시각과 여유를 획득한 결과라고도 할 수 있다. 한편, 이들 '사물—화자'는 "앉은뱅이 저울", "잡초"등과 같이 소외된 사물의 형태로 나타나고 있는데, 이들 "등외품"들에 대한 동일화의 감정은 소수자에 대한 연대의식으로 확장되어 시화되기도 한다. 이같은 경향은 시인이 전쟁 체험의 보편성을 인식하고 통합적 자아에 대한 가치 지향을 추구하고 있음을 확인시킨다.

공동체적 자아와 집합적 기억의 재현

1950년대에 출간된[192] 김용호의 서사시집 『남해찬가』는 전쟁 체험의 또 다른 의미화 방식을 보여준다. 두 편의 서정시집에서 김용호 시의 화자는 개체적 자아의 시각에서 전쟁 체험의 의미를 반추한다. 전쟁기에 창작된 『남해찬가』에서 서사시의 서술자와 주인공은 모두 공동체적 자아의 양상을 띠고 있다. 서사시의 서술자가 주인공인 '민족의 영웅' 이순신의 이야기를 전달하는 방식이다. 이때 서술자와 주인공은 개인적인 차원에서 전쟁을 체험하고 그것에 대해 발화하는 것이 아니라, 공동체적 관점에서 전쟁의 진행 과정을 바라보고 말한다.

『남해찬가』에서 무엇보다 주목되어야 하는 것은 이 시집이 전쟁을 기억하는 행위에 기초하고 있다는 점이다. 개인적 기억의 형상화가 아닌 집합적 기억의 재현으로서, 『남해찬가』는 과거의 전쟁 이야기를 통해 '지금, 여기'의 전쟁을 의미화하려는 시도이다. 즉, 그것은 일종의 '기념(commemoration)'으로서, 과거에 대한 기억을 현재의 지평 속에 불러내 재구성하고 이를 통해 미래를 만들어가는 과정의 일환이다.[193]

집합적 기억의 재현은 영상이나 문학, 시각적 매체가 공간적 요소와 결합함으로써 이루어진다. 김용호의 『남해찬가』 역시 '이순신'이라는 민족적 영웅을 주인공으로 한 전쟁 이야기가 '남해'라는 특정 공간과 결합됨으로써 집합적 기억의 재현을 시도하는 작품으로 볼 수 있다. 이때 '남해'는 민족적 공간이자 개인적 공간으로서 이중의 의미를 지닌다. 먼저 '남해'는 신라의 장보고, 삼별초의 대몽항쟁, 그리고 이순신의 7년 항쟁의 근거지로서, 민족의 '영광'과 '시련'의 기억 공간이라고 할 수 있다. 또한 '남해'는 개인적으로는 시인 김용호의 고향으로서 각별한 의미를 지닌 공간이기도 하다. 고향의 지역 공간과 역사적 사건, 인물을 기념물화하면서, 김용호는 개체적 자아와 공동체적 자아의 통합을 시도한다.

김용호가 특별히 '이순신'이라는 역사적 인물을 서사시의 주인공으로 선택하는 이유는 그가 민족적 수난을 극복한 영웅적 인물이라는 점에 있다. 시집 후기의 일부인 아래 인용문에서는 '이순신 이야기'를 그리는 시인의 집필 의도가 잘 드러나 있다.

> 더구나 이조시대에 있어서의 피비린내나는 黨爭, 끊임없는 士禍에 휩싸여 나라의 興亡보다도 一身의 保全과 榮華에 汲汲했던 위정자때문, 백성들의 塗炭은 이루 말할 수 없는 形便이었던 것을 생각하면 실로 가슴 아픈바

있습니다. …… (중략)……사실 이 광대무변한 인간적, 민족적 대인격을 되려 욕되게 하지 않을가 하고 몇 번이나 붓을 던지고 스스로 嘆하고 망설거린 때가 한 두 번이 아닙니다. 그러므로 功過는 독자의 판단에 맡길밖에 없읍니다마는 여러 가지 의미에 있어서 임진왜란에 못지 않은 오늘날의 민족적 수난기에 있어서 성웅 이순신 어른께 찬가를 드리는 동시에 그 정신을 받들어 우리들의 거울로 삼아야 되겠다는 의미에서 나는 조그만 즐거움을 느끼는 바입니다.194

김용호가 특별히 이순신에 주목하는 이유는 무엇보다 그가 민족의 수난기에 위기를 극복하고 나라를 구한 구국(救國)의 인물이라는 점, 또한 "대인격의 완성자이자 민족이상"(197)을 구현한 인격자라는 점에 있다. 『남해찬가』에서 김용호가 그리는 이순신의 형상은 기본적으로 과거와 현재를 대비시키는 의도적인 서사화 전략에 기초한다. 즉, '과거'의 이순신의 이야기는 작품 안에서 '과거'와 더불어 끊임없이 '현재'를 떠올리게 하는 일종의 인식 장치의 역할을 한다. 이것은 과거의 전쟁 이야기를 통해 또다른 전쟁, 즉 한국 전쟁에 대한 기억을 재구성해나가는 과정이라고 할 수 있다. 가령, 『남해찬가』의 곳곳에 나타나는 전투 장면의 묘사라든가 전쟁기의 수사는 시대의 간극을 뛰어넘어, 전쟁의 잔혹함과 인간성 상실의 보편적 상황을 각인시킨다.

뱃전을 꽈악잡고 기어 오르는 賊兵의 떼들 / 토막 토막 모가지 끊어져라 번개단 칼로 / 도끼로, 몽둥이로 마구 갈기는 安衛의 軍兵들(126)

〈갈아마셔도 시원ㅎ지 않을 원수 李舜臣이다 / 이 원수를 갚아야 한다 / 이 원수를 갚아야 한다〉(122)

위와 같은 과장된 표현, 그리고 선(善)과 악(惡)의 극단적 대비로 요약될 수 있는 수사적 특징은 전쟁의 폭력성을 강조하여 형상화하며, '과거'의 전쟁에 대한 생생한 묘사를 통해서 '당대'의 한국 전쟁의 체험을 상기시킨다. 과거의 이야기가 불러일으키는 현재에 대한 기억의 재구성은 여기에서 그치지 않는다. 『남해찬가』에 그려진 임진왜란 이전의 정치적 상황에 대한 묘사는 그 유사한 상황으로 인해 한국전쟁과 전쟁 직후의 혼란을 연상하게 한다.

> 나랄 사랑하기보담 내 한몸이 귀엽고 / 나랄 위하기보담 / 내 黨派를 앞세워 // 호탕한 權勢와 잡는 執權을 에싸고 / 날로 익고 달로 터지는 / 집안 싸움(14)
>
> 이웃나라 倭도 / 포츄칼의 鳥銃과 砲術을 배워 / 안으로 자고 흩어진 힘 한둥치에 모아 / 날로, 나라 ─ 盤石에 올려 튼튼해 가는데 // 唯獨 / 어찌된 일이냐 / 이 나라, 이 백성만이 ─ (17)

위의 인용부분에서 조선 조정(朝廷)의 사화(士禍)와 당쟁(黨爭)은 1950년대 남북분단의 현실과 정계의 분열된 상황을 상기시킨다. 이를테면, "날로 익고 달로 터지는 / 집안 싸움", 그리고 "이웃나라 倭"와 대비된 상황 묘사를 통해서 시인은 정치적 통합에 대한 갈구와 반일민족주의적 관점을 강하게 내비치고 있다. 즉, 과거의 이야기를 통해서 현실을 비판적으로 인식하고, 아울러 당대 현실의 기원을 이루는 한국 전쟁에 대한 기억을 구성해나간다. 이같은 과정은 과거, 즉 임진왜란에 대한 기억을 현재의 지평 속에 재구성하고 이를 통해 미래, 즉 민족적 통합의 이데올로기를 생산해나가는 과정이라고 할 수 있다.

이처럼 '기억'을 통해 또다른 '기억'을 재구성하는 일련의 과정 속에서 '이순신'의 형상은 가장 중심적인 역할을 한다. 이순신에 대한 재조명은 조선시대에서 최근에 이르기까지 반복적으로 진행되어 왔다.[195] 김용호의 『남해찬가』 창작과 발표는 국가 주도의 '이충무공 기념 사업'과는 직접적 관련이 없는 것으로 판단된다. 그러나 50년대 초반 그의 고향인 남해권(南海圈)을 중심으로 충무공 동상 건립이 진행되는 과정에서 이순신의 영웅적 면모가 대중적으로 부각되었고, 김용호 역시 고향 지역에서 진행된 상황으로부터 시사받은 면이 적지 않았던 것으로 보인다.[196] 국가 및 지역 주도 추모 사업에서 이순신의 영웅적 면모를 강조하는 과정에서 민족주의와 반공주의를 결합시키는 이데올로기적 기능이 강하게 작용한 반면, 김용호의 서사시에서는 영웅으로서의 이순신의 형상 이외에도 그의 높은 인격, 인간적 고뇌와 시련 등이 강조되고 있다. 이순신의 '인간'적 면모에 대한 강조는 그의 영웅성을 더욱 강화시키는 역할을 한다. 가령, 아들 면(葂)을 잃고 통곡하는 다음과 같은 장면에서,

> 내가 죽고 네가 살아야 떳떳하거던 / 네가 죽고 내가 살았으니 / 이런변이 어디 있단 말이냐 // 천지가 캄캄하고 / 백일이 빛을 잃는구나 / 슬프다 내 아들아 / 날두고 어디로 돌아간고 // ……(중략)… // 이제 내 이 세상에 있은들 / 장차 누구에게 의지하랴 // 통곡할 뿐, 한밤을 지내기 / 한해같고나(140—141)

실의에 빠진 이순신의 형상은 그의 영웅적 이미지를 더욱 완벽하게 보완해낸다. 또한 명나라의 원군장(援軍長) 진린(陳璘)을 인격적으로 압도하여 "陳璘이 敬服의 무릎을 꿇고 / 明兵이 畏敬의 고개를 숙"이는 장면(153)은 "대인격의 완성자이자 민족이상"[197]을 구현한 이순신의 영웅적 면모를 민족

의 표상과 정확히 대응시킨다. 그러므로 민족=국가=이순신으로 일치된 표상 체계에서 영웅 이순신이 겪는 시련은 곧 민족의 수난을 상기시킨다. 이순신의 복합적 표상은 임진왜란기 한 역사적 인물의 일대기를 민족 보편의 체험으로 연결시키고, 그를 통해 한국 전쟁의 기억을 재구성하는 데 일정하게 기여한다.

민족의 수난과 극복의 서사에서 극점을 이루는 부분은 바로 '죽음'이다. 『남해찬가』에는 이순신의 아들 면(葂), 어머니의 죽음을 비롯해 무수한 죽음이 형상화되고 있는데, 그 가운데서도 이순신의 죽음이 서사의 절정을 이루고 있다. "싸움이 바야흐로 한창 급하니 / 내 죽은 것 / 아무에게도 알리지 말고 / 너희들 그대로 독전(督戰)하여라"(185)라는 이순신의 최후 장면에서 그가 겪은 "한평생 / 갖가지 고생, 뼈아픈 고생"은 "오로지 이나라 이백성 아끼고 사랑"하는 "거룩한 어른"의 영웅적 풍모 속에 흡수된다. 영웅적 전사자(戰死者)로서의 이순신의 최후는 『남해찬가』에 등장하는 무수한 전사자들의 죽음과 더불어 영웅의 서사를 완성시키고, 전쟁 기억의 영속성을 유지시키는 역할을 한다.

추모(追慕)는 죽은 자를 대상으로 한 기억 행위이다. 이미 현세에 존재하지 않는 자를 현재의 기억 속에 재구성하는 과정에서, 죽은 자는 추모자의 기억 속에서 새롭게 만들어진다. 전쟁 기억에서 특히 '죽음'이 중요한 의미를 지니는 이유는 전사자(戰死者) 또는 희생자들의 다양한 죽음에 의미를 부여하는 과정에서 전쟁의 정당성 또한 확보될 수 있기 때문이다. 이처럼 전쟁에서의 다양한 죽음에 집합적 상징의 의미를 부여하는 것은 바로 기념물의 역할이다.[198] 『남해찬가』라는 기념물을 통해 "죽기를 한하고 뒤따르는 군사들"(24)의 장렬한 죽음을 추모함으로써, 죽은 자들은 '민족' 또는 '국가'라는 집합적 주체의 구성원으로 인정받기에 이른다. "고웁게 아름답게 깨긋이 지는 단풍닢"처럼 그들의 죽음이 아름다울 수 있는 것은 오직 그들이 "원쑤를 무찌르"는(51) 민족의 대의를 위해 희생된 자들이기 때문이다.

『남해찬가』에서 반복되는 '죽음'의 형상화와 그에 대한 각별한 추모 행위는 한국 전쟁기의 무수한 죽음을 연상시킨다. 김용호가 서문에서 밝혔듯이, 이순신의 형상화는 "오늘날의 민족적 수난기"를 반성하고 극복하기 위한 의도에서 출발한다. 이러한 의도에 기초하여, 임진왜란기 이순신을 비롯한 수많은 전사자들의 죽음은 이와 연관하여 한국 전쟁기의 '죽음'을 환기시키는 작용을 한다. 『남해찬가』에서 그려지는 전쟁 장면과 죽음의 묘사는 한국 전쟁을 포함해 한반도 침략의 일반적 상황을 연상시킨다. 예를 들어,

> ① 부산성이 뚫어지고 / 동래성이 짓밟히어 / 인젠, 탄탄 대론가 거침없는 센바람몰아 / 서울로, 서울로 치올라 가는 적군 // …(중략)… // 경주가, 상주가 / 밀양, 청도가, 경산, 대구가 / 咸昌이 문경이 땅에 엎디자 / 조령 — 잿고개를 넘어서고 / 賊은 서울을 향해 거침이 없었다(27—28)
>
> ② 鳥銃이 콩볶듯 튀고 닳고 / 賊軍이 지나간 자리마다 / 목처럼 어리는 피와 죽음이 가로 놓여 / 자꾸만 기울어지는 城, 釜山城(22)

①의 장면은 임진왜란의 특수한 전황뿐 아니라 한반도 총력전과 국토 훼손의 일반적 상황을 떠오르게 한다. ②의 장면 또한 생과 사가 갈리는 전쟁기의 극적인 순간을 포착하고 있다. 임진왜란기라는 특수한 전황을 초월해 '전쟁'이라는, 인류 역사의 보편적 상황을 암시하는 이같은 묘사들로 인해서, 전쟁의 비극과 그 속에서 희생된 '죽음'의 추모 행위는 중요한 공동체적 의미로 부각되기에 이른다. 일반적으로 전쟁에서의 죽음은 어떠한 죽음이건 개인적인 차원 이상의 의미로 확장된다. 다양하고 무수한 죽음의 원인들은 오직 '전쟁'이라는 대의 아래 하나의 정점으로 통합된다. 그 죽음들은 공동체의

대의를 위한 죽음이자 공동체의 통합을 위한 과정으로서 의미화된다. 『남해찬가』 역시 주인공 이순신과 그를 둘러싼 수많은 비극적 죽음을 묘사함으로써, 전쟁에서 발생한 무수한 죽음을 추모하고 죽은 자들을 공동체의 구성원으로 통합시키는 과정을 보여준다. 이같은 추모의 과정은 이순신을 정점으로, 죽은 자들을 포함한 민족의 모든 구성원을 국민국가 안에 통합시키는 과정이다. 『남해찬가』의 서두와 마지막 장면에서 민족의 영속적인 서사를 기원하는 장면은 이같은 판단을 뒷받침한다.

> 여기 / 오오랜 역사, 태양함께 있어 / 어질고 착한 백성 터전 잡은 곳 // 靑磁 그릇마다 아로 새겨진 / 영영, 푸른 하늘을 이고 / 綿綿, 잇고 연달아 기리 / 세월과 더불어 얽힌 한 얼 // 하많은 나라 있어도 / 하많은 땅 있어도 / 이곳/ 이 백성으로 / 태어난 보람가꾸며 / 믿음 두터웠던 우리들의 조상(9—10)
>
> 세월은 흘러 / 南海 바다는 푸르러 // 그 어른의 뜻 / 우리들 가슴에 하나씩 심거지면 / 더맑게 푸르는 南海 바다 // 이 江山 / 이 백성 / 있는 그날까지 / 그 어른의 뜻 / 새겨 새겨 우리들 가슴에 새겨 // 영특하고 우뚝하고 담대하고 / 씩씩하고 끈끈하고 개결하고 / 호탕하고 한편 침잠하고 / 날카롭고 / 한편 우공하고 / 무뚝뚝하고도 부드러웠던 / 우러러 돋뵈이는 그 어른 / 우리들 가슴에 길이 살아 계시거니 // 南海 바다여! // 해마다 푸르러 / 끝없이 푸르러 // 이 江山 / 이 백성 / 터전잡고 사는 그날까지 // 그 어른의 뜻 물결하여 // 우리들 가슴에 출렁거려라 / 해마다 끝없이 출렁거려라(191—194)

인용한 두 개의 장면에서 공동체의 기억과 체험은 '남해'라는 기념 공간과 결합함으로써 그 영속성을 확보한다. 이때 '남해'라는 기념 공간은 개인적 의미와 공동체적 의미를 동시에 지닌다. 시인의 고향이자 민족의 역사적 체험이 각인된 공간으로서 '남해'라는 기념 공간을 새롭게 창출함으로써 개체적 자아의 경험을 공동체적 자아를 향해 통합시키고 있다. 이같은 특성은 시인 자신 시집의 후기에서 강하게 표방했던 정치적 통합에 대한 갈망과 관련된 것으로 판단된다. "끝내 당쟁 때문 나라를 그르치고 풍전등화의 국운 앞에서도 …(중략)… 나라를 위하고, 백성을 위하는 노력은 부차적이었"던(196) 임진왜란의 기억을 복원하여 현재의 수난을 극복하려는 시인의 의도가 집합적 기억과 공동체적 자아를 표나게 강조하는 지점으로 귀결되고 있다.

김용호의 서정시집과 비교할 때 『남해찬가』에 나타난 자아의 특성은 두드러진다. 앞에서 살펴보았듯이 『푸른 별』, 『날개』에서 개체적 자아의 체험을 중요하게 부각시킴으로써 전쟁 체험의 사적(私的) 측면을 강조하여 형상화한 반면, 서사시집 『남해찬가』에서 개체적 자아의 내면 공간은 공동체적 자아의 세계를 향해 함몰되어가는 양상을 보인다. 다시 말해, 김용호의 서정시에서 1인칭 체험적 화자의 특성이 두드러지게 부각되는 반면, 『남해찬가』의 서술자는 3인칭 또는 전지적 시점에서 공동체의 경험을 서술해나간다. 이같은 차이는 우선 서정시와 서사시라는 양식상의 차이에서 비롯되는 것이라고 할 수 있다. 서정시의 화자는 기본적으로 시인의 일상적 자아로부터 창조되고 변형된 존재이며 개인의 주관적 표현에 중점을 둔다. 이와 달리, 서사시는 주체의 내면 세계가 아닌 객관적인 사건을 묘사하는 데 목적을 둔다. 시인 자신은 직접적으로 시의 표면에 등장하지 않고 시적 대상의 면전에서 물러나 객관적으로 설명하는 데 몰두한다.[199]

김용호의 서사시 『남해찬가』에서 공동체적 화자로서의 특성이 강하게 나타나는 이유는 이같은 양식적 특성 이외에도 시인의 개인적인 특성을 통해 설명할 수 있다. 김용호는 서사시의 요건을 만족시키기 위한 객관성 확보에 특히 많은 노력을 기울였던 것으로 보인다. 그가 임진왜란과 이순신에 관련된 역사적 사료를 확보하고 그에 충실한 기록에 주력했던 것은 그같은 노력의 일환이었다. 또한 객관적 서술자의 형상을 통해 인물과 정황을 어떻게 전달할 것인가에 대해서도 골몰했던 흔적을 보인다. 그러나 그럼에도 불구하고 『남해찬가』의 서사시적 객관성은 불충분하다. 그것은 주로 서술자의 특성에서 비롯된다. 서술자는 3인칭 관찰자 시점과 전지적 시점 사이를 이동하며 시점의 혼란을 일으킨다.200 이같은 시점의 혼란은 시인 자신 주관적 개입의 정도 여부를 조절하는 데 실패했기 때문인 것으로 판단된다. 즉, 시인은 어떤 장면에서는 단지 객관적 사료의 제시에 그치며 주관적 개입을 극히 자제하는 반면, 어떤 장면에서는 작중 인물과 사건을 향해 과도하게 시인의 감정을 투영시킨다. 다음은 그 예시가 된다.

> 정녕, / 이대로 썩어지는 것인가 / 이대로 썩다 넘어지는 것인가 // 아! 하늘이 무심치 않어 / 실로, 아직도 아껴 저버리지 않어 // 이 땅, 이 나라, 이 백성에 / 빛 / 기리 민족의 이름으로 영원한 / 빛을 주셨으니 (18)
>
> 어찌 / 이 나라의 天運의 날이 아닐가부냐 / 어찌 / 이 백성의 天命의 날이 아닐가부냐 // 초하룻날 날씨는 / 유달리 맑고나 아름답고나 // 봄이 한창 어울려 / 아는가, 모르는가, 뭇꽃, 뭇새 피고 울고(83—84)

여기서 주목할 것은 서사시의 요건을 충족한 경우이든 그렇지 않은 경우이든, 공통적으로 공동체적 자아로서의 특징이 나타난다는 점이다. 우선, 전지적 시점의 서술자의 경우 체험적 화자로서의 개체적 자아는 소거되어 있다. 서술자는 전지적이고 객관적인 시점에서 사건의 정황과 인물을 서술해 나간다. 또한, 3인칭 관찰자 시점의 경우 시인의 주관적 감정이 투영되어 있다고 볼 수 있으나, 그 때의 자아의 양상은 서정시의 경우와는 분명한 차이를 보인다. 이 경우 시인의 직접적인 체험이나 독립된 개체로서의 자아의 내면 상황은 거의 드러나지 않는다. 즉, 전지점 시점과 3인칭 관찰자 시점의 경우

공통적으로, 공동체의 한 구성원으로서의 위치에서 공동체적 체험을 기술한다는 특징이 있다. 내면 공간의 활동은 극히 약화된 채 집단적 공동체 의식을 표출하는 것이다. 시인은 고향공동체, 민족공동체의 한 성원으로서 공동체 단위에서의 전쟁 체험, 집합적 기억과 경험을 반추하고 있다. 『남해찬가』에 나타나는 이같은 공동체적 화자의 특성은 김용호 시에 나타난 전쟁 체험의 형상화 방식을 다른 측면에서 확인시킨다. 앞 절에서 살펴보았던 서정시집의 경우, 개인적 측면에서 전쟁의 고통을 형상화하면서 인간과 인생의 보편적 문제에 대한 성찰로 확장시키는 특징이 나타난다. 『남해찬가』의 경우, 전쟁 일반의 극한 상황에 대한 사유 과정이 임진왜란과 한국 전쟁이라는 구체적이고 특수한 전쟁 상황, 그리고 전쟁의 공동기억에 대한 재구성으로 확산되어 나간다. 결론적으로 시인 김용호는 두 갈래의 시 양식에서, 개체적 자아와 공동체적 자아라는 서로 다른 성격의 화자(서술자)를 통해 전쟁 체험의 양상과 그 특징을 다각적인 측면에서 포착하고 있다.

김용호 시에 나타난 전쟁 체험의 양상

1950년대 시는 한국 전쟁과 직 · 간접적으로 깊은 관련을 맺고 있다. 전쟁과의 관련성 및 전쟁 체험의 내용과 형상화 방식에 따라서 1950년대 전쟁시의 유형을 몇 가지로 나누어 볼 수 있다. 우선, 한국 전쟁 발발 직후 종군작가단의 일원으로 전쟁에 참여했던 시인들의 작품이 있다. 조지훈, 서정주, 박목월, 박두진, 구상, 유치환, 모윤숙, 박인환, 이한직, 조영암 등 여러 시인들이 종군작가단으로 활동하며, 전쟁 기간 동안 국군 기관지 및 잡지에 작품을 발표하고 개인 시집을 간행하였다. 이들의 작품 가운데 모윤숙의 「국군은 죽어서 말한다」, 유치환의 『보병과 더불어』, 조지훈의 『역사 앞에서』, 조영암의 『시신을 넘고 혈해를 건너』 등은 전시의 종군 체험을 바탕으로 쓰여진 전쟁참여시, 기록시의 성격이 강하다. 직접적으로 전쟁 현장을 담고 있거나 전쟁 상황을 배경으로 한 이들 시에서 시인들은 구국을 위한 참전 행위를 예찬하고 독려하거나 전장과 후방의 상황을 기록하였다. 이들 종군작가단 시인들의 작품 가운데서도 전쟁의 비인간적인 측면을 비판하거나 혹은 전쟁의 무의미성을 드러내는 작품들도 다수 발표되었다. 유치환의 「旗의 의미」, 조지훈의 「다부원에서」 등을 비롯해 구상, 장만영 등의 시에서 그러한 경향을 찾아볼 수 있다. 또한 전쟁 기간과 종전 이후에, 전쟁 체험을 내면화하여 형상화한 작품들도 다수 존재한다. 특히, 박인환, 전봉건, 김수영 등의 전후 모더니즘 시의 경우, 전쟁으로 비롯된 비극적 시대 인식을 바탕으로 실존적 자기 성찰과 비판적 현실의식을 보여주고 있다.

이 글에서 살펴본 50년대 김용호의 서정시는 전쟁시의 세 번째 유형에 해당된다. 1950년대 초반에 출간된 『푸른 별』에는 주로 자전적 성격의 화자가 등장한다. 『푸른 별』의 대부분의 시편에서 개체적 자아로서의 체험적 화자는 전쟁이라는 극한적 상황 속에 놓인 인간의 고통을 개인적이고 즉자적인 측면에서 반추한다. 이들 시편에서는 전쟁기 황폐한 자아의 내면과 전쟁 체험의 사적인 측면이 두드러지게 형상화된다. 『날개』(1956)에서는 전쟁 체험의 즉자성에서 벗어나 시인의 개인적 체험을 거리를 두고 반추해보는 과정이 나타난다. 이 과정에서 등장하는 사물—화자라는 시적 장치는 시인 스스로 자신의 체험을 객관화하려는 노력의 산물이라고 볼 수 있다. 아울러 시사적(詩史的)으로는 자아의 창조적 변형태이자 미적 장치로서 시의 화자에 대한 사고가 가능해졌다는 점, 또한 사회적으로는 전쟁의 무차별한 폭력성에서 어느 정도 벗어나 복구와 재건의 노력이 시작되었던 점이 시인 김용호에게도 적지 않은 영향을 미쳤을 것으로 판단된다. 『날개』에서 화자는 개인적 체험의 특수성을 전쟁 체험의 보편성에 대한 인식으로 확산시키며 통합적 자아에 대한 가치 지향성을 보여준다.

김용호 시에 나타나는 전쟁 체험의 또 다른 양상은 서사시집 『남해찬가』를 통해서 확인할 수 있다. 『남해찬가』에서 시인은 영웅적 형상의 창조와 죽음의 의미화를 통해 전쟁을 기억하고 다시 재구성하는 과정을 보여준다. 이 과정에서 각각 세 가지 차원에서 집합적 기억의 재현이 이루어진다. '남해'라는 시인 개인의 고향공동체, 그리고 '임진왜란'이라는 민족공동체, 마지막으로 '한국 전쟁'이라는 민족/국가 공동체의 기억과 역사가 서로 결합되는 과정에서, 개인, 민족, 국가 차원에서 전쟁 체험의 확인과 재구성 작업이 진행된다. 이때 '남해'라는 특정 공간과 '이순신'이라는 역사적 영웅은 전쟁 기억의 매개체로서 전쟁 기억을 영속화시키는 기능을 한다. 이처럼 기념 공간과 기념비적 인물을 기억하고 추모하는 행위를 통해서 개인과 공동체적 자아, 그리고 과거와 현재의 체험과 기억이 통합된다. 이러한 과정은 강한 공동체로의 귀속과 정치적 통합에 대한 갈망을 보여주는 것이라고 할 수 있다.

김용호 시에 나타난 두 개의 전쟁 체험은 개체적 자아의 내면 체험과 공동체적 자아의 집합적 기억으로 요약될 수 있다. 이같은 차이는 일단 서정과 서사라는 양식적 차이에서 비롯될 것이다. 그러나 특정 양식을 선택하게 되는 시인의 의도가 작품의 특징을 근원적으로 규정짓는다는 점을 생각한다면, 서로 다른 두 개의 시 양식과 시적 화자 등을 선택한 시인의 창작 동인이 우선적으로 영향을 끼친다고 볼 수 있다. 즉, 시인 김용호는 전쟁 체험, 그리고 전쟁이라는 극한적 상황에 처한 자아의 양상을 서로 다른 차원, 다른 각도에서 형상화한다. 구체적으로, 서정시에서 시적 화자는 주로 개인의 고통에 대해 말한다. 이때 시인의 체험과 생각은 시 작품이라는 물리적 실체, 화자라는 구체적 장치를 통해서 객관화되는 길을 얻는다. 이 과정에서 시인의 자전적 체험에 대한 반성적 시선은 인간의 보편적 상황에 대한 성찰로 옮겨 간다. 이와 달리, 서사시는 집단의 시점에서 바라본 전쟁 체험의 형상물이라고 할 수 있다. 서정시집 『푸른 별』에서 자아의 분열을, 그리고 이후에 출간된 『날개』에서 주로 자아의 객관화와 통합적 자아의 가치 지향을 드러낸 반면, 서사시집 『남해찬가』에서는 전쟁이 매개하는 집단의 경험과 집합적 기억의 재현에 집중한다. 이때 개체적 자아의 내면 체험은 '지역', '국가', '민족' 등의 공동체 단위의 체험 속으로 함몰되는 양상을 보여준다.

1950년대 전쟁시 및 전후시의 맥락에서 김용호의 시가 특별히 주목할만한 성취를 이룬 작품이라고 보기는 어렵다. 역사적 기록물로서의 가치, 혹은 현실의식과 사상적 깊이 면에서 좀더 의미있는 성과를 이룬 작품들이 다수 존재한다. 이들 시와 비교할 때 김용호 시의 특장은 체험의 진솔한 기록과 특유의 서민의식에서 찾아볼 수 있다. 체험적 화자의 직접적 진술과 진솔한 표현은 전쟁이라는 극한 상황에 처한 보편적 인간의 조건을 각인시킨다. 또한 『날개』에 수록된 시편에서 나타나는 서민의식은 시인 자신이 느끼는 현실적 소외감을 소수자로서의 자기의식과 연대감으로 확장시킨 결과라고 볼 수 있다.

시사(詩史)적 측면에서 그의 시는 시의 화자에 대한 고려, 시인과 시적 화자의 분리에 대한 생각이 구체적으로 진전되는 시기의 한 양상을 보여준다. 『푸른 별』에서 시인은 개체적 자아를 통해 전쟁 체험을 즉자적으로 토로한다. 반면 『날개』와 『남해찬가』에서는 각각 화자의 성격과 시 양식을 변화시킴으로써 다른 각도에서 전쟁 체험의 형상화를 시도한다. 이는 시인 스스로 전쟁 체험의 다른 측면, 자아의 다른 양상을 어떤 방식으로 형상화할 것인가에 대해 고민한 결과이면서, 창작을 통해 시단의 논의에 대응한 결과라고 할 수 있다. 특히 『남해찬가』에서는 '이순신'이라는 역사적 인물을 재창조함으로써 전후의 혼란된 상황을 암시하며 사회 통합의 갈망을 내비치고 있다.

결론적으로, 김용호의 시는 식민지 시대에서 해방기, 그리고 전쟁과 전후에 이르는 격동의 역사와 문학사적 시기를 거쳐간 한 개인의 체험적 기록이자 시적 형상화를 향한 고투의 흔적으로서, 50년대 문학의 한 의미있는 자료로 평가할 수 있다.

고통의 객관화와 '인간'을 향한 희구

한하운의 삶과 시

나환자 시인 한하운

한하운은 나환자 시인으로 우리에게 잘 알려져 있다. 그는 1949년 『신천지』4월호에 〈전라도길〉, 〈벌〉, 〈목숨〉 등의 시를 발표하며 작품활동을 시작하였고, 같은 해 5월에는 『한하운 시초』라는 이름으로 첫 시집을 묶어냈다. 이 시집은 전쟁이 끝난 53년에 재발간 되어 당시의 독자들에게 큰 반향을 불러일으켰다. 그러나 한하운의 시가 많은 독자층을 확보하며 그들에게 오래도록 기억되고 있음에도 불구하고, 그동안 문학 비평과 학술 연구에서는 적극적으로 다루어지지 않았고 그의 삶과 시에 관한 소수의 평문만이 발표되었다.[201] 그 평문들 또한 그가 우리 문단 초유의 나환자 시인이라는 사실에 주로 초점이 맞추어져, 대부분 그의 생애를 중심으로 한 시의 해설에 집중되어 있다. 이처럼 한하운에 대한 연구가 소량에 불과하고 대부분의 평문 또한 공통된 유형으로 흐르고 있는 것은, 시인의 개인적 조건에서 비롯되는 것이라고 생각된다. 한하운이 나환자라는 사실은 흔히 그의 시를 대할 때에 가장 강하게 독자를 압도하는 조건으로 작용한다. 더우기 부호의 장남으로 태어나 '문둥이'라는 청천벽력의 선고를 받고 거리의 걸인으로 전락한 극적인 생애[202], 그리고 그에게 쏠린 호기심과 관심의 열기를 타고 우후죽순으로 발간된 평전과 해설집, 거기에 덧붙여 시인 스스로 충실하게 기록한 자작시 해설집은 한 시인과 그의 시에 관해 지나치게 상세한 정보와 친절한 해설을 제공한다. 또한 그의 시의 대부분에서 경험적 자아와 시적 자아가 분리되어 나타나지 않기 때문에, 그의 시를 대하는 대부분의 독자와 연구자들은 그 풍부한 정보와 자작시 해설이 제공하는 틀로부터 더 이상의 걸음을 떼는 것이 어렵게 된다. 바로 이 점이 한하운에 관한 연구가 천편일률적인 모습을 띠게 되는 이유이며, 또한 그의 시의 특수성에만 주목한 나머지 시대성과 보편성이 규명되지 못했던 원인이 되기도 한다.

이 글은 일단 지금까지의 한하운 연구에서 나타난 성과와 한계를 출발점으로 삼아 작업을 시작하려 한다. 한하운의 특수한 생애에 기초하고 거기에서 비롯된 시적 태도를 중심으로 시를 분석하는 것은 어느 정도는 불가피한 일이다. 그의 삶을 가장 강한 힘으로 규정했던 것은 바로 그의 육체적 조건이었고, 그의 시는 곧 나병이 안겨준 고통을 치유하고 극복하기 위한 부단한 '발버둥질'이었다. 한하운의 시가 감동을 주는 이유 또한 읽는 이가 작품 이전에 이미 나환자라는 시인의 특수한 처지를 알고 있고, 따라서 시를 통해 시적 자아의 처지를 구체적 상상 속에서 재구성해 볼 수 있다는 데에서 비롯되는 것이기도 하다. 그러나 한하운이 '나환자 시인'이라는 사실이 한편으로 그의 시 해석에 피할 수 없는 조건으로 작용한다 하더라도 그것만으로는 당시에 한하운의 시가 만들었던 넓은 파장의 이유를 모두 설명해낼 수는 없다.

따라서 이글에서 초점을 맞추고자 하는 것은 그의 시가 주는 보편적 감동이 어디에서 오는가를 해명하는 일이다. 한하운의 시는 시인의 특수한 육체적 조건에 깊이 뿌리박고 거기에 한정되어 있지만 1950년대의 독자들에게 그 어떤 작품 못지않게 공감과 감동을 불러일으켰다. 그 감동의 원인을 해명하기 위해 이글에서는 우선 나환자라는 한하운의 육체적 조건의 의미를 해방과 전쟁, 분단이라는 역사적 격변의 흐름 속에서 읽어내려 한다. 한하운의 시는 해방과 전쟁 직후의 극심한 정치적 혼란과 경제적 궁핍의 현실을 가장 밑바닥에서 겪으며 창조해 낸 작품들이다. 그리고 그의 고통은 나환자라는 특수한 처지에서 비롯된 것이면서 동시에 1950년대의 많은 사람들이 겪었던 고통과 맥이 닿아 있다고 볼 수 있다. 그러므로, 그의 시가 50년대의 독자들에게 공통적으로 환기하고 있는 바에 주목하여, 그가 50년대의 보편적 경험을 어떠한 방식으로 환기시키고 있는지 방법적 특징을 밝히고자 한다. 건강한 사람으로 '살아갈 수 없다'는 절망과 그럼에도 불구하고 건강한 생활인으로 '살아가고 싶다'는 강한 희구 사이에서 한하운이 겪은 고통과 갈등은 보편적 인간이 지니고 있는 근원적인 고통을 환기시킨다. 이와 같이 그의 시가 갖는 경험과 정서의 보편성, 그리고 그것을 시화하는 형상화 방법을 살펴보는 것이 이글의 주요한 목적이 될 것이다. 마지막으로, 시인의 특수성에서 빚어진 성과와 한계를 동시에 밝혀냄으로써 한하운 문학을 문학사 속에 제대로 자리매김할 수 있는 평가의 단초를 마련하는 것이 또 하나의 작업이 될 것이다.

역사의 격변과 소외된 삶

한하운은 1920년 함경남도에서 태어나 1936년, 중학교 5학년 시절에 나환자 선고를 받았다. 그후 요양과 자가치료를 하며 동경과 북경 유학을 다녀온 뒤 잠시 직장생활을 해보기도 했다. 그러나 식민지 말경에는 나병증세가 눈에 띄게 심해져 더 이상 사회활동을 해나갈 수 없게 되어, 사람들의 눈길을 피해 골방에 갇힌 채 암흑과도 같은 나날을 보냈다. 그가 정신과 육체의 건강을 회복해야겠다는 마음의 변화를 갖고 문학에 뜻을 굳힌 것은 해방을 맞이하던 무렵이었다. 해방 직후 세상의 극심한 변화와 나환자로서 갖는 내면의 고통을 글로 옮겨 보고 싶은 충동을 강하게 느꼈고, 노점 책장수로 나서면서 그 충동은 더욱 구체화되었다.[203] 이 시기 소련 군정하의 혼란된 북한 사회에서 한하운이 겪는 내면의 모습은 시 「데모」에 잘 나타나고 있다.

뛰어 들고 싶어라
뛰어 들고 싶어라

풍덩실 저 江물 속으로
물구비 파돗소리와 함께
萬歲소리와 함께 흐르고 싶어라.

모두들 성한 사람들 저이끼리만
아우성소리 바다소리

아 바다소리와 함께 부서지고 싶어라
죽고 싶어라 죽고 싶어라
문둥이는 서서 울고 데모는 가고.

—「데모」 전문

한하운은 이 시를 46년 3월 북한에서 일어난 함흥학생 사건에 대한 경험을 시화한 것이라고 스스로 기록하고 있다.[204] 함흥학생 사건은 45년 말의 신의 주 학생사건에 연이어 발생한 것으로, 소군정(蘇軍政) 실시하에서 계속되는 경제적 불안정과 정치적 혼란에 대한 반항의 의미를 지니고 있었다. 그러나 이 시에서 전달받을 수 있는 것은 이 사건의 사회적 의미가 아니라 시인이 "성한 사람들"에게서 느끼는 부러움과 동시에 소외감이다. 데모대에 참여해 '인간'으로서의 권리와 자유를 적극적인 행동으로 표현하는 "성한 사람들"을 보며, 시인은 그렇게 행동할 수 없는 자신의 육체에 대해 참담한 심정을 지우지 못한다. "죽고 싶어라"라는 반복된 표현 속에는 '문둥이'라는 자신의 처지에 대한 처참한 확인과 더불어 '성함'(건강)에 대한 갈구가 끓어오르고 있다. 결국 정상적인 '인간'이고 싶은 갈망과 "파돗소리"처럼 밀려오는 데모대의 함성은 '성하지 못한' 한하운을 데모대로 끌어들이는 강한 힘으로 작용하여, 그날의 사건은 한하운을 체포, 투옥, 그가 월남을 강행하게 만드는 중요한 계기가 된다.[205] 그러나 월남후 정부수립과 전쟁으로 달구어진 남한땅의 '반공' 열기 속에서, 시 「데모」는 '붉은 선봉시'로[206] 지탄을 받아 또 한번의 수난을 겪는다.[207]

한하운이 겪는 이러한 수난은 비단 그에게만 일어난 특이한 사건은 아니다. 해방 정국은 이념대립이 날카롭게 표출되었던 시기였고, 한하운 역시 개인의 삶에 다가온 이데올로기의 칼날을 피할 수 없었을 뿐이다. 한하운이 그러한 수난을 대면하는 방식은 사회적 의미를 띠거나 이념적인 것이 아니라 '문둥이'라는 특수한 처지에서 비롯된 것이었지만, 그의 수난은 그 '특수한' 처지로 인해 더욱 강도를 더해가게 된다. 사회, 역사적 혼란기에 개인의 불리한 육체적 조건은 더욱 불편하고 불행을 가속시키는 조건으로 작용한다. 그 역시 "문둥이의 낙원"이며 "자유로운 땅"으로 "꿈같이 그리워하던"[208] 남한땅을 찾아왔지만, 그곳 역시 그에게 평화와 안정을 가져다주지는 못하였다. 문둥이를 냉대시하는 분위기로 인해 미군정하의 혼란된 사회상은 한하운에게 더욱더 고통을 강요하는 것으로 다가왔다. 그가 유랑과 걸인의 길에서 기록한 당시의 사회분위기는 다음과 같은 것이다.

> 1947년 8월에 나는 원산 형무소를 파옥하고 원산에서 38선 동두천까지 걸었다. 서울에 올라온 나에게 그렇게도 꿈같이 그리워하던 남조선의 민주주의의 미군정은 환멸의 비애를 주었다. 아주 개판인 지리멸렬의 혼란의 세상이었다. 거지로 전락한 나에게는 지옥이었다.[209]
>
> 웬 놈의 청년단체와 깡패가 거지를 못살게 구는지 알 수 없다. 폭행, 약탈, 헐벗고 굶주린 사람에게는 지옥세상이다. 잔학한 학대에 생존의 불안에 떨며 굶주림과 병과 싸워 나갈 수가 없다.[210]
>
> 한데 잠은 8월 중순까지는 견딜 수 있으나 늦가을이 오면 겨울이 오면서부터 추위는, 헐벗고 굶주린 나에게는 죽음보다도 무섭다. 1947년 동지까지는 나는 헌 가마니 한 장으로서 서울의 쓰레기통가에서 밤을 새웠다. 영하 십여도나 내려가는 추위에 동사를 면하려고 밤새 자지 않고 발을 동동거리며 새운다. 추위에 사람의 생리는 망가진다. 먼저 목소리가 변해간다. 고장난 라디오같은 소리가 목구멍에서 새어나온다. 목소리가 변하자 시력이 가버린다. 세상이 잿빛으로 아스므레하게 보인다. 이렇게 되면 기억력도 없어진다. 사람이 아니라 정말로 등신이 되어버린다.[211]

한하운은 자신이 문둥이로서 바라보고 체험한 당시의 사회상을 전달하고 있다. 그러나 이글을 통해 우리가 짐작할 수 있는 것은 미군정하에서 문둥이들만이 겪는 비참한 삶이 아니라 그 시대 대부분의 보통사람들에게 다가왔던 폭력과 가난, 사회적 혼란이다. 당시에 한데 잠을 잤던 사람이 어디 시인 한사람뿐이었겠는가. 그러나 한하운은 '문둥이였기 때문에' 더욱 큰 고통을 겪었고 따라서 그의 경험 속에는 시대의 보편적 상황이 주는 압력이 크게 반영되어있다. 해방과 정부수립 직후의 "개판" 같은 사회의 밑바닥을 천대받는 "문뒹이 놈"으로 나뒹굴며 창조한 그의 작품들 속에는 더우기 그만의 독특한 방식이 내재되어 있다. 그것은, 위의 기록들에서도 짐작할 수 있는 것처럼 자신의 감정을 과장하거나 노출시키는 것이 아니라, 외부의 상황과 객체를 지향하며 서술하는 태도이다. 통곡할 수밖에 없는 나환자라는 처지임에도 불구하고 그는 결코 통곡하지 않는다. 그리고 이러한 태도가 바로, 그의 시가 학대받는 나환자의 삶을 철저하게 고발하고 있음에도 불구하고, 역사적 격변의 와중에서 함께 시대의 진흙바닥을 나뒹군 50년대의 독자들에게 공감을 던져줄 수 있었던 원인이 될 것이다. 우리는 그 모습을 한하운의 시에서 확인하려고 한다.

고통의 객관화와 '인간'을 향한 희구

한하운은 자신의 시가 "문둥이의 인권선언이며 인간해방의 노래"가 되기를 바란다고 밝히고 있다.[212] 더불어 시인은 다음과 같은 기록을 남긴다.

> (나는) 인간으로서 인간학대를 받고 인간대열에서 쫓겨난 나환자이다. 나는 무엇보다도 인간이 되기를 바라며 그 투쟁은 인간에 대한 반항이다. 그런고로 나는 나를 누구보다도 문둥이라고 외치고 저주한다.[213]

이 글에서 '인간'의 의미는 두 가지로 쓰이고 있다. 한하운은 무엇보다도 '인간'이 되기를 바라며 그를 위해 '인간'에 대한 반항적인 투쟁을 전개한다. 곧 그가 바라는 '인간'이란 존재는 일단 '정상적인' 인간을 의미한다. 그러나 여기서 '정상적'이라는 사실의 의미는 육체적인 건강함뿐만이 아니라 인간 본연의 정신적인 건강함을 내포하고 있다. 따라서 그는 육체적인 면에서는 비할 바 없이 정상적이지만 참다운 인간다움의 자세를 잃은 채 같은 인간을 학대하는 '인간'들을 오히려 불구의 존재로 낙인찍고, 진정한 인간성의 회복을 위해 그들을 위한 '투쟁'을 선언하고 있다. 한하운의 시는 이처럼, 문둥이라는 철저한 관점에서 시작한다. 이것은 곧 그의 시가, 인간다움의 기본조건을 상실당한 비극적 처지를 확연하게 드러냄으로써 자신이 인간임을 확증하려는 부단한 노력, 나아가 참다운 인간다움을 회복하기 위한 도정에 서 있음을 의미하는 것이다. 그러나 '문둥이'라고 하는, 비인간적으로 전락한 한계상황은 철저한 자학, 절망과 울분으로 표출되기도 한다.

아니올시다.
아니올시다.
정말로 아니올시다.

사람이 아니올시다.
짐승이 아니올시다.

하늘과 땅과
그 사이에 잘못 돋아난
버섯이올시다. 버섯이올시다.

다만
버섯처럼 어쩔 수 없는
정말로 어쩔 수 없는 목숨이올시다.
억겁을 두고 나눠도 나눠도
그래도 많이 남을 벌이올시다. 벌이올시다.

—「나」 전문

문드러지고 떨어지고 썩어 들어간 육체로 인해 문둥이는 '사람'으로 인정되지 않는다. 다만 그는 '욕'이며 '벌'이며 '버러지'로 간주되는 '어쩔 수 없는 목숨'일 뿐이다. 따라서 시적 자아는 한편으로 "사람이 아니올시다"라고 철저한 자학과 절망에 빠져들며, 또 한편으로는 그 절망의 끝에서 "짐승이 아니올시다"라고 기본적인 인간으로서의 항변을 던지고 있다. 바로 그 자학과 항변, 절망과 분노 사이에 시적 자아의 태도는 존재하고 있으며, 이같은 태도가 그의 시에서 '문둥이'의 특수한 처지를 객관적으로 드러내는 방법으로 작용한다. 그가 만약 자학으로만 그치고 있다면 그의 시는 '문둥이'의 고통에 대한 주관적인 연민과 호소 이상으로 읽히기 어려웠을 것이다. 그러나 자학과 절망의 밑바닥에 존재하는 강한 의지와 인간다움을 향한 열망은 '문둥이'의 자학과 절망을 좀더 보편적인 상황에 놓인 인간의 것으로 끌어 올리게 된다. 그의 자학은 스스로 이야기하듯 '반항'과 '투쟁'을 위한 자학이며, 따라서 그의 철저한 자학은 '사람'으로 인정받지 못하는 문둥이의 고통을 직설적이고 충격적으로 드러내는 하나의 방법으로 작용한다. 「손가락 한마디」, 「전라도 길」에서 나타나는 섬뜩한 묘사가 바로 그러한 것이다.

간밤에 얼어서
손가락이 한마디
머리를 긁다가 땅우에 떨어진다.
이 뼈 한마디 살 한점
옷깃을 찢어서 아깝게 싼다.
하얀 붕대를 덧싸서 주머니에 넣어둔다.

—「손가락 한마디」 부분

가도 가도 붉은 황톳길
숨막히는 더위 뿐이더라.

낯선 친구 만나면
우리들 문둥이끼리 반갑다.

천안 삼거리를 지나도
쑤세미같은 해는 西山에 남는데

가도 가도 붉은 황톳길
숨막히는 더위 속으로 쩔룸거리며
가는 길……

신을 벗으면
버드나무 밑에서 지까다비를 벗으면
발가락이 또 한개 없다

앞으로 남은 두개의 발가락이 잘릴 때까지
가도 가도 千里 먼 전라도길

—「전라도길-소록도로 가는 길에」 전문

두 작품에서 시인 자신이 자신의 고통에 대해 느끼는 감정은 전혀 표현되지 않는다. 시인은 수식과 비유가 가해지지 않은 사실적인 진술과 자신의 고통에 초연한 듯이 감정을 극히 절제하는 태도로 고통을 더욱 충격적으로 전달하고 있다. 보통 사람이 상상하기 어려운 극심한 고통을 감정적 노출을 통해 과장하는 것이 아니라, 오히려 무섭도록 초연한 듯한 태도는 그의 시에서 매우 중요한 효과를 발생시키고 있다. 우선 그 효과는 이 시를 읽는 독자 스스로가 시적 자아의 성격에 대해 이미 소상하게 알고 있다는 사실과 연관된다. 독자는 문둥이의 고통과 처지를 상상한 채로 작품을 접하기 때문에, 비인간적인 문둥이의 고통과 극한 상황에 비해, 자신의 고통에 스스로 거리를 둔 채 지극히 담담한 시적 자아의 태도는 그 자체로 충격과 감동을 유발시킨다. 또한 작품 속에 형상화된 '고통'은 문둥이의 고통으로만 그치는 것이 아니라 더불어 50년대의 많은 사람들이 겪었을 보편적 고통을 환기시키기도 한다.

실제로 전쟁으로 벽두를 연 1950년대는 수많은 사람들이 전쟁과 분단의 와중에서 자신의 신체의 일부와 자신의 '손가락', '발가락' 같은 혈육과 집, 고향을 잃은 시대였다. 신체의 일부처럼 소중한 것들이 자신에게서 떨어져 나가는 아픔을 경험하고 그 아픔 앞에서 통곡할 수도 달리 어찌해 볼 수도 없었던 사람들에게, 한하운의 시에서 그려진 문둥이의 고통은 충격을 넘어 진한 공감을 불러일으켰을 것이다. 그리고 이러한 공감과 보편적 상황의 환기라는 효과는 시인 자신이 자신의 고통을 객관적으로 시화할 수 있었기에 가능한 것이었다. 시 「전라도 길」에서 시인은 "발가락이 또 한개 없다"는 절망스런 현실을 확인하며 "가도 가도" 끝이 없이 계속되는 "황톳길"을 "쩔룸거리며" 걸어가고 있다. 이 부분에서, 고통에 초연한 듯한 시인의 태도로 인해 그 의미는 복합된 것으로 드러난다. 그것은 결코 이 길을 포기하지 않겠다는 다짐의 표현으로 읽을 수도 있지만, 더 이상 이곳에서 벗어날 길은 없다는 극대화된 고통의 크기를 암시하는 것이기도 하다. 시인 뿐만 아니라 그 시대의 수많은 사람들이 절망과 희망이 빈번히 교차되는 상황을 수시로 맞대면했을 것이다. 그리고 그것은 비단 1950년대에 국한되지 않는 보편적 인간의 갈등이라고 할 수 있다. 시인은 그 어느 한쪽에 치우쳐 거기에 함몰되고 마는 것이 아니라 결코 떠날 수 없는 '지금 여기'의 극한 상황을 제시하고 있다. 따라서 궁극적으로 그의 시에서 절제된 태도를 통해 강조되는 것은, 고통과 비극으로 가득차 있는 상황과 처지의 긴장성이다. 이것은 주체를 강하게 드러내지 않고 상황을 담담하게 진술해나가는 그의 객체지향적 태도에서 비롯된다. 이같은 태도는 「목숨」, 「어머니」 등의 시에서도 확인할 수 있다.

쓰레기 통과
쓰레기 통과 나란히 앉아서

밤을 새운다.

눈 깜박하는 사이에
죽어버리는 것만 같었다.

눈 깜박하는 사이에
아직도 살아있는 목숨이 굼틀 만져진다.

배꼽아래 손을 넣으면
三十七度의 體溫이
한마리의 썩어가는 생선처럼 밍클 쥐여진다.

아 하나밖에 없는
나에게 나의 목숨은
아직도 하늘에 별처럼 또렷한 것이냐

—「목숨」 전문

인간은 누구나 다 자신이 희구하는 바의 이상적인 모습을 지니고 살아간다. 그러나 일상의 인간은 언제나 자신이 희구하는 바처럼 만족스런 상태로 살아가는 것은 아니다. 현재의 불만족스런 자신의 모습을 발견할 때 또는 자신의 희구하는 바대로 될 수 없다고 느낄 때 인간은 절망하지 않을 수 없다. 대부분의 인간은 이러한 절망과 희구 사이에서 빚어지는 갈등을 반복해서 겪으며 살아간다. 그런데 천형의 질병인 나병환자에게는, 보통의 인간이라면 누구나 겪기 마련인 이같은 갈등과 고통의 강도가 더욱 큰 것으로 다가간다. 나병은 다른 질병과 달리 독특한 성격을 지니고 있다. 그것은 사회적 격리를 전제로 한 병이라는 점이다. 나병을 하늘의 형벌이라 부르는 것은 몸이 썩어들고 떨어져나가는 육체적 고통뿐만이 아니라 정상인으로서의 삶이 불가능하다는 사회적 처지 때문이기도 할 것이다. 이처럼 정상인으로 돌아갈 수 없다는 절망과 그럼에도 불구하고 건강한 정상인으로 살아가고 싶다는 강한 희구 속에서 빚어지는 갈등과 울분을 시 「목숨」은 극적으로 포착하고 있다.

이 시에서 상황을 대면하고 있는 시적 주체의 내면은 거의 드러나지 않는다. 시인은 자신의 태도 또한 극히 사실적으로 진술하여 긴박한 상황을 그려냄으로써 독자를 압도한다. 「목숨」의 배경은, 삶과 죽음이 "눈 깜박하는 사이에" 교차되는 생존의 현장이며 시인 자신의 기록처럼 자신이 인간임을 망각당하고 "사람이 아니라 정말 등신이 되어버리는" 비참한 상황이다.[214] 이렇게 극한 상황에서 발견하게 되는 "삼십칠도"의 따뜻한 "체온"은 살아있는 생명체로서의 자신의 존재를 확인시킨다. 그러나 그것은 아주 잠깐 동안만 빛났다가 곧 꺼져버리는 존재일 뿐이다. 긴장되고 극한 상황과 대비되어 마치 "썩어가는 생선"처럼 아무짝에도 쓸모없는 부패한 물건일 뿐이다. 여기서 존재의 참담함과 처참함은 강하게 부각된다. 그러므로 "나의 목숨이 아직도 하늘에 별처럼 또렷한 것이냐"라는 마지막 연의 반문은 더이상 '생명'에 대한 절절한 갈망도 아니며, 처참한 고통 앞에서 아무것도 할 수 없고 '살아있는 것이 아무 소용도 될 수 없다'는 안타까운 처지를 부각시키는 역할을 한다.

어머니
나를 낳으실 때
배가 아퍼서 울으셨다.

어머니
나를 낳으신 뒤
아들 됐다고 기뻐하셨다.

어머니
병들어 죽으실 때
날두고 가는길을 슬퍼하셨다.

어머니
흙으로 돌아가선
말이 없는 어머니.

—「어머니」 전문

'어머니'라는 단어는 누구에게나 많은 감정을 불러일으키는 말이다. 그 대상이 '문둥이'를 자식으로 둔 어머니라면 더욱 그러할 것이다. 그러나 시인은 이 시에서도 역시 자신의 감정을 결코 노출시키지 않고 있다. 진술은 극히 간결하고 그 간결함 속에 '어머니'에 대한 '나'의 무한한 감정은 응축되어 표현된다. '어머니'에 대한 묘사는 "울으셨다", "기뻐하셨다", "슬퍼하셨다", "말이 없었다"고 하는, 감정을 표현하는 행위로 나타나고 그에 대한 시인의 감정은 일체 표현되어 있지 않다. 시인은 오직 어머니를 회고하며 '어머니'라는 대상을 드러내고 있을 뿐이다. 그럼에도 불구하고 이 시는 읽는 사람들로 하여금 '어머니'에 대한 무한한 감정을 끝없이 확장시키게 만든다. 이 시의 작자가 '문둥이'라는 것을 아는 독자는, '문둥이'인 시인과 그의 어머니가 생전에 겪었을 아픔을 상상하게 되지만 거기에서만 멈추는 것이 아니라 이땅의 어떤 어머니들에 대한 감정으로도 확장시킬 수 있다. 이것은 그만큼 한하운의 시가 매우 특수한 처지에 기초하고 있지만 동시에 경험과 정서의 보편성에 기대고 있기 때문에 가능한 효과라고 할 수 있다. 또한 주체를 드러내지 않는 시인의 절제된 태도에서도 비롯되는 것으로, 이때 응축된 표현과 간결한 리듬은 작품 속에서 더욱 효과적인 역할을 하고 있다. 매연의 첫 행에 한마디로 표현된 '어머니'라는 시어는, 시인의 애끓는 감정을 한 몸에 응축하고 있는 단어이다. 그것은 매연 '어머니'가 표현했던 감정과 곧 이은 긴 휴지 뒤에 반복되어 나타남으로써 감정의 증폭을 극대화시키고 있다.

응축된 표현과 반복, 간결함 리듬이 갖는 효과는 그의 첫 시집 『한하운 시초』에 실린 대부분의 시에서 나타나는 특징이다. 대표작인 「파랑새」에서도 이같은 특징을 찾아볼 수 있다.

나는
나는
죽어서
파랑새 되어

푸른 하늘
푸른 들
날아다니며

푸른 노래
푸른 울음
울어 예으리

나는
나는
죽어서
파랑새 되리.

—「파랑새」 전문

이 시는 문둥이의 비애와 '인간'을 향한 그리움, 자유를 향한 갈망을 짧은 시행과 거기서 빚어지는 간결한 리듬 속에 응축시켜 전달하고 있다. 잘 알려진 시 「보리피리」 또한 반복과 간결한 리듬의 효과가 뛰어난 작품이다.

보리피리 불며
봄 언덕
故鄕 그리워
피—ㄹ 닐니리

보리피리 불며
꽃 靑山
어린 때 그리워
피—ㄹ 닐니리

보리피리 불며
人寰의 거리
人間事 그리워
피—ㄹ 닐니리

보리피리 불며
放浪의 幾山河
눈물의 언덕을 지나
피—ㄹ 닐니리

—「보리 피리」 전문

이 시를 가득 채우고 있는 것은 그리움의 심정이다. 돌이킬 수 없는 어린 시절과 갈 수 없는 고향, 그리고 성한 사람들이 악다구니 쓰며 살아가는 세속의 희노애락에 대한 모든 그리움의 마음이 "보리피리 불며"라는 행위의 반복과 "피—ㄹ 닐니리"하는 피리음향 속에서 되풀이되어 되살아난다. 그리고, 짧은 시행의 반복과 거기서 빚어지는 간결한 리듬과 긴 여운은 자신의 생을 돌아보는 시인의 여러 갈래의 감정과 다채로운 사연을 응축시켜 전달하는 역할을 하고 있다.

이처럼 응축되고 반복되는 표현과 간결한 리듬이라는 특징은 그의 절제된 태도에서 비롯되는 것으로, 이것은 곧 고통에 대한 시인의 대처방식의 표현이라고 볼 수 있다. 현실을 살아가는 시인은 정상적인 '인간'으로 살아가고 싶은 소망과 그렇지만 그렇게 살아갈 수 없는 현재의 절망적인 처지 사이에서 거듭되는 감정의 굴곡을 경험한다. 그러나 그는 비통의 감정을 억제한 채 극히 담담하고 사실적인 진술로 문둥이의 고통스런 삶을 이야기하고 있다. 그리하여 한하운의 시를 읽는 이에게 시인의 고통은 더욱 섬뜩하고 비통한 것으로 다가오게 된다. 한하운의 시가 감동을 주는 이유는 시인 자신이 고통을 회피하거나 거기에 함몰되는 것이 아니라 고통과 마주서 자신의 인간다움을 고수하고자 하는 시인의 강인한 태도에서 비롯되는 것이다.

이렇게 절제된 태도와 응축된 표현을 통해 50년대 독자로 하여금 시인의 고통에 실감있게 다가가게 만들었던 한하운은 두번째 시집 『보리피리』에 수록된 대부분의 시를 비롯해 후기 작품에 이르러서는 많은 면에서 변화된 모습을 보여준다. 감정은 많이 정돈되어 있고 짧고 간결한 진술은 긴 호흡의 묘사체로 변화한다. 나환자끼리의 결혼을 노래한 시 「癩婚有恨」에서 그 변화된 모습을 찾아볼 수 있다.

흙이 있다. 하늘의 구름과 푸른 地平은 / 넓기만 한데 / 문둥이가 살 地籍圖는 없어 // 버림 받은 사내와 버림 받은 계집이 / 헌 신짝에 짝을 마추는 것이 // 어쩌면 울고 싶은 울고 싶은 / 하늘이 마련한 뼈아픈 慶事냐 // 新婦는 / 오늘만이라도 성양깨비로 눈섭을 그리고 // 인조 面紗布에 웨딩 마—취는 들리지 않으나 // 五色色紙가, 色紙가 눈같이 퍼붓는데 / 곱게 곱게 닥아서라 // 진정 그와 그만의 즘생들만이 / 통할 수 있는 人情이 사모쳐 // 양호

박 울득불득 얼굴이 이쁘장해 / 연지바른 신부, 너 모나리자여 // 棲息의 許可없는 地帶에서 / 生命의 本然이 터지는 사랑을 許諾하니 // 하늘이 웃어도 할 수는 없어 / 애당초 族譜가 슬퍼함을 두렵지도 않고 // 오늘은 이 세상에 왔다가 / 내일은 저 세상에 간다고 하니 // 오, 문둥이의 결혼이어 // 粉紅빛 치마폭으로 新郎房문을 가려라 / 어서 어서 太陽앞에 새롭게 닥아서라

—「癩婚有恨」 전문

이 시에서는 이미 고통을 견뎌내고 깊이 이해한 자가 이제 막 인생의 고통에 들어서는 자에게 보내는 격려의 눈길이 드러난다. 이것은, 그가 1950년 이후 나병퇴치와 나환자 복지에 뜻을 두고 실천적으로 구라사업(求癩事業)을 벌여나갔던 사실[215], 그리고 말년에 이르러 나병을 극복하고 사회에 복귀하여 정상인에 가까운 생활로 돌아갔던 상황과도[216] 관련되어 있을 것이다. 이제 그는 쓰레기통과 나란히 앉아서 밤을 새우지 않아도 되었고, 나병에 대해서도 좀더 여유로운 시각으로 바라볼 수 있었을 것이다. 말년에 창작된 그의 시에서는 고통에 대해 슬퍼하거나 또는 고통을 참고 억제하는 것이 아니라 달관한 자의 태도가 나타나고 있다. 유고시로 발굴된 「刑月」이라는 시에서[217] 바로 이같은 태도를 찾아볼 수 있다.

문둥이 쉬문둥이야
肉頭세상 달이 떴네

우린 언제 사람이었나
평생 流乞하다 죽는 거지

장타령 버꾸놀음

품바 품바 잘하네

문둥이 쉬이문둬이야
남의 세상 달이 떴네

지옥의 도깨비들
죽음을 잔치하네

장타령 버꾸놀음
품바 품바 잘도하네

—「刑月」 전문

"남의 세상", "肉頭세상", "문둥이 쉬이문뒤이"를 향한 자조 섞인 한탄과 욕지꺼리는 "장타령 버꾸놀음 품바품바 잘하네"와 같은 품바춤의 가락에 실려 문둥이의 운명을 비극적으로 승화시킨다. 틀에 짜이지 않은 자유롭고 동적인 리듬은, 자신의 감정에 대해 한결 여유로운 시인의 태도에서 연유하는 것으로 이것은 그만큼 동적인 감흥을 불러일으키고 있다. 그러나 고통이 사라졌다고 해도 고통의 상처는 그리 쉽사리 아물지 않는 법이다. 시인 스스로 나병을 육체적으로 극복하고 '문둥이'라는 손가락질 속에서 겪게 되는 정신적 상처에 대해 한결 여유로와졌다고 하더라도, 시인이 거듭되는 절망과 희구 사이에서 겪은 마음의 갈등의 흔적, 그리고 그가 여전히 '문둥이'라는 사실은 변함없는 것이다. 고통을 견뎌낸 자로서 그가 도달한 정신의 깊이는 우리에게 감동을 주지만, 한편으로 우리는 그의 시에서 자신이 걸어온 인생에 대한 쓸쓸한 비애와 회한을 읽게 된다.

'인간'에 대한 근본적 질문

우리 역사의 어느 시대나 그러했듯, 1950년대를 살아간 사람들 역시 그들의 생애에 결코 쉽사리 벗어버릴 수 없는 고통과 불행을 견뎌내고 있었을 것이다. 해방과 전쟁, 분단으로 이어지는 급박한 역사적 격변의 흐름 속에서 그 시대를 살아간 대부분의 사람들은 정치적 혼란과 경제적 궁핍의 고통을 가장 개인적인 층위에서 맞이하고 있었다. 바로 그 절망과 폐허, 상실의 시대에 한하운은 '문둥이 시인'이라는 운명적인 불행을 지닌 자로서 다가왔다. 그의 삶은 나환자라는 육체적 조건에 강하게 긴박되어 있었고 한평생을 그는 그 조건에서 벗어나지 못했다. 한하운의 시는 바로 그같은 자신의 육체적 한계 속에서 — 곧 인간다움의 기본조건을 상실당하고 인간이기를 포기당한 처지에서 자신이 인간임을 확증해내려는 끊임없는 몸부림이었다. 사회, 역사적 모순이 한꺼번에 분출되었던 시대에 그는 평생을 개인사의 테두리에 갇혀 지냈던 것처럼 보이지만, 바로 그 처절한 개인사의 현장에서 가장 개인적인 고통을 끌어안음으로써 '참다운 인간다움이 무엇인가'라는 근본적인 질문을 던지고 있다. 보통 사람이 상상하기 어려운 크나큰 고통의 강도와 그것을 이겨내는 시인의 정신적 태도는 고통을 객관화하는 힘을 낳았고, 그것은 그의 시에서 시적 자아의 절제된 태도와 사실적이고 응축된 표현, 간결한 리듬의 아름다움으로 나타났다. 한하운의 시가 감동을 주는 이유는 자신의 특수한 고통을 객관화시킴으로써 50년대의 역사적 고통과 인간의 근원적 고통을 환기시키고 있다는 사실, 그리고 고통을 이겨내는 시인의 강한 정신성과 지성의 정직함에서 비롯되는 것이라고 생각된다.

그러나 수많은 독자의 감동을 낳은 그의 특수한 육체적 조건은 한편으로 그의 시의 한계를 가져오는 원인으로도 작용하였다. 실제로 나환자에 대한 철저한 자학의 태도는 나환자의 고통을 실감있게 전달하기도 하지만, 한편으로 그의 시세계의 폭을 좁히는 결과를 낳고 있다. 그의 시에서 때로 느낄 수 있는 평면적인 단순함 또한 그가 자신의 육체적 조건에 강하게 결박되어 있는 데서 나타나는 것이라고 보여진다.

한하운 시의 이같은 한계를 짚어보는 것은 그의 문학이 위치하고 있는 정확한 지점을 찾는 데 도움이 될 것이다. 그의 문학이 일반 독자들에게 오래도록 기억되고 있음에도 불구하고 문학사 연구에서 소외되었던 것은 그의 시가 가질 수 있는 이같은 한계들과도 무관하지 않을 것이다. 그러나 이러한 한계에도 불구하고, 한하운의 시는 비극적 상황에 놓인 인간의 한 단면을 압축적으로 형상화하고 '인간다움'을 회복하기 위한 근본적인 질문을 던지고 있다는 점에서, 그리고 사회적으로 철저하게 소외받은 사람들에 대한 관심을 환기시키고 있다는 점에서 여전히 큰 의미를 지니고 있다.

미주

1 김수이, 「감정의 동료들, 아직 얼굴을 갖지 않은」, 『세계의 문학』, 2006년 봄호.

2 이장욱, 「꽃들은 세상을 버리고」, 『파라21』, 2004년 겨울호.

3 강계숙, 「'다른 생을 윤리하는' 시와 시인들」, 『문학판』, 2006년 겨울호.

4 진은영, 「소통을 넘어서, 정동(affect)의 문학을 향하여」, 『문학판』, 2006년 겨울호.

5 이 두 개의 단어는 이기인 시집에서 가장 자주 등장하는 말이다.

6 이준규에게 이 순간은 동시에 "실패"의 순간이다.

7 '미디어의 신체화 또는 탈장소화'란 미디어의 변용이 미디어를 특정 장소와의 연결에서 해방시켜 어디라도 이동할 수 있고 모든 공간에 편재된 것으로 바꾸어 놓는 현상을 가리킨다. 이 속에서 부상한 것은 테크놀로지를 갖추고 경계를 넘어서 이동할 수 있는 개별 신체이다. 예를 들어 우리 몸은 MP3를 끼고 노트북, 휴대전화를 들고 지구상의 어느 곳이든 '간다'. 요시미 순야에 따르면, 자본주의는 이렇게 떠돌아다니는 우리 몸을, 지구를 온통 뒤덮고 있는 전자망으로 포착하고 있다. (요시미 순야, 『미디어 문화』, 커뮤니케이션북스, 2006, 176~178면 참조.)

8 피에르 레비, 『누스페어』, 생각의나무, 2003, 31면.

9 요시미 순야가 지은 앞의 책(2006)과 그가 엮은 『미디어: 언론과 표상의 지정학』(한울, 2007)은 이같은 관점에서 미디어의 이론과 역사를 살핀 책이다. 이 글은 두 책의 논의를 참조하였다.

10 요시미 순야, 앞의 책, 한울, 2007, 13면.

11 『창작과 비평』, 1995년 여름호, 59~60면.

12 정과리 · 한기, 「디지털시대, 문학의 운명」, 『문예중앙』, 2000년 봄호.

13 황지우, 「이제 문학은 운둔하자.」, 『21세기 문학은 무엇인가』, 민음사, 1999, 108~109면.

14 김상환, 「김수영과 책의 죽음」, 『세계의 문학』, 1993년 겨울호, 201면.

15 김혜순, 「연인, 환자, 시인, 그리고 너 1」, 『문학동네』, 2000년 봄호.

16 김혜순, 「연인, 환자, 시인, 그리고 너 4」, 『문학동네』, 2000년 겨울호.

17 김수이, 「오래된 것과 새로운 것」, 『풍경 속의 빈 곳』, 문학동네, 2002, 31~35면 참조.

18 홍사용, 「백조 시대에 남긴 여화」, 강진호 편, 『한국문단이면사』, 깊은샘, 1999, 72면에서 재인용.

19 오문석, 「1920년대 '서정시'의 문제」, 『현대문학의 연구』 23집, 2004, 72~3면 참조. 오문석은 이 논문에서 1920년대 초반 시인들의 구상 속에 "새로운 서정시의 모델을 정립하려는 의지와 더불어 그러한 방식의 서정시 모델이 종언을 고하고 있는 장면이 겹쳐"있다고 본다.

20 김억, 「작시법」, 『조선문단』, 1925, 4—10.

21 김기림, 「상아탑의 비극」, 『동아일보』, 1931.7.30—8.9.

22 김억, 「시론」, 『대조』 2호, 1930.4.15.

23 황석우, 「自文」, 『自然頌』, 조선시단사, 1929, 3면.

24 황석우, 「조선시단의 발족점과 자유시」, 『매일신보』, 1919.11.10.

25 물론, 이때 시인의 체험의 성격은 한 가지로 정의될 수 없다. 실제적인 체험 뿐만 아니라 무의식적이고 가공적이며 상상적인 체험을 모두 아우르는 것이다.

26 김수이, 「감정의 동료들, 아직 얼굴을 갖지 않은」, 『서정은 진화한다』, 창작과 비평사, 2006.

27 김광숙, 「엮고 나서」, 『나와 함께 모든 노래가 사라진다면』, 창작과비평사, 1995.

28 김남주, 『김남주 아포리즘: 길 떠난 길 위에서』, 제3세대, 1992, 183면.

29 김남주, 위의 책, 194면.

30 이광호, 「초월의 지리학」, 이남호, 이경호 편, 『황지우 문학 앨범 : 진창 속의 낙원』, 웅진출판, 1995, 77면.

31 황지우, 「사람과 사람 사이의 신호」, 『사람과 사람 사이의 신호』, 한마당, 1986, 14면.

32 황지우, 「시의 얼룩」, 앞의 책, 1986, 237면.

33 황지우, 「93」, 『나는 너다』, 풀빛, 1987, 13면.

34 대체로 임화, 「개설 신문학사 서론」, 『조선일보』 1939.9.2—1939.9.15; 임화, 「조선문학 연구의 일 과제 — 신문학사 방법론」, 『동아일보』 1940.1.13—1.20; 백철, 『신문학사조사』, 백양당, 1949, 1~133면; 조연현, 『한국현대문학사』, 인간사, 1961, 322~459면에서 1920년대 동인지 문학을 평가하는 관점이 이에 해당된다.

35 김흥규, 「1920년대 초기시의 낭만적 상상력과 그 역사적 성격」, 『문학과 역사적 인간』, 창작과 비평사, 1980, 214~267면.

36 임화가 1920년대 동인지의 성격을 『창조』, 『폐허』를 중심으로 한 자연주의와 『백조』를 중심으로 한 낭만주의로 파악한 이래, 서구 문예사조적 특성을 각 잡지에 대응시키는 관점은 문학사의 중심을 이루어왔다. 구체적으로 백철은 『창조』의 경우, 소설에서는 자연주의적 리얼리즘이, 시에서는 상징주의적 경향이 중심을 이룬다고 파악했고, 『폐허』는 퇴폐적 경향, 『백조』는 낭만주의로 규정하였다. 조연현의 경우에는, 『창조』는 사실주의, 『백조』와 『폐허』는 낭만주의적 경향의 잡지로 파악하였다.

37 조영복, 「동인지 시대의 담론과 '내면—예술'의 계단」, 「동인지 시대 시의 관념성과 은유의 탄생」, 「동인지 시대 시 해석에 대한 몇 가지 문제」, 『1920년대 초기 시의 이념과 미학』, 소명출판, 2004, 61~162면.

38 황호덕, 「1920년대 초 동인지 문학의 성격과 미적 주체 담론」, 성균관대 석사논문, 1997, 1~53면; 김춘식, 「1920년대 동인지 문단의 미적 근대성」, 동국대 박사논문, 2003; 김춘식, 『미적 근대성과 동인지 문단』, 소명출판, 2003, 9~143면.

39 김행숙, 「1920년대 동인지 문학의 근대성 연구」, 고려대 박사논문, 2003, 1~67면; 상허학회, 『1920년대 동인지 문학과 근대성 연구』, 깊은샘, 2000, 13~330면의 경우 개별 논문에 따라 근대적 주체의 확립과 미적 자율성의 획득, 근대문학 제도적 차원에서의 고찰을 보여준다.

40 김행숙, 앞의 논문 2003과 김행숙, 「환상의 힘」, 『시와 사람』 2005년 봄호, 2005, 132~142면 참조.

41 조영복은 '문학성'이라는 관점이 1920년대 문학을 이해하는 데 일면적 가치 평가에 머무르는 위험을 초래할 수 있다고 본다. 그에 따르면, "연구대상이 속해 있었던 당대의 관점에서 시의 인식론적 기반을 탐색"하는 것이 아니라 "연구자 자신이 속한 시대

의 미학적 기준을 절대화"할 때 동인지 시대의 문학의 특징을 정확하게 파악할 수 없다. 조영복의 의도에 전적으로 동의하면서 본고는, 1920년대 '당대의 맥락'에서 현재의 문학사적 주류와는 '다른 방식으로' 시적 성취를 이룬 작품들에 주목하고자 한다. 이러한 관점은 기존의 '문학성'에 대한 내용과 이해 방식을 재고하는 하나의 길이 될 수 있을 것이다. (조영복, 「동인지 시대의 관념성과 은유의 탄생」, 앞의 책, 2004, 138~139면 참조.)

42 박영희, 「문단의 그 시절을 회상한다; 『백조』 화려하던 시대 — 로—만주의 황금기」, 『조선일보』, 1933.9.13.

43 홍사용, 「백조 시대에 남긴 여화」, 『조광』 11호, 1936; 강진호 편, 『한국문단 이면사』, 깊은샘, 1999, 69면.

44 홍사용, 같은 글, 1936; 강진호 편, 앞의 책, 1999, 73면.

45 조영복에 따르면, 20년대 동인지 문학인들에게 '옷'은 "새로운 예술의 징표"이자 "절대적 예술 개념이 내면화된 것"으로서 의미를 지녔다. 특히 김동인의 '옷'에 대한 지나친 결벽성은 "'예술'이라는 새로운 개념을 통해 자신을 타자로부터 분리하고자 했던 동일성의 욕망에서 비롯되는 것이다."(조영복, 「동인지 시대의 담론과 '예술'의 계단」, 앞의 책, 2004, 121면 참조.)

46 홍사용, 같은 글, 1936; 강진호, 같은 책, 1999, 73면.

47 다음과 같은 글은 이들의 배타적이고 확고한 동인의식을 보여주는 한 예이다. "오즉, 갓튼者만갓튼者를理解하는것이다. 現今朝鮮社會에서, 우리에對한眞正한批判과 同情을要求하려하는것은, 도로혀부지럽슨일이다. 賢寡, 愚衆은, 어느 社會에서던지避치못할事實이다. 처음부터우리는, 現今朝鮮社會에對하야, 理解를要하는것도아니요, 同情을求하는것도아니다. 우리는다만, 우리信仰下에서勇進할쌘이다. 아아, 『오즉, 갓튼者만갓튼者를理解하는것이다.』 우리는, 그「갓튼者」의出現을欣求하며前進할쌘이다."(남궁벽, 「폐허잡기」, 『폐허』 2호, 1921, 151~152면.)

48 "아직 發芽期에잇는 우리 文壇에는 「데카단쓰」의 亡國情調가 風靡ᄒᆞ야 마치 鴉片모양으로 毒酒모양으로 靑年文士自身과 밋 純潔ᄒᆞᆫ 그네의 讀者인 靑年男女의 精神을 迷惑ᄒᆞᆸ니다."라는 이광수의 비판은 『폐허』 동인을 겨냥한 것이라고 판단된다.(춘원, 「문사와수양」, 『창조』 8호, 1921, 15면.) 『창조』와 『백조』에 동인으로 참여했던 이광수와 1920년대 동인지 문인들과의 관계는 매우 복합적인 것이라고 할 수 있는데, 위의 인용문은 20년대 문단 내에 존재하는 복합적 갈등 관계를 확인하게 한다.

49 박영희, 앞의 글, 1933.

50 홍사용, 앞의 글, 1936; 강진호 편, 앞의 책, 1999, 57면.

51 홍사용, 앞의 글, 1936; 강진호 편, 앞의 책, 1999, 72면.

52 동인지 문학의 시간의식과 미적 세계관 형성에 대해서는 차승기, 「'폐허'의 시간 — 1920년대초 동인지 문학의 미적 세계관 형성에 대하여」, 상허학회, 앞의 책, 2000, 49~80면 참조.

53 오상순, 「시대고와 그 희생」, 『폐허』 창간호, 1920, 53면.

54 염상섭, 「폐허에 서서」, 『폐허』 창간호, 1920, 2면.

55 오상순, 앞의 글, 앞의 책, 1920, 57~58면.

56 염상섭, 「저수하에서」, 『폐허』 2호, 1921, 54~71면.

57 염상섭, 위의 글, 1921, 65면.

58 회월, 「환영의 황금탑」, 『백조』 창간호, 1922, 53면.

59 이상화, 「나의 침실로」, 『백조』 3호, 1923, 14면.

60 로작, 「나는 왕이로소이다」, 『백조』 3호, 1923, 131면.

61 오상순, 「종교와 예술」, 『폐허』 2호, 1921, 18면.

62 20년대 동인지 시인들이 추구한 '내면'의 의미와 의의에 대해서는 조영복, 앞의 책, 2004, 95~133면; 김행숙, 앞의 논문, 2003, 129~140면 참조.

63 기진, 「한 갈래의 길」, 『백조』 3호, 1923, 61면.

64 이상화, 「말세의 희탄」, 『백조』 창간호, 1922, 69면.

65 회월, 「삶의 나라로」, 『백조』 2호, 1922, 23면.

66 회월, 「유령의 나라」, 『백조』 2호, 1922, 28면.

67 이상화, 「나의 침실로」, 『백조』 3호, 1923, 13면.

68 김흥규는 '꿈'의 모티프를 낭만적 이분법의 논리로 이해하는 대표적인 논자이다. 그에 따르면 '낭만적 상상력'은 1920년대 동인지 시가 보여주는 공통적인 특징이며, 낭만적 상상력은 낭만적 양분법, 즉 진실/허위, 자유/속박, 빛/어둠, 순수한 생명/타락한 삶, 완전/불완전 등의 대립적 구조에 기초해있다. 꿈/현실은 이 양분법을 이루는 대표적인 대립쌍이다. (김흥규, 앞의 논문, 1980, 228면 참조.) 한편, 조영복은 동인지 문학의 '꿈' 모티프에 대해, 시인들이 "내적으로 가지고 있는 '동경'과 '이상'과 '권력적인 욕망의 분화구"이며 "근대문학의 시대정신을 가장 밝은 빛으로 투시하고자 했던 욕망이

내재된 것"으로 이해한다.(조영복, 앞의 책, 2004, 19~20면 참조.) 또한, 최근 연구에서 오문석은 동인지 문학에서 '꿈'과 '현실'이 서로 단절된 것이 아니라, "단절"과 "상호교환"을 내포하는 복합적인 관계를 맺고 있다고 파악한다. 그에 따르면, '꿈'은 "현실을 확장시키는 상상력"이며, "시인은 꿈을 통해서 눈에 보이는 현실 이상의 세계를 경험할 수 있다."(오문석, 「1920년대 '서정시'의 문제」, 한국문학연구학회, 『현대문학의 연구』 23, 2004, 73~82면 참조.)

69 이상화, 위의 시, 1923, 14면.

70 변영로, 「메터—링크와 예잇스의 신비사상」, 『폐허』 2호, 1921, 35면.

71 동인지 문학에 나타난 '퇴폐'의 의미에 대해서는 이미 조영복이 지적한 바 있다. (조영복, 앞의 책, 2004, 240~242면 참조.)

72 노작, 「그것은 모다 꿈이엇지마는」, 『백조』 3호, 1923, 127면.

73 백기만, 『상화와 고월』, 청구출판사, 1951.

74 제해만, 「고월 시 연구」, 단국대학교 대학원 석사학위논문, 1980; 제해만, 『이장희 전집: 봄과 고양이』, 문장사, 1982.

75 김학동, 「고월과 육사의 유작 — 문헌학적인 측면에서」, 『시문학』 26호, 1972; 김학동, 『한국근대시인연구』1, 일조각, 1974, 225~245면.

76 제해만, 「고월 시 연구」, 단국대학교 석사학위논문, 1980.

77 장백일, 「고월 이장희론」, 『시문학』 64, 1976, 74~87면; 제해만, 위의 글, 1980; 김재홍 편저, 『이장희』, 문학세계사, 1993.

78 김인환, 「주관의 명징성」, 『문학사상』 10, 1973, 816~877면; 신경림 · 정희성, 『한국현대시의 이해』, 진문출판사, 1981; 이형기, 「이장희 론」, 『건국대학교 대학원 논문집』 27집, 1988; 한영옥, 「고월 이장희 시의 방법적 특성 소고」, 『인문과학연구』 11, 1991, 1~23면; 이승원, 『한국현대시감상론』, 집문당, 1996.

79 신경림 · 정희성, 위의 글, 1981; 이숭원, 위의 글, 1996.

80 이형기, 위의 글, 1988; 한영옥, 위의 글, 1991.

81 김재홍, 위의 글, 1993.

82 홍정선, 「고월 시에 있어서 화자와 정서」, 『일모정한모박사화갑기념논집』, 일지사, 1983.

83 정우택, 「고월 이장희 시 연구」, 『민족문학사연구』 21호, 2002, 189~217면.

84 이창민, 「이장희 시의 낭만성과 환상성」, 『우리어문연구』, 23, 2004, 511~553쪽.

85 황석우, 「詩話」, 『매일신보』, 1919.9.22.

86 「宣言」, 『장미촌』, 1921.5.24.

87 황석우, 「詩話」, 『매일신보』, 1919.9.22.

88 조영복, 「장미촌의 비전문 문인들의 성격과 시 사상」, 『한국문화』 26, 서울대 한국문화연구소, 2000, 130~170면; 조영복, 「1920년대 초기 사회주의 사상가들의 시와 그 성격」, 『우리말글』 21, 우리말글학회, 2001, 287~310면; 조영복, 「황석우의 『근대사조』와 근대 초기 잡지의 '불온성'」, 『한국현대문학연구』 17집, 한국현대문학회, 2005. 61~85면.

89 조영복, 위의 글, 2005, 72면.

90 백기만, 『상화와 고월』, 청구출판사, 1951.

91 에드먼드 윌슨, 이경수 역, 『악셀의 성』, 문예출판사, 1997, 20면 참조.

92 『金星』 3호, 1924.5.

93 『신여성』 2권 12호, 1924.12.

94 『금성』 3호, 1924.5.

95 『生長』 5호, 1925.5.

96 황석우, 「日本 詩壇의 二大 傾向」, 『폐허』, 1920.7.

97 이장희는 1900년, 이상화는 1901년에 모두 대구에서 출생했다.

98 『동아일보』, 1923.10.26.

99 김인환, 「주관의 명징성」, 『문학사상』 10, 1973.

100 『新民』, 1925.9.

101 『新民』, 16호, 1926.8.

102 제해만, 「고월 시 연구」, 단국대학교 대학원 석사학위논문, 1980.

103 황현산, 「이장희의 푸른 하늘의 유방」, 『현대시학』 372, 2000.3.

104 이창민, 「이장희 시의 낭만성과 환상성」, 『우리어문연구』 23, 2004, 542~546면.

105 이상화, 「문단측면관」, 『개벽』, 1925.4.

106 백석 시의 방언을 1930년대 표준에 제정을 중심으로 이루어지는 언어의 근대적 중앙 집권화 과정과 관련하여 이해한 선행 연구로는 다음과 같은 논문들이 있다. 김재용, 「근대민의 고향 상실과 유토피아의 염원」, 『백석 전집』(실천문학사, 1997), 조영복,

「백석 시의 언어와 정치적 담론의 소통성」, 『한국 현대시와 언어의 풍경』(태학사, 1999). 전봉관, 「백석 시의 방언과 그 미학적 의미」, 『한국학보』 98(2000).

107 여기서 '기원'이란 백석이 시에서 단어를 표기할 때 어근을 밝혀적는 방법을 택하고 있다는 점에 착안한 것이다. 백석은 어간-어미 관계에서 철저하게 분철표기를 고집하며 또한 형태주의 원리에 입각해 단어의 어근을 살려 적고 있다. 인용시 「여우난곬족」의 '빩안', '몷여서', 「고야」의 '놓어굴면서', '옿목에', '샛빩안' 등이 그러한 예에 해당된다. 이때 활용된 단어의 뿌리를 기억하는 작업은 삶의 기원으로서의 공동체를 기억하는 작업과 관련되어 있는 것으로 보인다. 또한 표준어의 균질적인 인공성에 대항하여 생동감있고 구제적인 자연어를 추구하려는 시인으로서의 미적 전략이라고도 볼 수 있다. 백석의 시어가 지닌 표기법과 어휘상의 특성에 대해서는 전봉관, 앞의 글, 137~150면 참조.

108 '나열'과 '열거'는 백석 시의 두드러진 시적 방법 중의 하나이다. 이같은 '나열'과 '열거'의 방법은 그가 시의 공간 속에 되살리려고 하는 공동체의 특성과 닮아있는 지극히 공동체적인 시적 형식이며 또한 전통적인 것에 그 기원을 두고 있다. 한 연구에서 고형진은 백석 시의 독특한 표현형태가 전통시가의 '엮음'의 방법에 근원을 두고 있음을 밝히고 있다.(고형진, 「백석 시와 '엮음'의 미학」, 박노준, 이창민 외, 『현대시의 전통과 창조』, 열화당, 1998 참조)

109 '수라'는 '아수라'의 준말로서 불교에서 이르는 '싸움을 일삼는 나쁜 귀신'을 뜻한다. 그러나 이 시에서의 '수라'는 '아수라'를 뜻하는 단어로서, 아수라가 살며, 늘 싸움이 그치지 않는 세계, 즉 불교에서 이르는 지옥의 하나를 가리키는 것으로 판단된다.

110 오문석은 한국문학사에서 1930년대 후반 시의 '새로움'이 이같은 물음을 모색함으로써 가능해졌다고 본다. (오문석, 「1930년대 후반 시의 '새로움'에 대한 연구」, 상허문학회, 『1930년대 후반 문학의 근대성과 자기성찰』, 깊은샘, 1998).

111 김기진, 「단편서사시의 길로」, 『조선문예』 창간호, 1929.5, 임규찬 · 한기형 편, 『카프비평자료총서 Ⅲ』, 태학사, 1989, 541면.

112 김기진, 위의 글, 542면.

113 신고송, 「시단 만평 — 기성 시인, 신흥 시인」, 『조선일보』, 1930.1.5—12.

114 권환, 「무산예술의 별고와 장래의 전개책」, 『중외일보』, 1930.1.10—31. 임규찬 · 한기평 편, 앞의 책, 59면.

115 안막, 「맑스주의 예술비평의 기준」, 『중외일보』, 1930.4.19—5.30, 임규찬 · 한기형

편, 위의 책, 136면.

116 김기진, 앞의 글, 543면.

117 안막, 「프로예술의 형식 문제」, 『조선지광』 제 90호, 1930.3, 임규찬 · 한기형 편, 앞의 책, 76면.

118 이 글에서 임화는 자신의 소시민성이 시의 감상주의적 경향을 불러온 원인이라고 반성하며, 권환, 안막의 논리를 수용한다.

119 임화, 「33년을 통하여 본 현대조선의 시문학 (9)」, 『조선중앙일보』 1934.1.11.

120 임화, 위의 글, 같은 면.

121 임화, 위의 글, 같은 면.

122 임화, 「담천하의 시단 일년」, 『문학의 논리』, 서음출판사, 1988, 374면.

123 임화, 「기교파와 조선시단」, 위의 책, 388면.

124 임화, 위의 글, 위의 책, 387면.

125 임화, 「조선어와 위기하의 조선문학(4)」, 『조선중앙일보』 1936.3.12.

126 임화, 「조선어와 위기하의 조선문학(8)」, 『조선중앙일보』 1936.3.21.

127 임화, 「조선어와 위기하의 조선문학(7)」, 『조선중앙일보』 1936.3.20.

128 임화, 「언어의 마술성」, 『문학의 논리』, 서음출판사, 1989, 339면.

129 임화, 「언어와 문학」, 임규찬 · 한기형 편, 앞의 책, 295면.

130 1930년대 표준어 체제의 확립 과정과 그에 따라 언어 현실에서 발생하는 문제에 대해서는, 전봉관 「백석 시의 방언과 그 미학적 의미」, 『한국학보』 98, 129~136면 참조.

131 임화, 「언어와 문학」, 앞의 글, 같은 면.

132 전봉관, 앞의 글, 133면.

133 사라지는 것은 언어만이 아니다. 일정한 지역에서의 구체적 삶의 활동에 기반을 두고 있는 살아 있는 언어들이 표준어의 압력에 굴복하여 사라지는 순간 구체적 삶의 언어만 사라지는 것이 아니라 그 언어의 몸이라 할 수 있는 구체적 삶의 현실도 사라지는 것이다 (김재용, 「근대인의 고향 상실과 유토피아의 염원」, 『백석 전집』, 실천문학사, 1997, 489면)

134 임화, 「언어의 마술성」, 『문학의 논리』, 342면.

135 임화, 「예술적 인식과 표현수단으로서의 언어」, 『문학의 논리』, 354면.

136 임화, 「기교파와 조선시단」, 위의 책, 1989, 383면.

137 임화, 「예술적 인식과 표현수단으로서의 언어」, 위의 책, 1989, 355면.

138 원어의 갖는 의미라든가 어법 등은 의연히 원상대로 시 위에서 보존되는 것으로, 일반 언어학이나 문법상의 법칙에서 보면 보통어와 원리에 있어 조금도 다르지 않은데도 불구하고 시 위에서 이 원칙은 단지 외관상 형식적인 흔적을 남김에 지나지 않는다 (임화, 「언어의 마술성」, 위의 책, 1989, 342면)

139 임화, 「언어의 현실성 문학에 있어서의 언어」, 350면.

140 임화, 위의 글, 같은 면.

141 김기림, 「시인으로서 현실에 적극 관심」, 『조선일보』, 1936.1.1—1.5, 김기림, 『김기림 전집 2』, 심설당, 1982, 102면.

142 김기림, 「모더니즘의 역사적 위치」, 『인문평론』, 1939.10.

143 임화, 「기교파와 조선시단」, 『문학의 논리』, 392면.

144 임화, 「언어의 현실성 — 문학에 있어서의 언어」, 위의 책, 1989, 349면.

145 임화, 「언어의 현실성 — 문학에 있어서의 언어」, 위의 책, 1989, 350면.

146 김우창, 「한국시와 형이상」, 『궁핍한 시대의 시인』, 민음사, 1977, 59면.

147 김우창, 위의 글, 같은 면.

148 정지용, 「詩選後」, 『문장』 제2권 제1호, 1940.1

149 신동욱, 「시에 있어서 저항과 그 지속의 의미」, 박철희 편, 『박두진』, 서강대 출판부, 1996, 165면.

150 박두진, 『하늘의 사랑, 땅의 사랑』, 문음사, 1969. 337면.

151 정전(正典, Canon)은 보통 국민교육의 대상으로 선택될 만하다고 여겨지는 저자와 글을 일컫는다. 그것은 한 공동체의 문화적 특질을 잘 표현하고, 그 삶의 표준과 이상을 잘 제시하는 것이다. 일반적으로 정전 형성의 요인으로는, 작품의 내재적 특질, 학계에서의 가치생산 활동, 학교와 문화자본의 재생산, 시대적 조건, 지배계급의 사회통제 방식 등이 거론된다.(송무, 『영문학에 대한 반성: 영문학의 정당성과 정전문제에 대하여』, 민음사, 1997, 336~359면 참조.) 이 가운데, 비평, 문학사적 평가 등을 통한 학계에서의 가치 생산 활동과 학교의 강의요목 선정과정은 서로 영향을 미치는 관계에 놓여있다고 말할 수 있다. 다시 말해, 학계의 객관적 인준을 거친 이후

에 교과과정으로 선정되며, 일단 '교과서 작품'으로 선택된 이후에는 해석과 평가 제도 등을 통해 더 광범위한 문화자본의 유통 과정 속에 놓이게 된다. 그러나 엄밀히 말한다면, 강의 요목(syllabus)과 정전은 구별된다. 강의 요목이 특정한 제도적 맥락에서 학습용 텍스트로 선별한 것을 가리키는 반면, 정전은 '위대'하다고 간주되는 작품들의 상상적 총체를 의미한다. 특정한 시간과 공간에 제한되는 강의 요목은 정전이라는 상상적 목록에 접근할 수 있는 구체적인 통로를 제공한다. 그런 의미에서 존 길로리는, 정전이 강의 요목을 결정하는 것이 아니라 강의 요목이 상상적인 총체로서의 정전의 실재를 가정한다고 말하는 것이 보다 적절하다고 본다.(John Guillory, *Cultural Capital*, The University of Chicago Press, 1993, 28~31면 참조.)

152 예를 들어, 언론 매체나 여론조사 기관에서 실시하는 '한국인의 애송시 · 애송시인' 조사 목록과 한국시의 정전 목록은 거의 일치한다. 근대 시인 가운데서 김소월, 윤동주는 늘 '애송시' 목록의 수위를 다투는 시인이다. '한국인의 애송시' 목록이 크게 변화하지 않는 데는 몇 가지 이유를 생각해볼 수 있다. 일단, 학교교육 과정을 통해서 형성된 정전의 영향력이 그만큼 강하다고 볼 수 있으며, 한편으로는 한국인의 낮은 독서율로 인해 교과서 이외의 시인들에 대한 인지도가 폭넓게 확산될 수 없는 상황을 반영한다. 또한 시 장르가 점차 대중들에게 가까이 읽히지 않는 상황도 이와 관련된 문제 중의 하나일 것이다.

153 송무, 앞의 책, 171면.

154 제 7차 교육과정은 1997년 12월에 교육부에서 고시되었고, 2000학년도부터 초등학교에서 먼저 시행되었다.

155 구체적으로 강은교의 「우리가 물이 되어」, 나희덕의 「오분간」, 최영미의 「선운사에서」 등을 들 수 있다.

156 남민우, 「여성시의 문학교육적 의미 연구 — 1920년대 김명순의 시를 중심으로」, 『문학교육학』 11호, 한국문학교육학회, 2003.

157 허왕욱, 「여성시조의 설정과 교과서에서 여성 시조 읽기」, 『문학교육학』 13호, 한국문학교육학회, 2004.

158 기존의 연구에서 김소월의 시에 나타난 여성성은 크게 두 가지의 관점, 즉 전통적 정서인 '한(恨)'의 표현이라는 관점과 민족주의적인 관점으로 해명되어 왔다. 또는 '나약하고 부정적인 여성주의'라는 부정적 평가의 관점과 '님을 향한 끈질긴 지향성'과 '저항성'이라는 긍정적 평가의 관점으로 나눌 수 있다. 최근 연구에서는 여성성이

지닌 '타자성'과 '주변성'에 초점을 맞추어 "근대적인 남성 중심의 사유체계"에 저항한다거나 "근대적 사랑의 유형을 확립"했다는 점에서, 김소월 시의 여성성에 대해 적극적인 평가를 시도하고 있다.(최근 연구에서 김소월 시의 '여성성'에 대한 새로운 해석은 문혜원, 「김소월 시의 여성성에 대한 고찰」, 『한국시학연구』 2호, 한국시학회, 1999, 78~97면. 심선옥, 「김소월 시의 근대적 성격 연구」, 성균관대 대학원 박사논문, 2000, 170~203면 참조) 이에 반해 한용운 시의 '여성성'에 대해서는 대체로 '적극적인 여성주의', '생산적 여성성'의 의미로 평가해왔다. 본고는 기본적으로 김소월, 한용운 시에 대한 기존 연구의 성과에 기반을 두고 있다. 그러나 본고에서 특히 관심을 갖는 부분은 두 시인의 시가 보여주는 젠더 교차(gender - crossing)의 특성과 아울러 그같은 특성이 궁극적으로 문학의 정전화 과정에서 어떻게 작동하고 있는가의 문제이다. 다시 말해, 다른 성의 목소리로 발화된 '여성'이 한국 근대시의 '중심'을 구성하는 과정에 구체적으로 어떻게 관여되고 있는가에 궁극적인 관심을 갖는다. 다만 본고에서는 주로 작품 해석 과정에 초점을 맞추었고, 젠더 교차와 한국 문학의 정전화 과정에 대해서는 고(稿)를 달리하여 좀더 구체화하고자 한다.

159 제 7차 교육과정 국어 · 문학 교과서의 변화된 내용에 대한 간략한 서술은 본고의 5절 참조.

160 서양 고전문학에서 흔히 '버림받은 여성'은 남성의 정체성을 표현하는 미학적 장치로 사용된다. 비참한 처지에 놓여있는 여성의 목소리는 두 가지 면에서 알레고리의 효과를 얻는다. 그것은 우선 남성적 좌절감의 표현이며, 한편으로는 남성에게 자신의 권력을 상기시키는 또 다른 자아로서의 역할을 한다. 다시 말해, 여성은 남성에게 '영원한 권력'을 확인시켜주는 존재이다. 한국 고전문학의 경우에는, 충신연주지사에서 "자신을 타자적 존재로 인식하는 특정 남성이 자기 정체성을 효과적으로 표현하기 위"해 "문학적 수단으로"서 "여성적 정체성"을 사용한 경우를 확인할 수 있다.(Lawrence Lipking, *Abandoned Women and Poetic Tradition*, The University of Chicago Press, 1988, p.xvi, pp. 130~136; 박혜숙, 「고려속요의 여성화자」, 『고전문학연구』 14집, 한국고전문학회, 1998, 21면 참조.)

161 Linda S. Kauffman, *Discourse of Desire: Gender, Genre, and Epistorary Fiction*, Ithaca: Cornell University Press, 1986, p.49. 정인숙, 「남성작 여성화자 시가에 나타난 목소리의 의미」, 『한국문학이론과 비평』 제 21집, 한국문학이론과비평학회, 2003, 107면에서 재인용.

162 Lawrence Lipking, op. cit., p.144. 중국 서정시가에 나타난 여성화자의 의미에 대해

서는 Grace Fong, "Engendering the Lyric: Her Image and Voice in Song", ed. Pauline Yu, *Voices of the Song Lyric in China*, University of California Press, 1994, pp. 107~110.

163 시와 여성의 관계는 고(稿)를 달리하여 살펴보아야 할 만큼 시의 전통에서 오래된 역사를 지닌 주제이다. 시를 '여성적인(feminine)' 장르로 인식하는 관점은 서양과 동양문화권에서 두루 지속되어왔다. 한국의 경우, 근대시 형성과정에서 주요한 역할을 하는 시인들 가운데 특히 김억은 한국시의 여성화에 지대한 영향을 미친 인물이라고 할 수 있다. 김억이 주로 '시적인 것'이라고 생각한 특질들은 흔히 '여성적인 것'으로 분류되는 통념들과 많은 부분 겹쳐 있다. 그에게서 '시적인 것'과 '여성적인 것'은 '감정'을 통해 매개된다. 김억에게 근대 서정시는 구체적으로 "까닭없이 울고만 싶은 듯한 감정", "아름다운 설움과 사랑과 하소연", "애상"을 불러일으키는 것으로 인식되었고, "여성의 보드랍은 감정"과 "여류의 특유한 곡조높은 노래"가 시적 감수성에 적합하다고 보았다.(박경수 편, 『안서김억전집5: 문예비평론집』, 한국문화사, 1987, 231~242면.)

164 한용운 시에서 "날카로운 첫 키스의 추억", "향기로운 님의 말소리"등과 같은 싯구들은 1920년대 식민지 문화의 과감한 성애적 욕망의 표현들과 어떤 식으로든 관련을 맺고 있다. 그간의 연구에서 이같은 성애적 묘사와 남녀관계의 표현들은 민족적 · 종교적 절대자를 향한 초월적 기호들로 해석되어 왔다.

165 전통적인 충신연주지사 계열의 시가에는 사대부 남성이 실제의 대상으로서 특정한 군주에 대한 간언이나 충심을 표현한 작품들이 대부분을 차지한다.

166 김소월 시에 나타난 '근대적 사랑'에 대해서는 이미 유종호, 심선옥이 주목한 바 있다. 유종호는 김소월이 "낭만적 사랑의 이념을 정서적으로 완전히 합법화시켰다는 점"에서, 심선옥은 "자아를 파괴하지 않고, 자아와 현실을 극복하는 힘으로 전화되는 새로운 형태의 사랑을 창조"했다는 점에서 그 '사랑'의 의미를 평가한다. (유종호, 「임과 집과 길」, 신동욱 편, 『김소월』, 문학과 지성사, 1981, 127면; 심선옥, 앞의 논문, 187~192면 참조.)

167 흔히 여성 화자 시의 특성으로 논의되는 여성적 어조와 성별 표지 등이 이러한 경향을 강화한다.

168 리타 펠스키, 김영찬 · 심진경 역, 『근대성과 페미니즘: 페미니즘으로 다시 읽는 근대』, 거름, 1998, 95면.

169 한국 사회에서 소비되는, 여성의 신화적 기호 가운데 '슈퍼 우먼', '억척 모성', '민족의 어머니' 등은 기본적으로 이같은 이항대립에 바탕을 두고 그것을 넘어선 존재로서 성별화하는 과정을 통해 탄생된 기호들이다.

170 모두 11종의 『문학』 교과서 가운데 6종의 교과서에 중복 수록되었다. 이하 괄호 안의 숫자는 작품이 중복 수록된 교과서의 수를 가리킨다.

171 서정주의 다른 시들에 참조해볼 때 이 시의 화자 역시 남성 서술자로 볼 수 있는 가능성이 높다. 특히 「新婦」가 수록된 『질마재 신화』에는 화자가 뚜렷하게 성별적 표지를 드러내는 시들이 여러편 수록되어 있다.

172 「우리 오빠와 화로」를 비롯한 임화의 '네 거리' 계열의 시 역시 '가엾은 누이'의 변주로 볼 수 있다. 또한 최근 한국근대문학사를 '풍속사'의 관점에서 분석한 이경훈의 논의에 따른다면, "오빠—누이 구조"의 변형으로도 볼 수 있다. (이경훈, 『오빠의 탄생: 한국 근대 문학의 풍속사』, 문학과 지성사, 2003, 42~75면 참조.)

173 리타 펠스키, 김영찬 · 심진경 역, 앞의 책, 98면.

174 소설의 경우에도 양귀자의 「원미동 사람들」, 「한계령」, 신경숙의 「외딴 방」, 최윤의 「푸른 기차」 등 여성 작가의 작품이 많이 추가되었다.

175 박정애, 「'여류'의 기원과 정체성」, 인하대학교 국어국문학과 박사논문, 2003, 39~40면 참조.

176 김남조의 경우, '교과서 1세대'와 2세대에 걸쳐 연이어 교과서에 작품이 수록되는 시인이다.

177 새 교과서 내용의 구체적 변화에 대해서는 박기범, 「제7차 교육과정에 따른 문학 교과서의 내용 분석 연구」, 『문학교육학』 11호, 한국문학교육학회, 2003, 93~106면 참조.

178 새 교과서 집필진의 인적 정보에 대해서는 김창원, 「문학 교과서 개발에 대한 비판적 점검 — 제 7차 고등학교 「문학」 교과서를 예로 들어」, 『문학교육학』 11호, 한국문학교육학회, 2003, 77~79면 참조.

179 John Guillory, op.cit., pp.28~38 참조.

180 John Guillory, op.cit., pp.28~31. 송무, 앞의 책, 352면.

181 정재찬은 한국전쟁 이전(1946)과 직후(1953)의 교과서 분석을 통해 본질적으로 정전 구성의 변화가 일어나지 않았음을 자세히 밝히고 있다. 아울러 순수와 민족이라는 이질적 담론의 결합이 해방공간의 지배적 담론과 연결되면서, 한국문학의 정전 구성

의 논리로 작용하고 있음을 증명한다. 현대시의 정전 구성에 대한 본고의 관심은 정재찬의 선행연구에서 힘입은 바 크다.(정재찬, 「현대시 교육의 지배적 담론에 대한 연구」, 서울대 국어교육과 박사논문, 1996, 13~51면 참조.)

182 1946년 미군정기 교과서에서 이병기가 임화의 「우리 오빠와 화로」를 선택한 논리와 그 이후 교과서에서 배제되는 과정에 대해서는 정재찬, 앞의 논문, 33면, 89면 참조.

183 임화의 「우리 오빠와 화로」는 엄격히 말해 전통 서정시 유형과는 일정한 차이를 지닌다. 당대에 팔봉 김기진에 의해 '단편 서서사시'의 전형으로 꼽혔던 이 시는 "사건적, 소설적" 요소를 서정 장르에 포괄한 형식을 취하고 있다. 그러나 이 시에서 "사건"의 전달과 보고가 1인칭 화자의 언술체제에 의존하고 있는 점, 특히 어린 '누이동생'의 감정적 어조가 대중적 호소를 이끌어내는 데 중요한 역할을 하고 있는 점 등은, 이른바 '전통적 서정시'에서 주류를 이루는 단성 주체의 감정적 표현과 크게 다르지 않다.

184 김해성, 「김용호론」, 『한국현대시인론』, 금강출판사, 1973; 이성교, 「김용호 연구」, 성신인문과학연구소, 『연구논문집』 7집, 1974 등이 이에 해당된다.

185 김해성, 위의 논문; 송하섭, 「서민의식의 확대와 승화 - 학산의 시 세계에의 접근」, 『국문학논문집』, 5 · 6호, 단국대, 1972; 김남석, 『현대시인론』, 서음출판사, 1977; 김상배, 「역사적 현실과 시적 자아 - 김용호론」, 『단국대학교 논문집』 12, 1978 등이 이에 해당된다.

186 문덕수, 「김용호 시 연구」, 『시문학』, 1984; 정태용, 「김용호론」, 『현대문학』, 1970.12; 김지은, 「김용호 시 연구 ― 시적 주체의 아이덴티티 탐색 과정을 중심으로」, 서강대 석사논문, 2003 등이 이에 해당된다.

187 김동춘, 『전쟁과 사회 ― 우리에게 한국 전쟁은 무엇이었나?』, 돌베개, 2006, 36면.

188 김용호는 해방 후 '조선문학가동맹'에 가입하여 활동하였고, 정부 수립 이후에는 '국민보도 연맹'에서 주최한 행사에 참여하였다. 예를 들어, 한국문화연구소 주최 민족정신앙양 종합 예술제, 국민보도 연맹에서 주최한 제1회 국민예술제전에서 시를 낭독했다는 기록이 남아 있다. (『서울신문』, 1949.12.4, 『서울신문』, 1950.1.8. 기사 참조.)

189 이 시기의 김용호에 대해 정재호의 다음과 같은 기록을 참조할 수 있다. "그는 문단에서나 직장에서나 외롭게 지냈다. 문단에서는 전향자라고 해서 서먹서먹하게 여겼고, 직장에서는 오랜 시간강사 노릇을 했기 때문에 보따리 장수처럼 동분서주해야 했다. 그래도 그는 남을 미워하거나 원망하지 않고 그 외로움을 혼자 달랬었다."(정

재호, 「인정의 막걸리 사발」, 『시문학』 171호, 1985.10. 23~4면)

190 이에 대해 윤지영은 '재현적 화자'로 칭한 바 있다. (윤지영, 『한국 현대시의 주체와 담론』, 태학사, 2006, 36~56면 참조.)

191 윤지영, 앞의 논문, 14~25면 참조.

192 『남해찬가』는 1952년 남광문화사에서 출간된 이후, 1957년 인간사에서 재출간되었다. 이 논문에서는 남광문화사본을 저본으로 삼았다.

193 정근식, 「기억의 문화, 기념물과 역사 교육」, 『역사교육』, 역사교육연구회, 97집, 2006, 280~281면 참조.

194 김용호, 『남해찬가』, 남광문화사, 1952, 196~198면. 이하 내각주로 처리함.

195 근대 계몽기와 식민지 시대에 이미 '민족 영웅'으로서의 발견과 재창조가 시도되었으며, 한국전쟁기에도 이승만 정권에 의해 전쟁 기념물이라는 새로운 표상으로 등장하였다. 1950년대 전반에 역점적으로 만들어졌던 조형물은 '충무공상'이었다. 특히 시인의 고향 마산과 가까운 진해에는 전시(戰時)인 1950년 11월부터 충무공 동상 건립이 추진되어, 1952년 4월 28일에 완성되었다. 국가의 지도층과 지역 유지의 연합으로 추진된 일련의 이충무공 기념 사업은 전후의 남한 사회에서 민족주의와 반공 이념이 결합되는 주요한 계기를 마련하였다.

196 『남해찬가』의 제자(題字)를 당시 야당인 민주당의 대통령 후보였던 신익희가 제공한 점, 그리고 김용호가 『남해찬가』의 출간 동기에서 "나는 그 당시 피난살인데, 하두 국회에서 국회위원들이 자유당 — 무슨 당, 무슨 당 싸움만 할 때 이 『남해찬가』를 발간하였다. 그리하여 국회의원 전원에게 이 시집을 한 권씩 무료배부해 주었다. 이 시집을 읽고 국회위원들이 반성이 있기를 바랬던 내 마음은 오늘도 변함이 없다."(김해성, 「김용호론」, 『한국현대시인론』, 금강출판사, 1973. 223면에서 인용)고 밝힌 부분에서 그가 이순신의 서사를 통해 의도했던 내용을 짐작할 수 있다. 그것은 관 주도의 민족주의적 · 반공주의적 기념 사업과는 또 다른 차원에서 시인의 민족주의적 지향성을 보여주는 것이다. 한편, 『남해찬가』에 드러난 시인의 두드러진 애국주의 · 민족주의적 성향은 전후 반공주의의 상황 속에서, 해방 직후 좌익에 참여했던 개인적 이력에 대한 부담감이 작용했던 것이라고도 볼 수 있다.

197 김용호, 「후기(後記)」, 『남해찬가』, 인간사, 1957.

198 Winter, J, *Sites of Memory, Sites of Mourning*, Cambridge University Press, 1995, p.51, 정호기, 「전쟁 기억의 매개체와 담론의 변화」, 『사회와 역사』 68권, 한국사회

사학회, 2005.12, 70면에서 재인용.

199 헤겔, 최동호 역, 『헤겔 시학』, 열음사, 1987, 98면 참조.

200 김동주, 「김용호의 『남해찬가』 연구」, 단국대학교 교육대학원, 2002. 34면에서 이미 지적한 바 있다.

201 정태용, 「필연과 자유—한하운의 시를 보고」, 『신천지』 37호, 1949. 7월호; 김악(金岳), 「인간 한하운」, 『호남공론』 1호, 1950.1; 장백일, 「천형의 소외자—한하운의 인간과 고독」, 『한국문학』 5권 6호, 1977. 6; 신연수, 「십자가상 아래의 시인의 넋—한하운 유고 발굴기」, 『한국문학』 같은 호; 김윤식, 「천형과 시인—한하운론」, 『한국현대시론비판』, 일지사, 1975; 김창직 편저, 『가도 가도 황톳길』, 지문사, 1982.

202 한하운, 「시작과정」, 『신문예』, 1958년 9월호 참조, 한하운, 『자작시 해설집 — 황토길』, 신흥출판사, 1960에 재수록.

203 김창직 편저, 위의 책, 87~193면 참조.

204 한하운, 『천형(天刑)』, 청암문학사, 1992, 92면 참조.

205 같은 책, 22~23면 참조.

206 같은 책, 96면.

207 한하운과 관련된 '붉은 선봉시' 수난은 일명 '나시인(癩詩人) 사건' 또는 '「보리 피리」 사건'이라 하여 당시에 여론의 시선을 집중시켰던 사건이다. 사건의 발단은, 1953년 8월 1일 부터 주간지 「新聞의 新聞」이 '문둥이 시인 한하운의 정체'라는 제목 아래 한하운을 '문화빨치산'이라 지칭한 데서 비롯되었다. 그 후 몇몇 일간신문이 여기에 동조하였고, 급기야는 국회 단상에서 "우리 대한민국 문화전선에 이상이 있다"는 정치적인 발언까지 가세하게 되어 치안국의 수사까지 진행되는 상황에 이른다. 몇 달간 지속된 이 사건은 하나의 해프닝으로 끝나고 말았지만, 당시의 사회 분위기를 단적으로 보여주는 하나의 측면이라고 할 수 있다. 김창직, 위의 책, 67~83면 참조.

208 같은 책, 67면.

209 한하운, 「생명과 자학의 편력」, 김창직 편저, 위의 책, 194면.

210 한하운, 『자작시 해설집 — 황토길』, 1960, 53면.

211 김창직 편저, 위의 책, 195면.

212 한하운, 위의 책, 서문.

213 한하운, 「시작과정」, 「신문예」, 1958년 9월호, 한하운, 위의 책, 24면에서 재인용.

214 본문 중 앞 2절의 세 번째 인용문 참조.

215 1950년 3월, 나환자들의 생활터인 〈성계원〉 자치회장에 선임된 후, 51년에는 〈신명교육원〉을 창설하고 54년 〈대한한센총연맹〉 위원장을 역임하였다. 「한하운의 연보」, 『한국문학』 같은 호, 374면 참조.

216 1960년 3월, 음성나병으로 판단 받고 사회에 복귀하였다. 김창직 편저, 위의 책, 391면 참조.

217 이 시는 한하운의 사후(死後)에 미발표 유고시로 발표되었다. 『한국문학』 같은 호, 354면, 후에 김창직이 편한 『가도 가도 황톳길』와 대부분의 한하운 시집 및 전기에서는 「凶月」이라는 제목으로 바뀌어 실리고 있다.

원문 출처

1.

- 「다른 얼굴들, 타자의 기미를 향한 – 김경주, 이준규, 이기인의 시적 주체」, 『문학수첩』, 2007년 봄호.
- 「감각과 소통, 자본의 네트워크 – 2000년대 미디어 환경과 시작의 변화」, 『문학수첩』, 2007년 겨울호.
- 「시의 대중적 소통과 '쓸모'의 논리」, 『시와 비평』 4호, 2002.
- 「시인들의 서가 – 욕망과 기억, 기호와 상품의 저장고」, 『문학수첩』, 2008년 봄호.

2.

- 「시인, 바라보는 자의 운명 – 최하림 시의 '시선'에 대하여」, 『시작』 창간호, 2002년 여름호.
- 「소멸의 운명을 살아가는 여성의 노래 – 허수경과 김수영의 시」, 『실천문학』, 실천문학, 2001년 겨울호.
- 「욕망하는 몸, 이미지의 삶 – 이원의 시세계」, 『문학수첩』, 2006년 여름호.

3.

- 「길 위의 시 – 서정의 역사와 운동」, 『딩아돌하』, 2007년 겨울호.
- 「존재 전환과 합일의 꿈 – 1980년대 시의 시인과 시적 자아」(원제: 서정시의 '나'는 누구인가), 『딩아돌하』 2008년 봄호.

- 「전사의 삶, 시인의 마음 — 김남주 시의 서정성」, 『딩아돌하』, 2008년 여름호.
- 「시적인 것과 서정적인 것 — 80년대 황지우의 시와 시론」, 『딩아돌하』, 2008년 겨울호.
- 「서정의 원리와 여성의 타자성 — 류외향 시집 『푸른 손들의 꽃밭』」, 『창작과 비평』, 2008년 봄호.

4.

- 「내면 체험의 욕망과 예술 지향성 — 1920년대 동인지의 시」(원제: 1920년대 동인지 시 연구), 『어문연구』 127호, 어문교육연구회, 2005.
- 「미—개체적 자아의 절대적 공간 — 이장희 시의 비교 읽기」(원제: 이장희 시 연구), 『배달말』 41집, 배달말학회, 2007.
- 「'없음'을 응시하는 타자의 시선 — 백석 시의 '가난'에 대하여」(원제: 백석 시의 '가난'에 대하여), 『문예연구』 30호, 문예연구사, 2001.
- 「정치적 행동으로서의 시와 시의 형식 — 임화의 시론과 시작의 의미」, 『임화 문학의 재인식』, 소명출판, 2004.
- 「완벽한 자연, 유한한 인간 — 박두진 시에 나타난 자연의 의미」(원제: 박두진 시에 나타난 '신자연'의 의미와 특성), 『작가연구』 11호, 새미, 2001.

5.

- 「정전과 여성성 — 교과서 수록 시의 여성 재현 양상」(원제: 교과서 수록 시와 여성 재현 양상), 『한국문학이론과비평』 28집, 한국문학이론과비평학회, 2005.
- 「전쟁 체험과 자아의 형상화 — 1950년대 김용호의 시」(원제: 1950년대 김용호 시 연구), 『한국시학연구』 20호, 한국시학회, 2007.
- 「고통의 객관화와 '인간'을 향한 희구 — 한하운의 삶과 시」, 『현대문학의 연구』 7호, 1996.

김신정

연세대 국어국문학과와 동 대학원을 졸업하였다.

현재 인천대학교 국어국문학과 교수로 재직중이다.

지은 책으로 『정지용 문학의 현대성』, 『시의 아포리아를 넘어서』(공저), 『대학 글쓰기』(공저),
『문학의 교육, 문학을 통한 교육』(공저) 등이 있다.

풍경과 시선

한국현대시의 서정성과 주체

초판 인쇄 2009년 12월 24일
초판 발행 2009년 12월 31일

지 은 이 김신정
펴 낸 이 박찬익
편집책임 이영희
책임편집 김민영

펴 낸 곳 도서출판 **박이정**
주 소 서울시 동대문구 용두동 129-162
전 화 02) 922-1192~3
전 송 02) 928-4683
홈페이지 www.pjbook.com
이 메 일 pijbook@naver.com
온 라 인 국민 729-21-0137-159
등 록 1991년 3월 12일 제1-1182호

ISBN 978-89-6292-087-1 (93810)

* 이 책은 한국문화예술위원회가 지원한 창작지원금을 수혜하였습니다.

* 책값은 뒤표지에 있습니다.